Hansjörg Thurn
Earth – Der Widerstand

EARTH

DER WIDERSTAND

Thriller

PIPER

Mehr über unsere Autoren und Bücher:
www.piper.de

Wenn Ihnen dieser Thriller gefallen hat, schreiben Sie uns unter Nennung des Titels »Earth – Der Widerstand« an *empfehlungen@piper.de*, und wir empfehlen Ihnen gerne vergleichbare Bücher.

Von Hansjörg Thurn liegen im Piper Verlag vor:
Earth – Die Verschwörung
Earth – Der Widerstand

ISBN 978-3-492-06139-1

Redaktion: Peter Thannisch
Satz: psb, Berlin
Gesetzt aus der Centro Serif
Druck und Bindung: CPI books GmbH, Leck
Printed in the EU

Die Zukunft kann töten.

1

Für den Blick eines nachlässigen Betrachters teilt sich die Menschheit in zwei Lager. Diejenigen, die Fragen zum Zustand der Welt stellen. Und diejenigen, die keine Fragen stellen. So war es immer schon. Doch es gab immer auch schon eine dritte Gruppe. Sie ist weit weniger auffällig und besteht zumeist aus Menschen, denen das Fragenstellen zu mühsam ist, die aber einen untrüglichen Instinkt dafür haben, was richtig und falsch ist und was die Welt an Aufgaben für sie bereithält.

Auf die fünf jungen Leute, die gegen drei Uhr früh in der Nacht von Freitag auf Samstag durch den Stadtteil Ehrenfeld in Köln schlichen, traf letztere Beschreibung zu. Sie wohnten seit zwei Jahren gemeinsam in einer WG und zogen alle zwei Tage zu dieser nächtlichen Zeit durch die Straßen, um ihre Besorgungen zu machen. Sie waren zwischen zwanzig und vierundzwanzig, und ihre Kleidung war eine Mischung aus Vintagemode und ein paar guten Einzelstücken, die sie aus Altkleidersäcken gefischt hatten.

Sie bewegten sich leise durch die engen Gassen Ehrenfelds. Ihre Augen waren wachsam, registrierten jedes Licht, das auf ein Fahrzeug hindeuten konnte, auch wenn sie wussten, dass zu dieser Uhrzeit am wenigsten mit Streifenwagen zu rechnen war. Außerdem hatte an diesem Tag ein Fußballspiel in Köln stattgefunden, und die letzten Randalierer unter den angereisten Hooligans hielten sicherlich noch die Polizei in Atem. Es war also die beste Zeit für ihre kleinen Beutezüge, die man treffenderweise als »Containern« bezeichnete. Manche hielten es für eine Straftat, die meisten fanden es einfach nur eklig, für die fünf jungen Leute aus Ehrenfeld gehörte es aber unzweifelhaft zur Liste der »richtigen Dinge«, die man tun musste.

Die fünf hießen Torben Künstler, Tim Klein, Olli und Benni Teichmann und Eve Vandangen. Den meisten ihrer Freunde waren sie nur als *Die WG* bekannt.

Torben kletterte als Erster über den Zaun, dann folgten ihm Eve und Tim. Olli konnte Höhen nicht ausstehen, und ein Zaun von drei Metern führte bei jedem der nächtlichen Beutezüge dazu, dass er freiwillig die Rolle des Aufpassers übernahm, um die anderen bei auftretender Gefahr rechtzeitig zu warnen.

Bennis Rolle war in Abgrenzung zu seinem Zwillingsbruder Olli etwas komplexer. Grundsätzlich lehnte er erst einmal alles ab, was Olli tat, um dann diese Ablehnung als zwanghaftes Prinzip der Zwillingspsychologie zu durchschauen und anschließend als eine Art doppelter Verweigerung meist wieder genau das zu tun, was Olli tat.

Als Resultat davon standen nun beide vor dem Zaun und hielten Ausschau nach Gefahr. Torben, Tim und Eve liefen derweil über das Gelände der Supermarktkette auf die Container zu, in die der Marktleiter täglich all das schütten ließ, was er am Folgetag den Augen seiner Kunden nicht mehr präsentieren wollte. Gemüse, das nicht mehr so makellos war. Obst mit leichten Druckstellen. Joghurt, der seinen Ablauftag erreicht hatte. Käse, Wurst, Brot, Milch und alle weiteren Lebensmittel, die als nicht mehr verkäuflich galten, selbst wenn sie vom Aussehen und Geschmack her noch völlig unverändert waren.

All das landete palettenweise allabendlich in den Containern, oft begleitet von weiteren Produkten, die entfernt werden mussten, weil sie sonst neuen, attraktiveren Waren den Platz im Regal weggenommen hätten.

Anfangs duldeten die Supermärkte es noch, dass sich Stadtstreicher und Bedürftige abends an den Containern versammelten, um das weggeworfene Essen in Empfang zu nehmen. Doch als die Medien mehr und mehr über dieses Phänomen berichteten und die Frage stellten, ob diese Lebensmittel tatsächlich nicht mehr zum Verzehr geeignet waren und ob es dann den Stadtstreichern zugemutet werden konnte, dieses angeblich verdorbene Essen zu sich zu nehmen, erklärten die Supermärkte den Müll kurzerhand zu schützenswertem Eigentum und zogen hohe Zäune um ihn herum, um alle weiteren Diskussionen zu unterbinden. Damit begann die eigentliche Zeit des Containerns.

Torben, Tim und Eve achteten darauf, auf jener Seite der Abfallcontainer zu bleiben, wo sie für die Überwachungskameras unsichtbar waren. Sie stopften die mitgebrachten Tüten rasch mit Paprika, Auberginen, Äpfeln, Weintrauben, Quark- und Joghurtbechern voll und nahmen sich zwei unversehrte Kartons mit Schokokeksen, die offenbar von einer anderen Marke aus den Regalen gedrängt worden waren.

»Drei Fitnessmatten?«, fragte Torben, während er mit dem Handylicht ins Dunkel des Containers leuchtete.

»Intakt?«, fragte Eve zurück.

»Sieht so aus.«

»Nimm mit. Gut zum Tauschen.«

Eve war die, die angefangen hatte, das »Containern« breiter zu organisieren und ihre Funde in der Nachbarschaft oder unter befreundeten WGs zu verteilen. In den letzten Monaten war ein reger Tauschhandel daraus entstanden. Ein breites

Netzwerk von jungen Leuten, die sich an den Resten der Konsumgesellschaft bedienten. Es war für sie nicht einmal eine Frage des Geldes. Sie vermieden es generell, Neues zu kaufen, solange sie mit dem über die Runden kamen, was sie bei ihren nächtlichen »Raubzügen« erbeuteten. Essen, Kleidung, Möbel, Elektrogeräte, es gab kaum etwas, das man nicht auf den Straßen bekommen konnte. Und wenn die Gruppe um Eve in dieser Nacht an gute Lebensmittel kam, so fanden andere vielleicht Kleidung oder ein paar Möbel, sodass am Folgetag getauscht werden konnte. Ein perfektes System, und vor allem war es eines, das für die fünf instinktiv richtig zu sein schien.

»Okay, Aufbruch«, sagte Eve bestimmt. Sie war es, die bei den nächtlichen Beutezügen das Kommando übernahm. Sie hatte mal BWL studiert, aber das war eine Ewigkeit her; da war sie einundzwanzig gewesen und glaubte noch an die falschen Sachen. Jetzt war sie dreiundzwanzig, trug ihr Haar in Dreadlocks und wusste, dass sie besser auf die Straße passte als in den Hörsaal einer Universität. Sie wusste auch, dass sie mehr Talent für Planung hatte als ihre vier Mitbewohner. Die vier akzeptierten das und taten meist, was Eve ihnen sagte.

Torben sprang aus dem Container und half Tim, die Beute auf die Tüten zu verteilen. Torben hatte seine Lehre als Fahrradmechaniker abgebrochen, Tim die Lehre als Hotelkaufmann. Die Teichmann-Zwillinge hatten erst gar keine Ausbildung begonnen und schlugen sich mit Gelegenheitsjobs durch. Dabei mangelte es keinem von ihnen an Intelligenz oder Talent. Was ihnen allen fehlte, war Vertrauen. Das Vertrauen, ihr Leben in die Hände dieser Gesellschaft legen zu können.

Olli und Benni sahen, wie Eve, Torben und Tim zum Zaun zurückschlichen und dabei darauf achteten, außerhalb des Erfassungsbereichs der Überwachungskameras zu bleiben. Sie erreichten die Stelle, wo die Maschen bereits so ausgetreten waren, dass man sie wie eine Leiter nutzen konnte.

Die Zwillinge trugen ihre kindlichen Spitznamen noch immer mit Stolz, als eine Art hartnäckiger Verweigerung einer Welt gegenüber, in die sie sich einfach nicht einpassen wollten. Sie wollten mehr sein als ein Datensatz in den Computersystemen einer Gesellschaft, die sie nach beruflicher Effizienz und Einkommenshöhe bewertete. Es war dieselbe Verweigerung, die sie auch in Eve erkannt hatten, weshalb beide hoffnungslos in sie verliebt waren.

Olli hatte es schon einmal geschafft, mit ihr ins Bett zu gehen. Benni schaffte es zumindest bis zu der Frage, ob sie sich vorstellen könnte, mit ihm Sex zu haben. Eve hatte geantwortet, das sei kein Problem. Diese Antwort reichte Benni, genauso wie Olli die eine Nacht in Eves Bett reichte. Sie alle drei beschlossen, auf ewig einfach nur miteinander befreundet zu bleiben.

Die Zwillinge hörten den heranrasenden Wagen genau in dem Moment, als Eve mit Torben und Tim über den Zaun kletterte. Dann sahen sie den Radfahrer, der von dem dunklen SUV durch die schmale Gasse hinter dem Supermarkt gejagt wurde.

Der Radfahrer war jung, kaum älter als zwanzig, und er fuhr um sein Leben. Er hatte ein schlankes Rennrad und erreichte bestimmt sechzig Stundenkilometer. Er raste an Olli und Benni vorbei. Der dunkle SUV folgte ihm in fünfzig Metern Distanz, holte aber schnell auf.

Es war ein spontaner Einfall, der die Zwillinge zwei Pflastersteine aufheben ließ. Als der dunkle SUV auf ihrer Höhe war, schleuderten sie die Steine gegen dessen Seitenfenster. Sie wollten das Interesse des Fahrers auf sich ziehen, um dem

Typen auf dem Fahrrad etwas Luft zu verschaffen. Doch obwohl die Steine die Seitenscheiben zerspringen ließen, raste der SUV unbeirrt weiter und verringerte den Abstand zum Radfahrer.

Dann bogen Radfahrer und Auto um die Kurve und verschwanden aus Ollis und Bennis Blickfeld. Im nächsten Moment hörte man ein blechernes Krachen.

Gleichzeitig sprangen Eve, Torben und Tim neben den Zwillingen vom Zaun. Sie ließen ihre Tüten fallen, und alle rannten los.

Als sie die Ecke erreichten, sahen sie den Radfahrer auf dem Boden liegen. Der dunkle Wagen stand daneben. Auf der linken Seite war die Straße durch die Mauer der S-Bahn begrenzt, auf der rechten war ein Baugrundstück mit einem hohen Zaun. Wohnhäuser standen hier nicht.

Der Fahrer war ausgestiegen und kniete neben dem Radfahrer, drehte dessen Kopf mit beiden Händen. Dann stand er rasch auf und stieg wieder in den Wagen.

»Hey!«, schrie Eve, und sie beschleunigte ihre Schritte, die vier Jungs an ihrer Seite.

Der SUV preschte mit röhrendem Motor davon.

Torben war der Schnellste von ihnen und erreichte den leblosen Radfahrer als Erster. Er hatte einst ein paar Monate Ausbildung als Rettungssanitäter absolviert und war innerhalb der WG derjenige, den man rief, wenn sich jemand verletzt hatte. Aber hier konnte Torben nichts mehr tun. Der Kopf des Radfahrers lag verdreht zur Seite, die Augen waren aufgerissen. Es war eindeutig, dass kein Funken Leben mehr in dem jungen Mann war.

Eve hockte sich dennoch zu ihm und ergriff die Hand des Radfahrers. Doch die Leblosigkeit des Toten erschreckte sie, und sie ließ sofort wieder los.

Dabei rutschte etwas aus dem Innenfutter des Fahrradhandschuhs, das dort offenbar versteckt gewesen war. Eve hob das kleine Plastikteil auf. Es war ein USB-Stick.

Im selben Moment ertönte das Martinshorn eines herannahenden Polizeiwagens.

»Komm, weg hier!« Olli packte Eve an der Schulter.

Sie zögerte noch kurz, dann sprang sie auf und lief mit den anderen davon. In ihrer Welt war es einfach nicht gut, von der Polizei gestellt zu werden, egal, ob man schuldig war oder nicht.

2

Sie saßen bis zum Morgengrauen in ihrer WG zusammen, tranken Bier und rauchten, um ruhiger zu werden, redeten viel über all das, was ihnen durch den Kopf ging, wechselten dann von Bier zu Kaffee und Tee, um sich wach zu halten und nicht einen der wichtigen Gedanken dieser Nacht durch Müdigkeit zu verpassen.

Eve hatte zuvor den Stick in ihren PC gesteckt, doch keines ihrer Programme konnte dessen Inhalt sichtbar machen. Zwei Gigabyte des Sticks waren belegt mit Daten, die sich für sie nur als endlose Reihen und Kolonnen von Zahlen- und Ziffernfolgen zeigten. Schließlich gab sie es auf und hatte einen spontanen Heulanfall, weil ihr klar wurde, dass sie die Hand eines Toten gehalten hatte.

Olli, Benni, Torben und Tim vertrieben solche Gefühle mit den wildesten Theorien. Klar schien ihnen, dass allein die Größe des verfolgenden SUVs darauf hindeutete, dass es eine Staatsmacht oder ein Geheimdienst sein musste, der den Radfahrer gejagt hatte. Vielleicht steckten die Lebensmittelkonzerne dahinter oder die Waffenlobby, was in den Augen der WG-Bewohner ungefähr dasselbe Maß an Skrupellosigkeit bedeutete.

Normalerweise war Eve für solche Gespräche immer zu haben, und nach dem zweiten Bier war sie meist ziemlich gut darin, Gedanken auszusprechen, die alle anderen zum Zuhören brachten. Als sie sich aber jetzt zu den anderen setzte, war ihr nicht nach Reden.

»Ich will wissen, wie er hieß«, sagte sie nur. »Lasst uns in den News-Kanälen schauen, was sie über ihn bringen.«

Doch in den Nachrichten kam nichts über den Vorfall.

Jürgen Erdmann saß seit den frühen Morgenstunden in der Technischen Abteilung des BKA Berlin und brütete über dem Videomaterial, das er prüfen sollte.

Vor acht Monaten war Kriminalhauptkommissarin Lisa Kuttner ermordet worden, und seither hatte sich Erdmanns Leben völlig verändert. Er schlief nie mehr als vier Stunden am Tag, arbeitete sich zwei Stunden lang jeden Morgen vor seinem Dienstantritt durch alle noch so versteckten Tagesnachrichten, die irgendetwas mit Lisas Fall zu tun haben konnten, und nach Dienstschluss tat er weitere sechs Stunden lang dasselbe.

Seine Behörde hatte die Ermittlungen um Lisas gewaltsamen Tod in der Potsdamer Villa über fünf Monate betrieben, dann war der Fall von neuen, dringlicheren Ermittlungen verdrängt worden und immer weiter in den Hintergrund gerutscht. Nicht aber für Jürgen Erdmann.

Er hatte bis dahin ein stilles Leben geführt. Seine Wohnung in Wedding war kaum größer als sein Büro beim BKA, doch er beschwerte sich nie über sein Leben. Er hatte keine Freunde und auch sonst niemanden, der ihn besuchen kam, und er war mit seinen fünfunddreißig Quadratmetern durchaus zufrieden. Sein Büro maß achtzehn Quadratmeter, zusammen kam er so auf diese dreiundfünfzig, in denen er neunzig Prozent seines Lebens verbrachte. Mehr brauchte er nicht. Jedenfalls war das so bis zu Lisas Tod gewesen.

Seither durchstreifte er zusätzlich zu aller Arbeit noch systematisch die Stadt. Jeden Tag. Er notierte sich sämtliche

Überwachungseinrichtungen, die er finden konnte: Verkehrskameras, S-Bahn-Kameras, Kameras in öffentlichen und nicht öffentlichen Gebäuden oder in Schaufenstern von Ladengeschäften. Straße für Straße. Inzwischen hatte er fein säuberlich einen Stadtplan erstellt mit allen Kameras, die über das Internet angesteuert und ausspioniert werden konnten. Seit er in Lisas Ermittlungen über die Earth-Aktivisten hineingezogen worden war, verstand er, wie viel Macht es bedeutete, die Kameras einer Stadt zu kontrollieren. Er wollte vorbereitet sein, wenn die Leute, die Lisa erschossen hatten, wieder aktiv werden würden. Also lag er auf der Lauer, um ihnen einen Schritt voraus zu sein. Beharrlich und pedantisch, genau so, wie es seine Art war.

Er verfügte zwar nicht über die Mittel, die seine Gegner besaßen, aber er hatte Geduld, und wenn er seine Kräfte gut einteilte, konnte er das noch zwanzig Jahre durchhalten. Irgendwann würde er sie schnappen.

Die Aufzeichnung der Überwachungskamera, die er sich an diesem Morgen ansah, war einem Amtshilfeersuchen des nordrhein-westfälischen LKA gefolgt. In der letzten Nacht war in Köln-Ehrenfeld ein Radfahrer ums Leben gekommen, den man dem Umfeld der Earth-Aktivisten zurechnete. Er war zweiundzwanzig Jahre alt und hieß Kevin Kossack. In der einschlägigen Szene war er unter seinem Tarnnamen »Viruzz« bekannter. Vor zwei Jahren stieg er in die Server eines großen Paketdienstes ein und leakte Material, mit dem bewiesen werden konnte, dass der private Datenverkehr der Mitarbeiter in sämtlichen Dienststellen überwacht und ausgewertet wurde. »Viruzz« hatte dadurch einige Berühmtheit in der Hackerszene erlangt. Seine tatsächliche Identität war der Polizei erst vor wenigen Wochen bekannt geworden.

Die Ermittler gingen davon aus, er habe sich erst aufgrund der enormen Verbreitung des digitalen Netzwerkes »Rise«

den Earth-Rebellen angeschlossen. Warum er aber nun ums Leben gekommen war, konnten die Kollegen aus NRW nicht sagen. Ihr Amtshilfeersuchen folgte einer Notiz, wonach jeder Fall, der im Zusammenhang mit der Aktivistengruppe Earth stehen könnte, an die ermittelnde BKA-Abteilung in Berlin weitergegeben werden sollte. Und damit landete die Aufnahme bei Erdmann.

Das Bild jedoch war über weite Strecken gestört, weshalb die entscheidenden Momente des Unfalls fehlten. Deutlich konnte Erdmann nur sehen, dass Kevin Kossack mit verdrehtem Kopf auf dem Boden lag und fünf junge Leute – vier Männer und eine Frau – um ihn herumstanden und kurz vor der Ankunft eines Streifenwagens die Flucht ergriffen. In einem elektronischen Protokoll war zu lesen, Kossack sei anhand seines Ausweises identifiziert worden und die fünf Unbekannten ständen unter Tatverdacht. In dem Protokoll stand nicht, warum das Bildmaterial gestört war und wer die Polizeistreife zum Tatort gerufen hatte. Womöglich die fünf jungen Leute?, dachte Erdmann. Aber wieso waren sie dann beim Eintreffen des Einsatzwagens geflüchtet?

Erdmann forderte vom LKA zur weiteren Überprüfung die Aufzeichnungen sämtlicher Kameras im Umfeld von einem Kilometer um den Tatort in Köln-Ehrenfeld an. Da steckte mehr hinter dieser Sache, das spürte er, und er beschloss, sich darin festzubeißen.

3

»Richard.«

»Amir.«

»Paul.«

»Murat.«

»Daniel.«

»Yusuf.«

»Nein«, stöhnte Brit auf. »Nicht wieder Yusuf. Du willst mich damit ärgern!«

»Ich will dich nicht ärgern. Yusuf ist ein schöner Name, kommt aus dem Hebräischen und bedeutet: Großer Anführer.«

»Wenn du auf Yusuf bestehst, dann behalt ich den kleinen Mann in mir drin, ich schwör's!« Brit rollte sich lachend auf Khaled und küsste ihn. Allein das brachte sie schon außer Atem. Der »kleine Mann«, der seit acht Monaten in ihr wuchs, nahm ihr ganz schön viel Luft.

Sie rollte wieder neben Khaled und schaute ihn an. Die Sonne fiel durch die offene Tür auf ihre beiden Körper. Sie trugen verwaschene Jeans und weite Shirts aus dünnem Stoff, Brit in Blau und Khaled in Weiß. Das Innere der kleinen Hütte aus Zementsteinen war inzwischen mit Teppichen ausgelegt. Ein paar Möbel und viele bunte Tücher an den Wänden machten es wohnlich.

Khaled strich zärtlich die Haarsträhne aus Brits Gesicht. Ihre Augen fingen die Sonnenstrahlen ein und warfen sie weiter zu Khaled, wodurch sie mitten in seinem Herzen landeten.

Seit acht Monaten lebten die beiden hier und wurden sich immer vertrauter. Seit Brit von einer Ärztin in Rafah die Bestätigung erhalten hatte, dass Khaleds Kind in ihr wuchs. Dass es ein Sohn war, wussten sie seit zwei Monaten.

»Elias«, hauchte Khaled ihr ins Ohr.

»Haben wir längst beschlossen«, antwortete Brit. »Er wird Elias heißen.«

»Okay«, sagte Khaled lächelnd. »Elias. Oder ... wie wär's mit einem Doppelnamen: Yusuf-Elias?«

Mit einem kleinen Wutschrei stürzte sich Brit wieder auf ihn und trommelte mit ihren Fäusten gegen seine Oberarme, bis ihr der mächtige Schwangerschaftsbauch erneut die Luft nahm und sie ihren Kopf erschöpft an seine Schulter sinken ließ. Verliebt und mit geschlossenen Augen lagen sie da und kicherten. Sie benahmen sich wie Kinder, ausgelassen und verspielt, und sie genossen es beide.

Es war ihre gemeinsame Tageszeit, die sie sich nicht nehmen ließen. Sie schlossen den kleinen Lebensmittelladen, den Khaled in Al Bayuk im Gazastreifen eröffnet hatte, jeden Mittag von zwölf bis drei. Diese Zeit verbrachten sie dann in der Hütte, aßen etwas, alberten herum oder machten Liebe, wobei Letzteres durch den gewaltigen Umfang von Brits Bauch immer akrobatischer wurde. Khaled hatte sich vorgenommen, so viel Normalität wie möglich um Brit herum zu schaffen. Das allein schon war schwierig hier auf diesem öden Streifen Land, den hohe Grenzzäune vom Rest der Welt riegelten und wo Hass und Wut schneller wuchsen als anderswo auf dem Planeten.

Aber Khaled machte seine Sache gut. Mit seiner offenen Art gewann er rasch die Hilfsbereitschaft der Nachbarn aus Al Bayuk, und als es darum ging, aus einem abbruchreifen

Schuppen einen kleinen Lebensmittelladen zu machen, hatte er rasch ein Dutzend helfender Hände an seiner Seite. Als der kleine Laden fertig war, stellte er der Nachbarschaft seine deutsche Frau vor, und Brit schlang sich aus Respekt eigens dafür ein Tuch um ihren Kopf. Mit ihrem ersten Lächeln gewann sie rasch die Herzen der palästinensischen Frauen, und mit den Bonbons, die sie ständig verteilte, die sämtlicher Kinder.

Die Idee des kleinen Ladens war, das Leben für die Leute im Süden von Gaza wieder etwas lebenswerter zu machen. Hier, wo Mangel und Not den Alltag beherrschten, waren die Familien meist mit dem Minimum zufrieden. Die Kinder sollten essen, zur Schule gehen und gläubig sein. Was in den Schulen und Moscheen gelehrt wurde, darauf konnten Khaled und Brit keinen Einfluss nehmen, aber bei jedem Einkauf verwickelte Khaled die Kunden in kleine Gespräche über den Wert von Nahrung, über nachhaltigen Anbau und die Pestizide der großen Agrarkonzerne. Er hatte eine lustige Art, davon zu erzählen, und am Ende gingen die Kunden zwar nicht geläutert davon, aber meist mit einem Einkauf, verbunden mit der Erinnerung an ein schönes Gespräch.

Khaled genoss diese Zeit der Einfachheit. Er bemühte sich in den letzten Monaten eifrig darum, für den kleinen Laden eine Markise zu beschaffen, wie sie in der Blütezeit von Gaza in den Sechzigerjahren üblich gewesen war und wie er sie aus den Erzählungen Ben Jafaars kannte, den er bis vor acht Monaten für seinen Vater gehalten hatte. Die Markise sollte ein Streifenmuster haben, blau und gelb, das stand für ihn fest. Blau wie das Meer vor den Stränden von Al Mawasi, gelb wie die Sonne, die Tag für Tag dem Leben in Gaza neue Kraft gab.

Aber es war schwer, solch eine Markise zu besorgen, wenn man nicht über das Geld verfügte, die Schmuggler zu bezahlen, die zwar für den Schwarzmarkt in Gaza so ziemlich alles besorgen konnten, sich dafür aber entsprechend entlohnen ließen. Und Geld hatte Khaled nur das wenige, was der Laden abwarf, und die kleinen Spenden, die hin und wieder durch Peaches und Moon gebracht wurden. Also blieben ihm nur sein Geschick und die Hilfe der Nachbarschaft.

Bei einem ihrer abendlichen Ausflüge entdeckten Khaled und Brit dann ein verrostetes Markisengestänge, das sie mit der Hilfe einiger Nachbarn liebevoll restaurierten und über den Ladenfenstern anbrachten. Ein blaues Segeltuch fand Khaled über einem kleinen Fischerboot und tauschte es bei dem zahnlosen Fischer gegen einen alten Fernseher ein, den er anderswo gefunden hatte. Das Tuch war arg verblichen und wies an manchen Stellen Ölspuren auf, aber Brit strich es mehrfach mit einer dünnen, leuchtend blauen Acrylfarbe.

Schwieriger gestaltete es sich, den gelben Stoff zu besorgen. Als nach drei Monaten immer noch nichts Entsprechendes gefunden werden konnte, kaufte Khaled schließlich den schmutzig weißen Stoff eines alten Flüchtlingszelts und brachte ihn zu einer alten Färberei, die sich dort tapfer seit Generationen gegen die Übermacht der industriegefärbten Stoffe zur Wehr setzte. Der Stoff lag dort eine Woche lang in einem Bad aus Kurkuma, Sonnenblume und Kupfersulfat und nahm eine goldgelbe Farbe an. Khaled und Brit nähten dann beide Stoffe mit einer fußbetriebenen Maschine in Streifen zusammen, bis fast der gesamte Innenraum ihrer kleinen Hütte von Markisenstoff überquoll. Als die letzte Bahn genäht war, ließen sich beide erschöpft und zufrieden auf den Stoff fallen und liebten sich. Das war vor zwei Monaten gewesen.

Inzwischen wurde die Markise jeden Tag ausgefahren und brachte Farbe in die staubig graue Welt von Al Bayuk. Die Leute kamen gern, um im Schatten der Markise zu stehen und über jene Zeit zu plaudern, die nur noch die Großeltern erlebt hatten. Die Zeit, als Gaza noch ein Ort der Hoffnung gewesen war.

Khaled trug in der Nachbarschaft den Spitznamen »Bayie«, der Verkäufer, und Brit nannten alle nur die »Almaniin«, die Deutsche.

Die Welt war für Khaled und Brit klein und überschaubar geworden. Aus Sicherheitsgründen benutzten sie weder Handy noch den Zugang zum Internet, der im kleinen Café gegenüber mit einem alten PC möglich gewesen wäre. Ihren einzigen Kontakt zur Außenwelt bildeten Peaches und Moon, die beiden Earth-Aktivisten, die einmal pro Woche bei ihnen vorbeischauten.

Die beiden waren schon Mitglieder der Bewegung gewesen, als Ben Jafaar mit ihr den arabischen Frühling unterstützt hatte. Peaches studierte damals Informatik und genoss sein Studentenleben. Moons Familie dagegen besaß nie das Geld, ihren Sohn auf eine der Universitäten von Gaza zu schicken. Stattdessen reparierte er alte Computer, half anderen bei Problemen mit der Systemsoftware oder bei Virenbefall und verdiente sich so seinen Lebensunterhalt.

Inzwischen waren beide entschlossene Aktivisten für die Ziele von Earth, aber vor allem waren sie die Einzigen, die den Aufenthaltsort von Brit und Khaled kannten.

Anfangs versuchte Peaches noch beharrlich, Khaled für den Kampf zurückzugewinnen. Er konnte nicht verstehen, dass sich ein Mann, der ein derart großartiges Netzwerk wie Rise erfunden hatte, komplett aus dem Widerstand zurückzog, um Gemüse zu verkaufen. Rise hatte inzwischen zwanzig Millionen User und war damit das weltweit größte Netzwerk von Leuten, die an eine gerechtere Welt glaubten. Aber viel mehr noch war es das Tarnnetz, unter dem die Mitglieder von Earth weitgehend unentdeckt blieben. Mehr als zuvor war das wichtig, wenn die Bewegung überleben sollte.

Nach der weltweiten Attacke auf die Serversysteme von Tantalos hatten die Rebellen einen kurzen Triumph feiern können. Doch dann wandte sich Ben Jafaar an die Medien der Welt und machte Tantalos öffentlich. Er stellte das Projekt als ein Forschungszentrum für die Zukunft des Planeten hin, und dies klang derart überzeugend aus seinem Mund, dass die Menschen mehrheitlich dem zugestimmt und ihr anfängliches Misstrauen bald wieder vergessen hatten.

Inzwischen war die gigantische Serveranlage wieder intakt und stärker als je zuvor. Die Tantalos Corp. platzierte Lobbyisten in den Hinterzimmern aller Regierungen der Welt und vergrößerte ihren Einfluss permanent. Hingegen war es um die Aktivistenbewegung von Earth still geworden. Deren Mitglieder standen auf den Fahndungslisten der Polizeidienste fast aller Nationen, was – auch wenn sie derzeit nicht mit Nachdruck verfolgt wurden – die meisten Hacker und Digitalrebellen genug einschüchterte, um sich bedeckt zu halten.

Umso mehr lebten die Mythen in der Halbwelt von Rise auf, wo sich Sympathisanten, Mitläufer und Neugierige versammelten und wo Earth inzwischen mit einem ikonenhaften Bild glorifiziert wurde, das eine junge Frau zeigte: Brit. Anfangs war es nur ein undeutlicher Schnappschuss gewesen. Er zeigte sie in dem Moment, als sie aus Tantalos in Oslo geflohen war, kurz nachdem sie einen USB-Stick an das System angedockt und somit den Algorithmus eingeschleust hatte, der sich daraufhin durch die Eingeweide des Riesenrechners fressen konnte. Aufgenommen von einer Überwachungskamera, wurde dieses Bild zur Fahndung benutzt, und ein begeisterter Sympathisant postete es in Rise. Daraufhin war Brit über Nacht durch Zehntausende Posts und Threads zur Heldin stilisiert worden. Mehr Bilder von ihr tauchten auf, und sie wurde zur Popikone des Widerstands, ohne dass sie etwas dagegen hätte tun können.

Khaled wusste, welche Gefahr das mit sich brachte, und er versuchte, ihren Aufenthalt in Gaza so geheim wie möglich zu halten. Vor allem aber versuchte er, alle Märchen und Gerüchte, die im Netz inzwischen über Brit kursierten, weitestgehend von ihr fernzuhalten.

Der Schmerz über den Tod seiner Frau Milena war in ihm noch lebendig. Weiteren Schmerz wollte er tunlichst aus seinem Leben fernhalten, aber insbesondere wollte er sein junges Glück mit Brit von allem abschirmen, was es hätte beeinträchtigen können.

Er ahnte nicht, dass sich Brit auf eigenen Wegen mit Informationen versorgen ließ. Yasmin, eine junge Frau aus der Nachbarschaft, hatte sie in Rise erkannt und war stolz, nun Teil des geheimen Wissens um den Aufenthaltsort der heldenhaften Rebellin zu sein. Yasmin versorgte Brit regelmäßig mit Papierausdrucken von neuen Threads oder Artikeln über sie oder mit ausgedruckten Fotos von ihr, die wie Reliquien durchs Internet geschickt wurden. Manches davon vernichtete Brit, anderes hob sie auf und verbarg es in einer kleinen Schatulle, die sie für ihren Sohn verwahren wollte. Er sollte sich später ein eigenes Bild von ihr machen können, falls er je begann, nach seinen Wurzeln zu suchen.

Wie wichtig solche Wurzeln sein konnten, hatte Brit in ihrem eigenen Leben zur Genüge erfahren. Zuletzt, als sie in Tantalos Ben Jafaar gegenübergestanden hatte und der sich als ihr Vater zu erkennen gab. Sie hatte bisher niemandem davon erzählt. Auch nicht Khaled. Ihm am allerwenigsten. Er hatte an jenem Tag den Vater verloren, den sie gewonnen hatte.

»Hättest du auch eine Tochter akzeptiert?«, fragte ihn Brit und stützte sich dabei mit beiden Ellbogen auf seiner Brust auf.

»Nur, wenn sie genauso rebellisch geworden wäre wie du.« Khaled zog sie lächelnd näher an sich, sodass er es spüren konnte, wenn sich der Kleine in ihrem Bauch bewegte.

»Und *er?* Wie soll *er* werden? Wie du oder wie ich?«

»Die Klugheit von dir, von mir der Bartwuchs.«

Sie lachte und küsste ihn. Sie wusste schon viel über ihren Sohn. Immer wenn Khaled abends noch einmal durch die Straßen streunte, um dort vielleicht etwas Brauchbares zu finden, saß sie vor der Hütte unter dem Sternenhimmel und baute den »Tunnel« zu ihrem Sohn auf. Es war ihre eigene, persönliche Verbindung, die sie zu Dingen oder Lebewesen herstellen konnte und die so konzentriert war, dass nichts anderes um sie herum mehr eine Bedeutung hatte. Vermutlich war es ein psychischer Defekt. Aber Brit hatte damit zu leben gelernt. Vor allem hatte sie gelernt, ihn für sich zu nutzen. Jetzt zum Beispiel für die Kontaktaufnahme zu ihrem ungeborenen Sohn. Sie spürte, wie er zu denken begann, und sie ahnte, welcher Mensch er einmal werden würde. Er fühlte dann ebenfalls, dass sie bei ihm war, und rekelte sich wohlig in der Umarmung ihrer Gedanken.

»Wollen wir noch mal über den Namen reden?«, fragte Khaled.

»Nein.«

»Du bist dir sicher?«

»Ja«, sagte Brit und sah ihn mit klarem Blick an. »Du nicht?«

»Doch«, antwortete er, und Brit erkannte, dass er es ehrlich meinte.

»Glaubst du, wir müssen ihn lange Zeit hier aufwachsen lassen?«

»Ich weiß nicht«, sagte Khaled. »Vielleicht ist es nicht schlecht, hier zu sein, wenn wir wollen, dass er sicher ist.«

»Es gibt andere Orte, an denen es sicher wäre.«

»Nicht für uns.«

»Hier würde unser Sohn inmitten von Hass und Gewalt aufwachsen.«

»Vielleicht bleibt es nicht immer so in Gaza.«

»Glaubst du das?«

»Ich hoffe darauf.«

In diesem Moment klopfte es an der offen stehenden Tür. Peaches stand dort, dezent hinter der Schwelle.

»Come in«, sagte Brit. »Good to see you.« Sie stand auf, schnaufte dabei, als ihr das Gewicht ihres Bauches wieder einmal bewusst wurde. »Some tea?«

»Yes, thanks.« Peaches kam herein. Vorsichtig, denn er war sich bewusst, dass er die Intimität zwischen Brit und Khaled gestört hatte.

Brit ging zu der schlichten Küchenzeile, um Wasser für den Tee aufzusetzen.

»Can you help me getting the water out of the car?« Peaches richtete die Frage an Khaled, und sofort begriff Khaled, dass Peaches etwas von ihm wollte.

Zuerst dachte Khaled, dass Moon etwas zugestoßen war. Peaches und Moon kannten sich von klein auf, und sie waren wie Brüder.

Vor sechs Wochen wurde Moons jüngere Schwester bei einem Protestmarsch am Grenzzaun durch israelische Soldaten erschossen, und der Schmerz darüber brachte Moon fast um. Peaches hatte Angst um seinen Freund. Angst davor, dass sich Moon radikalisieren würde wie so viele andere junge Männer in Gaza, die Verluste erfahren hatten. Er führte viele Gespräche mit seinem Freund, betonte, dass es niemals die Menschen waren, gegen die sich der Kampf richten sollte, sondern immer nur gegen die Systeme von Herrschaft und Besitz. Doch Peaches spürte, dass seine Worte Moon nicht erreichten. Und dann hatte er eine andere Idee.

Er kontaktierte eine israelische Earth-Aktivistin und brachte sie mit Moon zusammen. Sie war eine aggressive jüdische Hackerin mit Tarnnamen »S*L*M«, was auf »Schalom« zurückzuführen war und etwa bedeutete: *Der wahre Friede, der von Dauer ist inmitten unserer eigenen Vergänglichkeit.* S*L*M war bekannt geworden, als sie die Datenserver des israelischen Inlandsgeheimdienstes Schin Bet gehackt hatte. Sie leakte Tausende Datensätze und versah sie mit dem Slogan »Nur Offenheit ist Frieden«. Bis heute schaffte sie es, ihre wahre Identität vor Mossad und Schin Bet erfolgreich zu verbergen.

Sie nahm mit Moon Kontakt auf. Über eine sichere Kommunikationslinie im Darknet begannen die beiden bald schon einen regen Gedankenaustausch. Moons aufkeimender Hass gegen alles Jüdische legte sich wieder, und sein Schmerz wurde allmählich von seiner Vernunft verdrängt. S*L*M war für ihn der Beweis dafür, dass Araber und Juden Seite an Seite kämpfen konnten, und zwar gegen ihre wahren Gegner.

Doch das alles war nicht der Grund, weshalb Peaches Khaled aus dem Haus holte. Es ging um etwas, das S*L*M letzte Nacht erfahren hatte und von dem Peaches wusste, dass es zu den Dingen gehörte, von denen auf Khaleds Wunsch hin Brit während ihrer Schwangerschaft nichts wissen sollte.

Die beiden Männer setzten sich in den alten Peugeot und kurbelten die Seitenfenster hoch, damit ihre Unterhaltung draußen nicht mitgehört werden konnte. Dann erzählte Peaches, dass ein Earth-Mitglied mit Tarnnamen »Viruzz« in der letzten Nacht in Köln umgebracht worden war. Kurz zuvor stand Viruzz noch übers Darknet mit S*L*M in Kontakt und teilte ihr mit, dass er mitten ins Herz von Tantalos eingedrungen war und dort etwas gefunden hatte, das er den »Schlüssel zur Zukunft« nannte …

4

Ben Jafaar stützte sein Kinn auf beide Hände und blickte durch das breite Panoramafenster auf das riesige Rechenzentrum unter ihm. Es war viel passiert in den vergangenen acht Monaten. Viele Datenstrecken auf den riesigen Serverfarmen von Tantalos kollabierten bei dem Angriff der Hacker. Das gesamte System brach zusammen, die Arbeit von Monaten und Jahren wurde zerstört. Aber nicht endgültig. Dafür hatte Ben Jafaar frühzeitig Sorge getragen.

Er war sich der Gefahr eines groß angelegten Hackerangriffs immer bewusst gewesen. Früher oder später musste man damit rechnen, keine Firewall war ohne Schlupflöcher. Zudem wusste er immer, dass die größte Gefahr von den Hackern der Bewegung Earth ausging. Er hatte sie ja selbst ins Leben gerufen und auf solche Angriffe vorbereitet. Und er wählte sie als großen gemeinsamen Feind für die Menschen der Zukunft: der gemeinsame Gegner, der das Gesellschaftssystem des Jahres 2045 zusammenhalten würde.

Aber deshalb hatte er auch gewusst, dass er frühzeitig Schutzzonen errichten musste, die selbst schlimmste Angriffe überstehen konnten. Er nannte sie »Keimzellen«, weil in ihnen die Struktur weit größerer Datencluster gesichert war, sodass sich aus diesen Zellen ganze Strecken eines zerstörten Systems wiederherstellen ließen. Das machte die Zerstörung zwar nicht ungeschehen, aber die Rekonstruktion anschließend leichter.

Dennoch arbeitete eine kleine Armee von Programmierern und IT-Technikern ganze sechs Monate an dem Neuaufbau, bis das System schließlich wieder stand. Der Zusammenbruch brachte jedoch auch einige Fehler und Schwachstellen ans Licht, die ausgemerzt werden konnten. Jetzt war es besser und genauer als zuvor.

Auch anderweitig hatte Ben gelernt. Die Geheimhaltung an sich war eine Schwachstelle, die das Tantalos-Projekt angreifbar gemacht hatte. In dem Moment, als Ben an die Öffentlichkeit ging und der Welt sein Rechenzentrum als ein Projekt der staatenübergreifenden Zukunftsforschung vorstellte, hatte er damit gleichzeitig die gefährlichste Waffe seiner Gegner entschärft: das Leaking. Die Menschen dieser Welt verstanden, dass für die Zukunft geforscht werden musste. Und jeder, der sich dagegen stellte, erschien mit einem Mal als Feind einer Zukunft voller Frieden und Wohlstand.

Tantalos wurde inzwischen von allen wichtigen Regierungen als zukunftsweisendes Forschungsprojekt akzeptiert, und nationale Berater sorgten dafür, dass der Informationsfluss zu den Ministerien reibungslos verlief. Eine ganze PR-Abteilung wurde damit beauftragt, Informationen in viele Sprachen und bunte Prospekte zu verpacken. Für die Augen der Welt war Tantalos jetzt ein harmloser Thinktank der Wissenschaft und damit erst einmal aus dem Fokus aller kritischen Behörden. Es lief so weit alles gut, fand Ben Jafaar.

Die Aktivisten von Earth standen nun auf den Fahndungslisten vieler Staaten. Die Bewegung würde allerdings weiterleben, wenn auch zunächst im Verborgenen, ganz so, wie es die Simulationsberechnung voraussagte. Es würde keine weiteren Toten geben müssen.

Das war eine beruhigende Aussicht. Seit der Begegnung mit Brit hatte Ben Jafaar viele Nächte lang an sie denken müssen. Und er träumte davon, sie an seiner Seite zu haben. Vater und Tochter.

Eine Tochter, die allerdings den größten Feind von Tantalos gebären sollte: Elias Jafaar, Vorsitzender der letzten Oppositionspartei, der nach deren Verbot in den Untergrund gehen und sich wahrscheinlich Earth anschließen würde. Er würde im Jahr 2045 zur größten Bedrohung der neuen Weltordnung. Auch das hatte das System errechnet.

Und darum war TASC, das von Tantalos gegründete Sicherheitsunternehmen, hinter Brit her. Um sie aus dem Weg zu räumen. Um sicherzustellen, dass Elias Jafaar nicht zum Risiko für die zukünftige Gesellschaft wurde.

Ben hatte sie überzeugen wollen, sich sterilisieren zu lassen, damit sie ihren Sohn niemals zur Welt brachte und somit nicht mehr in Gefahr war, doch sie ergriff die Flucht.

Die beharrliche Sorge um seine Tochter, die bis dahin nicht einmal von seiner Existenz wusste, verschwand erst, als sich Earth zurückzog. Seither glaubte er Brit nicht mehr in Gefahr und wurde innerlich ruhiger.

Mit dieser Ruhe war es seit vergangener Nacht jäh vorbei, als die Abwehrsysteme meldeten, ein Hacker sei ins sogenannte »Allerheiligste« eingedrungen. Der Eindringling war nur unter dem Kürzel Viruzz bekannt.

Ben hatte sofort alle Sicherheitsvorkehrungen treffen lassen und sich auf eine Komplettabschaltung vorbereitet. Doch es war bereits zu spät. Viruzz schaffte es, einen Snapshot von einem Algorithmus zu machen, den er nie hätte sehen dürfen. Ben schickte daraufhin sofort seine Jäger los, sowohl die digitalen als auch die menschlichen. Sie spürten Viruzz noch in derselben Nacht auf.

Sein Name war Kevin Kossack gewesen, und er hatte in

Köln gelebt. Er wurde so schnell wie möglich beseitigt, doch die gestohlenen Daten waren weder bei ihm noch auf seinem Rechner gefunden worden.

Ben sah darin den Beweis, dass Viruzz die Daten bereits weitergeleitet haben musste. Und wenn dem so war, dann besaß Earth jetzt die »Brücke«.

Der Kampf ging also weiter ...

Zodiac und Esther mieteten eine kleine Wohnung in Paris. Ihr winziger Balkon ging zur Straße hin, und wenn die Fenster offen standen, konnte man abends die Musiker auf den Stufen von Montmartre spielen hören. Die Vermieterin, eine alte Dame, stellte keine Fragen, als ihr Esther statt der Pässe ein handschriftlich gekritzeltes Papier mit falschen Namen zuschob. Es war nicht ungewöhnlich in Paris, dass junge Paare voller Hunger nach Liebe und Sex Zimmer mieteten, ohne ihre wahre Identität preiszugeben. Paris war schon immer stolz darauf gewesen, die Stadt der Liebe zu sein, und die Vermieterin wollte mit dieser Tradition nicht brechen.

Die vergangenen acht Monate verliefen für Esther und Zodiac ohne große Ereignisse. Beiden war klar, dass sie Geduld haben mussten, bevor sie wieder offensiv in der Bewegung auftreten durften. Das wäre noch zu gefährlich gewesen. Nach der großen Attacke auf die Serveranlage von Earth hatte Tantalos sicherlich viele Hebel in Bewegung gesetzt, um die führenden Köpfe der Bewegung zu finden.

»Komm wieder her«, sagte Zodiac und nahm einen tiefen Zug an der Zigarette. Das Rauchen hatte er sich erst hier in Paris angewöhnt. Irgendwie schienen Zigaretten in dieser Stadt weniger ungesund als im Rest der Welt. Es fühlte sich richtig für ihn an, hier in dem kleinen Pariser Zimmer nackt und rauchend auf dem Bett zu liegen und Esthers Anblick zu genießen, die, nur in ein Laken gewickelt, an der offenen Balkontür stand und hinunter auf die Straße blickte.

Die Konturen ihres Körpers zeichneten sich unter dem dünnen Stoff deutlich ab. Sie war schön, unglaublich schön mit ihren dreiunddreißig Jahren: ein makelloser Po, eine schlanke Taille, die Brüste sanft gerundet und fest. Er hatte sie schon immer begehrt, aber seit ihrer Beziehung mit Khaled nahm Zodiacs Gier etwas geradezu Zügelloses an. Esther widersetzte sich dem nicht, und es war ihm nicht klar, ob ihr diese Zügellosigkeit gefiel oder ob Esther sie lediglich als neues Beiwerk ihrer sexuellen Konfrontationen akzeptierte.

Sie drehte sich zu ihm um, und ihre Haare hingen wild in ihr Gesicht, als sie ihn anschaute.

»Was für eine gelungene Mischung aus Kämpferin und Schönheit«, sagte Zodiac und drückte die Zigarette im Aschenbecher neben dem Bett aus. »Solch ein Anblick hat Künstler und Eroberer befähigt, die Welt aus den Angeln zu heben. Immer schon.«

»Wenn du weiterquatschst, zieh ich mich an und gehe.«

Das kannte Zodiac von ihr. Sie wollte kein Gerede kurz vor dem Sex, warum auch immer. Ihm war das nur recht, ein untrügliches Signal, dass sie bereit war für ihn. Er legte den Finger auf seine Lippen zum Zeichen, dass er fortan schweigen würde. Als Antwort darauf ließ sie das Laken fallen, stieg nackt aufs Bett, ließ sich von ihm packen und auf sich ziehen. Sie sah ihn an mit einem Blick, in dem entweder Gier oder Abscheu lag, genau hätte er das nicht zu entschlüsseln vermocht, doch dann übernahm eine archaische Energie die Herrschaft über ihren Körper. Es geschah in Wellen, begleitet von Schreien, Jammern und Gewalt, und jedes Mal faszinierte es Zodiac aufs Neue.

Esther hatte schon immer diese extreme Körperlichkeit gehabt, doch jetzt war es anders. Schmerzen waren zum festen Bestandteil ihrer Leidenschaft geworden. Seit Khaled aus ihrem Leben verschwunden war, ebenso wie Ben Jafaar, den sie für tot gehalten hatte, bis zu jenem Tag vor acht Monaten, als er vor die Öffentlichkeit der Welt trat und sich als der Schöpfer von Tantalos präsentierte.

Den genauen Grund kannte Zodiac nicht, aber die Verquickung von Gewalt und Leidenschaft in Esthers Sexualität machte ihn förmlich süchtig. Seit Bens Verschwinden nahm er dessen Führungsrolle in der Bewegung ein und versuchte, dieser Verantwortung gewissenhaft nachzugehen. Doch seit die sexuellen Begegnungen mit Esther derart ausufernd geworden waren, kam für ihn ein neues, rauschhaftes Gefühl hinzu: durch den Körper dieser Frau an die Quelle der Macht zu gelangen.

Je länger ihr Verhältnis andauerte, umso mehr ließ sie es geschehen, dass er mit ihr Dinge anstellte, die an die Grenzen dessen gingen, was sie körperlich aushalten konnte. Und das Bewusstsein, diese Grenzen jedes Mal ein Stück auszuweiten, steigerte Zodiacs Gier ins Unermessliche.

Während Esther die Blessuren ihrer Leidenschaft überschminkte, sah sie, dass Zodiac sie noch immer beobachtete. Doch nun war es ihr unangenehm, und sie schloss die Tür des Badezimmers, um seinen Blick auszusperren. Ohne die Betäubung ihrer sexuellen Lust fühlte sie sich verletzlich und hatte Angst davor, durchschaut zu werden.

Ihr Geheimnis hütete Esther bislang sorgsam. Vor allen. Auch vor Zodiac. Niemand wusste von der Krankheit, die sie von ihrer Mutter geerbt hatte und die früher oder später dazu führen würde, dass sich ihr Körper dem Schlaf verweigerte. Verantwortlich war eine Mutation am Genort 20p13, die gemeinhin als Insomnia-Mutation bezeichnet wurde. Ihre Mutter war neununddreißig gewesen, als bei ihr das akute

Stadium eintrat. Sechs Wochen ohne Schlaf laugten ihren Körper aus, und sie starb, ermattet, begleitet von Gedächtnisausfall, Muskelzuckungen und Kreislaufkollaps.

Dieselbe Zeitbombe tickte auch in Esthers Genen, und seit den Ereignissen vor acht Monaten begann das Monster, sich zu regen. Doch solange sie Sex und Schmerzen spürte, wusste sie, dass sie noch lebte. So lange konnte sie kämpfen ...

Nachdem sie sich angezogen hatte, machte sie sich auf den Weg zum Finanzdistrikt La Défense, wo sie in unregelmäßigen Abständen einen Spekulanten traf, der ihre Bitcoins in Euros umtauschte und für seine Verschwiegenheit eine unverschämt hohe Provision verlangte. Er war ein gieriger dreißigjähriger Typ namens Frederic Lasalle, der ihr ständig auf die Brüste starrte. Aber es gab wenig andere Möglichkeiten, an Geld zu kommen, ohne dabei Spuren zu hinterlassen, die früher oder später unweigerlich die Verfolger zu ihnen geführt hätten.

Esther führte nur ein einfaches Prepaidhandy mit sich, das ein gewisses Maß an Sicherheit versprach und über das Zodiac sie dennoch in dringenden Fällen erreichen konnte.

Solch ein Fall trat ein, als Esther La Défense erreichte. Ihr Handy summte, und Esther sah Zodiacs Warnung.

Nachdem Esther gegangen war, hatte sich Zodiac an den Rechner gesetzt, um Brit über das Darknet weiter als Ikone der Bewegung zu lancieren. Ihr wachsender Bekanntheitsgrad zwang sie, im Untergrund zu bleiben. Und mit ihr auch Khaled, Zodiacs ärgsten Rivalen hinsichtlich der Führung von Earth.

Doch als Zodiac ins Netz einstieg, schlugen ihm aufgeregte Posts anderer Mitglieder regelrecht entgegen. Es gab wieder einen Toten. Die Waffenruhe schien vorbei. Tantalos hatte die Jagd auf die Earth-Mitglieder wieder aufgenommen.

5

Die Mitglieder der WG hatten kaum mehr als zwei Stunden Schlaf gefunden. Sie alle waren an diesem trüben Morgen in Köln aufgewühlt durch die Ereignisse der Nacht. Einen Toten zu sehen war schockierend genug, aber hier hatten sie es mit einem Mordopfer zu tun, und das Wissen darum verfolgte sie bis in ihre Träume.

Eve, Torben und Tim schliefen noch, als es die Zwillinge am späten Vormittag aus der Wohnung trieb, um noch einmal den Tatort aufzusuchen. Von Weitem konnten Olli und Benni bereits sehen, dass Polizeikräfte die ganze Straße abgesperrt hatten. Rot-weißes Plastikband hielt Nachbarn und Passanten auf Abstand.

In den Augen der Zwillinge herrschte am Tatort eine verlogene Aufgeregtheit, eine Stimmung von vulgärer Neugier, die dem Tod des jungen Mannes so gänzlich unangemessen schien.

»Er soll ein Dieb gewesen sein. Hat anscheinend dort hinten im Supermarkt eingebrochen«, sagte eine dickliche Frau mit einem Baby auf dem Arm, offenbar um in ein Gespräch mit den Zwillingen einzusteigen. Doch beide drehten sich von ihr ab und gingen davon.

In der vergangenen Nacht war ein Leben auf dieser Straße beendet worden. Sie wussten zwar nicht, warum, aber für sie war es ein Grund mehr, der gesamten Welt zu misstrauen und sich auf den Widerstand vorzubereiten. Ein Widerstand, der in der WG nur ein diffuses Gefühl war. Ein Gefühl ohne konkretes Gesicht.

Aber mit einer Stimme, die sie rief. Leise zwar noch, aber beharrlich ...

Der Gedanke, einer kollektiven Bewegung wie Earth anzugehören, war den Zwillingen lange Zeit genauso fremd gewesen wie den anderen in der WG. Ihre Computer dienten meist dazu, irgendwelche »Games zu zocken«, wie sie ihre Beschäftigung nannten, um ihr zumindest vom Wortklang her einen verwegenen Charakter zu verleihen.

Nächtelang saßen sie zu dritt oder viert vor den Rechnern und spielten sich durch virtuelle Landschaften voller Dämonen und Fantasyhelden, um die Regeln dieser Computerwelt immer besser zu beherrschen, während sie die der realen Welt ablehnten.

Oft genug hatten sich Torben, Tim, Olli und Benni schon über viele Tage in den Onlinespielen verloren, nur unterbrochen von den nächtlichen Raubzügen des Containerns oder wenn ihnen das Netz abgestellt wurde, weil sie versäumt hatten, die Rechnung zu bezahlen.

Ein paarmal waren sie in den letzten Monaten auch von Eve aus ihren Kämpfen geholt worden, weil sie ihnen den unglaublichen Erfolg des Social-Media-Netzwerkes Rise hatte zeigen wollen. In dessen rebellischer Gedankenwelt fühlten sich die WG-Mitglieder von Anfang an zu Hause, und sie diskutierten in den zahllosen Chatrooms mit anderen Usern über die Fragen, ob man Ben Jafaar, dem legendären Gründer von Earth, weiterhin folgen sollte, obwohl er zwischenzeitlich ein Forschungsprojekt namens Tantalos betrieb und sich von weltweiten Wirtschaftsverbänden dafür bezahlen ließ.

Es waren spannende Diskussionen gewesen, die sie in der WG darüber geführt hatten. Doch irgendwann verebbte die Aufregung wieder, und sie verloren Rise aus den Augen.

Etwa im selben Zeitraum hatte sich Eve bei einer Umweltschutzorganisation für ein Baumpflanzprojekt am Amazonas beworben. Doch sie wurde abgelehnt mit einem Verweis auf ihre ausländerfeindliche Haltung und ihre positive Einstellung zum Drogenkonsum. Eve war über diese beiden Aussagen irritiert. Die erste stimmte nicht, und die zweite war bestenfalls übertrieben. Mit ihrem »Drogenkonsum« konnte höchstens die gelegentliche Marihuanazigarette gemeint sein, was aber außerhalb ihrer WG keinem hätte bekannt sein dürfen.

Nach hartnäckigem Nachfragen bei der Umweltschutzorganisation nannte eine Mitarbeiterin als Quelle für die Informationen Eves Facebook-Account. Eve war aber sicher, eine wenig verfängliche Seite auf Facebook zu haben. Doch dann stellte sich heraus, dass es da noch mehr Seiten gab. Unter ihrem Namen fanden sich unterschiedliche Seiten bei Facebook, Twitter und Instagram, allesamt mit einem Foto von ihr und mit Texten, die angeblich von ihr stammten. Slogans gegen Asylanten, für freien Drogenkonsum, Aufruf zum Diebstahl in Warenhäusern und andere provokante Texte.

Eve glaubte an einen dummen Scherz, den sich irgendwer mit ihr erlaubte. Sie löschte die Accounts, so gut sie konnte, und vergaß die Sache wieder. Zwei Wochen später aber war Torben in Köln-Ehrenfeld von einer Gruppe junger Türken verprügelt worden, was ihm einen ausgeschlagenen Eckzahn und ein gebrochenes Jochbein einbrachte. Es stellte sich heraus, dass er angeblich auf der Webseite ihres türkischen Kulturvereins rassistische Beschimpfungen gepostet hatte.

Er dachte an eine Verwechslung, der er schmerzhafterweise zum Opfer gefallen war. Aber kurz darauf stießen die

WG-Mitglieder in Rise auf Posts und Kommentare von anderen Usern, die von ähnlichen Vorfällen berichteten. Die erfahreneren unter den Rise-Usern vermuteten dahinter sogenannte »Bots«, selbstständig agierende Miniprogramme, die Identitäten stahlen und daraus Fake-Accounts machten, um von dort aus ungehindert Unheil anzurichten.

Das war der Tag, an dem die Mitglieder der Ehrenfeld-WG erstmals verstanden, dass die digitale Wirklichkeit weit abenteuerlicher sein konnte als jedes Computerspiel. Das war auch der Tag, als Olli und Benni erstmals auf ein Foto von einer jungen Frau stießen, die im Rise-Netzwerk als eine Ikone des Widerstands verehrt wurde.

Sie hieß Brit, und die Fotos, Paintings und Comicbilder, die von ihr im Netz kursierten, waren für die Zwillinge nicht weniger aufregend als ihre erste Begegnung mit Lara Croft vor vielen Jahren.

An diesem Tag nahmen sie sich vor, dass sie bereit sein würden, wann immer diese fremde Welt des Widerstands nach ihnen rufen würde.

Die »Bots« waren die ausgeklügeltste Waffe, über die das Netz momentan verfügte. LuCypher alias Mahmut Aksun wusste das natürlich, weil die Hackergemeinde diese Entwicklung aufmerksam verfolgte, auch wenn es nicht die ihre war.

Nachdem er als Letzter die Earth-Zentrale im alten Stellwerk am Berliner Gleisdreieck verlassen hatte, suchte er sich einen Unterschlupf, von dem aus er den Lauf der Dinge aus sicherer Distanz beobachten konnte. Er fand ihn in einer Schrebergartenlaube in Tegel, die einem Onkel von ihm gehörte, der sie aber schon lange nicht mehr nutzte. LuCypher baute dort seinen Rechner auf und dockte ihn über mehrere Richtfunkstrecken an ein achtzehn Kilometer entferntes Netz eines Paketdienstes an, das er zuvor gehackt hatte.

Er war einer der erfahrensten Hacker des Landes und wusste um sämtliche Sicherheitsvorkehrungen, die man treffen musste, um keine Spuren im Netz zu hinterlassen. Dennoch agierte er vorsichtig wie nie zuvor. Er wusste, es ging um Leben und Tod.

Das Letzte, was er bei dem großen Angriff auf Tantalos aus dessen Rechneranlage fischen konnte, war eine Information, die ihn sehr verstörte. Earth hatte bereits zuvor ein Foto abgefangen, das Khaled und Brit zusammen mit einem Baby zeigte. Aus dem historischen Archiv der Zukunftssimulation von Tantalos saugte LuCypher dann genauere Informationen über dieses Foto: das Datum, an dem Brit und Khaled ermordet werden würden, der 6. August 2020. Genau zwei Minuten nach der Aufnahme dieses Fotos.

Seither hatte sich LuCypher auf die Lauer gelegt und aus sicherer Distanz den Traffic überwacht, der den Simulationsbereich der Tantalos-Anlage seit deren Wiederherstellung durchlief. Vor einigen Wochen registrierte er dann eine ungewöhnlich hohe Dichte von Bots, die von Tantalos aus wie ein Schwarm Heuschrecken in das globale Netz geschickt wurden und sich auf jeden stürzten, der als User von Rise aktiv war.

Khaled sagte Brit nichts von dem, was er von Peaches erfuhr. Der Tod von Viruzz konnte nur eines bedeuten: Das Morden hatte erneut begonnen. Ob Ben Jafaar es selbst veranlasste oder nur geschehen ließ, war nebensächlich.

Seine Kindheit hindurch hatte Khaled Ben Jafaar noch mit »Papa« angesprochen, später nannte er ihn mit einer Mischung aus Argwohn und Respekt »Vater«, obwohl Ben Jafaar diesen Namen nie verdient hatte. Ihm würde Khaled nichts verzeihen. Weder all die Lügen noch die Morde, für die er jetzt die Verantwortung trug.

Der Tod des Hackers in Köln machte klar, dass die Jagd auf Earth wieder eröffnet war. Und damit auch die Jagd auf Khaled und Brit.

Das Wissen darum wollte er auf alle Fälle vor Brit geheim halten. Sie war inzwischen zum Kostbarsten geworden, das er nach Milenas Tod noch hatte.

»Ich werde vermutlich über Nacht wegbleiben«, sagte er Brit und ließ dabei seine Hände über ihren Bauch gleiten.

»Nein, bitte. Heute ist Vollmond«, antwortete Brit mit einem Unterton, der es Khaled schwer machte, bei seiner Lüge zu bleiben. »Wir legen uns aufs Dach und heulen ihn an. Und dann machen wir Liebe, bis er rot wird vor Scham. Die Kühltruhe kann warten.«

Er hatte ihr erzählt, er wollte nach Jabalia fahren, um dort eine alte Kühltruhe für wenig Geld zu kaufen. Es war ein Schwindel, aber Brit würde keinen Verdacht schöpfen. Die Hitze von Gaza machte es schier unmöglich, Obst und Gemüse für mehr als einen Tag frisch zu halten. Außerdem spielten sie schon seit Längerem mit dem Gedanken, das Sortiment ihres kleinen Ladens auch auf Ziegenkäse auszuweiten, den die Bauern in diesem ärmlichen Landstrich so schmackhaft herstellten wie nirgends sonst auf der Welt.

»Ich stehe im Wort, dass ich heute komme. Wenn ich das nicht einhalte, verkauft der Händler die Truhe einem anderen.«

»Und wenn schon. Es sind die letzten Wochen, Khaled.«

»Der Kleine liegt gut in dir, glaub mir. Ich weiß genau, wie er denkt. Ich würde auch nicht aus dir rauswollen. Jedenfalls nicht vor dem Tag, an dem ich muss.«

Brit hatte in letzter Zeit mehrfach ihre Sorge geäußert, was sein würde, wenn die Geburt nicht reibungslos verlief. War die medizinische Versorgung in Gaza dann ausreichend? Könnten sie schnell genug zu einem Arzt oder in ein Hospital gelangen? Und selbst wenn, hätte eine Geburt dort die gleiche Dringlichkeit wie in einer deutschen Klinik?

Brit hielt sich nicht für einen ängstlichen Charakter, aber je mehr ihr Bauch anwuchs, umso mehr drängten solche Fragen unweigerlich in ihr Denken.

Khaled küsste sie, um diese Sorgen zu vertreiben. Er küsste sie auch, um ihrem Blick auszuweichen, bevor sie die Lüge von seinem Gesicht ablesen konnte.

Zwei Tage waren seit dem Tod von Viruzz vergangen. Khaled vereinbarte mit Peaches, S*L*M zu kontaktieren. Er musste wissen, was die israelische Hackerin von Viruzz erfahren hatte. Sie war vermutlich sein letzter Kontakt, bevor er ermordet wurde.

Anfangs machte sich Khaled noch vor, dass es ihm dabei allein um den Schutz von Brit und ihrem ungeborenen Sohn ging. Doch das war nicht die Wahrheit. In der Nacht nach dem Gespräch mit Peaches jagten ihn die immer gleichen Bilder. Bilder von dem Moment, als Milena von der Bombe zerrissen wurde. Und Bilder von Ben Jafaar an dem Tag, als er seine Familie endgültig verließ.

In dieser Nacht hatte Khaled kaum Schlaf gefunden. Er hatte so viele Vorlesungen über die Komplexität von Moral und Ethik in der Informationsgesellschaft gehalten, doch jetzt spürte er in sich nur den archaischen Durst nach Rache ...

Brit brachte ihn schließlich zur Haltestelle der Buslinie, die für die meisten Menschen in Gaza die wichtigste Verkehrsader war. In den meist überfüllten kleinen Bussen funktionierten die Klimaanlagen selten, aber die Leute waren daran gewöhnt und genügsam.

»Sei vorsichtig«, sagte Brit zum Abschied, und sie betrachtete ihn dabei äußerst genau. Khaled wusste, dass sie Schwierigkeiten hatte, Gefühle und Absichten aus der Mimik ihres Gegenübers herauszulesen. Aber er wusste auch, dass sie klüger war als die meisten anderen Menschen und über ein gut funktionierendes System verfügte, um Betonungen und Augenbewegungen ihrer Gesprächspartner auf Auffälligkeiten zu analysieren und mit anderen Mustern zu vergleichen, die sie in ihrer inneren Bibliothek abgespeichert hatte.

»Sei du auch vorsichtig«, antwortete er, »und lass dir nicht wieder von den Kinderbanden die Bonbons klauen.« Er kniff grinsend ein Auge zu. Er spielte darauf an, dass es sich rasch herumgesprochen hatte, wie freigiebig Brit Bonbons an die Kinder verteilte, was inzwischen von den geschickteren unter ihnen ausgenutzt wurde, um sich im Laden die Taschen zu füllen, während Brit unter der Markise ihre Bonbons verschenkte.

»Ich verschenke einfach alle Süßigkeiten, dann gibt's keine mehr zu klauen.« Brits Gesicht zeigte keinerlei Anzeichen von Ironie.

»Das wirst du nicht tun«, sagte Khaled mit dem Hauch einer Drohung. »Dann sind wir pleite, und die Kids haben gelernt, dass sich organisiertes Bandentum auszahlt. Willst du das?«

»Sich zu organisieren wäre hier zumindest ein Anfang«, provozierte sie weiter.

Als Khaled in den Bus stieg, hob Brit die Hand, winkte mit den Fingern, als sich die Bustür quietschend schloss und Khaled ihr einen letzten Blick zuwarf. Dann machte sie sich auf den Weg zum Laden, um ihn auch an diesem Morgen pünktlich zu öffnen.

Ein weiterer Tag, an dem es galt, dem Lärm und der Hitze von Gaza zu trotzen.

Khaled hatte das Glück, noch einen Sitzplatz am Fenster ergattert zu haben. Neben ihm saß eine Frau, die über den

Gang hinweg ein lautes und angeregtes Gespräch mit anderen Frauen auf der gegenüberliegenden Seite führte. Das meiste ging über die ständig steigenden Preise, wenn Khaled richtig verstand. Sein Arabisch war gut genug, wenn es um Fachgespräche oder Tagespolitik ging, aber bei den schnell redenden Frauen mit ihrer für Gaza typischen Art, die Satzenden zu verschleifen, verstand Khaled kaum mehr als ein paar Brocken.

Das Gute daran war aber, dass es ihm dadurch leichter fiel abzuschalten. Er lehnte den Kopf an die Scheibe und ließ seine Gedanken treiben.

Er dachte an die Jahre 1984 und '85, als Ben Jafaar in israelischer Gefangenschaft gewesen war. In dieser Zeit kam Bens bester Freund Yanis bei einer Bombardierung seines Hauses mitsamt seiner Frau Fatma ums Leben. Nur den kleinen Sohn hatte man damals lebend aus den Trümmern bergen können. Nachbarn nahmen sich seiner mit einer Selbstverständlichkeit und Solidarität an, wie man sie nur in den ärmsten Gegenden der Welt fand. Jahre später holte Ben den Jungen zu sich und seiner deutschen Frau nach Berlin, um ihn dort mit einer Lüge aufwachsen zu lassen. Diese Lüge hatte Khaled tief getroffen, und er wusste bis heute nicht, ob der Name, den er trug, sein Geburtsname war. Doch dafür wusste er etwas anderes: dass in seinen Adern schon immer das Blut von Rebellen floss.

6

Brit öffnete den Laden und kurbelte die Markise nach unten, sodass deren Schatten auf die Fensterscheiben fiel. Dann baute sie die Kisten mit frischem Obst und Gemüse darunter auf, damit deren Anblick die Kunden anlockte. Yassir, der zahnlose Lieferant, brachte das Obst und Gemüse in den frühen Morgenstunden und stellte es vor den Hintereingang. Brit wunderte sich immer wieder darüber, dass nicht ein einziges Stück davon gestohlen wurde, obwohl die Hinterseite des Ladens weder abgezäunt war noch im Blickfeld wachsamer Nachbarn lag. Es schien einfach nicht in der Natur der meisten Bewohner von Gaza zu liegen, etwas wegzunehmen, das ihnen nicht gehörte.

Eine Ausnahme bildeten nur die Jugendlichen und jungen Männer. Sie rotteten sich zu Banden zusammen und legten ein hohes Talent fürs Stehlen und Rauben an den Tag. Doch ihnen ging es um Zigaretten, Elektroartikel, manchmal auch Kleidung. Obst und Gemüse gehörten nicht zu ihrem Beuteschema.

Insofern waren die Artikel des kleinen Ladengeschäfts sicher. Bis auf die Bonbons. Die kleinen Jungs konnten kaum über die Theke schauen, aber schon eiferten sie ihren älteren Brüdern nach. Die einen bettelten Brit um Bonbons an, um sie abzulenken, die anderen gingen derweil hinter Brits Rücken auf Raubzug und versuchten, sich die Taschen vollzustopfen.

Aber Brit war auf der Hut, sah den Augen der Jungs meist früh genug an, was sie planten, und so manch einen hatte sie auf frischer Tat ertappt. Daraufhin gab es immer viel Geschrei und Gejammer vonseiten der Jungen, die laut nach ihren Müttern oder nach Allah riefen, aber keiner von den Gerufenen war je in Brits Laden aufgetaucht. Zumindest von den Müttern erhoffte Brit zunächst, eine gewisse Unterstützung zu erhalten. Sie hatte inzwischen jedoch begriffen, dass sie das Problem selbst lösen musste.

Zuerst schickte sie die stehlenden Jungs regelmäßig fort, während sie den kleinen Mädchen weiterhin Bonbons zusteckte. Doch nach einer Weile musste sie beobachten, dass die Mädchen hinter der nächsten Ecke die Bonbons an die Jungs abgaben und dann erneut losgeschickt wurden.

Brit hatte daraufhin eine andere Taktik versucht. Sie gab den Kindern für kleinere Aufräumarbeiten eine Belohnung aus Bonbons und anderen Süßigkeiten in der Hoffnung, das System des Diebstahls auf diese Weise zu durchbrechen. Doch so viel Arbeit war in dem Laden dann doch nicht zu verteilen gewesen. Wenn alles aufgeräumt und gesäubert war, gab es nichts mehr, wofür sie die Kinder hätte belohnen können, und sie begannen wieder, zu betteln und zu stehlen.

Vor zwei Wochen hatte Brit dann ihre Strategie erneut geändert. Sie bat eine der alten Frauen aus der Siedlung, sich vor den Laden zu setzen. Die Alte hieß Zuleika und hielt seither einen Besen in der Hand, mit dem sie nach jedem Jungen schlug, der Süßigkeiten stehlen wollte. Das funktionierte.

Khaled kam am nächsten Tag ohne eine Kühltruhe zurück. Er wäre vertröstet worden und müsste noch einmal nach Jabalia fahren, sagte er, aber Brit konnte an seinen Augenbewegungen ablesen, dass er nicht die Wahrheit sprach. Sie beschloss, seine Lügen hinzunehmen, und akzeptierte es, dass er fortan regelmäßig in den Norden von Gaza fuhr, um dort über Nacht zu bleiben.

Brit arrangierte sich damit. Sie betrieb den kleinen Laden fast ganz allein, plauderte auf Deutsch mit Zuleika, die kein Wort davon verstand, aber wortgewaltig auf Arabisch antwortete, und sie ging regelmäßig zu Saida, der Hebamme, die nur zwei Straßen weiter wohnte.

Saida sprach ein paar Brocken Englisch und gab ihr stets zu verstehen, dass ihr Kind gesund und stark sei. Brit war jedes Mal beruhigt, das zu hören.

An den Abenden nach solchen Besuchen saß sie lange auf dem Dach ihrer Hütte unter den Sternen und baute den »Tunnel« auf zu ihrem Sohn. Sie konnte ihn spüren und verstand bereits vieles von dem, was er ihr zu sagen hatte. Sie hielt dann ihren Bauch fest und genoss seine kleinen Tritte. Die Welt brauchte ihn, das war das Wichtigste, was er verstehen musste.

Brit war selten so sorglos wie in diesen Tagen. Sie genoss ihr Leben und ihre Schwangerschaft. Und sie machte sich keine Gedanken, als Saida sie bat, mit ihrem alten Smartphone ein gemeinsames Selfie machen zu dürfen. Die beiden Frauen lachten in die kleine Kamera, und das Glück hatte Brit für diesen kurzen Moment so unvorsichtig gemacht, dass sie nicht bedachte, wie schnell dieses Bild seine Reise durchs Netz antreten würde ...

7

Bei dem ersten Treffen zwischen Moon und Khaled war S*L*M nur über eine sichere Kommunikationsstrecke im Darknet anwesend gewesen. Khaled begriff dennoch sofort, dass er es mit einer sehr erfahrenen und politisch aktiven Hackerin zu tun hatte. Sie war kurz nach dem offiziellen Verschwinden Ben Jafaars zu Earth gekommen und identifizierte sich komplett mit dem Ziel der Bewegung, durch Leaking die Macht von Großkonzernen und Geheimdiensten auszuhebeln.

Er erfuhr, dass sie in engem Kontakt mit Viruzz gestanden hatte während der Zeit, als dieser versuchte, in das wiederaufgebaute System von Tantalos einzudringen. Als Viruzz das schließlich gelang, konnte er einen Bereich des Servers ausfindig machen, der über einen schnelleren Datendurchsatz verfügte als sämtliche Systeme, die ihm ansonsten bekannt waren. Er baute daraufhin tagelang an einer Art Fangnetz, einem Programm, das einen Snapshot von dem schnellen Datenstrom machen und ihn so für eine Nanosekunde einfrieren konnte. Das Ergebnis fischte er schließlich aus dem Netz, und es war so unglaublich, dass er es S*L*M gegenüber als »Schlüssel zur Zukunft« beschrieb.

Er wollte den Speicherstick mit dem Snapshot an einen sicheren Ort bringen. Doch bevor es dazu kam, wurde er ermordet.

Dieses erste Gespräch zwischen Khaled und S*L*M hatte fast zehn Stunden gedauert, und er begriff sofort, wie hungrig er danach war, wieder in die Welt von Earth einzutauchen. Sie redeten auch lange über den Erfolg oder Misserfolg von Rise. S*L*M kritisierte, dass ein offenes Netzwerk Raum bot für die Feinde all der Ideen, aus denen heraus ebendieses Netzwerk entstanden war. Die Gedanken der Menschen durften nicht freigelassen werden, jedenfalls nicht ohne vorherige moralische Kontrolle, diese Meinung vertrat sie mit aller Entschiedenheit. Rise mache die gesamte Bewegung verletzlich, argumentierte sie. Sie erzählte Khaled von den Bots, die millionenfach in Rise eingefallen waren und die Identitäten von dessen Usern adaptierten.

Für Khaled war es die aufregendste Nacht seit Langem, und er drängte darauf, sie zu wiederholen.

Moon gelang es, S*L*M für das nächste Treffen nach Gaza zu schleusen.

Sie hieß Daliah, war dreißig Jahre alt und hatte eine große Brandnarbe auf ihrer gesamten linken Gesichtshälfte. Vor fünf Jahren warf ein junger Palästinenser einen Brandsatz nach ihr, obwohl sie auf dessen Seite gegen die israelische Polizei demonstrierte.

Sie war wie eine Palästinenserin gekleidet und trug ein Kopftuch um ihr Haar, das sie nie abnahm, um Moon und Khaled den Anblick ihres verbrannten Kopfes zu ersparen, wie sie sagte. In ihren Ausweispapieren hatte sie jegliche Hinweise auf ihre jüdische Herkunft gelöscht. Es war nicht sonderlich kompliziert für sie, sich in die Computer der israelischen Meldebehörden zu hacken und dort ein paar Änderungen vorzunehmen. Laut den gefälschten Angaben war sie nun eine Französin mit tunesischen Wurzeln, die in Tel Aviv wohnte. Doch in ihrem Herzen und für den Kampf der Netzrebellen war sie immer noch »Schalom«, S*L*M, und sie glaubte an den tiefen Sinn dieses Wortes.

Sie trafen sich mehrfach in der Woche. Immer im Hinterzimmer von Moons kleinem Geschäft, wo er Handys und Computer reparierte und das er im nördlichen Bezirk von Gaza-Stadt betrieb. Er hatte den Raum durch ein elektronisches Gitter für sämtliche Funkwellen unzugänglich gemacht. Sein Netzzugang führte durch die Kanalisation rund zehn Kilometer nach Süden, wo er sich an den Router eines kleinen Supermarktes angedockt hatte, als er vor zwei Jahren dort eine Systemreparatur durchführte. Seiner eigenen Legende nach hatte er jeden einzelnen Meter durch die Kanalisation höchstpersönlich verlegt.

Ob das alles der Wahrheit entsprach, wusste Khaled nicht einzuschätzen. Letztlich war es ihm auch egal. Er respektierte den Palästinenser. Seine erste Begegnung mit Peaches und Moon war durch Esther zustande gekommen, und laut ihr gehörten die beiden zu den verlässlichsten Kämpfern der Bewegung.

In den hitzigen Gesprächen zwischen Khaled und S*L*M rückte Moon aber immer weiter in den Hintergrund. Er mochte ein guter und verlässlicher Aktivist sein, aber dem intellektuellen Potenzial und der politischen Aggressivität der Jüdin war er nicht gewachsen.

Umso wohler aber fühlte sich Khaled in ihrer Gegenwart. In langen Nächten diskutierten sie die Möglichkeiten, um die wiedererstarkte Macht von Tantalos zu bekämpfen. Dabei unterschieden sie nicht danach, ob Ben Jafaars Projekt ein akzeptables Ziel verfolgte oder ganz und gar verwerflich war. Die bloße Ballung von solcher Macht in den Händen von einigen wenigen erschien ihnen, wie die Geschichte der Menschheit lehrte, gefährlicher als jeder ausbrechende Vulkan.

Das musste verhindert werden.

Doch auch wenn Khaled versuchte, sich einzureden, er täte das alles auch für Brit und die Sicherheit seiner zukünftigen Familie, so musste er sich doch eingestehen, dass er bei seinen gedanklichen Ausflügen in die Welt des Widerstandes immer seltener an Brit im Gemüseladen von Al Bayuk dachte, sondern seine Gedanken viel häufiger bei der Brit waren, die als ikonenhafte Symbolgestalt durch die Blogs, Threads und Chats von Rise geisterte. S*L*M und er waren sich einig, dass nur ein solches Symbol in der Lage sein würde, der globalen Bewegung Earth zu neuer Stärke zu verhelfen.

Anfangs scheute sich Khaled noch vor der Konsequenz dieses Gedankengangs. Aber mit jedem ihrer Treffen zerrieben sich diese Zweifel mehr. Und schließlich tat er etwas, das er nicht mehr rückgängig machen konnte: Er schlüpfte innerhalb von Rise in Brits Identität und rief in ihrem Namen die gesamte Bewegung Earth zum Kampf gegen Tantalos auf.

In den Stunden danach platzte das Netzwerk förmlich vor Aktivität. Selbst die, die glaubten, die Popikone der Hackerwelt wäre nur ein Fake, ließen sich anstecken von der enormen Energie, die plötzlich den Widerstandsgeist der Netzrebellen befeuerte. Es war wie ein Funke, der eine Scheune voller trockenem Heu in Brand setzte.

Und von alldem ahnte Brit nichts ...

8

»Wann, glaubst du, können wir wieder ins Netz?« Brit hatte einen Tee gemacht und hockte sich zu Khaled vor die Hütte. Es war ein warmer Abend. Khaled war erst vor einer Stunde mit dem Bus zurückgekommen.

»Ich halte es noch immer für ein Risiko«, sagte er und blies über den heißen Tee, um ihn etwas abzukühlen. »Was für Informationen brauchst du? Wir können Peaches bitten, ein paar News und Tagesnachrichten regelmäßig als Ausdrucke mitzubringen.«

»Darum geht es nicht«, erklärte sie. »Ich will einfach wieder mit der normalen Welt in Kontakt sein.«

»Ob diese Welt normaler ist als die, die wir hier haben«, meinte er, »darüber könnte man diskutieren.«

»Keine Ironie, bitte.« Sie versuchte, seinen Blick einzufangen. »Ich will einfach wieder so leben, wie ich früher gelebt habe. Nachschauen, ob mir jemand eine Mail geschickt hat, ein bisschen im Netz surfen, sich treiben lassen.«

»Das ist naiv, Brit, das weißt du«, sagte er hart. »Wir können das nicht tun, ohne dass wir uns dabei der Gefahr aussetzen, entdeckt zu werden.«

»Wir haben doch mit einer Menge Leuten zu tun, die darauf spezialisiert sind, sich im Netz unsichtbar zu machen«, hielt sie dagegen. »Wir könnten sie bitten ...«

»Nein!«, unterbrach Khaled sie. »Wir haben vereinbart,

dass wir aus dem Netz bleiben. Zumindest so lange, bis der Kleine geboren ist. Und *ich* halte mich daran.«

Brit sah ihn an und nickte. Mit diesem Satz hatte sie gerechnet, mit der Lüge. Und in seinem Gesicht wies nichts darauf hin, dass es ihm leidtat, sie zu belügen, oder gar schmerzte.

An diesem Morgen war Yasmin in den Laden gekommen, aufgeregter als sonst. Sie hatte ihren tragbaren Computer mitgebracht, was sie sonst nie tat.

»You're back«, sagte sie mit ihrem harten arabischen Akzent, und ihre Augen schienen voller Begeisterung zu glühen. »Back to fight!«

»What?« Brit wusste nicht, wovon die junge Palästinenserin redete.

»You're fighting again and you want all the others to join you!« Brit sollte laut Yasmin in den Kampf zurückgekehrt sein und alle anderen aufgefordert haben, ihr zu folgen. Zur Bekräftigung zeigte Yasmin ihr einen Thread auf Rise, wo angeregt darüber diskutiert wurde, dass Brit in die Bewegung zurückgekehrt war, um ihren Platz an deren Spitze einzunehmen. Die Fotos von ihr wurden inzwischen mit viel Grafik zu einer comichaften Heldenfigur stilisiert.

Brit spürte, wie die Scham in ihr hochstieg, so unangenehm war ihr diese übertriebene Präsentation. Sie überflog den Verlauf des Threads und erkannte, mit welcher Energie sich die User von Rise darüber austauschten, dass Earth wieder auf Konfrontation ging. Es waren die kindlichen Kommentare all derer, die nichts riskieren mussten. Für sie war es leicht, einen Kampf einzufordern, der Spektakel in ihr Leben brachte, aber keine Gefahr.

All das war befremdlich für Brit, und innerlich distanzierte sie sich von denen, die sich mit großen Worten in der sicheren Umgebung eines Social-Media-Threads hervortaten.

Sie waren wie die Schaulustigen, die auf der Autobahn an einem Unfall vorbeifuhren und dabei versuchten, einen Blick auf die blutenden Opfer zu erhaschen.

»Who was it, who posted it?«, fragte sie.

»You! It is all over the net. Thousands and thousands of posts. But the origin was you!«

All das sollte angeblich von ihr selbst ins Leben gerufen worden sein. Yasmin zeigte ihr aufgeregt eine Page bei Rise. Ein Thread, der offenbar ihr, Brit, zugeschrieben wurde. Ein paar Fotos von ihr waren dabei, aus Kindertagen und der Studienzeit, ein paar persönliche Eintragungen über ihre Schule, ihre Seminare an der Humboldt-Universität und Ähnliches. Die Seite war ein Fake, aber es gab für Außenstehende viele Gründe zu glauben, sie sei echt.

Zentral auf der Seite stand:

»EARTH FIGHT BACK NOW ...!«

»When did this page appear?«, fragte sie Yasmin.

»Last night, I guess, but maybe it was there earlier and nobody saw it until last night.«

Letzte Nacht. Das hieß, dass der Spruch noch ganz neu im Netz war. Oder er war schon früher dort und wurde nicht bemerkt. Das hielt Brit für ausgeschlossen bei der Hysterie, die um ihre Person im Netz veranstaltet wurde. Aber wenn die Seite tatsächlich erst letzte Nacht gepostet worden war, dann gab es vielleicht einen Grund, es genau zu diesem Zeitpunkt zu tun. Doch wer war dafür verantwortlich? Irgendein übermütiger Rise-User, der etwas Unruhe stiften wollte, oder jemand anderes? Jemand, der eine gut durchdachte und gefährliche Absicht damit verfolgte?

Brit ahnte, dass es Letzteres sein musste. Und sie war sich sicher, dass nur einer als Verfasser dieser Seite infrage kam. Ihre Ahnung bezog sich auf den kleinen Fehler in dem zentralen Satz. Eine Ungenauigkeit, nicht mehr, aber daraus ließ sich einiges über den Verfasser ableiten. Der Satz schien in zwei divergierende Richtungen zu gehen, und für jede davon war er falsch geschrieben.

Als Aussagesatz hätte er lauten müssen: »Earth fights back now« statt »Earth fight back now«. Als Imperativsatz, die zweite Möglichkeit, fehlte ihm ein Komma hinter dem Wort »Earth«.

Brit glaubte nicht an einen Zufall. Es gab eine moderne Spielart der Semiotik, die die Wirkung von Sätzen untersuchte, in die genau solche Fehler bewusst eingebaut waren, um Doppeldeutigkeiten und dadurch größere Aufmerksamkeit zu erzeugen. Die Werbung arbeitete häufig damit, politische Parolen ebenfalls.

Als Brit sich mit Khaleds akademischer Laufbahn beschäftigte, war sie auf ein Seminarverzeichnis gestoßen, aus dem hervorging, dass er einige Vorlesungen zu diesem Thema gehalten hatte.

Ein Verdacht keimte in ihr auf, der juristisch nicht den Hauch einer Chance gehabt hätte, aber in Brits Seele bohrte er wie ein Messer ...

Sie sah Khaled an. Er saß ruhig vor der Hütte und schlürfte den Tee. Doch sie sah noch mehr. Sie sah die Lüge in seinen Augen. Sie sah die Gründe für all das. Seine Ungeduld und seinen Wunsch nach Rache. Sie hatte sogar Verständnis dafür. Aber in diesem Moment zerbrach ihr Vertrauen in ihn.

Sie stand auf und sagte ihm, dass sie schlafen gehen wolle. Er antwortete, dass er noch etwas sitzen bleiben würde, um den lauen Wind der Nacht zu genießen.

Das war der Tag, an dem sich ihre Wege zu trennen begannen ...

Am folgenden Abend fuhr Khaled wieder in den Norden von Gaza. Doch diesmal blieb Brit nicht wie sonst in ihrer kleinen Hütte am Südrand von Al Bayuk. Sie nahm eine Packung Kekse und einen Beutel voll duftender Minze als Gastgeschenk mit und ging zu Yasmin.

Die junge Palästinenserin war mit einem gleichaltrigen Tischler verheiratet, der in seiner Freizeit aus Wurzelholz kleine kunstvolle Statuen schnitzte, die den archaischen Bildnissen des Zweistromlandes nacheiferten. Es war seine Art, sich mit der Herkunft seines Volkes zu beschäftigen. Er führte mit Yasmin eine sehr tolerante Ehe, was bedeutete, sie durfte im Internet tun und lassen, was sie wollte.

Als Brit kam und um Erlaubnis bat, zusammen mit Yasmin das Netz zu benutzen, zog sich der Mann bereitwillig in seine Werkstatt zurück.

Als Erstes meldete sich Brit wieder bei ihrem E-Mail-Account bei Yahoo an. Es dürstete sie förmlich danach, endlich wieder Kontakt zu jener Welt aufzunehmen, aus der sie kam und in die sie so bald wie möglich zurückkehren wollte. Das Inseldasein mit Khaled war so lange für sie in Ordnung gewesen, wie das gegenseitige Vertrauen diese Insel für sie wertvoll machte. Doch das hatte sich verändert.

Ihre Finger hasteten über die Tastatur, als sie die schier endlose Ansammlung von ungelesenen Mails durchforstete. Ihre Energie wurde dabei von Wut und Trotz genährt. Sie wollte nicht daran denken, ob sie sich durch ihr Handeln in Gefahr begab. Ob sie Spuren hinterließ, die zu ihr zurückverfolgt werden konnten. Als sie merkte, dass sich die Computerkamera angeschaltet hatte, klebte sie kurzerhand ein Stück Papier darüber.

Sie jagte durch ihre Mails von der Uni, von Kommilitonen und Freunden, Mails mit Rechnungen oder Werbung, sie überflog die Zeilen, die allesamt in ihrer jetzigen Lebenssituation belanglos schienen, die ihr aber dennoch das Gefühl gaben, endlich wieder Teil der normalen Welt zu sein.

Yasmin brachte zweimal Tee und wollte sie in ein Gespräch verwickeln, doch Brit war zu sehr in ihren Mails gefangen und blieb einsilbig, sodass Yasmin schließlich alle Gesprächsversuche aufgab.

Es ging fast zwei Stunden so. Und dann sprang plötzlich auf dem Monitor ein Fenster auf. Brit klickte es automatisch weg, weil sie an ein Werbe-Pop-up dachte. Doch das Fenster sprang erneut auf, und diesmal blieb Brit daran hängen.

In fetten Lettern stand dort:

DAS ENDE DES TERRORS

Darunter kamen zwei Absätze, die aussahen wie Artikel aus einer Datenbank. Brit starrte sie an und las gebannt die Zeilen. Yasmin beherrschte die fremde Sprache nicht, aber sie sah, dass ihre deutsche Freundin von etwas so dermaßen gefesselt wurde, dass man sie besser nicht störte.

In dem ersten Absatz stand:

23. Juli 2045. Elias Jafaar, der langjährige Oppositionsführer und Terrorist, wurde heute früh im Pariser Distrikt La Défense zusammen mit dreißig seiner Anhänger gestellt. Nach vergeblichen Deeskalationsbemühungen seitens der Friedenspolizei provozierten die Terroristen einen erbitterten Kampf, in dessen Verlauf Elias Jafaar getötet wurde.

Brit spürte, wie sich das Ungeborene in ihrem Bauch regte, als würde es merken, welche Wirkung diese Sätze auf seine Mutter hatten. Brit schlug das Herz bis in den Hals, und ihr schwindelte.

Den folgenden Absatz las sie wie benommen. Er war etwas länger als der erste und schien eine nachgestellte Erläuterung der Ereignisse zu sein. Es ging im Wesentlichen um eine geplante Begegnung zwischen Elias Jafaar und einem Sympathisanten namens Frederic Lasalle, der die Oppositionsbewegung mit großen finanziellen Mitteln unterstützen wollte. Der Kontakt hatte im Pariser Finanzdistrikt La Défense zustande kommen sollen. Dort wurden die Rebellen jedoch eingekesselt und überwältigt.

All das drang kaum noch in Brits Bewusstsein. Ein anderer Gedanke machte sich stattdessen dort breit. Ein Gedanke, so irrational wie selten etwas in Brits Kopf. Aber er war so mächtig, dass er jede Faser ihres Körpers in Besitz zu nehmen schien: Sie musste dorthin. Sofort. Nach La Défense.

9

Ben Jafaar saß in der Villa von Immanuel Grundt und erstattete dem alten Mann Bericht über den Stand von Tantalos. Es war eine Pflicht, der Ben regelmäßig nachkommen musste. Denn der Alte war zu gebrechlich, um selbst noch reisen zu können, doch er weigerte sich, derart wichtige Dinge anders zu besprechen als von Angesicht zu Angesicht. So blieb Ben Jafaar nichts anderes übrig, als für diese Besprechungen in die gut gesicherte Villa am Starnberger See zu kommen.

»Sind die Sicherheitsvorkehrungen diesmal effizienter?«, fragte der Alte, und unter seinen faltigen Lidern funkelten seine klugen Augen. Er war der größte Geldgeber von Tantalos, und das, was er sagte und entschied, wurde meist richtungsweisend für die anderen dreiundzwanzig aus dem Ring der Unterstützer.

»Wir sind besser aufgestellt als zuvor«, antwortete Ben.

»*Besser* ist nicht dasselbe wie *effizienter*, aber nach Letzterem habe ich gefragt.«

»Effizienter sind wir allein deshalb schon, weil die Sicherheitssysteme inzwischen so ausgeklügelt sind, dass wir menschlichen Schaden mit größter Wahrscheinlichkeit minimieren können.«

»Bis auf den Toten in Köln vor zwei Wochen«, sagte der Alte.

»Ja, bis auf den«, gestand Ben Jafaar ein.

»Gut«, sagte Grundt, und sein Atem rasselte dabei. »Hoffen wir, dass es ein Einzelfall bleibt. Wie steht es mit der praktischen Umsetzung der Berechnungen?«

»Die Simulation hat vier Handlungsbereiche errechnet: die Wirtschaft, die nationalen Regierungen, globales Management und die Menschen. In allen vier Bereichen haben wir gute Fortschritte erzielt.«

»Ja, weiter, weiter«, forderte Grundt mit rasselnder Stimme. »Wie genau sehen diese Fortschritte aus?« Er sagte es mit der Ungeduld eines Mannes, dem nicht mehr viel Zeit blieb.

Er nahm einen Schluck aus dem Wasserglas und zog die Decke ein Stück höher über seine dürren Beine. Er wusste, wenn er auskühlte, verließ ihn die Energie, und dann wäre das Gespräch notgedrungen beendet. Aber es gab noch so viel Wichtiges zu erfahren. So viel, was noch entschieden werden musste. Er durfte das nicht den Forschern allein überlassen, selbst dann nicht, wenn es so brillante Köpfe waren wie Ben Jafaar. Zu viel stand auf dem Spiel. Zu viel konnte falsch gemacht werden.

»Was den Punkt der internationalen Wirtschaft angeht, so haben wir inzwischen Berater in alle Großkonzerne eingeschleust.« Ben goss sich Kaffee nach. »Bei den Konzernen stößt unser Projekt auf eine grundsätzliche Sympathie. Sie wissen, dass die Wirtschaft umso mehr floriert, je enger die Welt zusammenrückt. Die Informationsvergabe unserer Leute innerhalb der Konzerne ist daher sehr defensiv ausgerichtet. Sie lancieren regelmäßig wissenschaftliche Studien, die untermauern, dass jedes Unternehmen momentan von Globalisierung und Freihandel profitiert. In einem nächsten Schritt wird es aber dann darum gehen, die Unternehmensstrukturen aufzuweichen und in größere Zusammenhänge zu überführen. Die Konzentration auf ein paar wenige Konzerne ist unser Ziel für die nächsten zehn Jahre. Im zweiten Bereich der Simulation, den nationalen Regierungen, geht es darum, die Nationen miteinander stärker zu verknüpfen. Durch einen gemeinsamen Feind, die terroristische Gefahr durch Earth.«

»Ja, ja, das ist bekannt«, sagte der Alte und trieb mit seiner Ungeduld das Gespräch weiter voran.

»Was den dritten Bereich, das globale Management, angeht, so formen wir gerade eine junge Generation von Politikern, die im Jahre 2030 regierungsbereit sein sollen und ...«

»Was ist mit dem vierten Bereich, den Menschen?«, drängte Grundt. »Wie kommen die Vorbereitungen auf ein neues Denken voran? Das ist das wirklich Entscheidende, darauf kommt alles an, wenn es uns gelingen soll, eine neue Welt zu schaffen.«

»Die Simulation schlägt vor, in einer Vorstufe das Bewusstsein für Nation und Identität zu schärfen. Wir nutzen dabei als Methode das ›Nudging‹, die defensive Beeinflussung der Menschen, indem wir auf ihre Bedürfnisse eingehen und sie selbst unseren Weg als ihre Lösung entdecken lassen.«

»Populismus«, warf Grundt ein.

»Wenn Sie es so nennen wollen. Die USA, Russland und Osteuropa zeigen in dieser Hinsicht schon gute Erfolge. In einem nächsten Schritt soll das Verlangen nach Besitz von globalen Ressourcen geweckt werden ...«

»Die Menschheit wurde schon immer vom Besitzanspruch getrieben«, unterbrach Grundt erneut. »Aber was bringt es uns konkret ein?«

»Dass sich jeder Mensch ein Stück vom großen Weltkuchen abschneiden will, bevor sein Nachbar es ihm wegnimmt«, erklärte Ben. »Die kalkulierbare Gier der menschlichen Natur.« Er lächelte und fuhr fort: »Anschließend wollen wir unser Ziel erreichen, und das ist ...«

»Ich weiß, was unser Ziel ist. Darüber haben wir ja hinreichend gesprochen.« Grundt musste husten, dann fragte er barsch: »Aber wie sehen die Methoden aus? Wie sicher sind sie?«

»Es wäre zu früh für konkrete Erfolgsprognosen, darum ...«

»Mir bleibt keine Zeit mehr, Herr Jafaar! Für mich gibt es kein *zu früh!*«

»Wir haben eine Vielzahl von neu designten Bots ins Netz geschickt ...«

»Auf Deutsch bitte.«

»Kleine Programme, die falsche Aussagen treffen. Zusammengenommen werden sie zu einem System, das Unruhe stiftet und Spannungen schürt. Ein Klima der Verunsicherung, aus dem heraus sich die Menschen nach einer neuen Ordnung sehnen.«

»Spannungen schüren, um eine neue Ordnung zu installieren«, sinnierte Grundt. »Das kenne ich.« Er verzog das pergamentartige Gesicht zu einem faltigen Lächeln. »Das kenne ich nur zu gut. Das war zwar die Methode der Gegenseite, aber sie war sehr effizient.«

Ben Jafaar nickte, wollte aber in dieses Thema nicht einsteigen. Er wusste, dass Immanuel Grundt von seiner Vergangenheit sprach, von der Nazidiktatur in Deutschland, von seiner Zeit im Konzentrationslager. Es war ein heikles Thema, und Ben kam mit Grundts Mischung aus Trauer und zynischer Wut nicht klar.

Der Alte ließ die Worte verklingen. Als deutlich war, dass sie von Ben Jafaar nicht aufgegriffen wurden, nahm er noch einen Schluck Wasser und sprach weiter. »Was ist mit dem Mädchen? Sie ist jetzt hochschwanger, oder?«

Ben antwortete nicht darauf.

»Es ist ein Foto von ihr aufgetaucht, habe ich gehört. Aufgenommen in Gaza«, sagte Grundt. »Vor ein paar Tagen erst. Was gedenken Sie zu unternehmen?«

»Wir sind an ihr dran«, sagte Ben. Er war bemüht, keine Emotion zu zeigen, die von seinem Gegenüber gedeutet werden konnte. Wenn der Alte ahnte, wie sehr ihm Brits Schicksal am Herzen lag, hätte Ben damit eine Schwachstelle preisgegeben, und ihm wäre die Entscheidung aus der Hand genommen worden.

Dann gab es für ihn keine Möglichkeit mehr, Brit zu beschützen ...

10

Jürgen Erdmann saß mit brennenden Augen vor dem Monitor und arbeitete die Aufnahmen der Überwachungskameras aus dem Umfeld des Tatorts durch. Er hatte, um sie zu bekommen, seine Anforderung zweimal stellen müssen, denn das nordrhein-westfälische LKA gab solches Überwachungsmaterial normalerweise nicht frei. Erst im letzten Jahr waren sämtliche Führungsbeamte der Polizeieinrichtungen hinsichtlich der neuen Datenschutzgesetze geschult worden, und es herrschte überall noch immer eine gewisse Unsicherheit bezüglich des Austausches solcher Daten zwischen den Dienststellen. Ein paar Präzedenzfälle, in denen sich einzelne Beamte in entsprechenden Angelegenheiten in nervenaufreibenden Dienstverfahren hatten rechtfertigen müssen, geisterten durch die Gespräche auf den Fluren der Polizeidienststellen.

Nur mit dem Hinweis auf die übergeordnete Dringlichkeit der Fahndung im terroristischen Umfeld konnte Erdmann die Aufnahmen schließlich erhalten. Sie betrafen die Stunde zwischen drei und vier Uhr in jener Nacht, in der Kevin Kossack starb, und in dem Bereich, den Erdmann angab, befanden sich siebzehn Verkehrsüberwachungskameras.

Erdmann hatte gehofft, darunter wären Aufnahmen von der Jagd eines Autos auf den radelnden Kevin Kossack, fand aber nichts. Hieß das, dass das betreffende Tatfahrzeug die Kameras gezielt gemieden hatte?

Am dritten Tag seiner akribischen Materialdurchsicht entdeckte er in einem Kamerabild von der Subbelrather Straße in der Reflexion einer Schaufensterscheibe einen Radfahrer, der mit hohem Tempo durch den sichttoten Bereich der Überwachungskamera fuhr. Nach einer genaueren Analyse des unscharfen Bildes kam Erdmann zu der Erkenntnis, dass es sich um Kevin Kossack handeln musste. Die Aufnahme war um 3:11 Uhr gemacht worden. Allem Anschein nach wurde Kossack zu dieser Zeit noch nicht verfolgt, fuhr aber dennoch ungewöhnlich schnell. Mehr Erkenntnisse konnte Erdmann vorerst nicht aus dieser Materialanalyse ziehen.

Daraufhin änderte er seine Suchparameter und überprüfte auf den Aufnahmen alle Fahrzeuge, die von ihrer Fahrtrichtung her möglicherweise vom Tatort weggefahren waren. Da er davon ausgehen konnte, dass Kossack um 3:11 Uhr noch am Leben gewesen war, blieben von jeder Kamera noch neunundvierzig relevante Minuten. Wenn er weiterhin davon ausging, dass die Aufnahme, welche die fünf jungen Leute über dem toten Kossack zeigte, um 3:23 Uhr gemacht wurde, konnte er zwar den Todeszeitpunkt weiter eingrenzen, aber eine Aussage über das flüchtende Tatfahrzeug blieb weiterhin schwierig. Wahrscheinlich flüchtete der Täter unmittelbar nach der Tat, aber sicher war das keinesfalls. Wenn Erdmann für die Tat einen Profi voraussetzte, war ebenso denkbar, dass er sich in der Nähe an einem schwer einsehbaren Ort versteckt hatte, bis durch Polizei, Ambulanz und neugierige Passanten genügend Unübersichtlichkeit entstanden war, um unbemerkt davonfahren zu können. Die erste Polizeistreife traf um 3:24 Uhr am Tatort ein, die Ambulanz vier Minuten später, und um 3:31 Uhr kamen vier weitere Streifenwagen, die angefordert worden waren, weil man mehr Beamte gebraucht hatte, um die nächtlichen Neugierigen weiträumig vom Tatort wegzuhalten.

Erdmann setzte daraufhin die zeitliche Obergrenze einer möglichen Flucht des Tatfahrzeugs auf 3:40 Uhr fest, wodurch zweihundertzweiundvierzig Fahrzeuge blieben.

Seine nächste Suchverfeinerung fußte auf der Überzeugung der Forensiker, dass Kossack zwar schwer gestürzt war, aber ohne dass sein Fahrrad mit einem anderen Fahrzeug zusammengestoßen wäre.

Nichts anderes hatte Erdmann vermutet. Einen direkten Zusammenstoß hätte ein Profi vermieden, damit sein Fahrzeug keine Lackspuren an dem Fahrrad hinterließ. Stattdessen würde ein solcher Täter den Körper seines Opfers rammen, ohne das Fahrrad zu touchieren. Das erforderte eine hohe Fahrpräzision, aber auch, dass man die Fahrstrecke gut im Blick behielt.

Erdmann schloss daraus, dass der Täter über einen Wagen verfügte, der ihm eine gute Sicht auf sein Umfeld erlaubte, und dass er höher gesessen hatte als in einem normalen Pkw. Ein SUV!

Das war die entscheidende Feinjustierung von Erdmanns Filter. Übrig blieben genau elf Fahrzeuge. Und bei jedem konnte man das Nummernschild deutlich sehen.

Erdmann überprüfte die Halter. Der Wagen, bei dem er schließlich hängen blieb, war ein anthrazitfarbener VW Touareg, der um 3:37 Uhr über die Venloer Straße nach Westen fuhr. Die Scheiben der rechten Seitenfenster zeigten Einschlagslöcher wie von Steinwürfen.

Der Wagen war in Hamburg zugelassen auf einen gewissen Pjotr Kaczynski, laut Computer der Zulassungsstelle in Warschau geboren. Falls es sich dabei um den Mann handelte, den Erdmann suchte, hatte er ganz sicher einen entsprechenden Background. Dann musste man davon ausgehen, dass Pjotr Kaczynski ein Tarnname war, dessen Nachverfolgung sich nicht lohnen würde.

Aber in den Kreisen, in denen solche Identitätswechsel üblich waren, gab es eine Regel: Name, Geburtsort und Alter wurden geändert, aber ohne Not wechselte dort niemand seine Nationalität, damit es nicht unnötige Bruchstellen in seiner Legende gab. Und damit wurde der Täter in Erdmanns Sprachgebrauch ab jetzt zu »dem Polen«.

Neun Tage lang hatte Erdmann an der Sache gearbeitet. Jetzt gönnte er sich einen kleinen Spaziergang. Er atmete die kühle Nachtluft ein und sammelte seine Kräfte.

Und wenn es eine Armee gewesen war, die für den Tod von Lisa Kuttner die Verantwortung trug, er würde sie aufspüren, Mann für Mann. Der Pole war nur der Anfang.

11

Khaled ging mit Brit durch die nächtlichen Gassen von Al Bayuk. Er war erst vor zwei Stunden von seinem Treffen mit S*L*M zurückgekommen, und Brit hatte ihn mit einem wunderbaren Couscousgericht empfangen.

Brit kochte selten arabische Gerichte. Meist zauberte sie eine abenteuerliche Mischung aus allen erdenklichen Zutaten. Essen sollte staatenlos und nur der Fantasie verpflichtet sein, so ihre Erklärung. Aber an diesem Tag gab es Couscous, und es war ihr außerordentlich gut gelungen. Nach dem Essen nahm sie seine Hand und bat ihn um diesen Spaziergang.

»Wie lange wird diese Gegend hier noch von der Welt abgeschnitten bleiben?«, fragte sie in nachdenklichem Tonfall.

»Es wird sich nichts ändern. Nicht hier«, sagte Khaled. »Die Mauern werden nur noch höher werden.« Seine Antwort klang sachlich und eine Spur zu unterkühlt.

»Du hast mich nie gefragt, ob ich mit dir den Ort besuchen will, wo deine Eltern ums Leben gekommen sind. Deine leiblichen Eltern, meine ich.«

»Nein, hab ich nicht.«

»Heißt dieses Nein, es interessiert dich nicht, dass ich davon erfahre, oder Nein im Sinne von ›Das geht dich nichts an‹?«

»Ich weiß nicht, Brit«, wich er der Frage aus. »Lass uns über etwas anderes reden.«

»Okay, wie du meinst.« Brit zog das Tuch etwas fester um ihre Schultern.

Khaleds Gedanken waren noch bei seinem heutigen Treffen mit S*L*M, das ihn sehr aufwühlte. Als Brit ihn zu dem kleinen Stand zog, wo ein alter Händler Tee in kleine Plastiktassen füllte, bemerkte er nicht mal, dass sie seine Hand längst nicht mehr hielt.

»Warst du wieder bei der Hebamme?«, fragte er, als sie beide mit dem Tee unter einem kleinen Olivenbaum saßen.

»Gestern erst. Saida sagt, es sei alles okay.«

»Gut. Ich hab mir ein Krankenhaus in Gaza-Stadt angesehen, wo wir entbinden können, ohne dass unsere Namen im Computer auftauchen, wenn ich ein wenig Bestechungsgeld zahle.«

»Nicht *wir* entbinden, das Vergnügen habe nur ich.«

»Ich werde jeden einzelnen Schmerz mit dir teilen«, sagte er und strich ihr dabei sanft übers Haar.

Sie drückte den Kopf leicht gegen seine Hand und genoss es. Für einen winzigen Moment wurde sie unsicher, ob ihre Entschlossenheit richtig war.

»Ich werde auf der Hut sein müssen«, fuhr er fort, »ich habe schon von Frauen gehört, die bei der Geburt so in Rage gerieten, dass sie nach ihren Männern schlugen.«

Khaled lachte, als er das sagte, und sah Brit herausfordernd an.

»Das sind nur Geschichten, die von euch Männern verbreitet werden. Sie helfen euch, etwas Distanz zu schaffen zu dem Ereignis, das da vor euren Augen passiert.«

»Das Ereignis, das du schon oft erlebt hast und über das du deshalb so viel weißt«, neckte er sie.

»Nein, das Ereignis, das bei meinem Geschlecht zum genetisch geprägten Wissen gehört«, erwiderte sie, »und bei dem ihr Männer immer nur Zaungäste seid.«

»Das soll heißen, du sprichst uns die Empathie ab, sich in etwas einfühlen zu können, das nicht unmittelbar auf unseren Körper einwirkt?«

»Ich würde euch eine ganze Menge absprechen. Empathie ist noch das Geringste davon.«

»Aber irgendetwas scheint es zu geben, das auch wir Männer beherrschen, oder?«, entgegnete er grinsend. »Ich meine, immerhin liebt ihr Frauen doch das Zusammensein mit uns.«

»Lass mal überlegen ... Ja, da ist wirklich etwas«, sagte Brit und zog ihre Stirn dabei kraus, »aber ich fürchte, ich hab's vergessen.«

»Ich helfe dir mal. Was fällt dir ein beim Thema: Hammer, Nagel, Regal ...?«

Sie liebten es eigentlich, so zusammenzusitzen und mit ihren Worten kleine, vergnügliche Kämpfe auszutragen. Doch an diesem Tag war etwas anders. Khaled bemerkte es nicht. Er merkte nicht mal, dass Brits Worte von einer leichten Anstrengung getragen wurden. Er merkte auch nicht, wie sie ihre Hand um seine Finger schloss und sie fest drückte. Er hatte tatsächlich das Gefühl, es wäre alles wie immer.

Der Himmel war klar, und die Sterne waren zahllos, als sich Khaled und Brit die Kleidung abstreiften. Ihre Hütte lag abseits von allen anderen Gebäuden, und niemand konnte sie hier auf dem Dach sehen. Außerdem hätte es auch niemanden interessiert.

Brit küsste Khaled und genoss es, wie seine Finger sanft über die Spitzen ihrer Brüste strichen. Ihr Körper hatte sich verändert in den letzten Wochen. Der Bauch war schwer und prall geworden, ihre Brüste waren gespannt und empfindlich. Aber jede Berührung ihrer Brustwarzen verursachte eine Lust, die Brit noch nie zuvor gekannt hatte.

Als es vorbei war, lagen sie erschöpft nebeneinander und schauten hoch zu den Sternen. Brit sah über sich die Unendlichkeit, von der sie sich selbst nur als winzigen Teil empfand. Sie sah die Zeit in ihrer unermesslichen Dimension und war sich ihrer eigenen Vergänglichkeit bewusst. Sie würde diese Welt verlassen und Platz machen für die, die nach ihr kamen. Platz für ihr Kind. So war die Regel des Seins. Die Mütter gingen und ließen die Kinder zurück. Anders durfte es nicht sein. Der Tod ihres Sohnes durfte kein Bestandteil ihres Lebens werden.

Khaled ahnte nichts von dem, was in Brit vor sich ging. Sobald seine Lust abgeklungen war, wanderten seine Gedanken wieder zu den Begegnungen mit S*L*M. In all ihren Diskussionen waren sich die beiden gedanklich immer näher gekommen.

Khaled genoss die militante Aggressivität, die die junge Frau an den Tag legte, wenn sie mit ihm über die Art des Angriffs auf Tantalos sprach. Er genoss ihre Energie und die unstillbare Wut, die in ihr brodelte. Es schien ihm, als sei es das Gefühl, nach dem er selbst sein ganzes Leben lang gesucht hatte. An ihrer Seite geriet in seinem Inneren etwas in Bewegung, als würde er seiner Bestimmung näher kommen.

Wie all die anderen von Earth wusste Khaled von Tantalos' Simulationsprogramm und dem gewaltigen Rechenzentrum in Oslo. Das alles war bei der Bilderberg-Konferenz 2014 ins Leben gerufen worden, von einem Kreis aus vierundzwanzig Mächtigen aus der Wirtschaftselite der Welt. Lediglich einen von ihnen, Immanuel Grundt, hatten die Hacker von Earth enttarnen können. Brit hatte diese Information weitergegeben an ihre Mutter, die BKA-Kommissarin Lisa Kuttner. Was das BKA mit dieser Information tat, wusste Earth jedoch nicht. Womöglich hatte Lisa ihr Wissen auch mit ins Grab genommen.

Khaled und S*L*M hatten lange darüber diskutiert, wie der Kampf weitergeführt werden sollte. Das Leaken geheimer Informationen, Earth' stärkste Waffe, war unwirksam geworden, seit Ben Jafaar das Projekt Tantalos öffentlich gemacht hatte. Egal, was Earth von nun an unternehmen würde, in den Augen der Öffentlichkeit wirkte es verbrecherisch und falsch.

Ben Jafaar gewann mit seinem geschickten Schachzug die Sympathie der Weltöffentlichkeit für Tantalos. Und genau an dem Punkt mussten sie ansetzen, wenn der Kampf weiterhin Erfolg haben sollte. Die Öffentlichkeit sollte Tantalos als das erkennen, was es eigentlich war: ein mörderisches Werkzeug in der Hand von skrupellosen Mächten. Dafür gab es nur einen Weg. Earth musste Tantalos derart provozieren, dass Ben Jafaar nichts anderes übrig blieb, als mit unverhohlener Grausamkeit zurückzuschlagen. Dann würde die Welt das wahre Gesicht von Tantalos sehen.

Dieser Entschluss, den er und S*L*M am Morgen gefasst hatten, beherrschte sämtliche seiner Gedanken, während auch er in die Unendlichkeit des Sternenhimmels blickte.

Er beherrschte ihn derart stark, dass er nicht begriff, dass Brit an diesem Abend Abschied von ihm nahm ...

12

BangBang hatte sich beinahe komplett aus jener Welt zurückgezogen, die bislang sein Leben bestimmte. Kurz nach dem Verschwinden von Khaled, Brit, Zodiac und Esther aus Berlin war er wieder in seine bürgerliche Existenz als Thorsten Renner zurückgekehrt.

Er nahm seinen Job als Steuerfachangestellter wieder auf, aus dem er vor zwei Jahren ausgestiegen war, als ihn seine Tätigkeit bei Earth rund um die Uhr forderte. Der Wiedereinstieg fiel ihm leicht. Die Branche der Steuerberater war in Deutschland eine unerschütterliche Bastion, die sich durch eine jahrzehntelang gewachsene Struktur aus geschicktem Lobbyismus allen Marktöffnungen verweigerte. Einmal drin, blieb man drin oder besaß zumindest ein lebenslanges Anrecht darauf, jederzeit dorthin zurückkehren zu können.

Es gab Zeiten, da hatte BangBang für diesen Beruf, den er nach seinem Realschulabschluss gelernt hatte, nur noch abfällige Kommentare übrig, aber jetzt wusste er ihn zu schätzen. Er genoss es inzwischen, jeden Morgen um neun Uhr ins Büro zu kommen und es um siebzehn Uhr wieder zu verlassen. Er hatte in seiner intensiven Zeit bei Earth genug Aufregung für ein ganzes Leben gehabt und brauchte jetzt einfach Ruhe.

Er brach hinter sich viele Brücken ab, die ihn noch mit Earth verbanden. Seine alte Wohnung kündigte er und mietete stattdessen zwei Zimmer, Küche und Bad auf fünfundfünfzig Quadratmetern in Schöneberg, zu denen ihm sein Chef verhalf. Er löschte all seine Accounts im Netz, eliminierte den Namen »BangBang« überall und tilgte sämtliche Spuren, die über IP-Adressen, Blockchains oder die verschlüsselten Gates im Darknet zu ihm hätten führen können. Es sollte für ihn ein kompletter Neuanfang werden. Er wollte nicht als toter Hacker auf den Gleisen einer S-Bahn enden.

Jedenfalls nicht, nachdem die anderen der Berliner Zelle die gemeinsame Idee verraten hatten und ins Ausland geflüchtet waren.

Nach einigen Wochen lernte BangBang ein Mädchen kennen. Sie hieß Lynn, war einundzwanzig und BWL-Studentin. Sie saßen jeden Morgen für die Dauer von fünf Haltestellen in derselben S-Bahn, und die junge Frau hatte ihm mehrfach zugelächelt. Es forderte ihm dennoch einige Courage ab, sie anzusprechen. Er war in den Tiefen des Netzes zwar immer ein mutiger Kämpfer gewesen, aber als er in der fahrenden S-Bahn aufstand und auf sie zuging, klopfte ihm das Herz bis zum Hals.

»Hi«, war das Erste, was er an Kommunikation zustande brachte.

»Hi«, antwortete sie und lächelte ihn an.

Die Bahn ratterte über eine Gleisweiche. BangBang stand schwankend vor dem Mädchen, und ihm fielen keine Worte mehr ein. Sie wandte den Blick von ihm ab, und er beschimpfte sich innerlich selbst für seine Unfähigkeit. Doch dann sah sie ihn erneut an und lächelte wieder.

»Ich heiße Lynn. Und du?«

BangBangs Atem setzte endlich wieder ein, und auf einmal fielen ihm die richtigen Worte ein.

»Thorsten«, sagte er. »Ich bin ein ziemlicher Nerd, und ich

fürchte, was ich jetzt sage, hört sich alles etwas *strange* an, aber ich hab dich schon oft gesehen, also, jedes Mal, wenn wir uns hier in der Bahn begegnet sind, und immer, wenn ich ausgestiegen bin, hab ich gedacht, ich hätte dich anquatschen sollen, aber da waren die Türen schon wieder zu, und die Bahn fuhr weiter, also hab ich's mir für den nächsten Tag vorgenommen, aber da war wieder dasselbe Gefühl, das verhindert hat, dass ich aufstehen und mit dir reden kann, also hab ich's wieder gelassen. Heute ist mein Geburtstag, und ich dachte mir, wenn ich jetzt total versage, dann besauf ich mich gleich und verbuch das unter Geburtstagsverpeilung. Schüttle einfach den Kopf, dann steig ich an der nächsten aus, und wir sehen uns nie wieder.« BangBangs Mund war so trocken, als hätte er gerade zu Fuß die Wüste Gobi durchquert.

»Gehen wir Eis essen?«, fragte Lynn.

BangBang konnte spüren, dass er nickte, auch wenn der Impuls dazu nicht sein Bewusstsein durchlaufen hatte.

Er meldete sich für diesen Tag im Büro krank, versprach aber seinem Chef, die verlorenen Stunden am Wochenende nachzuholen, und irgendetwas an seinem Stottern bewirkte, dass sein Chef ihm viel Glück wünschte. Dann ging er mit Lynn Eis essen und erfuhr, dass sie in Dortmund aufgewachsen und erst vor einem Jahr nach Berlin gekommen war. BWL war nicht ihr Lebensziel, aber das Studienfach schien ihr als Start ganz in Ordnung, um sich alle weiteren Möglichkeiten offenzuhalten.

Sie aß ein Rieseneis mit Erdbeeren und Sahne, ein kleiner Klecks Eiscreme klebte an ihrer Lippe, der langsam in der Sonne schmolz, während sie plauderten. BangBang war sicher, nie etwas Schöneres im Leben gesehen zu haben.

Sie hatten noch in der folgenden Nacht ihren ersten Sex, und Lynn bekämpfte seine Erektionsprobleme damit, dass sie etwas Wodka über seinen Körper goss und die kleinen Pfützen langsam aufleckte.

Ihm war, als hätte er in dieser Nacht neu zu leben begonnen. Nach der ersten Woche ließ sie einen kleinen Stapel ihrer Unterwäsche in seiner Wohnung, um vorbereitet zu sein, falls sie mal spontan bei ihm übernachtete. Sie selbst wohnte am äußersten Zipfel von Tempelhof in einer WG mit zwei »Physikspinnern«, wie sie ihre Mitbewohner nannte. Sie hatte im Verlauf des letzten Jahres versucht, die beiden zu einer rudimentären Form von Hygiene zu erziehen, war aber daran gescheitert. Das gemeinsame Badezimmer betrat sie, so behauptete sie, nur noch mit Stiefeln und Gummihandschuhen.

In diesem Moment fragte BangBang sie, ob sie nicht ganz zu ihm ziehen wollte.

Das war vor sechs Monaten.

Seither verlief BangBangs Leben in geordneten Bahnen. Lynn und er frühstückten jeden Morgen gemeinsam, dann machte sie sich auf den Weg zur Uni, und er fuhr zum Steuerbüro. Die Abende verbrachten sie fast immer zusammen und entdeckten ihre Leidenschaft für das Kochen einfacher Gerichte. An neun von zehn Tagen gab es bei ihnen italienische Pasta.

Sie beide hatten das Gefühl, in ihrem Leben genau dort gelandet zu sein, wo sie hingehörten. Nach einiger Zeit überlegte Lynn sogar ernsthaft, ihr Studium abzubrechen und ebenfalls in die Steuerbranche zu wechseln. Sie redeten abends oft darüber. Ansonsten streamte Lynn oft endlos irgendwelche Serien, die Modewelle des Binge-Watchings erwischte sie mit voller Wucht. Manchmal sah sie viele Folgen ohne Unterbrechung bis spät in die Nacht.

Das Problem bei der Sache war: Kaum etwas fand BangBang uninteressanter.

Eigentlich hatte er nur mal kurz den Rechner hochfahren und einen Blick ins Netzwerk Rise werfen wollen, während Lynn im Bett lag und dort ihre Serien schaute.

Dann aber sah er die enorme Aktivität, die dort um Brit Kuttner entstanden war, und es erschien ihm wie die kultartige Verehrung eines Popstars. Er begriff aber auch, dass all das der Sehnsucht entsprang, der auseinandergebrochenen Bewegung Earth mit ihren weit versprengten Mitgliedern wieder eine neue Identität zu geben.

Er las eine Stunde lang die vielen Einträge, in denen es um Brit ging, dann legte er sich zu Lynn ins Bett, um mit ihr den Rest einer Serie anzuschauen, die ihn nicht interessierte.

Eine Woche lang schaffte er es, sich vom Computer fernzuhalten. Dann hielt er es nicht länger aus.

An einem Sonntagabend, an dem sich Lynn sechs Stunden Binge-Watching vorgenommen hatte, fuhr BangBang den Rechner wieder hoch. Er öffnete die alten Tore zum Darknet, legte seine digitale Rüstung wieder an, die ihn für die anderen unsichtbar machte, und suchte einen verschlungenen Pfad durch die Verkettung multipler IP-Adressen, um dann an unerwarteter Stelle aus dem Darknet zu platzen, sich auf einen Server zu stürzen und dessen Firewall einzureißen.

Es war alles sofort wieder da. All seine Skills, jene geheime Magie des Hackens, die aus Tastenkürzeln und Zeichenfolgen bestand. Er jagte alles, was er über den aktuellen Stand von Earth in Erfahrung bringen konnte. Aber vor allem war er auf der Jagd nach Informationen über Brit.

Bis zum nächsten Morgen hatte er einen smarten Algorithmus entwickelt, den er ins Netz schleuste und scharf stellte. Es war ein Jagdhund, der Witterung aufnahm und alles aufspürte, was auf ein Lebenszeichen der echten Brit

Kuttner hindeutete. Zu diesem Zeitpunkt zwitscherten die Vögel bereits, und Lynn war längst vor ihrer Serie eingeschlafen.

Von da an stieg BangBang jede Nacht ins Netz. Er erwischte viele Gerüchte und Spekulationen über Brit, aber keinen stichhaltigen Hinweis darauf, wo sie sich mit Khaled oder gar allein verborgen hielt.

Dann tauchte ein Foto auf, das Brit an der Seite einer Hebamme namens Saida zeigte und dessen Lokalisierungsdaten auf den Gazastreifen hindeuteten. Es schien plausibel, dass sich Brit in diesem entlegenen Winkel der Welt versteckt hielt, auf den Geheimdienste kaum Zugriff hatten. Weniger plausibel war, dass ein aktuelles Foto von ihr mit ihrer Zustimmung öffentlich gepostet worden sein sollte.

Er konnte erkennen, dass die Metadaten des Fotos bereits getrackt worden waren. Und die Spur des Trackings führte direkt nach Oslo.

Es ging wieder los …

Er sagte Lynn, er arbeite an einem wichtigen Steuerfall und müsse sich deshalb kurzfristig ausklinken. Dann tauchte er zweiundsiebzig Stunden nonstop ins Netz ein, um die Oslo-Spur genauer zu lokalisieren.

Am zweiten Tag rief bereits sein Chef aus dem Steuerbüro an und erkundigte sich, ob mit ihm alles in Ordnung sei. BangBang dankte ihm für alles und kündigte.

Er fand heraus, dass die Oslo-Spur direkt in die Zentrale von Tantalos führte, und versuchte in den folgenden zehn Tagen, den Rechner zu hacken, aus dem der Tracking-Befehl gekommen war. Aber wie sehr er sich auch bemühte, er scheiterte immer wieder an den Sicherheitssystemen, die den Rechner abschirmten.

Lynn begann, sich Sorgen um ihn zu machen. Sie versorgte ihn mit Essen, das er meist unangetastet ließ, und mit Küssen, die er nur abwesend erwiderte.

Schließlich schaufelte ihm sein Detector eine Flugbuchung aus dem Netz. Sie war auf den Namen Brit Kuttner ausgestellt für einen Air-France-Flug von Tel Aviv nach Paris, Charles-de-Gaulle.

BangBang küsste Lynn zum Abschied und orderte ein Taxi nach Tegel, um von dort den nächsten Flug nach Tel Aviv zu bekommen.

13

Brit saß im schlecht belüfteten Sammelbus und schwitzte. Es war eine beschwerliche Fahrt zum Grenzübergang Erez nördlich von Beit Hanoun. Vor der Grenze standen sie in einem endlosen Stau, und Brit wartete geduldig, während die israelischen Sicherheitskräfte ein Fahrzeug nach dem anderen nach Waffen oder Sprengsätzen durchsuchten. Nur schrittweise kroch der Bus inmitten der Schlange vorwärts und näherte sich dem Übergang.

»Wir müssen diesen Weg alleine gehen, kleiner Elias«, sagte sie ihrem Sohn und strich dabei über ihren Bauch. »Du wirst später verstehen, warum.«

Sie spürte, wie er nach ihrer Hand trat, und strich erneut über diese Stelle.

»Dein Vater ist ein kluger und mutiger Mann. Aber auch er hat einen Weg vor sich, auf den seine Gedanken ihn leiten. Und ich muss meinen Weg gehen. Mit dir. Auch das wirst du eines Tages verstehen.«

Jetzt trat er nicht mehr. Brit spürte, wie er seine Position veränderte, und sie glaubte fest daran, dass ihre Worte ihn beruhigt hatten.

Als ihr Bus an der Grenzkontrolle angekommen war, ließ Brit die Prozedur geduldig über sich ergehen. Die Fahrgäste mussten alle aussteigen und ihre Pässe vorzeigen. Die israelischen Grenzsoldaten waren in der Mehrzahl junge Männer, denen man ihre Anspannung ansah. Als Brit ihren Blick zu lange auf einem von ihnen gerichtet ließ, sprach er sie auf Englisch mit harschen Worten an und forderte sie auf, wieder in den Bus zu steigen.

Brit hatte Verständnis für ihn. Es musste schwer sein, in dem ständigen Klima von Angst und Misstrauen zu leben.

Auf der Fahrt nach Tel Aviv schlief sie kurz ein. Als sie wieder aufwachte, waren ihre Haare verklebt vom Schweiß und der staubigen Luft. Der Schlaf hatte ihr dennoch gutgetan, und sie hatte neue Energie geschöpft. Sie blickte aus dem Fenster und sah bereits die ersten Siedlungen, die Tel Aviv ankündigten. Das Land hier war kultiviert und gut bewässert, so ganz anders als in Gaza. Sie fragte sich, welchen Sinn das Schicksal darin sah, die Bewohner dieser Welt mit solch harten Gegensätzen zu provozieren.

Als sie endlich am Ben-Gurion-Airport ankamen, spürte Brit, wie ihr Atem tiefer und ruhiger wurde. Als würde sich ihr Körper darauf einstellen, endlich wieder an den Ort zurückzukehren, der ihr seit ihrer Geburt als Zivilisation vertraut war.

Sie nahm die kleine Tasche, in die sie nur das Nötigste eingepackt hatte, auf den Schoß. Gedanken an Khaled wollten sich in ihren Kopf schleichen, aber sie verdrängte sie und stand auf.

Die Flughafenhalle war klimatisiert. Brit schob sich mit ihrer Tasche durch die Reihen der Fluggäste. Noch vier Stunden bis zum Abflug ihrer Maschine nach Paris, genug Zeit, um sich auf der Toilette frisch zu machen und dann irgendwo einen Kaffee zu trinken.

Sie hatte zwar fast alles Geld aus der Kasse ihres kleinen Ladens mitgenommen, aber sie wusste, dass es nicht lange reichen würde. Und woher sie sich neues Geld beschaffen sollte, war ihr noch nicht klar. Also nahm sie sich vor, vorerst sehr sparsam zu sein. Auf dem Flug nach Paris würde es etwas zu essen geben. Bis dahin musste ihr ein Kaffee reichen.

Eine gute Stunde später verließ sie die Tische des kleinen Bistros, gab ihre Tasche auf, die nicht mehr als Handgepäck durchging, und machte sich auf den Weg zu den Gates.

Sie bemerkte die beiden Männer nicht, die zügig zu ihr aufschlossen. Sie trugen Sonnenbrillen, der eine ein dünnes Sakko, der andere eine Lederjacke. Ihre Gesichter verrieten keine Regung, als sie sich durch die Menschen drängten, um zu Brit zu gelangen.

Sie waren noch fünfzehn Meter von ihr entfernt, als Brit auf eine andere Person aufmerksam wurde. Ein junger Mann stand an der Seite der Schlange und sah sie an.

Brit erkannte ihn sofort. Es war BangBang, und sein Gesicht war voller Sorge.

Dann geschah alles sehr schnell ...

BangBang wandte seinen Blick von Brit ab und fokussierte die zwei Männer, die sich ihr von hinten näherten.

Dann rannte er los und griff unter seine Jacke, um etwas hervorzuziehen, das er auf die Männer richtete.

Doch weiter kam er nicht. Der vordere der beiden hatte plötzlich eine Pistole in der Hand und schoss. BangBang wurde in vollem Lauf getroffen und war bereits tot, bevor er auf dem Boden aufschlug.

Was er in der Hand hielt, war sein Handy.

Augenblicklich rannten bewaffnete Soldaten und Sicherheitsleute herbei, hielten die beiden Männer in Schach und schrien Befehle. Die Passagiere im unmittelbaren Umfeld hatten sich geistesgegenwärtig zu Boden geworfen. Die übrigen wurden von Sicherheitsleuten beiseitegedrängt, damit sie nicht in der Schusslinie standen.

Brit nutzte das allgemeine Durcheinander, um sich zur Personenkontrolle an den Gates vorzuschieben. Das Herz schlug ihr bis in den Hals, und sie konzentrierte sich darauf, den Tunnel zu ihrem Sohn aufzubauen, bevor BangBangs Tod gänzlich in ihr Bewusstsein dringen und sie außer Gefecht setzen konnte.

14

Moon brachte den Tee in das kleine Hinterzimmer, das für Khaled und S*L*M zum festen Büro geworden war, für die jüdische Hackerin sogar zu ihrem derzeitigen Schlafplatz. Schon seit zwei Wochen fuhr sie wegen der täglichen Besprechungen mit Khaled nicht wieder zurück über die Grenze nach Israel. Das wäre aufgrund der ständigen Kontrollen an den Grenzposten zu auffällig gewesen.

Bei ihrem Grenzübertritt hatte sie als Grund für ihren Aufenthalt in Gaza stets ihre ehrenamtliche Tätigkeit für eine NGO angegeben, eine »Non-Governmental Organization«, eine Nichtregierungsorganisation, mit dem Ziel, die Zahnpflege der Kinder in Gaza zu verbessern. Die NGO gab es tatsächlich, und S*L*M war auch Mitglied, doch letztlich nahm sie so gut wie nie an irgendwelchen der freiwilligen Tätigkeiten teil.

Sie schlief auf dem kleinen Feldbett, das Moon ihr in den Raum stellte. Eine Wäscheleine mit einem Laken trennte diesen Bereich notdürftig vom Rest des Raumes ab. Dieser kleine Rest von Intimität war ihr wichtig.

Wenn sie sich Khaled oder Moon präsentierte, war sie perfekt gekleidet, und das Kopftuch verbarg den zerstörten Bereich ihrer Kopfhaut.

In all den Tagen führte sie nie persönliche Gespräche mit Khaled, aber er durfte sie innerhalb der Wände dieses Hinterzimmers Daliah nennen und musste sie nicht mit ihrem Kampfnamen Schalom ansprechen. Sie verfügten nur über einen kleinen Tisch, an dem sie saßen und ihre Gespräche führten, aber S*L*M achtete immer darauf, dass zwischen ihnen eine gewisse körperliche Distanz bestehen blieb. Wenn Khaled in einer hitzigen Diskussion näher zu ihr rutschte oder gar seine Hand auf ihren Arm legte, ging sie sogleich auf Abstand.

Khaled respektierte das. Er schrieb es den Narben zu, die ihren Kopf verunstaltet und vermutlich auch ihr Selbstbewusstsein als Frau in Mitleidenschaft gezogen hatten.

»Did you tell your wife about our plans?«, fragte sie. Die nackte Glühbirne beleuchtete dabei nur den intakten Teil ihres Gesichts.

»She is not my wife«, antwortete er.

»Whatever. Did you tell her?«

»No.«

»Don't you think she has the right to know?«

»Maybe. But that is no discussion to waste our time with.«

»Fair enough«, sagte S*L*M und beendete damit die persönlichen Fragen. »So let's get back to our plans ...«

Sie hatten in den letzten Tagen intensiv darüber diskutiert, wie sie Tantalos aus der Reserve locken konnten. Sie mussten sehr vorsichtig sein. Die Bewegung Earth war derzeit nicht aktiv, und die Mitglieder kommunizierten nur sehr unregelmäßig über ein paar weitgehend sichere Verbindungen im Darknet. Aber die waren eben nur »weitgehend« sicher. Sie konnten davon ausgehen, dass Tantalos alles daransetzte, sie auszuspionieren und ihre Kommunikation zu überwachen. Inwieweit dies den IT-Leuten von Tantalos gelang und wie gut sie darin überhaupt waren, wusste keiner von ihnen genau.

Mit dem Aufruf im Namen von Brit war es Khaled und S*L*M gelungen, die Bewegung wachzurütteln, aber noch keinesfalls, sie zu aktivieren. Den nächsten Schritt wollten sie erst dann riskieren, wenn ihr Plan ausgereift war.

Jetzt war es so weit.

Tantalos musste sein gewaltiges Simulationsprogramm ständig mit aktuellen Daten füttern. Nur dann war sichergestellt, dass die Berechnungen zu verlässlichen Ergebnissen führten. Es ging um Genauigkeit, und Khaled vermutete, dass Ben Jafaar alles tat, um die Rechenanlage mit der maximal möglichen Menge an verlässlichen Daten zu versorgen.

Doch die konnten nicht von Tantalos allein beschafft werden. Zu verschieden waren die Bereiche, aus denen Daten gebraucht wurden, zu bedeutend deren Aktualität. Politische, wirtschaftliche, demografische und ökologische Daten, alle mussten eingeholt werden, Tag für Tag, um bei Tantalos weiterverarbeitet zu werden. Auf jedem Kontinent, in jeder Nation brauchte es dafür Subunternehmen, die diese Daten sammelten und zur Verfügung stellten. Diese mussten eng an Tantalos gekoppelt sein, um die Richtigkeit und Genauigkeit der Daten zu garantieren.

Und diese Unternehmen waren die Schwachstelle, an der Earth ansetzen konnte. In einer überraschenden Guerillataktik, so der Plan von Khaled und S*L*M, würden die Hacker von Earth in die Server dieser Datenlieferanten eindringen, um ebenjene Daten zu fälschen.

Khaled nannte das Vorhaben »Operation Stinger«. Stinger wie Stachel. Er war sich sicher, damit einen griffigen Ausdruck nach dem Geschmack der Earth-Rebellen gefunden zu haben. Und einen guten Begriff für die Headlines der weltweiten News, sobald sie Stinger in ein oder zwei Tagen öffentlich machten. Denn genau das war die Stelle, an der der Stachel ins Fleisch von Tantalos eindringen sollte: die Öffentlichkeit.

Khaled sah in Gedanken schon das Gesicht von Ben Jafaar vor sich, wenn er aus den News erfahren würde, dass die Daten, mit denen er seinen Rechner fütterte, falsch oder ungenau waren. Er hatte dabei ein gutes Gefühl und legte unwillkürlich seine Hand auf die Schulter von S*L*M. Prompt verhärteten sich ihre Muskeln, und er zog die Hand wieder zurück.

Die folgenden vier Stunden gehörten S*L*M und Moon. Über zwei von Moons selbst gezimmerten PCs stiegen sie ins Darknet ein und zündeten die Alarmfeuer, um die Informationskette von Earth in Gang zu setzen. Es erreichte zuerst den inneren Kreis der Eingeweihten, von da aus ging es über mehrere Sicherheitsstufen weiter, Kreis um Kreis, bis schließlich das gesamte Netz der Earth-Aktivisten informiert war. Auf allen Kontinenten machten sich daraufhin Hacker an die Arbeit, die Datenlieferanten von Tantalos aufzuspüren und in deren Systeme einzudringen.

Die erste Rückmeldung kam, als in Gaza bereits die Sonne aufging. Ein belgischer Hacker mit Tarnnamen »Gonzo« meldete Erfolg. Der Name bezog sich auf die legendäre Wortschöpfung von Hunter S. Thompson, der damit den gleichnamigen Journalismus ins Leben gerufen hatte. Einen anarchischen, subjektiven und drogennahen Journalismus, der Pate stand für Generationen von jungen Akteuren der Popkultur, die diesem Ideal nacheiferten.

Der belgische Gonzo hatte eine Firma namens »Global Analytica« gehackt, die große Datenströme zu Tantalos in Oslo schickte, hauptsächlich Daten aus den Bereichen Ökonomie und nationale Politik, die von dem Unternehmen erhoben wurden.

Gonzo war überzeugt, dass es sich um eine wichtige Quelle von Tantalos handelte, und er schleuste einen Algorithmus ins System, der bei allen gesammelten Daten willkürliche Zahlendreher verursachte. Jeder einzelne Filecluster, der anschließend an Tantalos geschickt wurde, war fehlerhaft und verseucht.

Die Welt der Hacker wurde wieder lebendig.

Die Sonne ging über Gaza auf, und ein paar Stunden später erhielt Moon auf seinem Handy einen Anruf von Peaches, der ihnen mitteilte, dass Brit an diesem Morgen den Laden nicht geöffnet hatte und auch nicht zu Hause war.

Khaled winkte nur ab. Brit konnte selbst auf sich aufpassen. Vermutlich hatte sie einen Termin bei ihrer Hebamme. In letzter Zeit sagte sie ihm kaum noch, was sie tat und was sie plante.

Bis zwölf Uhr mittags meldeten sich elf weitere Hacker, die in die Server der Datenlieferanten eingedrungen waren und dort Fehler hinterlassen hatten.

Jetzt stand der nächste Schritt an.

»EARTH BROKE INTO SEVERAL COMPANIES WHICH SUPPLY TANTALOS WITH DATA. THERE WILL BE NO TRUTH ANYMORE. FAKE RULES!«

Der Wortlaut dieser Nachricht entsprach dem mythisch überhöhten Tonfall der Hackerwelt. Darauf hatte Khaled ihn abgestimmt.

Moon und S*L*M schleusten ihn so ins Netz, dass ihn die Search-Engine von Google automatisch als obersten Eintrag auf jede Seite lud, egal, wonach ein User gesucht hatte. Für den Rest des Tages würde diese Nachricht mehrere Hundert Millionen Mal auf den Rechnern der Welt landen, bis Googles IT-Leute den unscheinbaren Trojaner, den S*L*M »Glue« getauft hatte, aufspüren und vernichten konnten.

Bis dahin aber mochten viele Ingenieure bei Tantalos schlichtweg verzweifeln, und Regierungsvertreter vieler Nationen offen die Frage stellen, wie verlässlich das Tantalos-System angesichts fehlerhafter Datenzufuhr eigentlich sein konnte. Khaled war überzeugt, dass sie mit Stinger Ben Jafaars Lebenswerk empfindlich treffen würden.

Vor allem wusste Ben jetzt, dass Earth bereit war, jederzeit wieder zuzuschlagen. Er konnte dies nicht verhindern. Seine einzige Möglichkeit bestand darin, die Verursacher zu bekämpfen und zu vernichten. Earth zu vernichten!

Und genau dazu wollte ihn Khaled bringen, um der Welt die Skrupellosigkeit von Tantalos vor Augen zu führen ...

15

Die Boeing setzte kurz nach Mittag auf der Landebahn von Charles-de-Gaulle auf. Während des Fluges hatte Brit durch kontrolliertes Atmen versucht, möglichst ruhig und entspannt zu bleiben. So kurz vor einer Geburt in ein Flugzeug zu steigen, war natürlich ein Risiko, aber sie fühlte sich grundsätzlich gesund, und es gab keinen Grund, Komplikationen zu befürchten. Aber der Tod von BangBang beherrschte ihre Gedanken, seit sie aus ihrem selbst erschaffenen Tunnel zu ihrem Ungeborenen aufgetaucht war.

Jetzt kam es umso mehr darauf an, kühlen Kopf zu bewahren und dem Plan zu folgen, den sie während des Fluges geschmiedet hatte.

Sie stieß einen spitzen Schrei aus und umklammerte ihren Bauch. Sofort eilten die Stewardessen zu ihr. Die anderen Passagiere wurden angewiesen, auf ihre Sitzplätze zurückzukehren und den Gang frei zu halten.

Gut zwanzig Minuten später trugen zwei Sanitäter Brit in einem schmalen Ambulanzstuhl aus dem Flugzeug und hoben sie dann auf eine bereitstehende Rolltrage. Auf der schoben sie die Schwangere im Laufschritt durch die Flughafenhalle, während zwei Sicherheitsleute ihren Weg frei machten.

Die meisten Fluggäste blieben stehen, um einen Blick auf das Spektakel zu erhaschen. Brit hielt ihr Gesicht abgewandt, versuchte aber dennoch zu erkennen, ob ihr jemand folgte oder nicht. Die Killer, die BangBang in Tel Aviv erschossen hatten, waren auf sie angesetzt gewesen, und wer immer die beiden Männer beauftragt haben mochte, konnte dasselbe auch bei ihrer Ankunft in Paris versuchen.

Vor dem Terminal wartete bereits der Ambulanzwagen, und die Flughafensanitäter übergaben sie dem Notarzt. Brit legte es vor den Augen der Sicherheitsleute auf eine Spontanuntersuchung an, damit sie sicher sein konnte, dass er ein echter Arzt war. Dann gab sie einem der Männer von der Flughafensicherheit ihren Gepäckschein und nahm ihm das Versprechen ab, dass man ihr die Reisetasche ins Hospital nachschicken würde.

Der Ambulanzwagen fuhr mit Blaulicht ab.

Auf dem Weg zum Robert-Ballanger-Hospital im Pariser Vorort Villepinte täuschte Brit einen erneuten Krampfanfall vor und schrie, dass sie keine Luft bekäme.

Der Arzt kletterte zu ihr, um sich besser um sie kümmern zu können, und der Fahrer verließ die Überholspur und ließ sich von einem Verkehrsstau ausbremsen. Genau das hatte Brit erreichen wollen. Sie waren kaum zum Halten gekommen, da stieß sie die Hecktüren auf und sprang aus dem Wagen. So schnell ihr Schwangerschaftsbauch es zuließ, rannte sie in den angrenzenden Parc Departemental du Sausset und verschwand.

Der Notarzt war so perplex, dass er gar nicht auf die Idee kam, ihr zu folgen.

Brit verlangsamte ihre Schritte, als klar wurde, dass sie nicht verfolgt wurde.

Hier in Paris sollte ihr Sohn Elias im Jahr 2045 ums Leben kommen. Darüber hinaus wusste sie, dass Zodiac und Esther in Paris untergetaucht waren. Sie wollte die beiden ausfindig machen und mit ihnen gemeinsam die Echtheit dieser Nachricht überprüfen.

Doch all das war zweitrangig geworden. Jetzt ging es vor allem darum, ihr eigenes Überleben zu sichern. Nur dann ließ sich auch das Überleben von Elias garantieren.

16

Am späten Nachmittag kehrte Khaled nach Al Bayuk zurück, und sein erster Weg führte zu seinem Laden, wo er Brit in den letzten Tagen immer um diese Zeit abgeholt hatte.

Doch der Laden war abgesperrt, die Markise nicht ausgefahren. Selbst der Stuhl, auf dem die alte Zuleika sonst mit ihrem Besen saß, stand nicht neben dem Eingang. Es sah aus, als hätte Brit den Laden heute gar nicht geöffnet.

Khaled machte sich keine Gedanken. Vermutlich war sie an diesem Tag in der Hütte geblieben, um sich auszuruhen. Sie hatte in letzter Zeit des Öfteren gesagt, dass ihr das lange Stehen im Laden Rückenschmerzen bereite. Wäre hinsichtlich ihrer Schwangerschaft irgendetwas Unvorhergesehenes passiert, hätte Brit ihn benachrichtigt. Es gab eine Telefonkette über Nachbarn bis hin zu Peaches eigens für diesen Zweck.

Doch als er dann ihre kleine Hütte betrat und Brit auch dort nicht antraf, wusste Khaled augenblicklich, dass etwas nicht stimmte. Auf dem Tisch lag ein kleiner Zettel, fixiert mit einer Teetasse. Darauf standen nur ein paar Worte, aber sie trieben Khaled sofort Tränen in die Augen.

Elias ist unsere Liebe.
Es tut mir leid.

Khaled schrie. Er schrie, so laut er konnte. Brit war ein ebenso kluger wie entschlossener Mensch. Wenn sie gegangen war, war sie endgültig fort und wartete nicht mehr auf ihn.

Das bedeutete, dass etwas Unwiderrufliches geschehen war, das Khaled nicht hatte kommen sehen.

In den folgenden Stunden lief er durch die Straßen von Al Bayuk. Es war ihm egal, dass ihm Tränen übers Gesicht rannen und ihn die Leute deswegen anstarrten. Er lief durch Gassen und über Plätze, immer weiter, und schließlich erreichte er das Meer.

Es wurde allmählich dunkel, und das Rauschen des Meeres beruhigte ihn ein wenig. Je klarer seine Gedanken wurden, umso bewusster wurde ihm die Gefahr, in der Brit nun schwebte. Er hatte ihre Identität benutzt, um den Widerstandsgeist der Earth-Aktivisten zu wecken, weil er annahm, sie seien sicher, hier, in ihrem Versteck in diesem elenden Winkel der Welt.

Aber jetzt war sie irgendwo dort draußen, wo die Kameras sie wieder erfassen konnten, sodass Ben Jafaars Jäger sie aufspüren würden, früher oder später. Und man würde sie beseitigen, weil sie inzwischen zur Ikone der Earth-Bewegung geworden war. Ein Gedanke, den Khaled kaum aushalten konnte, da die Schuld für all das bei ihm lag.

Khaled machte sich auf den Weg zurück nach Al Bayuk. Dort klopfte er an die Tür der Hebamme Saida, verhandelte kurz mit deren Mann und durfte schließlich deren betagten PC benutzen.

Khaled eröffnete einen Thread im Netzwerk Rise und erklärte in einem Videopost, dass er von Gaza aus den Kampf gegen Tantalos wieder aufgenommen hätte. Er sagte, dass er hier auf Ben Jafaar und seine Killer warten werde, und hoffte, dass er so die Gefahr von Brit ablenken und auf sich ziehen konnte.

17

Zodiac und Esther saßen in ihrem Zimmer und hatten die Tür zum Balkon weit geöffnet, um die frische Nachtluft hereinzulassen. Die Klänge der Straßenmusiker von Montmartre vermischten sich mit dem lauten Gerede der Touristen, die auf der Straße unter ihrem Balkon beständig hin und her gingen.

»Er will gefunden werden, aber warum?« Die Frage stellten sie sich immer wieder, seit sie Khaleds Videopost gesehen hatten.

»Er ist durchgedreht, dort unten in Gaza«, sagte Zodiac mit Zorn und leichter Verachtung im Tonfall.

»Unsinn, er ist mit Brit zusammen. Warum sollte er sie mit diesem Post in Gefahr bringen?«

»Beziehungskrisen, wer weiß, oder irgendetwas ist mit dem Kind passiert.«

»Dann hätte Peaches mich informiert. So war unsere Abmachung.«

»Egal, was ihn getrieben hat, er hat damit eigenmächtig die gesamte Bewegung aktiviert«, sagte Zodiac, noch immer aufgebracht. »Das hätte er nicht tun dürfen.«

»Wir haben keine Regeln darüber festgelegt, was ein Mitglied darf oder nicht darf«, widersprach sie ihm.

»Zu einer kollektiven Hacker-Aktion aufzurufen heißt, sich selbst Führungsautorität anzueignen. So haben wir nie gearbeitet.«

»Und wenn schon«, sagte Esther. »Seine Operation Stinger ist effektiv, das kannst du nicht abstreiten.«

Sie baute sich demonstrativ vor ihm auf. Innerlich jedoch war sie angespannt. Ihre Nerven waren nicht mehr allzu belastbar. Seit ein paar Nächten schon litt sie unter Schlaflosigkeit. Sie hatte berechtigte Sorge, dass ihre Krankheit ausbrach.

»Ja, da hast du recht«, lenkte Zodiac ein. »Die Idee ist gut, es wird Tantalos empfindlich treffen, sich nicht mehr auf die Echtheit der Daten verlassen zu können. Aber es bringt auch alle Aktivisten von Earth wieder in Gefahr.« Auf einmal nahm er sie in die Arme und sagte mit ruhiger Stimme: »Ich verstehe dich.«

»Was verstehst du?«, fragte sie erstaunt.

»Du willst zurück in den Kampf.«

»Was wäre falsch daran? Unser Kampf ist das, was uns ausmacht.«

»Du willst dich an Ben rächen«, sagte er mit weicher Stimme, »und du kannst mir glauben, dass ich das besser begreifen kann als jeder andere.« Er strich mit den Fingern über ihren Nacken. »Wir haben um ihn getrauert, vier Jahre lang, und er hat uns verraten. Und deine Liebe auch. Dich hat es am härtesten getroffen. Er hat deine Rache verdient.«

Esther hob den Blick und sah ihn an. Worauf wollte er hinaus?

»Aber du bist zu klug dafür«, fuhr er fort. »Es geht hier um mehr.« Er machte eine Pause, strich dabei mit seinen Fingern erneut über ihren Nacken. »Er war der Mann, an den wir immer geglaubt haben, und jetzt hat er etwas Monströses geschaffen. Das hat ihm so viel Kraft abverlangt, dass er sich dafür jahrelang zurückziehen musste. Die Idee muss schon immer in seinem Kopf gewesen sein. Schon damals, als er noch mit uns zusammen gekämpft und gearbeitet hatte.«

Jetzt verstand Esther, worauf Zodiac abzielte. Dass Ben Jafaar bereits in ihrer gemeinsamen Zeit bei Earth an seinen Plänen geschmiedet haben musste. Wenn das aber der Fall war, bedeutete es, dass er die von ihm gegründete Bewegung in seine Pläne mit einbezogen hatte, dass Earth darin womöglich irgendeine Funktion erfüllte.

»Nein«, widersprach sie. »Nach allem, was wir wissen, wurde die Idee zu Tantalos erst auf der Kopenhagener Bilderberg-Konferenz an ihn herangetragen.«

»Das Angebot zur Realisation vielleicht«, meinte Zodiac. »Ideen aber schlummern im Inneren von Menschen, bis sie reif sind, sie auf die Welt loszulassen. Besonders in einem Menschen wie Ben.«

Esther wusste, dass er damit recht hatte ...

Den Rest der Nacht versuchten sie, die Chancen von Khaleds Strategie anhand ihres Wissens über Tantalos abzuschätzen. In den letzten Monaten waren die Aktivitäten von Earth auf ein Mindestmaß heruntergefahren worden. Nur zwischen einem engen Kreis von Vertrauten, die die Aufgaben zwischen sich mit aller Vorsicht verteilt hatten, gab es überhaupt Kommunikation.

Das vorrangige Ziel von Esther und Zodiac war es, die Methoden und Verbindungswege von Tantalos nach dessen Wiederaufbau zu erkunden und zu analysieren. Sie griffen auf den Schweizer Hacker Cuckoo zurück, der ihnen bereits beim ersten Kampf gegen Tantalos geholfen hatte. Dieser wiederum aktivierte ein paar andere Hacker, die auf das Dechiffrieren von Finanzdaten spezialisiert waren. Nach drei Wochen konnten sie ein ganzes Netz von Geldströmen präsentieren, das von Tantalos aus in alle erdenklichen Länder geflossen war. In weiteren Hacks kamen sie dahinter, dass sämtliche Konten, auf die diese Gelder flossen, zu Einrichtungen gehörten, die der Regierung des jeweiligen Landes nahestanden.

Tantalos schien also beharrlich daran zu arbeiten, die Regierungen etlicher Länder über gut finanzierte Institutionen und deren Lobbyarbeit zu beeinflussen. Auch wenn der eigentliche Fokus von Ben Jafaars Simulationsrechner noch kaum bekannt war, so lag es doch nahe, dass es darum ging, die Ergebnisse der Berechnungen in die internationale Politik einfließen zu lassen.

Über diese Themen diskutierten Zodiac und Esther, als sie völlig überraschend die Nachricht von BangBangs Tod erhielten.

Esther kollabierte noch in derselben Minute, und Zodiac musste sie in ein Hospital fahren. Nach einigen Untersuchungen diagnostizierten die Ärzte deutliche Erschöpfungszeichen vieler innerer Organe. Esthers Uhr hatte zu ticken begonnen.

18

Alexis Afgeris war dreiunddreißig Jahre alt und hatte als Einziger seiner Familie eine respektable Karriere gemacht. Er wuchs auf der Insel Syros als Sohn eines Fischers auf, der im Zuge eines von der EU initiierten Strukturwandels vor zehn Jahren sein Fischerboot zerstört und dafür eine Abwrackprämie erhalten hatte.

Die Idee des angestrebten Strukturwandels basierte auf der Einschätzung, dass es zu viele kleine Fischer in der Ägäis gab, mit nur geringen Zukunftsaussichten gegenüber den großen Fangschiffen. Andererseits taten sich in der Welt neue Berufsfelder bei den digitalen Technologien auf, in die mit etwas Umschulung manch einer hätte wechseln können.

Der Vater von Alexis aber hatte sich nicht umschulen lassen, die zehntausend Euro Abwrackprämie genommen und die folgenden Jahre im Kafenion gesessen und Ouzo getrunken. Die Prämie war schon im zweiten Jahr durch einen neuen Fernseher und neue Wohnzimmermöbel weitgehend aufgebraucht und im dritten Jahr komplett weg gewesen. Von da an lebte Alexis' Vater von dem mageren Zubrot, das die griechische Regierung als Sozialfürsorge für ihn übrig hatte. Im sechsten Jahr starb er an einer kaputten Leber.

Als Erbe hinterließ er seinem Sohn das Bewusstsein, sein Boot und sein Leben geopfert zu haben, damit Alexis an seiner Stelle die Zukunftschancen der digitalen Entwicklung für sich nutzen konnte. Und Alexis nutzte sie.

Er war in seiner Schule der Beste des Abschlussjahrgangs, auf der Universität einer der Besten im Fach Informatik. Als er mit einem Magister abschloss, rissen sich ein paar Technologiefirmen um ihn. Alexis ignorierte sie alle und folgte einem Stellenangebot in der IT-Abteilung der konservativen griechischen Partei Nea Dimokratia, wofür er nach Athen umziehen musste. Er war sicher, dass nur eine klare politische Linie sein Land zur Vernunft bringen und damit wieder stark machen würde, sodass man in Zukunft leichtfertigen EU-Anordnungen Einhalt gebieten konnte.

Alexis' Arbeitsalltag war wenig aufregend. Er fuhr täglich mit der Metro zum Syntagma-Platz, kaufte sich dort einen Coffee to go und betrat um 9:30 Uhr sein Büro. Er wartete Systeme, spielte Updates auf oder wechselte Festplatten. Seine Gewissenhaftigkeit führte meist dazu, dass er nach offiziellem Feierabend noch ein oder zwei Stunden dranhängte, um die Datenbäume auf den Servern auf ihre Struktureffizienz hin zu überprüfen. In dem Zusammenhang machte er auch regelmäßig Stichproben bei den Inhalten der Ordner und Files.

An einem Freitagabend stieß er auf eine Datei mit dem Namen »Taftotita kai Idioktisia«, was bedeutete »Identität und Besitz«. Eigentlich hatte er seinen Arbeitsplatz an diesem Abend einmal pünktlich verlassen wollen, weil er mit ein paar Freunden in der Altstadt verabredet war. Aber als er dann zu lesen begann, konnte er nicht mehr aufhören.

Die Datei kam von einer Institution namens »Diametrima« und enthielt eine Analyse, die besagte, dass man mit der Themenverkopplung von kultureller Identität und dem Besitzanspruch am eigenen Land der Nea Dimokratia ein erfolgversprechendes Parteiprogramm liefern könne. Solche

Vorschläge für die Partei waren in Zeiten von Krisen nicht ungewöhnlich. Durchaus ungewöhnlich war aber, dass die Diametrima-Organisation offenbar nur über eine Zweigstelle in Athen verfügte, während ihr Hauptsitz in Oslo lag.

Alexis wurde neugierig und verfolgte die Spuren von Diametrima. Er stieß auf viele Veranstaltungen und Festivitäten, die von dieser Institution für Mitglieder der Nea Dimokratia spendiert wurden, und er war sich sicher, dass es sich bei Diametrima um ein handfestes Lobbyunternehmen handelte. Aber warum befand sich ihr Firmensitz in Oslo?

Um vier Uhr früh saß Alexis noch immer in seinem Büro und stocherte in den Tiefen des Servers. Er fand schließlich etwas, das ihm noch rätselhafter schien als alles Übrige. Die Institution verschickte regelmäßig Einladungen an die Partei, zu Veranstaltungen, die in einer Villa vor den Toren Athens stattfanden. Wenn Alexis richtig verstand, war dort eine Gruppe Stipendiaten der Politikwissenschaften untergebracht, die mit der Partei einen regelmäßigen Gedankenaustausch führen sollten.

Bei Tagesanbruch verließ Alexis das Büro, eine Festplatte mit allen kopierten Daten in seiner Tasche, kaufte sich einen Coffee to go und machte sich dann auf den Weg zu ebenjener Villa.

Die Villa lag in den Bergen südlich von Cholargos und damit in akzeptabler Reichweite der großen Universitäten. Alexis erreichte ihr grünes Außengelände gegen Mittag. Es war heiß, und die Grillen zirpten gegen das Geräusch der Rasensprinkleranlage an. Ein paar adrett gekleidete junge Leute saßen auf den Bänken am Rand des Rasens, vertieft in ihre Studienlektüren.

Alexis sprach eine junge Frau an und fragte sie danach, was das für ein Gebäude sei. Sie trug eine Sonnenbrille mit kreisrunden Gläsern und antwortete freundlich, dass hier die besten der griechischen Politikstudenten untergebracht seien. Jedem, der es bis hierher geschafft hätte, stünde eine steile politische Laufbahn bevor.

Alexis fragte sie, wessen Interessen hier vertreten würden und warum die Villa von einer Institution betrieben wurde, die ihren Hauptsitz in Oslo hatte. Doch bevor er eine Antwort erhielt, kamen zwei Sicherheitsleute und vertrieben ihn.

Der Keim des Misstrauens in Alexis Afgeris war gesät. Vor allem deshalb, weil er in den letzten Monaten häufig in das Netzwerk Rise geschaut hatte. Die Energie und der Widerstandsgeist, die dort herrschten, faszinierten ihn. Besonders die abenteuerlichen Theorien um das Osloer Unternehmen Tantalos weckten seine Neugier.

Noch am Abend desselben Tages loggte sich Alexis in Rise ein und gab zu verstehen, er habe interessantes Material, das er gern mit Earth diskutieren würde …

LuCypher saß in der Gartenlaube und blickte durch das kleine Fenster. Ein paar Frauen entsorgten irgendwelche Pflanzenreste auf dem Kompost. Sie konnten ihn nicht sehen, das Innere der Laube war zu dunkel, und draußen war es zu hell.

Tagsüber musste er sich also keine Sorgen machen. Und sobald es Abend wurde, klebte LuCypher regelmäßig alten Karton vor die Fenster, sodass niemand hereinblicken konnte. Er glaubte zwar nicht, dass man ihn hier in der Gartenanlage aufspüren würde, aber er wollte sichergehen und keine neugierigen Gartennachbarn auf sich aufmerksam machen.

Er arbeitete schon etliche Zeit an der Entschlüsselung der Bots, die von Tantalos ins Netz geschickt worden waren, um sich auf die User des Rise-Netzwerks zu stürzen. In der letzten Nacht hatte er endlich den Algorithmus geknackt, rund eine Stunde nachdem er die letzte Tüte Chips aufgegessen hatte. Seither ernährte er sich von Kaffee und ein paar alten Zuckerstückchen.

Er war schon vor sechs Wochen auf die ersten Spuren der Bots aufmerksam geworden. Im Rise-Netzwerk häuften sich die Beschwerden von Usern, in deren Namen Chatbeiträge geschrieben wurden, allesamt Fälschungen, Beiträge rassistischer oder sexistischer Art, die Unruhe im Netz stifteten.

LuCypher ging dem nach und stieß tatsächlich auf eine Vielzahl solcher Chats in den einzelnen Foren von Rise oder verwandten Plattformen. Sie waren voller wütender Wortbeiträge und Beleidigungen, sodass die Chats unweigerlich eskalierten und die einzelnen Threads unbrauchbar wurden. Die »Eigenhygiene«, die das Rise-Netzwerk anfangs so besonders gemacht hatte, weil unflätige oder unangemessene Textbeiträge von den Usern selbst abgekapselt und eliminiert wurden, funktionierte inzwischen nicht mehr, weil das Aufkommen jener gefälschten Störbeiträge zu massiv wurde.

LuCypher konnte die Fälschungen in den meisten Fällen zum Original zurückverfolgen und sich davon überzeugen, dass der Charakter und die politisch-gesellschaftliche Einstellung des jeweils genannten Verfassers eigentlich derart extreme Meinungen ausschloss. Es waren gefälschte Threads im Namen von Usern, deren Persönlichkeit man offenbar analysiert und nachgebaut hatte.

LuCypher entdeckte dahinter ein virusartiges Programm, das geschickt den Sprachgebrauch der User adaptierte. Das war vor vier Wochen gewesen. Aber der Algorithmus erwies sich als extrem kompliziert, und LuCypher arbeitete viele Nächte ohne Pause an dessen Entschlüsselung, hatte sich dabei des Öfteren in Sackgassen manövriert und frustriert wieder von vorn anfangen müssen. Das, was da im Netz von Rise wilderte, war ein brandneuer Typ von Bot, ganz sicher aus der Schmiede exzellenter Programmierer. Das grundsätzliche Funktionsprinzip konnte LuCypher erst knacken, als er begann, sich selbst unter immer wieder neuen Namen bei Rise anzumelden. Er beobachtete dabei, wie der Bot beständig seine jeweilige Persönlichkeit adaptierte.

Mehr als hundertmal hatte LuCypher so den Bot auf sich gelockt und anschließend seine unterschiedlichen Wirkungsweisen verglichen. Am Ende entwickelte er eine Theorie von dessen Programmierung und verglich sie mit den sich schnell ändernden Zeichenfolgen im Herzen des Bots.

Seine Theorie ging auf.

Das Funktionsprinzip war im Grunde einfach. Der Bot reproduzierte sich selbstständig, sobald ein neuer User im Netzwerk Rise auftauchte. Dann dockte er an ihn an, adaptierte dessen Sprachgebrauch und suchte nach Threads, Foren oder Seiten, in denen der User sonst noch aktiv war, innerhalb von Rise ebenso wie auch auf anderen Plattformen. In der Identität des Users nahm er an Diskussionen teil und provozierte dort die anderen Teilnehmer zu aggressiver Gegenwehr.

LuCypher war ein talentierter Hacker, aber kein Intellektueller. Er hatte herausgefunden, dass der Algorithmus auf dem Gebrauch von These und Antithese aufbaute und gesellschaftlich geächtete Themenbereiche wählte. Aber welchen semantischen Regeln dieses Vorgehen folgte oder wie genau diese in die Programmierung des Bots eingeflossen waren, konnte er sich nicht vorstellen. Beim Thema Semantik war er im Deutschunterricht regelmäßig ausgestiegen und hatte lieber die Programmierfolgen von c++ studiert.

Aber auch ohne Semantik verstand LuCypher eines: Wenn in dem Kiez, wo er als junger Türke aufgewachsen war, jemand sein Maul zu weit aufriss und unflätig wurde, setzte es Prügel. Und auf Prügel folgten meist weitere Prügel, und schon nach kurzem Hin und Her war eine Deeskalation undenkbar. Jede Ordnung musste unweigerlich daran zerbrechen.

Das war das eigentliche Ziel der Bots. In Rise sollte Chaos entstehen. Und vielleicht sogar noch weit über die Grenzen von Rise hinaus.

19

Ben Jafaar war nicht gerade glücklich über das, was Khaled getan hatte, denn es zwang ihn zum Handeln. Seine Auftraggeber erwarteten das von ihm. Aber es würde ihm schwerfallen. Er hatte gehofft, dass es einfacher werden und die Mitglieder von Earth in ihren Verstecken bleiben würden. Vor allem Khaled und Brit.

Er saß in seinem Büro, das ihm über ein breites Panoramafenster den Blick auf das Rechenzentrum ermöglichte, jene gigantische Anlage, die er erschaffen hatte. Aber er sah etwas ganz anderes.

Was er sah, war die Zeit vor rund dreißig Jahren, als er mit seiner Familie in Berlin lebte und mit Anna und dem kleinen Khaled an den Wochenenden in den Park am Tiergarten fuhr, um dort zu picknicken. Er erinnerte sich noch gut an die karierte Decke aus schweren Wollfasern, die Anna immer mitnahm, obwohl es im Sommer unerträglich warm war, darauf zu liegen. Aber Anna hatte diese Naturfasern geliebt, und wollte nicht darauf verzichten. Ben und der kleine Khaled zogen es stattdessen vor, auf der Wiese herumzutollen. Sie kamen nur zur Decke zurück, wenn Anna in ihrer fürsorglichen Art etwas Obst für sie geschnitten hatte oder sie beide in einem Anfall heftiger Liebe umarmen musste.

Es war eine großartige Zeit gewesen, und die Welt schien damals für Ben ohne Sorgen zu sein. Doch das hielt nicht lange an. Das Glück hatte es überhaupt nie lange ausgehalten bei Ben Jafaar.

Seine Gedanken kehrten noch einmal an den Anfang zurück ...

»He, du! Du mit dem ernsten Blick!«

Das waren Annas erste Worte zu ihm gewesen. Er hatte sich zu ihr umgedreht und in ihre leuchtenden Augen geblickt. Augen, genauso braun wie die Sommersprossen auf ihrer Nase.

»Wieso bist du noch hier drin und nicht draußen bei der Demo?«

Vor der TU Berlin versammelten sich die Studenten zu einem Protestmarsch gegen die Erhebung von Studiengebühren. Ben war erst im Jahr zuvor aus Gaza gekommen, wo er politisch aktiv und eine Weile in israelischer Gefangenschaft gewesen war. Ein Marsch gegen Studiengebühren erschien ihm Zeitverschwendung.

»Keine Zeit, sorry.«

»Keine Zeit?«, wiederholte sie seine Worte. »Schwing jetzt deinen Arsch da raus auf die Straße, und marschier mit, sonst kriegst du Ärger mit mir!«

Ben musterte sie und suchte nach einem Anflug von Ironie in ihrem Gesicht, fand ihn aber nicht. Sie meinte es völlig ernst. Aber bevor er reagieren konnte, ging sie schon weiter und pöbelte ein paar andere Studenten an, die sich vor dem Schwarzen Brett herumdrückten und offensichtlich ebenfalls der Demo fernbleiben wollten. Ben sah ihr eine Zeit lang zu. Sie ging von Gruppe zu Gruppe, legte sich mit vielen an, und bei den meisten gelang es ihr tatsächlich, sie nach draußen zu scheuchen.

Ben konnte den Blick nicht mehr von ihr lösen und ging schließlich zu ihr.

»Kann ich irgendwas helfen?«, fragte er sie.

»Die Welt retten, du Idiot«, entgegnete sie und ging weiter zu drei Maschinenbaustudenten, die in ihre Überlegungen zur Strömungsgeschwindigkeit von Gasen innerhalb von Einspritzpumpen vertieft waren.

Bevor Anna sie aufmischen konnte, fing Ben sie ab und sprach sie erneut an. »Ich meine, kann ich was Konkretes tun? Außer mit euch durch die Straßen spazieren?«

»Das ist eine Demo, kein Spaziergang«, widersprach sie, sichtlich bereit, sich mit ihm auf jeden Streit einzulassen.

»Gut. Marschieren wir zu eurer Regierung. Ich bin dabei.«

Die Wiedervereinigung Deutschlands war gerade vollzogen und die Regierung frisch nach Berlin umgesiedelt. Dennoch marschierte die kleine Studentendemo an diesem Tag nicht dorthin, wo sie die Regierenden zur Rede hätten stellen können. Allein das schon ließ den Protestzug in Bens Augen wirkungslos und absurd erscheinen.

Aber Ben ging dennoch mit und hielt sich die ganze Zeit in der Nähe von Anna auf. Er erfuhr, dass sie Mathematik und Philosophie studierte, was ihrer Meinung nach eine gute Kombination war, um das Wesen der Welt zu durchschauen.

Ben mochte ihre unverblümte Art zu reden sofort, doch noch mehr mochte er ihre kämpferische Art zu *denken*. Sie war durch und durch Humanistin, und zwar im besten, rebellischen Verständnis des Wortes. Er gab sich viel Mühe, sie zu beeindrucken. Sowohl mit seinem spröden Charme als auch mit einigen Geschichten aus seiner kämpferischen Zeit in Gaza.

Am selben Abend noch lag er in ihrem Bett. Sie machten Liebe und diskutierten bis zum nächsten Mittag über die neue Chance, die durch die deutsche Wiedervereinigung für die Welt entstanden war.

Ben hatte bis dahin nicht viele Freunde in Berlin, aber bei

Anna fühlte er sich von der ersten Nacht an wohl. Als wäre er mit ihr zusammen aufgewachsen.

Im selben Jahr noch bot man ihm eine Dozentur im Lehrstuhl Physik an. Während seiner Studienzeit in Gaza galt er bereits als herausragendes Talent, in seinem Studienjahr in Berlin schrieb er seine Doktorarbeit und festigte seinen Ruf.

Er zog mit Anna zusammen und erzählte ihr von seinem besten Freund Yanis, der mitsamt seiner Frau Fatma von einer israelischen Bombe getötet worden war. Yanis' kleiner Sohn war deshalb Waise.

Anna heulte daraufhin zwei Tage lang, dann konfrontierte sie Ben mit der Forderung, mit ihr nach Gaza zu reisen und den Jungen zu holen.

Noch im selben Sommer setzten sie Annas Plan in die Tat um, aber die Adoptionsformalitäten zogen sich über mehr als ein Jahr, bevor sie Khaled endlich zu sich nach Berlin holen konnten. Sie hofften, dass der kleine Khaled seine Herkunft vergessen und sie als Eltern akzeptieren würde.

Von da an begannen für sie die glücklichsten Jahre ihres Lebens.

»Du musst auf ihn zugehen«, sagte Anna. »Komm, spiel etwas mit ihm.«

Das war in der Zeit, als Khaled bereits zur Schule ging und sich daheim meist in sein Zimmer zurückzog, um zu lernen. Wenn er Fragen hatte, ging er damit zu Anna, nie zu Ben.

»Er akzeptiert mich nicht, das siehst du doch«, klagte Ben. »Wahrscheinlich spürt er es.«

»Spürt was? Was soll er spüren?«, hielt ihm Anna vor. »Dass du Angst hast, dich ihm emotional zu zeigen?« Erneut bohrte sie in dieser wunden Stelle, die immer öfter zum Thema zwischen ihnen wurde.

»Ich hab keine Angst, Anna, und das weißt du genau«, sagte er und log dabei noch nicht einmal. Aber die Wahrheit sagte er auch nicht.

In Wahrheit hatte er es vier Jahre lang geschafft, sein ganzes Leben auf diese Familie zu fokussieren und die übrige Welt auszusperren. Doch nach und nach brach die Außenwelt sich wieder Bahn in sein Bewusstsein. Die Nachrichten, die er aus Gaza las, berührten sein Herz. Hungersnöte, Kriegsopfer und alle Ungerechtigkeiten der Welt schmerzten ihn und ließen ihn so manche Nacht nicht schlafen.

Er fand es falsch, glücklich zu sein, während ein Großteil der Welt einfach nur litt. Er fing wieder an, sich politisch zu engagieren, reiste zu Symposien, wo nach Konzepten gesucht wurde, um der Not in vielen Ländern der Welt ein Ende zu setzen. Und auf einem dieser Symposien in Amsterdam lernte er Claire kennen, eine eifrige Menschenrechtlerin aus Süddeutschland, und hatte eine leidenschaftliche Affäre mit ihr.

Dass aus dieser Liaison eine Tochter entstand, erfuhr er erst viel später, nachdem sich Claires Mann zusammen mit seiner Frau in einem Privatflugzeug in den Tod gestürzt hatte.

Damals begannen Bens Zweifel. Zweifel an dem, was er tat, und die Zweifel an seinem gesamten Leben ...

»Du bist nicht mehr zu Hause«, sagte Anna zu ihm an einem Abend im September. »Selbst wenn du hier bist, sind deine Gefühle woanders.«

»Anna, bitte fang nicht wieder davon an«, bat Ben und blickte dabei nicht einmal von seinem Rechner auf.

»Ich möchte nicht, dass unser Sohn mit einem Vater aufwächst, dessen Herz nicht bei ihm ist.«

Sie sagte es und sah ihn an, bis er von seinem Rechner aufschaute. Am nächsten Morgen zog Ben aus und kehrte nie wieder in Annas Leben zurück.

In den folgenden Jahren konzentrierte sich Ben sehr auf die neuen Möglichkeiten des Internets und die Frage, wie er es im Kampf für mehr Gerechtigkeit auf der Welt nutzen konnte. Er gründete Earth und unterstützte damit die vielversprechende Bewegung des Arabischen Frühlings.

Doch die arabischen Hoffnungen zerplatzten, und Earth schien daraufhin seine Bedeutung zu verlieren.

Und dann bekam er die Einladung zur Bilderberg-Konferenz in Kopenhagen 2014.

Damit wurde alles anders.

»Es freut mich sehr, dass Sie der Einladung gefolgt sind«, sagte Immanuel Grundt. Der alte Mann saß damals schon in einem Rollstuhl und bat Ben zu einer Unterredung unter vier Augen in einen Besprechungsraum. »Wir beobachten Sie schon seit geraumer Zeit, Herr Jafaar.«

»Wir?«, fragte Ben.

»Wir«, betonte Grundt. »Dazu komme ich später. Sie sind ein brillanter Physiker. Einer, dessen Sicht auf die Wissenschaften stets systemisch ist. Obendrein haben Sie die Fähigkeit, Menschen miteinander zu vernetzen und ein Team zu führen. Und Ihnen liegt unsere Welt am Herzen. Besonders das macht Sie so geeignet für das Projekt, das wir vorhaben.«

Und damit erzählte der alte Mann von dem Kreis von vierundzwanzig sehr reichen und sehr mächtigen Menschen aus der Spitze der internationalen Wirtschaft, die beschlossen hatten, die Zukunft in ihre Hand zu nehmen. Er erzählte von dem Gedanken, dass eine riesige Computeranlage geschaffen werden sollte, um damit den bestmöglichen Weg für die Zukunft der Menschheit zu errechnen. Das Ziel wäre, die Weichen für diesen Planeten und seine Bewohner neu zu stellen, um den Fortbestand der menschlichen Spezies zu sichern.

Nie zuvor hatte es eine solche Chance gegeben, vielleicht würde sie sich in der menschlichen Geschichte auch nie wieder bieten. Ben Jafaar sagte noch am selben Tag zu und war von da an der Mann, der Tantalos erschaffen würde.

Für die Welt musste er sterben, damit das Entstehen des Simulationsrechners an den Augen der Öffentlichkeit vorbeilanciert werden konnte. Aber sein Tod durfte nicht nachprüfbar sein, um behördliche Ermittlungen zu vermeiden. Man entschied sich dafür, dass Ben Jafaar bei einem Ballonflug zur Dokumentation eines Flüchtlingscamps an der libyschen Grenze verschwinden sollte. Das schien zu seinem Charakter zu passen. Vor allem war es kaum nachprüfbar.

Ben Jafaar zog sich damit aus der Gegenwart zurück und wurde stattdessen zum Schöpfer der Zukunft. Als solcher genoss er bei den Mitarbeitern von Tantalos einen geradezu ehrfürchtigen Respekt. Es war die Art von Respekt, die einen Menschen einsam machen konnte …

All dies ging ihm durch den Kopf, als er in seinem Büro saß und durch das breite Fenster auf die große Rechneranlage blickte, wo auf etlichen Etagen die Mitarbeiter über Gänge schritten oder in ihren Abteilungen saßen, um Berechnungen auszuwerten und Algorithmen zu verfeinern. Sie alle hatten vier Jahre lang geglaubt, an einem NATO-Projekt zur Satellitenüberwachung zu arbeiten, was die enorm hohe Geheimhaltung begründete. Als Ben kurz nach der großen Earth-Attacke an die Weltöffentlichkeit trat und Tantalos als Zukunftsforschungsprojekt enthüllte, kam das für die meisten Mitarbeiter überraschend. Doch umso stolzer reagierten sie darauf, Teil dieses wichtigen Unternehmens für den Fortbestand der Menschheit zu sein.

Es klopfte, und Doreen Venjakob trat ein. Die vierzigjährige Holländerin war die wissenschaftliche Leiterin des sogenannten Historischen Archivs und in vielen Dingen die engste Vertraute von Ben Jafaar.

»Der Zeitpunkt für den ersten gelungenen Nachweis der Reversibilität von Elektronenbewegungen taucht inzwischen im Archiv auf und wurde für 2042 berechnet«, sagte sie. Dann stutzte sie. »Alles okay mit dir?«

»Ja«, sagte Ben, »hab nur ein wenig nachgedacht.«

Doreen Venjakob war die einzige Mitarbeiterin hier bei Tantalos, die ein gewisses privates Verhältnis zu Ben pflegte. Ben holte sie zu Tantalos, weil sie im Auftrag der UNO fantastische Arbeit bei der Erstellung einer Erfassungssoftware für politische Strömungen im Nahen Osten geleistet hatte. Sie war von Haus aus Historikerin, arbeitete sich aber in den letzten zwei Jahrzehnten weit in den IT-Bereich hinein, um durch Softwarelösungen präzisere historische Analysen machen zu können.

Als Ben ihr die Idee präsentierte, in einem Superrechner eine Welt des Jahres 2045 zu simulieren und aus deren Perspektive heraus ein historisches Archiv zu erstellen, das zurückreichte bis in die aktuelle Gegenwart, sagte Doreen sofort begeistert zu. Im ersten Jahr ihrer Arbeit hatten sie sogar für ein paar Monate eine Affäre. Sie zogen sich meist in der Mittagspause in Doreens Dienstwohnung innerhalb von Tantalos zurück.

Doch mit der Zeit merkte sie, dass sie beim Sex mit Ben Jafaar niemals das gleiche Niveau von Leidenschaft erreichen konnte, das sie bei ihrer wissenschaftlichen Zusammenarbeit erlebte. An einem Abend bei einem gemeinsamen Dinner teilte sie ihm dies auch so mit, bot aber an, ihm jederzeit für Sex zur Verfügung zu stehen, falls es ihn danach verlangte.

Es war zwischen ihnen nie wieder dazu gekommen. Ihre wissenschaftliche Arbeit blieb allerdings weiterhin großartig, und zwischen ihnen herrschte hierbei ein fast privates Verhältnis.

»Was heißt das, Doreen?«, fragte Ben. »Was schließt ihr daraus?«

»Es ist noch zu früh, etwas zu sagen«, antwortete sie und setzte sich zu ihm. Die vertraute Nähe hatten sie beibehalten, auch ohne Sex.

»Eine Entdeckung, die im Jahr 2042 gemacht wurde …«, sagte er sinnierend.

»Ja, ein Team von Physikern vom CERN hat entdeckt, dass bei Supraleitern unter gewissen Bedingungen Elektronenrichtungen reversibel reagieren.«

Es war natürlich paradox, über ein Ereignis, das in der Zukunft lag, in der Vergangenheitsform zu sprechen, aber sie hatten es sich in der internen Kommunikation angewöhnt, alle Ereignisse aus der Perspektive des Jahres 2045 heraus zu betrachten.

»Wie lange dauerte die Reversibilität an, auf die sie gestoßen sind?«

»Nur wenige Nanosekunden, dann zerfielen die Prozesse wieder, und die Richtungen normalisierten sich. Aber wir gehen davon aus, dass es der Anfang von allem war.«

»Denkt dein gesamtes Team so?«

»Einhellige Meinung, ja.«

Worüber sie gerade redeten, war nichts Geringeres als die Umkehrung der Zeit.

Es begann alles vor knapp einem Jahr, als ein Foto im Tantalos-System auftauchte. Ein Foto, das Khaled Jafaar und Brit Kuttner zusammen mit einem Baby auf der Flucht zeigte. Das Foto wurde begleitet von der Aufforderung, diese beiden sowie fünfzig Mitglieder von Earth zu exekutieren.

Ben dachte zuerst an einen Systemfehler innerhalb von Tantalos, doch die Nachricht war zeitgleich auch vom Kreis der Vierundzwanzig abgefangen worden, die sich als Finanziers von Tantalos das Recht vorbehielten, all seine Korrespondenzen zu überwachen. Sie nahmen diese Nachricht sehr ernst, ging es doch um eine Bedrohung für jene Zukunft, die von Tantalos gerade berechnet worden war. Sie aktivierten daraufhin die Agenten von TASC, des privaten Sicherheitsdienstes, den sie eigens zum Schutz von Tantalos ins Leben gerufen hatten. Und von da an begannen die Attentate. Ben Jafaar konnte es nicht verhindern. Doch das Schlimmste daran war, dass er nicht einmal wusste, ob diese Nachricht ein virtuelles Produkt seines Simulationssystems war – oder tatsächlich aus der Zukunft stammte!

Als Tantalos nach dem verheerenden Hacker-Angriff wiederhergestellt wurde, setzte er Doreen und ihr Team darauf an, das System mit exakten Daten der Quantenphysik zu füttern, um errechnen zu lassen, ob eine Umkehrung der Zeit in ein oder zwei Jahrzehnten physikalisch denkbar wäre.

»Nanosekunden«, sagte er nun kopfschüttelnd. »Das bedeutet noch gar nichts.«

»Es bedeutet, dass einzelne Elektronen gegen die Richtung aller anderen geschickt werden können«, widersprach sie. »Wie Lachse, die gegen allen gesunden Menschenverstand die Flüsse hinaufschwimmen und dabei selbst über kleine Wasserfälle springen. Sie tragen ihr genetisches Wissen gegen den Wasserlauf, um dann am Zielort zu laichen. Genauso könnten die Elektronen mit Informationen befrachtet werden, die sie gegenläufig zur vorherrschenden Richtung der Zeit transportieren.«

»Zurück in die Vergangenheit.«

»Salopp gesagt, ja.«

»Und weiter?«, wollte er wissen. »Was geschah danach in den drei Jahren bis 2045?«

»Nur unscharfe Angaben bislang. Aber wir arbeiten daran.«

Ben sah sie an, und in seinen Augen war für Doreen seine Verzweiflung zu erkennen.

»Ich muss wissen, ob es diese Zukunft wirklich gibt oder ob sie ein Produkt unserer Simulation ist«, sagte er und fasste ihren Arm. »Ich muss wissen, ob ich derjenige sein werde, als der ich dort dargestellt werde, Doreen. Und ob ich dieser Zukunft noch entkommen kann.«

Doreen nickte, mehr nicht. Was hätte sie auch sagen sollen zu einem Mann, dem prophezeit war, ein Monster zu werden?

20

Khaled wartete vergeblich. Er hatte gehofft, seine Provokation würde Ben Jafaar dazu bringen, aktiv zu werden und auf ihn zuzukommen.

Da er hier in Gaza über keinen eigenen Rechner verfügte, bat er Saidas Mann, auch weiterhin dessen alten PC benutzen zu dürfen, um von dort aus in Rise einzusteigen und für jedermann sichtbar online zu sein. Als Gegenleistung versprach er Saida und ihrem Mann, dass sie sich frei an allem bedienen konnten, was noch in seinem Lebensmittelladen stand. Dann setzte er sich auf den Plastikstuhl vor den alten PC und bewegte sich nicht mehr von der Stelle.

Die Resonanz innerhalb des Netzwerks auf seine Kampfansage war gewaltig. Der Widerstandsgeist der User war geweckt. Sie diskutierten in Foren und Chatrooms aufgeregt darüber, welche Schritte Earth wohl als Nächstes unternehmen würde. Doch von den eigentlichen Earth-Mitgliedern hörte Khaled nichts.

Ohne S*L*M oder die beiden Palästinenser Moon und Peaches fehlte ihm der Zugang zu Earth. Die Kommunikationswege im Darknet waren so gesichert, dass man erst über ein Blockchain-Zertifikat eingeladen werden musste, bevor man mit einer Earth-Gruppe in Kontakt treten konnte. Über die Legitimation, eine solche Einladung für sich selbst auszustellen, verfügte Khaled nicht; so weit war das Vertrauensverhältnis zwischen ihm und Earth im letzten Jahr nicht gegangen.

Hier in Gaza sollten ihm Peaches und Moon zur Seite stehen, um bei Bedarf den Kontakt zu Earth herzustellen. Doch in dieser Sache wollte er die beiden nicht weiter gefährden. Und ebenso wenig die jüdische Hackerin S*L*M. Das sollte nur zwischen ihm und Ben Jafaar ausgetragen werden ...

Am Tag nach Brits Verschwinden gab es dann den ersten Kontakt mit einem Earth-Mitglied. Unter dem Pseudonym *»wrong-written-devil«* wurde Khaled in Rise kontaktiert und über ein paar Schleusen mit Sicherheitszertifikaten ins Darknet geleitet.

Khaled wusste sofort, dass es LuCypher sein musste, und er folgte ihm bereitwillig. Nach fünf Minuten stand eine sichere Leitung, die vermutlich nicht mal von der NSA geknackt werden konnte.

»Fuck, Mann, wo bist du?«, war das Erste, das LuCypher zu ihm sagte.

»Immer noch in Gaza, aber Brit ist seit gestern weg«, antwortete Khaled und starrte das Bild von LuCypher auf dem Monitor des alten PC an.

Der türkischstämmige Hacker saß allem Anschein nach in einer engen Gartenlaube, deren Inneres nach dem strukturlosen Biotop eines typischen Computernerds aussah. »Was heißt das, sie ist weg? Habt ihr euch gestritten?«

»Nein, das war es nicht. Glaub ich jedenfalls. Und letztlich geht's dich auch nichts an. Hilf mir lieber, sie zu finden.«

»Klar, ich mach gleich mal einen Spaziergang und schau draußen nach, ob sie sich hierher verirrt hat.«

»Sei nicht zynisch«, fuhr Khaled ihn an. »Sie ist hochschwanger und vermutlich in Gefahr.«

»Ja, besonders seit du deinen Show-Auftritt hattest und zum Kampf getrommelt hast«, setzte LuCypher dagegen.

»Um Ben Jafaars Interesse auf mich zu ziehen. Wenn er mich zum Gegner hat, lässt er Brit vielleicht in Ruhe.«

»Gute Theorie. Hat ja beim letzten Mal auch prima geklappt, als Brit nach Tantalos entführt wurde und man dich auf dem Teppich liegen ließ.«

»Hilfst du mir, oder hilfst du mir nicht?«

Khaled sah, wie sein Gesprächspartner kurz aufstand, um ein Stück Pappe so vor das Fenster der Gartenlaube zu schieben, dass es wieder ganz verdeckt war; die Pappe musste vorher ein Stück verrutscht sein. Dann setzte sich LuCypher wieder vor die Kamera.

»Wenn ich dir nicht helfen wollte, hätte ich dich nicht kontaktiert, klar?«, sagte er, und dann erfuhr Khaled von LuCyphers Theorie.

LuCypher nahm an, Brit sei an eine Information von solcher Wichtigkeit gelangt, dass sie trotz ihrer Schwangerschaft den sicheren Unterschlupf in Gaza verlassen hatte. LuCypher war damit näher an der Wahrheit, als er letztlich wissen konnte. Nur seine weitere Schlussfolgerung war falsch.

Er erzählte Khaled von der Information, die er bei der überstürzten Flucht aus der alten Schaltzentrale im Berliner Gleisdreieck zuletzt noch aus dem Historischen Archiv von Tantalos hatte ziehen können. Die Information, dass laut Historischem Archiv das Bild von Khaled, Brit und dem Baby am 6.8.2020 unmittelbar vor deren Tod aufgenommen worden war. Bisher hatte er niemandem davon erzählt.

Es traf Khaled wie ein Schlag. All seine Gedanken arbeiteten augenblicklich daran, LuCyphers Sätze als Fantasterei abzutun, doch sein Kopf füllte sich mit pochender Sorge.

Wenn Brit tatsächlich davon erfahren hatte, würde sie mit aller Kraft versuchen, diesem Schicksal zu entkommen. Dann ergab es Sinn, dass sie aus Khaleds Nähe geflohen war, denn so machte sie die Voraussetzung für das Entstehen dieses Fotos zunichte. Wenn das Foto von Khaled, Brit und dem Baby nicht entstehen konnte, würde auch ihr damit in Verbindung stehender Tod verhindert.

So in etwa könnten Brits Schlussfolgerungen gewesen sein. Es waren allesamt folgerichtige Gedanken, die Khaled und LuCypher in ihrem weiteren Gespräch noch weiter erörterten.

Doch leider trafen sie nicht den wahren Grund, warum Brit aufgebrochen war. Brit ahnte nicht mal etwas von all dem, was Khaled und LuCypher besprachen ...

Doch von da an nagte an Khaled die Frage, wie glaubwürdig die den Tantalos-Berechnungen zugrunde liegenden Daten waren, wie zuverlässig.

Von der Antwort auf diese Frage hing ab, wie viel Glauben man den Prophezeiungen von Tantalos schenken konnte. Um das aber herauszufinden, musste Earth wieder in das Tantalos-System einsteigen. Nur dann ließen sich die grundlegenden Algorithmen freilegen. Und nur mit ihnen konnte die Wahrscheinlichkeit der Berechnungen überprüft werden.

Vielleicht war Tantalos nichts weiter als ein hochkomplexes Computergame, das seine User interaktiv bluffte. Vielleicht war es aber auch ein ernst zu nehmendes Werkzeug zur Voraussage der Zukunft. Aber selbst wenn Letzteres zutraf, blieb die entscheidende Frage, wie viele Ungenauigkeiten und Unschärfen in den Berechnungen lagen. Es gab Dinge, die konnte selbst das schnellste und komplexeste Computersystem nicht berechnen. Die menschliche Psyche beispielsweise, davon war Khaled fest überzeugt. Menschliches Denken und Fühlen würde von Maschinen niemals vollständig berechenbar sein.

Dennoch wusste Khaled aus dem Bereich moderner Systemtheorie, dass selbst menschliche Verhaltensweisen mit einiger Genauigkeit vorausgesehen werden konnten, wenn die Rahmenbedingungen hinreichend bekannt waren und die Gruppe der Menschen, über die eine Aussage getroffen werden sollte, groß genug war.

Übersetzt hieß das, wenn in Zentralafrika eine Dürreperiode einsetzte, konnte man voraussagen, dass es zu Fluchtbewegungen unter der Bevölkerung kam, unabhängig davon, was der Einzelne dieser Bevölkerungsgruppe denken oder fühlen mochte. Die Genauigkeit einer solchen Voraussage hing allein von der Präzision der Berechnungsmethode ab.

Und das war Khaleds Ansatz. Ein Großangriff auf Tantalos war derzeit für Earth ausgeschlossen. Aber ein paar Spione würden dort eindringen können, um Material zu sammeln, das Khaled Rückschlüsse auf die Berechnungsmethode erlaubte. Nur gut mussten sie sein, diese Spione.

Die Wahl fiel auf Chilly und Magellan aus Lissabon.

Khaled schaltete den Rechner ab und fuhr mit dem rostigen Moped, das er sich von Saidas Mann auslieh, zurück zur Zementhütte, in der er mit Brit gelebt hatte.

Als er dort ankam, sah er bereits den alten Peugeot von Peaches davorstehen. Die Fahrertür stand offen, ebenso die Eingangstür der Hütte. Khaled erwartete, dass Peaches herauskam, weil das Geknatter des Mopeds unüberhörbar war. Aber Peaches kam nicht.

Khaled stellte das Moped ab und warf einen vorsichtigen Blick in das Gebäude. Peaches saß in der Mitte des einzigen Raums, auf einen Stuhl gefesselt. Über seinem Kopf eine Plastiktüte, luftdicht mit Tape verklebt.

Er war tot.

Khaled stand einen langen Moment regungslos da und starrte den Toten an. In den letzten Monaten waren sie sich nähergekommen und einander vertraut geworden. Er war dankbar dafür gewesen, dass Peaches und Moon ihr Leben in den Dienst von Earth gestellt und sich ausschließlich um seine Sicherheit und vor allem die von Brit gekümmert hatten.

Jetzt saß Peaches da, sein Kopf hing vornüber. Es kostete Khaled einige Überwindung, zu ihm zu gehen und das Mobiltelefon aus seiner Hosentasche zu ziehen. Er wählte die Nummer von Moon und war erleichtert, dessen Stimme zu hören.

Moon schwieg lange, nachdem er gehört hatte, was geschehen war. Als er wieder zu reden begann, konnte man hören, dass er weinte. Er erklärte, auch Khaled sei nun in Al Bayuk nicht mehr sicher.

Im selben Moment sah Khaled den schwarzen Cherokee von den Siedlungen her auf die Hütte zufahren. Er sagte es Moon, und der drängte ihn, in Richtung Südwesten nach Shokat as-Sufi zu flüchten. Bei Rafah Border Crossing gab es eine Moschee, dorthin sollte er.

Khaled wartete nicht länger und lief los. Er sprang auf das rostige Moped, und als es zu knattern begann, beschleunigte der Fahrer des schwarzen Cherokee, sodass eine Wolke aus Staub hinter dem Wagen aufstieg.

Khaled fuhr wie der Teufel, jagte das kleine Moped über Straßen und durch Gassen, gewann etwas Vorsprung, wenn die Fahrwege eng und verwinkelt waren, doch sobald die Straße breiter wurde, holte der Cherokee unaufhaltsam wieder auf.

Die Fahrt nach Shokat as-Sufi dauerte nur Minuten, doch sie kamen Khaled wie eine Ewigkeit vor.

Er kannte die Moschee. Im zweiten Monat ihres Aufenthaltes in Gaza hatte er sie mit Brit besucht. Brit war stets neugierig auf alles gewesen, was es hier in Gaza gab. Sie sagte immer, sie könnte in jedem Gebäude Khaleds Wurzeln sehen. Er stritt das beharrlich ab.

Er erreichte knatternd den Straßenblock beim Rafah Border Crossing, wo die Moschee stand. Die Grenzanlagen nach Ägypten waren in greifbarer Nähe.

Khaled sprang noch im Fahren vom Moped und ließ es fallen, dann rannte er zur Tür der Moschee, um sich hineinzuflüchten.

Doch die Tür war verriegelt.

Khaled fuhr herum und spürte Panik in sich aufsteigen. Der schwarze Cherokee hielt mitten auf der Straße. Keine zwanzig Meter von ihm entfernt. Die Türen schwangen auf, und die beiden Männer stiegen aus. Der Fahrer trug eine Lederjacke, der Beifahrer ein Jackett.

Khaled spannte die Muskeln an, um wegzulaufen, doch sein Verstand sagte ihm, dass es sinnlos gewesen wäre.

Die beiden Männer zogen ihre Pistolen unter den Jacken hervor, und Khaled glaubte, ihre Bewegungen in Zeitlupe zu sehen. Ganz so, als würde seine Wahrnehmung jeden einzelnen Moment ins Endlose dehnen wollen, weil alles nun zu Ende ging.

Dann knallten die Schüsse.

Das Knallen der Schüsse kam von überall her. Hart, bellend, in schneller Folge.

Die beiden Männer am Cherokee zuckten wie unter Stromstößen und brachen in sich zusammen.

Aus den Schatten von Eingängen und Seitengassen traten die Schützen hervor. Junge Palästinenser, in Jeans und T-Shirts gekleidet, in ihren Händen Pistolen und Schnellfeuerwaffen. Khaled sah zwölf von ihnen, aber er ahnte, dass sich noch mehr versteckt hielten. Die, die er sah, blickten ihn reglos und lauernd an. Mit alten Augen in ihren jungen Gesichtern.

Das Handy in Khaleds Hosentasche dudelte. Peaches'

Handy. Khaled drückte die Verbindung und nahm es ans Ohr.

»Are you okay?«, fragte Moon.

»Both are dead«, antwortete Khaled und merkte erst jetzt, dass ihm das Herz bis in den Hals schlug.

»That was the plan. Rafah Crossing is gangland. I grew up there. Go to the bodies and make photos. I'm in your phone and can watch.«

Letzteres bedeutete, dass sich Moon ins Mobilphone von Peaches gehackt hatte und die Kamera kontrollierte.

Unter den misstrauischen Blicken der bewaffneten Palästinenser ging Khaled zu den beiden Toten und fotografierte sie mit der Handykamera. Dann nahm er das Telefon wieder ans Ohr.

»Itzhak Liebermann and Anatol Burkov«, hörte er Moon sagen. »Both ex-soldiers, special forces, Israel army, then in service for Mossad, and in the last two years for TASC. They killed BangBang at the Tel Aviv Airport, I could identify them through the terminal cameras.«

»How could they get out of the airport without being arrested?«

»That is the question. One of many.«

Khaled sah zu, wie sich die Gangmitglieder zurückzogen. Einer nach dem anderen verschwanden sie wieder. Zurück blieben nur die beiden Toten und eine Stille, die ungewöhnlich war für Gaza.

»You should come. I found something that probably could give us a hint where Brit is now.«

21

Brit stand auf dem Place Carpeaux. Es war eine der imposantesten Stellen in La Défense. Direkt neben ihr befand sich das Hilton und vor ihr das beeindruckende Gebäude der Grande Arche.

Sie war außer Atem, nachdem sie die Treppe der Metro hochgestiegen war und ihr Bauch scheinbar mit jeder Stufe schwerer wurde. Sie hatte sich bislang nie Gedanken darüber gemacht, wie viel körperliche Anstrengung eine Schwangerschaft tatsächlich bedeutete. Jetzt wusste sie es. Sie würde nicht einmal weglaufen können, wenn es drauf ankam.

Die ganze Zeit schon blickte sie sich um. Sie achtete auf jeden Mann und jede Frau, die ihr auffällig vorkamen, und blieb auf der Hut. Auch wenn es für ihre Verfolger sicher nicht leicht war, sie ausfindig zu machen. Ein Handy, das man orten konnte, besaß sie nicht, und bevor sie die Metro betrat, hatte sie sich eine Strickmütze mit asymmetrischen Mustern gekauft und tief ins Gesicht gezogen. Das war zwar kein Zaubermittel gegen Überwachungskameras, aber in großen Menschenmengen funktionierte es sicherlich ganz gut, um die Algorithmen der Gesichtserkennungssoftware zu irritieren.

Dennoch kam sie so nicht weiter. Solange sie ihren Fokus auf ihre Verfolger richtete, konnte sie nicht das machen, weswegen sie eigentlich hier war: ihren Instinkt wachrufen und prüfen, ob ihr Sohn in fünfundzwanzig Jahren an diesem Ort ums Leben kommen sollte.

Sie setzte sich auf eine Mauer neben dem Gare de La Défense und atmete tief durch. Sie spürte, wie ihr ungeborener Sohn gegen die Bauchdecke trat. Sanft nur, weil er ihr zeigen wollte, dass es ihn gab.

Sie stellte sich vor, wie er in ihr lag, eingerollt in einer Umgebung, die so behaglich war, dass er sein gesamtes späteres Leben dieses Gefühl vermissen würde. Sie stellte sich vor, wie er ihre Stimme wahrnahm oder das Geräusch ihres Atmens. Wie sich für ihn alles anhörte wie das sanfte Rauschen des Lebens, das auf ihn wartete. Sie stellte sich vor, wie er seine Finger bewegte oder seine Augen, auch wenn er sich noch nicht traute, die Lider zu öffnen. Das behielt er sich vor für den Moment, wenn die Welt ihn in Empfang nehmen würde.

Dann dachte Brit an die Nachricht auf Yasmins Computer. Die Nachricht, die besagte, dass Elias hier in diesem Distrikt ums Leben kommen sollte. In einer Zukunft, die noch fünfundzwanzig Jahre entfernt war. Sie spürte plötzlich die Angst, die in ihrem Sohn tobte. Sie sah seine Augen, die verzweifelt nach einem Ausweg suchten. Sie fühlte seinen keuchenden Atem, der jetzt auch ihr Atem wurde, fühlte sein Herzklopfen, das auch ihres war.

Und dann trat sie wieder in den Tunnel ein.

Brit stand auf und ging los. Es war ein automatisches Gehen. Kein Gedanke steuerte sie mehr. Wie durch ein Zerrglas nahm sie ihre Umgebung wahr, aber selbst die Bilder, die sie sah, drangen nicht mehr bis in ihr Denken vor. Das Denken hatte in ihrem Kopf Platz gemacht für etwas anderes. Etwas Stärkeres.

Die Ärzte und Psychologen bezeichneten es meist als dissoziative Schizophrenie, die wenigen Gnädigen unter ihnen bescheinigten ihr lediglich eine überreizte Sensibilität. Aber Brit wusste, dass sie alle falschlagen. Es war ihr Tunnel, nichts anderes. Und der Tunnel war nur ein Begriff für ihre außerordentliche Intuition.

Sie ging auf die Grande Arche zu, passierte deren riesiges Tor. Sie sah durch das Zerrglas ihrer Wahrnehmung, dass ein Mann in einem grauen Blazer ihr folgte. Doch das war ihr egal.

Sie ging weiter nach Westen, wo sich Touristen und Straßenkünstler am Fuße des großen Gebäudes tummelten.

Der Mann in dem Blazer folgte ihr noch immer. Ein zweiter Mann mit einem Hoodie über einem kahl geschorenen Kopf ging ein Stück weit neben ihr.

Brit ignorierte sie beide. Die hölzernen Planken von La Jetée lagen jetzt direkt vor ihr. Dann kamen die ersten Bilder. Wie Blitze drangen sie in ihr Bewusstsein.

Bewaffnete Männer liefen von La Jetée aus auf sie zu. Sie trugen Uniformen und Helme.

Das Bild hielt nur eine Sekunde an, dann war es wieder verschwunden. Brit sah sich um.

Der Blitz drang erneut in ihr Bewusstsein. Bewaffnete liefen auch von der Grande Arche in ihre Richtung. Es regnete in Strömen.

Auch dieses Bild löste sich wieder auf und machte Platz für die Touristen und Straßenkünstler, die sich in der Sonne vergnügten. Brit wurde von einem Schwindelgefühl erfasst, sie taumelte. Sie lief weiter, drängte sich durch die Touristen.

Mit dem nächsten Blitz, der ihr Bewusstsein traf, sah sie ihn. Er lief direkt vor ihr durch den dichten Regen. Sein Haar war lang, das Hemd zerrissen, die Schulter blutete. Es war Elias, das wusste Brit sofort. Er wurde begleitet von einem

Dutzend weiterer Männer und Frauen, die ihn bei seinem schnellen Lauf flankierten und schützten.

Brit wollte sein Gesicht sehen, aber es war abgewandt, und er lief zu schnell für sie.

»Elias!«, schrie sie, so laut sie konnte.

Die Touristen starrten sie an, und die Sonne traf wieder den Platz.

Brit stolperte weiter und taumelte dabei. Eine Gruppe spanischer Frauen stand nahe bei ihr, und ein paar von ihnen kamen auf Brit zu, um ihr zu helfen.

»Weg! Verschwindet, geht weg von mir!«, schrie Brit sie an und schüchterte sie derart ein, dass sie zurückwichen.

Sie stolperte auf die Treppe zu, die zur Straße unterhalb der Grande Arche führte. Ein neuer Blitz, wieder ein Bild in ihrem Bewusstsein. Vor ihr rannte Elias, der Regen rann ihm aus den Haaren, und er blieb mitten auf der Treppe stehen. Die anderen schirmten ihn ab, nur ein paar von ihnen hatten Waffen. Dann drehte sich Elias zu Brit um und sah sie an.

Seine Flucht war hier vorbei. Er saß in der Falle und würde hier sterben, das erkannte sie in seinem Blick.

»Nein! Geh nicht!«, schrie Brit dem Bild hinterher, das sich in ihrem Kopf auflöste und verschwand. Sie zitterte am ganzen Körper, und ihr Gesicht war schweißnass.

Als sie noch klein gewesen war und solche Anfälle bekam, brachte Lisa sie zu Ärzten, die alle erdenklichen Untersuchungen mit ihrem Kopf anstellten. Die Untersuchungen machten der kleinen Brit mehr Angst als die Anfälle selbst. Sobald sie volljährig wurde, hatte Brit sich den Ärzten verweigert und die Anfälle als einen Teil von sich akzeptiert.

So konkret wie jetzt waren sie allerdings nie gewesen.

Ihr Blick strich über die Touristen, die sie mit einer Mischung aus Entsetzen und Mitgefühl anstarrten, und hielt inne bei dem Mann mit dem Blazer, der sie fokussierte und dabei etwas in sein Smartphone sprach. Sein Haar war kurz geschnitten und sein Blick durchdringend. Sie spürte sofort, dass er zu ihnen gehörte. Dass er sich Pjotr Kaczynski nannte, konnte sie zu diesem Zeitpunkt noch nicht wissen.

Der Mann setzte sich in Bewegung und kam auf sie zu.

Dann ging alles sehr schnell ...

Eine Gruppe Straßenmusiker blockierte seinen Weg und umtanzte den Mann. Mit Flöten, Tamburin und Schellen spielten sie eine exotische, altertümliche Musik und ließen ihn nicht an sich vorbei.

Im gleichen Moment wurde Brit am Arm gepackt, und zwar von dem Typen mit dem Hoodie, der ihr gefolgt war.

»Suivez-moi!«, sagte er.

»Lass mich los!« Brit versuchte, sich aus seinem Griff zu befreien.

»Ich bin Emile, ich bring dich hier weg«, sagte er in einem akzentbehafteten Deutsch.

Brit sah, wie der Mann im Blazer die Musiker beiseiteschob und sich ihr wieder näherte. Nur eine junge Frau mit einem Tamburin hing noch an ihm.

Brit gab ihren Widerstand auf und ließ sich von Emile über die Stufen einer Treppe nach unten zerren. An deren Fuß zog er das Tor eines Gitterzauns einen Spalt weit auf und schob Brit hindurch.

»Was will der Typ von dir? Ist er ein Bulle oder ein Detektiv?«, fragte Emile, ohne sein Tempo zu verringern. »Was hast du gemacht? Touristen beklaut?« Er zog sie hinter sich her über eine aufgegebene Baustelle am Sockel der Grande Arche, wo seit Langem niemand mehr arbeitete.

»Wohin gehen wir?«, fragte Brit und atmete keuchend vor Anstrengung.

»Hierhin«, antwortete Emile und stoppte vor der rostigen

Metallplatte im Schutz einiger Büsche, die von der Touristenplattform aus nicht einsehbar war. Er stemmte die Platte hoch und gab Brit zu verstehen, dass sie in den freigelegten Einstieg klettern sollte.

»Und was erwartet mich dort unten?«, fragte sie zögernd.

»Die Vergangenheit. Voilà.«

Er folgte ihr und schloss die rostige Klappe hinter ihnen. Dann schaltete er die Taschenlampe ein, die er mit sich führte.

Vor ihnen lag ein betonierter Versorgungsschacht, durch den Röhren und Kabel führten.

»Wie heißt du?«, fragte Emile und lächelte sie an.

»Brit«, sagte sie und schaute sich unsicher um.

»Willkommen in unserer Welt«, sagte er. »Willkommen bei den Cataphiles.«

Die Cataphiles waren als jugendliche Subkultur in den Untergrundkatakomben von Paris entstanden und hatten einen eigenwilligen Spaß daran entwickelt, unterirdische Partys zu veranstalten oder zu bizarren Kunstevents in uralten Grabkatakomben einzuladen. Sie wurden von der Pariser Polizei regelmäßig von dort vertrieben, die Eingänge zu ihrer lichtlosen Welt versperrt oder zugemauert. Die Cataphiles fanden jedoch immer wieder neue Einstiege und trieben sich weiterhin unter den Straßen von Paris herum. Tausende waren es, die in der Schattenwelt Musik oder Kunst machten oder die hier unten ganz einfach ihren rebellischen Gegenentwurf zum bürgerlichen Leben zelebrierten.

Brit erfuhr von Emile, dass unter der modernen Architektur von La Défense ein alter, unterirdischer Kalksteinbruch lag, wie sie im gesamten Pariser Bereich im 13. und 14. Jahrhundert üblich gewesen waren. Diese Steinbrüche waren der Beginn des gewaltigen Netzes aus Gängen und Katakomben, das den Pariser Untergrund durchzog. Sie hatten als Wege für Schmuggler gedient, als Kampfzonen der französischen Revolution und Rückzugsgebiete der Résistance während der Nazibesatzung.

An jenem Eingang, den Emile benutzt hatte, war ein Rechtsstreit der Grund, dass ein kleines Stück einer Baustelle schon seit zwei Jahrzehnten brachlag. Eine Pariser Familie namens Bellecourt klage dort ihr Besitzrecht auf eine alte, unterirdische Grabstätte ein, aber der Prozess ruhte seit dem Tode des Hauptklägers und der Rechteübertragung auf dessen Erben.

Der Versorgungsschacht, durch den Brit und Emile gingen, war allerdings bereits gebaut gewesen und berührte das eingeklagte Eigentum der Familie Bellecourt; der Bauunternehmer hatte ihn daher durch einen anderen ersetzen lassen. Seither war er ein vergessener Ort, der von Emile und seinen Freunden zum Einstieg in die Unterwelt benutzt wurde. Die Unterwelt, deren Hauptader der nahe gelegene Tunnel *De Nanterre – La Défense* war.

Emile zeigte Brit an einer Weggabelung den Eingang zur alten Grabstätte der Familie Bellecourt, ließ den Strahl seiner Taschenlampe über die steinernen Grabplatten und die alten Schädel streichen und wartete auf das Schaudern, das sich bei Brit hätte einstellen sollen.

Stattdessen setzten im selben Moment Brits Wehen ein.

22

Zodiac harrte zwei schlaflose Nächte an Esthers Bett und auf dem Flur aus. Esthers Nächte waren sowieso fast schlaflos. Nur durch ein starkes Betäubungsmittel fand sie etwas Ruhe.

Zwischenzeitlich versagten ihre Nieren, und sie bekam heftige Herzrhythmusstörungen. Die Ärzte mussten ein paar Stunden lang dagegen ankämpfen, dass ihr Kreislauf komplett kollabierte. Doch am Ende der Nacht hatte sich ihr Zustand wieder stabilisiert, und sie konnte von der Intensivstation auf ein normales Zimmer verlegt werden. Die Betäubung setzte den akuten Stresszustand von Esthers Organen vorübergehend aus und verschaffte ihrem Leben wieder Zeit.

Aber sie war so erschöpft wie selten.

Zodiac sorgte sich sehr um sie. Um sich zu beruhigen, klappte er seinen Laptop auf und streifte durchs Netz. Dabei sah er, dass Khaled für Earth die Operation Stinger ausgerufen hatte, und er konnte die Wut darüber nur mit Mühe unterdrücken.

Auch wenn er zugeben musste, dass es ein kluger Schachzug war, die Datenlieferungen an Tantalos zu infiltrieren, konnte er das eigenmächtige Handeln Khaleds nicht akzeptieren. Bei Earth hatte immer die Regel gegolten, über wichtige Entscheidungen die Mitglieder vorab in Kenntnis zu setzen, um ihnen eine angemessene Zeit zum Reagieren zu geben. Mitunter waren ähnliche Aktionen bei Earth einen leisen Tod gestorben, weil sie von der Mehrheit der Mitglieder abgelehnt wurden. Die Zustimmung der Mehrheit war immer das Kriterium für wichtige Entscheidungen gewesen.

Zodiac hasste Khaled dafür, dass er etwas tat, was dem Geist, aus dem heraus Earth gegründet worden war, so eindeutig widersprach. Und er hasste ihn ganz besonders, weil er begriff, wie effizient Stinger sein konnte, wenn sich Earth als Einheit auf Tantalos stürzte. Dennoch würde Zodiac von nun an jede Gelegenheit nutzen, Khaled wieder aus der Bewegung auszuschließen. Und vielleicht noch mehr als das.

Nach zwei Tagen wurde Esther auf eigene Verantwortung aus dem Krankenhaus entlassen, gegen das Anraten der Ärzte. Den Rollstuhl, den man ihr brachte, ließ sie neben ihrem Krankenbett stehen. Sie sah blass aus, fand Zodiac. Aber ihr Blick war klar und stolz. Man sah ihr an, dass sie ihren ganz eigenen Kampf begonnen hatte.

»Wir fahren zurück. Nach Montmartre. In unsere Wohnung.« Sie sagte es in der Erwartung eines Widerspruchs. Aber Zodiac widersprach nicht. Er respektierte Esther, und dieser Respekt schloss jeglichen Widerspruch aus.

»Ich möchte, dass du der Bewegung mitteilst, wie es mir geht. Dass die Zahl meiner Tage begrenzt ist«, fuhr sie fort, »und dass ich sie an jenem Ort verbringen werde, wo ich Earth die Treue geschworen habe.«

Zodiac verstand nicht sogleich. Doch dann erinnerte er sich: In den Anfangstagen von Earth hatte Esther zusammen mit Ben Jafaar eine Reise nach Paris angetreten, um hier neue Mitglieder zu rekrutieren. Darauf schien sie anzuspielen.

»Du willst, dass er weiß, wo du bist?«, fragte er.

Esther nickte nur. Sie sagte nichts von ihrer Erinnerung an damals. Nichts von Montmartre und dem roten Kleid, das Ben so geliebt hatte. Nichts von ihrem Schwur in jener Nacht, dass sie seiner Idee auf ewig folgen würde. Emotional und kopflos hatte sie mit Ben in den Straßen getanzt und von einer besseren Welt geschwärmt. In jeder anderen Stadt wäre ihr Zusammensein ein unerträgliches Klischee gewesen. Aber nicht in Paris.

»Was willst du damit erreichen?«, fragte Zodiac. »Dass er seine Killer hierherschickt, damit die dich finden?«

»Nein«, sagte sie, »er wird selbst kommen.«

Zodiac sah ihr an, dass sie fest daran glaubte, und er kannte Ben Jafaar gut genug, um zu wissen, dass er diesem Ruf folgen würde.

Vielleicht war das ja die Gelegenheit, auf die er selbst wartete und die ihm den entscheidenden Vorteil gegenüber Khaled verschaffte: die Gelegenheit, seine Beziehung zu Ben Jafaar wieder zu aktivieren.

Diese Gedanken beschäftigten ihn so sehr, dass er darüber nachzudenken vergaß, aus welcher Absicht heraus Esther diesen Lockruf an Ben losschicken wollte.

23

Ben Jafaar schritt durch den langen Gang, der zu den Serverhallen führte. Er nahm diesen Weg oft, wenn er mit sich und seinen Gedanken allein sein wollte, denn es hatte etwas Beruhigendes, diesen schnurgeraden schmalen Korridor zu durchschreiten, der bis zu den bunkerartigen Hallen am Rand des Fjords reichte.

Dort wurde das Meerwasser über große Pipelines in die Kühlsysteme gepumpt, die um die Serveranlage gebaut waren. Wenn das Wasser die Serverhallen wieder verließ, war es auf sechzig Grad erhitzt. Um die Warmwasserausleitung unauffälliger zu halten, wurde es auf vierzig kleinere Pipelines verteilt und an verschiedenen Stellen wieder in den Fjord zurückgeführt. Dennoch konnte nicht verhindert werden, dass sich an den Ausleitungsstellen das Meeresbiotop des Fjords völlig veränderte und mitunter Algen und Mikroorganismen hervorrief, wie sie sonst nur in der Südsee üblich waren.

Doch das war es nicht, worüber Ben nachdachte. Auch nicht über die plötzlichen Ungenauigkeiten einiger Simulationsergebnisse von Tantalos. An mehreren Eingabepunkten verschiedener Datenlieferanten war es zu Kollisionen mit den Daten vom Vortag gekommen, an anderen Stellen wurden Daten schlichtweg vom System als unbrauchbar erkannt und abgelehnt. Ben hatte sein Team angewiesen, den gesamten Daten-Input vorerst auszusetzen, bis sie dem Problem auf die

Spur gekommen waren und eine angemessene Lösung gefunden hatten. Er ahnte, dass Earth dahintersteckte, auch wenn er noch nicht konkret wusste, was da geschah.

Doch Ben brauchte aus einem anderen Grund Zeit zum Nachdenken Es war etwas weit Schlimmeres.

Seine Techniker hatten ihn am Vormittag über einen neuen Reversibilitätseffekt unterrichtet, der tags zuvor in den Datenströmen von Tantalos aufgezeichnet worden war. Elektronen, die entgegen aller physikalischen Gesetze eine umgekehrte Bewegungsrichtung hatten. Sie flossen also gegenläufig zur Zeit. Diese Elektronen bildeten im Netz elektrische Impulse und diese wiederum einen Datenstrom: eine Nachricht, die rückwärts durch die Zeit geschickt worden war. An eine IP-Adresse, an der ebenfalls tags zuvor die Erkennungssoftware der Sicherheitssysteme von Tantalos das Gesicht von Brit erkannt hatte. Eine Nachricht, die aus der Zukunft zu kommen schien.

Brit hatte vor einem Rechner mit einer IP-Adresse gesessen, die auf einen Ort im Süden von Gaza verwies. Die Nachricht, die dorthin geschickt worden war, berichtete über den Tod des Rebellenführers Elias Jafaar im Jahr 2045.

Offenbar war sie gezielt an Brit Kuttner versandt worden, und zwar genau zu dem Zeitpunkt, als Tantalos' Systeme sie identifizierten. Ganz so, als hätten sich Gegenwart und Zukunft verbündet, um Kontakt zu Brit aufzunehmen.

Vor einer Stunde kam dann Doreen Venjakob zu Ben und erzählte ihm von einer neuen Eintragung im historischen Archiv des Simulationsrechners: Dort stand, dass Ben Jafaar selbst im Jahr 2045 die Nachricht von Elias' Tod an Brit geschickt hatte!

Ben geriet dadurch ins Grübeln. Er selbst – also sein zukünftiges Ich – hatte eine Nachricht geschickt, von der er heute noch nichts wusste. Aber war er es wirklich oder nur eine berechnete Simulation von ihm? Tantalos konnte auch seine, Ben Jafaars, Entwicklung bis ins Jahr 2045 und seine daraus resultierenden Handlungen vorausberechnen. Es schien durchaus denkbar, dass die perfekte, simulierte Welt eigenmächtig Nachrichten generierte und durchs Netz schickte, deren Sinn und Zweck aus Sicht der simulierten Zukunft logisch war.

Doch er selbst hatte vor einiger Zeit eine Nachricht aus der Zukunft erhalten, und er hatte sich entschieden zu glauben, dass sie tatsächlich von seinem zukünftigen Ich stammte. Es war eine Entscheidung, die er getroffen hatte, weil sie seinem Denksystem schmeichelte. Der Ben Jafaar des Jahres 2045 bestätigte ihn darin, dass sich die Welt in fünfundzwanzig Jahren tatsächlich so entwickelt haben würde, wie Tantalos es errechnete.

Ben ging davon aus, dass diese Zukunft bereits existierte, so paradox das klingen mochte, und Menschen dort Kontakt zur Vergangenheit, also der jetzigen Gegenwart, suchten. Die neuen Erkenntnisse um die Reversibilitätseffekte machten das als Erklärung sogar wahrscheinlich.

Demzufolge konnten beide Nachrichten tatsächlich aus der Welt der Zukunft gekommen sein. Von einem Menschen, der Ben in dieser Zukunft sein würde.

Aber wenn die Botschaft an Brit von seinem zukünftigen Ich stammte, was hieß das dann? Versuchte er im Jahr 2045, Elias Jafaars Tod nachträglich zu verhindern, indem er Brit diese Warnung zukommen ließ? Warum? Hielt der Mann, zu dem Ben Jafaar werden würde, für falsch, was er selbst im Hier und Jetzt getan und in Gang gesetzt hatte?

Khaled fuhr mit dem Moped nach Norden, so schnell es die kleine Maschine zuließ. Die Mittagshitze machte den Menschen in Gaza zu schaffen, und besonders bei den Autofahrern lagen die Nerven blank. Manch einer ließ es sich nicht gefallen, von einem Moped überholt zu werden, und schnitt Khaled. Mehr als einmal konnte er nur noch im letzten Moment bremsen, um einen Unfall zu vermeiden. Und jedes Mal sah er sich mit laut auf Arabisch schimpfenden Fahrern konfrontiert, die er nur bruchstückhaft verstand. Er hielt sich nicht mit ihnen auf, manövrierte das Moped durch die Lücken und fuhr weiter.

Als er Moons kleinen Laden im nördlichen Bezirk von Gaza-Stadt erreichte, war sein Gesicht von Schweiß und Staub verklebt. Er verbarg das Moped in der Seitengasse neben dem Haus und benutzte den Hintereingang.

Moon und S*L*M warteten bereits auf ihn. Drei Rechner liefen in dem kleinen Hinterzimmer und jagten Zahlen- und Zeichenkolonnen über die Monitore. Die beiden Hacker waren mitten in ihrer Arbeit. S*L*M sah ihn an, und Khaled glaubte eine Spur von Schmerz in ihrem Blick zu erkennen. Ob dieser Schmerz aus Mitgefühl über Brits Verschwinden geboren war oder dem Wissen entsprang, dass sich ihre und Khaleds Wege nun unweigerlich trennen würden, wusste er nicht.

Bei ihrem letzten Treffen hatte S*L*M ihn überraschend umarmt. Es war eine feste, lange Umarmung gewesen, was verhinderte, dass Khaled ihr ins Gesicht sehen konnte. Mit leiser Stimme hatte sie ihm erklärt, dass sie sich in seiner Nähe wohlfühlte, ja zum ersten Mal seit langer Zeit wieder als Frau empfand und sich nicht vorkam wie eine hässlich vernarbte Kämpferin. Sie sagte ihm auch, dass er keine Angst haben müsse, sie würde ihn niemals bedrängen oder ihm näher kommen, als er wollte.

Nur eine Frage stellte sie ihm: Hatte er in all ihren gemeinsamen Tagen und Nächten je an Sex mit ihr gedacht?

Khaled antwortete mit Ja, und seine Stimme klang dabei fest und ehrlich. Sie hielt ihn daraufhin noch für ein paar lange Sekunden fest, dann löste sie sich von ihm und war fortan seinem Blick ausgewichen.

Das war bei ihrer letzten Begegnung gewesen.

Khaled nahm den Holzschemel und setzte sich zwischen Daliah und Moon an die Rechner.

»Can you tell, if they were responsible for the disappearing of Brit?«, fragte er, während er die IT-Befehle auf den Monitoren zu lesen begann.

»No, my friend«, sagte Moon, »they don't know nothing about Brit. They were just behind you, because you told the whole world that you're here and waiting for Ben.«

Khaled hörte die Bitterkeit in Moons Tonfall. Der Palästinenser warf ihm vor, seine Verfolger bewusst hierher nach Gaza gelockt und somit sich selbst und andere in Gefahr gebracht zu haben. Eine Gefahr, der Peaches schließlich zum Opfer gefallen war.

»I'm sorry«, sagte Khaled. »Sorry for what happened to Peaches.«

Er legte seine Hand auf Moons Schulter. Moon atmete tief und hörte auf, auf der Tastatur zu tippen. Dann blickte er Khaled an und schob dessen Hand langsam von seiner Schulter. Khaled war klar, dass der Palästinenser seine Entschuldigung nicht akzeptierte. Natürlich konnte sie den Schmerz über den Verlust seines Freundes nicht im Geringsten lindern.

»Moon, listen ...«, setzte Khaled an, doch Moon hob nur die Hand, um ihn am Weiterreden zu hindern.

»Please, don't talk«, sagte er. »This was a very safe place for you and Brit. Up to now. Now they will start a raid here.«

Dann erfuhr Khaled, dass Moon und Peaches ein nahezu perfektes Sicherheitsnetz über Al Bayuk gezogen hatten. Sämtliche Rechner und IP-Zugänge im Umfeld von Khaleds und Brits Aufenthaltsort wurden von den beiden überwacht. Ein eigens geschriebenes Programm machte alle zwanzig

Sekunden einen Snapshot von jeder Rechneraktivität innerhalb des Bezirks. Die Snapshots wurden automatisch gescannt nach den Namen oder Bildern von Brit und Khaled, darüber hinaus nach den Begriffen »Deutsche«, »Earth« und noch ein paar weiteren. Peaches und Moon hatten sicherstellen wollen, dass sich kein Spion oder Verräter im Umfeld von Al Bayuk aufhielt und irgendetwas über Khaled und Brit unbemerkt ins Netz stellen konnte.

Das Programm bearbeitete eine Menge Daten auf drei Rechnern gleichzeitig und meldete heute früh, dass die Webcam im Computer der Palästinenserin Yasmin Tamini Brits Gesicht aufgezeichnet hatte. Kurz darauf war auf ebendiesem Rechner eine Textnachricht generiert worden.

Moon machte diese Nachricht mit einer flinken Tastatureingabe sichtbar. Khaled starrte lange auf das, was er da sah.

DAS ENDE DES TERRORS

Mehrfach las er den Bericht über den Tod von Elias Jafaar im Jahr 2045. Er dachte nach, las die Zeilen erneut und versuchte zu verstehen, was er da vor sich hatte.

»This is what Brit saw on Yasmin's computer?«, fragte er schließlich.

»I assume so«, antwortete Moon. »S*L*M tried already to track the origin of this message, but she finally failed.«

Khaled erfuhr, dass Daliah mehrere Stunden damit verbracht hatte, der Herkunft dieser Nachricht nachzugehen. Aber entweder waren deren Spuren pedantisch gelöscht worden, oder aber die Nachricht hatte einfach keine Spuren hinterlassen.

Die jüdische Hackerin versuchte daraufhin etwas anderes und trackte das Bild, das die Webcam von Brit gemacht hatte. Sie konnte erkennen, dass es direkt in eine Fangschaltung geraten war, deren Metadaten auf einen IP-Knotenpunkt in Oslo hinwiesen. Damit kannte Tantalos also Brits aktuellen Aufenthaltsort.

Aber das ließ noch nicht zwangsläufig Rückschlüsse darauf zu, dass die Nachricht von Elias' Tod aus Tantalos heraus verfasst worden war. Falls ja, welchen Sinn hätte das gemacht? Nachdem man sie aufgespürt hatte, wäre es viel einfacher gewesen, Leute nach Gaza zu schicken, um Brit hier vor Ort zu schnappen. Es war doch klar, dass sie auf diese Nachricht völlig unvorhersehbar reagieren würde, und das konnte nicht in Bens Interesse sein. Je mehr Khaled darüber nachdachte und sich in Ben Jafaars Gedankenwelt hineinversetzte, umso weniger glaubte er, dass Ben diese Nachricht geschickt hatte.

Mitten in diese Gedanken sprang auf Daliahs Monitor ein Fenster mit einer Nachricht aus dem Darknet auf.

Darin stand: »Watch the fckng news, guys!« Dahinter die Kennung von LuCypher.

Moon klickte sich ins offene Netz und startete einen Nachrichtenkanal. Sie landeten mitten in einer News-Sondersendung über eine Polizeirazzia in La Défense, wo sich angeblich die Galionsfigur des Terrornetzwerks Earth versteckt hielt: Brit Kuttner.

24

Zodiac und Esther sahen die Nachrichten, als sie bereits wieder in ihrer Wohnung in Montmartre waren. Zodiac bestand darauf, dass sich Esther ins Bett legte, um sich auszuruhen. Sie schloss die Augen, konnte aber nicht schlafen.

Zodiac saß auf dem Stuhl neben dem Fenster und betrachtete sie. Sie war schön. Auch die Nähe des Todes konnte dieser Schönheit nichts anhaben. Er fühlte eine tiefe Verbundenheit mit ihr, die von den vielen Jahren ihres gemeinsamen Kampfes herrührte. Eine Freundschaft, die ihm nie so bewusst gewesen war wie in diesem Moment, da sie dort mit geschlossenen Augen auf dem Bett lag.

Im selben Moment traf eine Alert-Meldung auf seinem Smartphone ein, die ihn darauf hinwies, dass etwas auf der Safe-Line im Darknet für ihn eingetroffen war. Als er sich dort einloggte, las er:

»Watch the fckng news, guys.«

Ein paar Minuten später schauten Zodiac und Esther gemeinsam auf dem kleinen Flatscreen die Breaking News über die Razzia in La Défense. Ein Großaufgebot von Spezialeinheiten durchkämmte jeden Winkel des Geschäftsbezirks. Bislang hatten sie Brit noch nicht gefunden.

»Was, zur Hölle, macht sie da?«, fragte Esther halb Zodiac, halb sich selbst. »Sie muss doch hochschwanger sein.«

Vielleicht ist das Kind schon gekommen«, sagte Zodiac. »Vielleicht ist sie deshalb weg aus Gaza.« Neben Esther war er der Einzige von Earth, der den Aufenthaltsort von Khaled und Brit kannte.

»Aber das macht doch keinen Sinn. Gerade dann nicht. Und warum hat sie keinen Kontakt zu uns aufgenommen, wenn sie hierher nach Paris wollte? Sie weiß doch, dass wir hier sind.«

»Vielleicht hat sie versucht, Kontakt aufzunehmen. Vielleicht ist es ihr nicht gelungen.«

»Jedenfalls wird sie jetzt von der gesamten Pariser Polizei gejagt. Die werden sie finden, früher oder später.«

Esther hatte sich in Rage geredet und war aufgestanden. Sie ging unruhig vor dem Fenster auf und ab, und ihre Gedanken arbeiteten auf Hochtouren.

Zodiac wandte den Blick von ihr ab, damit sie den Verrat in seinem Gesicht nicht sehen konnte. Es war ihm wie eine brillante Lösung erschienen, um Earth mit einem neuen Mythos wiederzubeleben, als er die Bilder und Gerüchte über Brit Kuttner auf Rise verbreitete. Außerdem hatte die Strategie einen interessanten Nebeneffekt gehabt. Khaled und Brit hatten in dem Versteck in Gaza bleiben müssen. So war es geplant gewesen. Was war nun falschgelaufen?

»Lass ihm die Nachricht zukommen. Jetzt.« Esther sagte es entschlossen und schaute ihn dabei an, bis er ihren Blick erwiderte. »Er soll hierherkommen. Nur so können wir ihn stoppen!«

Zodiac verstand, was sie meinte. Es gab nur einen Menschen, der das alles beenden konnte. Nur einen, der für all das verantwortlich war.

Noch in derselben Stunde postete Zodiac in Rise, dass Esthers Tage zu Ende gingen. Er benutzte exakt die Formulierung, die sie ihm aufgetragen hatte und die nur einer richtig interpretieren konnte: Ben Jafaar.

Ben saß im Büro von Doreen Venjakob. Sie legte ihm die Analysen des historischen Archivs vor. Die Simulation generierte es fortlaufend neu und passte es den aktuellen Berechnungen an, die auf den ständig hereinströmenden Datenmengen basierten.

Doch seit die Daten Unregelmäßigkeiten zeigten, hielt Tantalos die Eingangstore der Simulation geschlossen. Ben Jafaar durfte nicht riskieren, dass korrumpierte Daten zu verfälschten Berechnungen führten. Inzwischen war die Operation Stinger in aller Munde. Seit auf jeder aufgerufenen Google-Seite von der Datenfälschung berichtet wurde, gab es pausenlos verunsicherte Anfragen von Regierungen, die bislang dem Tantalos-Projekt positiv gegenübergestanden hatten. Ben Jafaars PR-Leute kämpften eine verzweifelte Schlacht gegen das wachsende Misstrauen, das der Simulation mit einem Mal entgegengebracht wurde. Immanuel Grundt, als Wortführer der Vierundzwanzig, hatte Ben bereits zum Rapport bestellt, und er konnte ein weiteres Treffen nur mit dem Hinweis darauf verschieben, dass er zurzeit alle Hände voll zu tun habe, das System vor den manipulierten Daten zu schützen.

In Wahrheit aber brauchte er Zeit, um mit Doreen die Glaubwürdigkeit des Reversibilitätseffekts zu überprüfen. Er musste wissen, wie die Nachricht auf den Rechner in Gaza zu Brit gelangt war und ob er selbst vor einiger Zeit jene Botschaft seines zukünftigen Ichs erhalten hatte. Ob die von ihm geschaffene Maschine ihm einen Streich spielte oder ob sie tatsächlich ein Tor zur Zukunft aufstieß. Ein Tor, das er selbst aus dem Jahr 2045 heraus nutzte, um im Hier und Jetzt seiner Tochter die Nachricht vom Tod seines Enkels zu schicken.

»Wir kommen nicht weiter«, sagte Doreen. »Wir mussten die laufenden Prüfungen aussetzen. Solange die Datenzufuhr der Simulation gestoppt ist, gibt es auch keine Änderung im Archiv. Alles ist in einem Stand-by festgefahren.«

Was sie damit sagte, war, dass die Simulation nur lief, solange sie mit Daten gefüttert wurde, und dass die Glaubwürdigkeit einzelner Archiveinträge nicht überprüft werden konnte, falls das gesamte System abgeschaltet bleiben musste.

»Alles, was wir haben, sind die Datenbewegungen bis zum Zeitpunkt des Abschaltens«, fuhr sie fort, »und da sieht man einen Archiveintrag mit dem heutigen Datum im Jahr 2045, wonach Ben Jafaar diese Nachricht an die Earth-Rebellin Brit Kuttner ins Jahr 2020 geschickt hat. Brit hielt sich zu diesem Zeitpunkt in einem kleinen Ort in Gaza versteckt.«

»Ich kenne die Fakten«, sagte Ben und bemerkte, dass sein Tonfall schärfer ausfiel, als er eigentlich wollte. »Die Frage ist aber doch: Aufgrund welcher Datenzufuhr wurde dieser Eintrag generiert? Wir haben eine Welt der Zukunft geschaffen, basierend auf den Daten der Gegenwart. Doch alles basiert nur auf den Daten, mit denen wir das System Tag für Tag füttern. Ich will wissen, welche Daten zu diesem einen Eintrag geführt haben. Das muss sich doch nachvollziehen lassen.«

»Nein«, sagte sie und ließ Bens Wut an sich abprallen. »Bei uns treffen täglich Milliarden von Daten ein, die von Hunderttausenden verschiedener Algorithmen sortiert und berechnet werden. Das System ist zu komplex, um von Menschen auf einzelne Kausalitäten zurückgeführt werden zu können. Das ist der Butterfly Effect, Ben. Wir Menschen können den Wirbelsturm nicht zurückverfolgen zu dem einzelnen Flügelschlag des Schmetterlings, der ihn möglicherweise ausgelöst hat.«

Der Butterfly Effect oder Schmetterlingseffekt war ein Phänomen der nicht linearen Dynamik und Teil der Chaostheorie, erstmals 1972 von dem US-amerikanischen Meteorologen Edward N. Lorenz beschrieben. Die Theorie besagte, dass ein winziges, unbedeutend erscheinendes Ereignis eine Ereigniskette mit weitreichenden und geradezu katastrophalen Folgen in Gang setzen konnte. Der bekannte amerikanische Science-Fiction-Autor Ray Bradbury thematisierte dieses Phänomen bereits im Jahre 1958 in seiner Kurzgeschichte »Sound of Thunder«, und dort führte der Flügelschlag eines Schmetterlings zu radikalen Veränderungen im Zeitstrom, woraufhin sich daraus der Begriff Butterfly Effect entwickelte.

Ben Jafaar senkte den Blick und saß eine ganze Weile lang einfach nur da. Als er Doreen wieder ansah, unternahm er keine Anstrengungen mehr, seine Ratlosigkeit zu verbergen. »Glaubst du daran, dass es möglich ist? Dass es diese Zukunft bereits gibt, nur eben zeitlich von uns versetzt? Könnte es nicht sein, dass es die Eigenmacht des Systems ist, wodurch diese Nachricht, die Brit Kuttner erhalten hat, generiert wurde? Und dass es diesen Reversibilitätseffekt nie geben wird? Dass es keine Nachrichten aus der Zukunft gibt?«

Bevor sie antworten konnte, summte Doreens Smartphone. Sie warf einen Blick aufs Display, dann erst nahm sie den Anruf entgegen, meldete sich, lauschte ihrem Gesprächspartner, dann sagte sie zu Ben: »Unsere Sicherheitsabteilung hat eine Auffälligkeit in Rise festgestellt. Ein mutmaßliches Earth-Mitglied hat dort vor einer halben Stunde etwas gepostet, eine frühere enge Mitarbeiterin von dir: Esther Bogdanski.«

25

Jürgen Erdmann sah sich immer wieder die Aufzeichnungen von der Razzia in La Défense an. Auf allen Nachrichtenkanälen, die ihm das Netz zur Verfügung stellte. Er fror die Bilder ein, fuhr die Aufnahmen langsam vorwärts und zurück, in der Hoffnung, dass ihm irgendetwas auffallen würde. Aber es fiel ihm nichts auf. Nichts von alldem machte Sinn.

Brit Kuttner als Symbolfigur der mutmaßlichen Earth-Terroristen zu jagen war schon absurd genug. Die Art und Weise, wie diese Aktion aber durchgeführt wurde, setzte alldem noch die Krone auf. Die Bilder zeigten schwer bewaffnete Spezialeinheiten. Weiträumig waren die Straßen abgesperrt. Jeder einzelne Passant wurde kontrolliert.

Als ob sich Brit Kuttner auf diese Weise aufspüren ließ. Was auch immer diese Razzia bewirken sollte, eine ernsthafte Suche nach der jungen Deutschen war es ganz sicher nicht. Er hatte seine eigene Theorie. Eine Theorie, die auf vergleichbaren Vorgängen in seiner eigenen Behörde beruhte. Sobald eine internationale Terrorfahndung an die Bundesrepublik herangetragen wurde, landete sie für gewöhnlich erst beim Innenministerium, wo man sie politisch einordnete. Erst dann ging sie weiter ans BKA oder an die einzelnen Landeskriminalämter. Nicht selten kam es dann vor, dass ein Amtsleiter einen Fahndungsaufruf politisch übertrieben fand und diesem nur halbherzig nachging. Oder er ließ eine öffentlichkeitswirksame Show veranstalten, die auf der internationalen Bühne gut wahrgenommen wurde und das Thema damit beendete.

Genau darauf tippte Erdmann bei der Pariser Razzia. Vermutlich wollte der zuständige Polizeipräfekt das Thema so schnell wie möglich wieder von seinem Tisch haben. Weil er ein Mensch mit Verstand war und den Fahndungsaufruf für einen ausgesprochenen Unsinn hielt. Er ließ diesen Zirkus veranstalten, damit seine politischen Vorgesetzten Ruhe gaben.

Erdmann fand heraus, dass er Albert Lasalle hieß, kurz vor der Pensionierung stand und für seine liberale Gesinnung bekannt war. Aber etwas anderes beunruhigte Erdmann. Die Größe des Einsatzes. Ein Präfekt würde sich nur unter großem politischem Druck zu solch einem aufgeblähten Einsatz genötigt sehen. Beängstigend groß. In einer Zeit von islamistischem Terror und rechtsnationaler Gewaltbereitschaft musste schon einiges auf politischer Ebene passiert sein, um für ein mutmaßliches Mitglied einer Hackerbewegung eine solche Menge Polizei aufmarschieren zu lassen.

In den Daten über Lasalle stieß Erdmann auf ein Verfahren gegen dessen Sohn Frederic, der im Jahr zuvor wegen Kokainbesitz inhaftiert worden war. Doch die Anklage wurde auffällig schnell wieder fallen gelassen. Möglicherweise schuldete der Präfekt einigen Leuten noch einen Gefallen, den er mit dieser absurden Aktion abarbeitete.

Erdmann verließ seinen Arbeitsplatz, um sich am Automaten im Untergeschoss eine Tüte Erdnüsse zu ziehen. Für gewöhnlich brachte er sich belegte Brötchen von zu Hause mit, um den Platz an seinem Rechner so selten wie möglich verlassen zu müssen. Aber an diesem Morgen hatte der Bäcker, wo er frühmorgens seine Brötchen kaufte, wegen Krankheit geschlossen, und Erdmann hatte nicht die Zeit, einen anderen aufzusuchen.

Als er mit der Packung gesalzener Nüsse aus dem Untergeschoss zurückkehrte, sah er schon von Weitem, dass jemand vor seinem Rechner hockte. Beate Wolf, eine rothaarige Kollegin, die ihn ein paarmal in der Kantine in belanglose Gespräche verwickelt hatte. Sie war innerhalb des BKA für die Auswertung familienbezogener Daten zuständig. Sobald eine Fahndungs- oder Überwachungsanordnung für eine bestimmte Person eintraf, ging sie in den Datenbänken sämtlichen Familienbeziehungen der Zielperson nach. Erdmann fand, dass sie mit ihren vierzig Jahren bereits etwas schrullig wirkte. Vermutlich war genau das aber das Schicksal all derer, die in solchen Abteilungen arbeiteten, dachte er mit einer Spur Selbstironie.

»Kann ich helfen, Frau Wolf?« sagte er, als er bereits dicht hinter ihr stand.

Sie drehte sich zu ihm um und machte nicht mal den Eindruck, als fühle sie sich ertappt. Erdmann konnte sehen, dass sie den Verlauf seiner Suchanfragen geöffnet hatte. All die Nachrichtenkanäle, die über die Razzia in La Défense berichteten.

»Absurd, oder?«, sagte sie ernst. »Eine Fahndung nach Lisas Tochter.«

Beate Wolf hatte Lisa Kuttner von mehreren gemeinsamen Fällen gekannt. Vermutlich sogar besser als Erdmann.

Aber das kümmerte ihn nicht. Er hatte den Mord an Lisa zu seiner Sache gemacht und war nicht bereit, bei dieser Sache mit jemandem zusammenzuarbeiten. Erst recht nicht, da er nicht sicher sein konnte, wem in seiner Behörde noch zu trauen war und wem nicht.

»Vielleicht ist sie in falsche Gesellschaft geraten«, sagte Erdmann. »Hat sich vielleicht radikalisiert.«

»Das glauben Sie doch selbst nicht, Erdmann«, erwiderte Beate Wolf. »Sie waren doch mit Lisa befreundet.« Und dann sagte sie kämpferisch: »Reißen Sie sich gefälligst den Arsch auf, um die Vorwürfe gegen ihre Tochter zu entkräften und diese Scheißfahndung zu beenden!«

Ruckartig stand sie auf und verließ grußlos sein Büro.

Erdmann setzte sich mit den Erdnüssen wieder an seinen Platz. Dann erst sah er den Computerausdruck. Ein Eintrag aus der Datenbank für Verkehrsverstöße im Pariser Distrikt La Défense. Er betraf einen VW Touareg mit Hamburger Kennzeichen, der vor einer ausgewiesenen Feuerwehrzufahrt geparkt hatte. Der Uhrzeit nach war der Wagen zweimal notiert worden, im Abstand von einer halben Stunde. Und zwar genau zu dem Zeitpunkt, als Brit Kuttner angeblich in La Défense gesehen worden war.

Das hieß, der »Pole« hielt sich ebenfalls dort auf.

Erdmann blickte nachdenklich zur Tür, durch die Beate Wolf sein Büro verlassen hatte. Zweifelsfrei stammte der Ausdruck auf seinem Tisch von ihr.

Die Frau hatte anscheinend ein Geheimnis ...

Die Teichmann-Zwillinge saßen mit Torben und Tim vor ihren Rechnern, die sie zu einer LAN-Party verkoppelt hatten. Auf vier Bildschirmen wüteten Trolle und Zauberer und verlangten von den vier jungen Männern das Äußerste an Kampfgeist und Mut. Die Finger der vier hasteten über die Tastatur, ihre Blicke flogen dabei über die Monitore. Es ging um nicht weniger als die Rettung der Welt, und sie hielten mit ihren Avataren die letzte Bastion gegen den Angriff der dunklen Mächte.

Sie spielten zusammen mit einer unüberschaubar großen Community im Netz, und alle waren sie online aufeinander angewiesen, wenn sie den Feinden standhalten wollten. Die aktuelle Schlacht dauerte nun schon sechs Stunden, und noch keiner der Jungen hatte es gewagt, seinen Kampfplatz zu verlassen, um auf die Toilette zu gehen. Timos Zimmer war innerhalb der WG zu ihrer Arena geworden. Vor allem deshalb, weil sich darin weniger Müll und Kleiderberge anhäuften als in den Räumen der anderen.

Eves Zimmer war von allen am ordentlichsten. Aber auch wenn sie manchmal ganz gern den Online-Games zuschaute, stand sie grundsätzlich nicht auf die Rudelspektakel ihrer Mitbewohner und hätte diese Bande niemals für eine LAN-Party in ihr Zimmer gelassen.

Momentan stand Eve in der Küche und goss eine Kanne Tee auf. Sie hatte gelesen, Hibiskustee sei hilfreich gegen Körpergeruch, darum wollte sie den Jungs ein paar Tassen davon verabreichen. Sie war auch die Einzige in der WG, die ab und zu die Nachrichten durchstöberte. Nicht, dass sie wirklich glaubte, von bezahlten Mitarbeitern großer Medieninstitute irgendwelche Wahrheiten erfahren zu können, aber sie fand es unterhaltsam, mit anzusehen, für welchen Unfug sich Menschen Tag für Tag interessierten.

Sie scrollte durch die Newsportale, während sie den Deckel auf die Teekanne setzte, dann hielt sie plötzlich inne. In der Berichterstattung über eine Razzia in Paris erkannte sie einen Namen wieder, über den sie in der WG in letzter Zeit häufig gesprochen hatten.

Brit Kuttner.

»He, Jungs«, sagte sie, als sie mit dem Smartphone in Tims Zimmer zurückkam. Die Teekanne hatte sie in der Küche stehen lassen. Weil erwartungsgemäß keiner der vier zuhörte oder von ihr Notiz nahm, zog sie kurzerhand den Hauptstecker der Rechner. Augenblicklich wurden aus vier Mündern Laute ausgestoßen, die nach Empörung klangen, ansonsten aber kaum etwas mit bewusster Artikulation zu tun hatten. Eve wusste bereits, dass es bei jungen männlichen Gehirnen etwas dauern konnte, bevor sich das Kommunikationsverhalten von den Games wieder auf den Umgang mit der Wirklichkeit umschaltete. »Die coole Frau aus Rise wird gerade in Paris gejagt.«

Mit diesem Satz hatte Eve das Interesse der vier geweckt. Und als sie ihnen die Nachrichten über die Razzia zeigte, konnte sie spüren, wie sich das Bewusstsein der Jungs förmlich aufblähte. Sie konnte geradezu sehen, wie sich Olli, Benni, Torben und Tim mit jedem Atemzug in etwas verwandelten, das wohl niemand in ihnen vermutet hätte: in Männer, die auf der Stelle bereit wären zu kämpfen, sollten sie dazu gerufen werden.

Die alte Kaffeemaschine schnorchelte lautstark in der Gartenlaube, doch LuCypher hörte sie kaum. Seit zwei Tagen hatte er nicht mehr geschlafen und kaum etwas gegessen. Er wusste, dass er dringend rausgehen musste, um sich irgendetwas Nahrhaftes zu besorgen, aber momentan war noch nicht die Zeit dazu.

Er hatte die Nachrichtensendungen von der Razzia wieder und wieder angeschaut, in der Hoffnung, irgendeine Neuigkeit über Brit zu erfahren. Er hackte sich sogar in das Pariser Interpol-Büro, um die englischsprachigen Mitteilungen über den Verlauf der Fahndung zu verfolgen. Aber wie es aussah, konnte die Pariser Polizei keine Spur von Brit entdecken. Es schien, als wäre sie in Sicherheit.

Bei seinem letzten Kontakt mit Khaled hatte LuCypher dann auch von der ominösen Nachricht aus dem Jahr 2045 gehört, die an Brit auf den Rechner in Gaza geschickt worden war. Die Nachricht vom Tode des Rebellenführers Elias, dem Sohn von Brit und Khaled. LuCypher hielt das anfangs für ein Hirngespinst. Eine Art psychologische Kriegsführung, die Tantalos gegen Earth einsetzte.

»Kann sein, dass du recht hast«, hatte Khaled gesagt.

»Aber selbst wenn das alles erfunden sein sollte, hat es dazu geführt, dass Brit deshalb jetzt in Paris ist.«

»Vielleicht war genau das der Sinn«, erwiderte LuCypher. »Vielleicht ging es nur darum, sie in eine Falle zu locken.«

»Vielleicht. Aber was war dann mit den beiden Kerlen, die BangBang in Tel Aviv erschossen haben?«, hielt Khaled dagegen. »Die waren doch offenbar wegen Brit am Flughafen. Wenn sie in eine Falle gelockt werden sollte, ist der Flughafen Tel Aviv der schlechteste Ort, den man sich vorstellen kann.«

Das sah LuCypher ein. Wenn der einzige Grund der Nachricht gewesen wäre, Brit aus ihrem Versteck in Gaza zu locken, um sie umzubringen oder zu kidnappen, hätte man ihr sicher anderswo aufgelauert. Nicht am Flughafen, wo Dutzende von Menschen Zeugen der Aktion wurden und Überwachungskameras das Geschehen aufzeichneten. Das ließ eigentlich nur einen Schluss zu: Die Kerle, die Brit jagten, wussten zu jenem Zeitpunkt nichts von der Nachricht. Nur dann erklärte sich, warum sie im Flughafen aufgetaucht waren. Weil Brits Flugbuchung der einzige Anhaltspunkt gewesen war, den sie hatten, um sie zu finden.

Es blieb die entscheidende Frage: Wenn diese Nachricht nicht geschickt worden war, um Brit in eine Falle zu locken, warum dann?

Die Antwort darauf ließ sich nur an einem Ort finden: Tantalos. Was auch immer Ben Jafaar mit seinem monströsen Rechner in diese Welt gesetzt hatte, in den Augen von Khaled und LuCypher produzierte es Unheil.

In den Systemen von Tantalos entdeckte LuCypher den Eintrag, dass Khaled und Brit am 6.8.2020 sterben würden. An dem Tag, an dem von ihnen das Foto entstand, das sie auf der Flucht mit ihrem Baby zeigte. Jetzt gab es eine Nachricht, die den Tod ihres Sohnes Elias zum Inhalt hatte, und deren

Ursprung war vermutlich ebenfalls in Tantalos zu finden. Um an Antworten für all das zu gelangen, gab es nur einen Weg: Sie mussten sich wieder ins System von Tantalos hacken und prüfen, ob beide Nachrichten aus dem Simulationssystem stammten. Und falls ja, auf Basis welcher Daten sie generiert worden waren.

»Do you need help by more of us?«, fragte LuCypher in die sichere Leitung.

»No«, sagte Chilly, »we'll do it smart style and join the party alone.«

LuCypher kannte Chilly und Magellan nur unter ihren Tarnnamen. Er hatte keine Ahnung, dass sie als Joana und Miguel mit ihrer kleinen Tochter Marisa in Lissabon lebten, und er wusste auch nicht, dass Miguel sein Geld als Bäcker verdiente, um nicht von Joanas wohlhabendem Vater abhängig zu werden. LuCypher wusste nur, dass Chilly und Magellan zwei der besten Hacker der Welt waren, wenn es darum ging, hinter eine Firewall zu schlüpfen und sie von innen heraus aufzureißen.

So wie alle anderen von Earth hatten auch Chilly und Magellan die Operation Stinger mit viel Vergnügen verfolgt und sogar dabei mitgemacht, indem sie die Daten einiger großer Statistikunternehmen verseuchten, sodass deren Datenlieferungen für Tantalos unbrauchbar wurden. Es war eine amüsante Nacht für das junge Hackerpaar gewesen, und sie hatten ihre fidele Tochter Marisa bis zum Morgengrauen wach gehalten, damit sie in ihren jungen Jahren schon lernte, wie viel Spaß man auf dieser Welt haben kann.

Doch Stinger war ein Kinderspiel verglichen mit dem, was LuCypher nun von ihnen wollte. Das war eine echte Herausforderung.

Joana und Miguel waren das perfekte Paar. Sie dachten, fühlten und handelten wie eine Person. Während Joana die kleine Marisa an ihrer Brust stillte, tauschten sie ihre Gedanken aus, und während die Sätze zwischen ihnen hin- und herflogen, entstanden bereits neue Ideen in ihren Köpfen. Dabei war es egal, wer von beiden eine Idee als Erster hatte, es dauerte immer nur Sekunden, dann waren die Gedanken in ihren beiden Köpfen identisch, und die Ideen pflanzten sich fort.

Als Marisa schließlich einschlief, machten Joana und Miguel eine kurze Pause, um Sex zu haben. Besonders Joana brauchte das als Ausgleich für ihre Gedankenarbeit. Es wurde ein wilder, kurzer Sex. Erschöpft fielen sie nebeneinander in die Kissen und vollendeten ihre Planung.

Sie vermuteten, dass sich Tantalos nach Stinger von den Datenlieferungen abgekoppelt hatte und in einen Stand-by-Modus gegangen war. Da sahen sie ihre Chance. Die meisten Rechner nutzten diesen Zustand, um diverse Systemwartungsroutinen durchzuführen, weil man dann nicht die Rechenkapazität der Hauptbetriebsphasen beeinträchtigte. Joana und Miguel hatten im letzten Jahr mit ein paar Hacks experimentiert, wobei sie sich als Systemwartungs-Algorithmen getarnt hatten, um Firewalls und Virenjäger auszutricksen. Das könnte der Ansatz sein.

Joana machte ein hervorragendes Arroz de Marisco mit frischen Muscheln, während Miguel der Spur des Fotos nachging, das die Webcam in Gaza von Brit geschossen hatte. Als das Essen fertig war, ließ sich Joana von Miguel füttern, während sie die Tastatur übernahm und die Spur weiterverfolgte.

Sie entdeckten schließlich in einer IP-Adresse das Tor, wodurch das Foto in das Tantalos-System geschleust worden war. Das war der Einstieg, den sie wählen würden, um ihren kleinen Hack ins System zu schmuggeln. Als Marisa wieder wach wurde, hatten die beiden ihr Ziel klar vor Augen. Sie gönnten sich eine kleine Auszeit und tollten mit Marisa ausgiebig auf dem Teppich herum.

26

Zwei Tage zuvor war Brit mitten in der Grabstätte der Familie Bellecourt zusammengebrochen, als die erste Wehe gekommen war. Sie hatte nicht gewusst, ob sie die Schmerzen aushalten würde. Sie hatte so etwas noch nie erlebt. Nicht annähernd. Aber andererseits hatten es schon Milliarden von Frauen überstanden, also würde auch sie es überstehen. Das sagte sie sich immer wieder.

Emile hatte erschrocken reagiert und sich sogleich neben sie gekniet. Sie hatte seine Hand an ihrer Schulter gespürt, aber ansonsten hatte der Schmerz, der ihre Eingeweide zu einem einzigen Knoten zusammenzog, alle anderen Empfindungen zurückgedrängt.

Vor ihr waren die steinernen Inschriften des Familiengrabes zu sehen. Daneben in einem Regal eine Aufreihung von Totenschädeln, die sie angestarrt hatten. Brit hatte nicht verstanden, warum sie ausgerechnet in dieser Situation diese Schädel sehen musste. Sie hatte immer gedacht, dass die Geburt ihres Kindes ein intimer Moment werden würde, wobei sie nur ihrem Sohn nahe sein würde. Und nun war das Einzige, was der Schmerz zu ihr durchdringen ließ, der Anblick uralter Totenschädel in einem unterirdischen Grab.

»Ich bring dich in eine Klinik«, sagte Emile. »Kannst du gehen?«

»Warte«, sagte Brit und sog die Luft durch ihre zusammengebissenen Zähne ein. »Einen Moment noch, geht gleich wieder.«

Die erste Welle des Schmerzes ebbte tatsächlich wieder ab, der Knoten in ihrem Unterkörper löste sich langsam auf und ließ sie wieder atmen.

»Keine Klinik«, sagte sie. »Kannst du mich woandershin bringen? Irgendwohin, wo man mich nicht registriert?«

Emile sah sie besorgt an und hatte sichtliche Zweifel, ob er ihrer Bitte nachkommen sollte. Brit bemühte sich um ein Lächeln und versuchte, wieder auf die Beine zu kommen. Der Schmerz war fast weg, aber sie war nass vor Schweiß.

»Okay«, sagte Emile. »Ich weiß, wohin ich dich bringe. Wie lange bis zur nächsten Wehe?«

»Keine Ahnung. Ich bin noch nicht so routiniert darin.«

Sie stützte sich auf ihn und ließ sich von ihm führen. Der Strahl von Emiles Taschenlampe schnitt einen hellen Lichtkegel ins Dunkel des stillgelegten Versorgungsschachts. Nach ein paar Minuten kamen sie durch eine Stahltür in den Tunnel *De Nanterre – La Défense* und waren nach wenigen Metern Bahntrasse auf dem öffentlichen Bahnsteig. Brit tat ihr Möglichstes, um zusammen mit Emile wie ein ganz normales Paar zu wirken, aber die Angst vor der nächsten Wehe machte ihr zu schaffen.

Sie fuhren mit der Metro bis Porte Maillot, stiegen um und fuhren weiter nach Pereire Levallois. Dort bekam Brit die nächste Wehe. Sie war noch heftiger als die erste und ließ die Beine unter ihr wegknicken.

Emile hielt sie fest, und Brit schaffte es gerade noch, ihr Gesicht von den Überwachungskameras abzuwenden. Ein paar besorgte Fahrgäste, die auf ihren Zug warteten, wollten ihr helfen, aber Emile sagte zu ihnen etwas auf Französisch, das sie auf Distanz hielt.

Brit atmete ganz bewusst und tief durch, ganz so, wie Saida es ihr beigebracht hatte.

»Was hast du denen gesagt?«, fragte sie mit keuchendem Atem.

»Dass ich sie aufschlitze, wenn sie dir nahe kommen.«

»Gute Methode, um Hilfsbereitschaft zu belohnen.« Brit versuchte ein Grinsen, atmete noch einmal tief durch, dann hatte sie den Schmerz im Griff. Sie sah, wie einer der Fahrgäste sein Smartphone auf sie richtete und ein Foto machte. Es war ein feister, etwa fünfzigjähriger Kerl mit einem schlecht sitzenden Anzug.

»Keine Fotos«, sagte sie rasch zu Emile. »Sonst sind wir tot.«

Er verstand zwar nicht, wie sie das meinte, aber er sprang sofort auf den feisten Kerl zu und schrie ihn auf Französisch an. Der Mann wich zurück und stotterte etwas, aber Emile schrie einfach weiter auf ihn ein, bis der Kerl ihm verschreckt sein Smartphone entgegenstreckte. Emile nahm es und warf es kurzerhand auf die Gleise. Dann kehrte er rasch zu Brit zurück.

»Okay, kapiert. Keine Klinik, vermutlich auch kein Arzt«, sagte er, und Brit nickte bestätigend. »Ich kenne eine Hebamme«, sagte er. »Ihre Tochter ist eine von uns.«

Brit und Emile nahmen die Bahn zum Square Albert Besnard und stiegen dort aus. Die Wehen gaben gerade Ruhe, und Brit ließ sich von Emile in den Bahntunnel führen.

Nach ein paar Metern kam eine Metalltür. Dahinter lag ein Raum mit schrankgroßen Filtern für die Lüftungsanlage, vermutlich aus der Zeit des Zweiten Weltkriegs, als die unterirdischen Bahnstationen in Paris dafür vorbereitet worden waren, als Schutzbunker zu dienen. Emile hob ein Lüftungsgitter zur Seite und legte dadurch einen Gang dahinter frei.

»Voilà.« Er machte eine einladende Geste, aber in seinem Blick stand Sorge.

»Es geht noch, ich schaff's«, sagte Brit und schob sich in den Gang. Emile zog hinter sich das Gitter wieder an seine Stelle, damit ihr Weg unentdeckt blieb.

»Erzähl mir was, irgendwas, das mich ablenkt.« Brit gab sich Mühe, ihre Atmung weiterhin zu kontrollieren.

Emile leuchtete ihnen mit der Taschenlampe wieder den Weg. Er war darauf bedacht, dass Brit dicht bei ihm blieb und nicht über eine der umherliegenden leeren Flaschen stolperte.

»Hat schon viele Leute gerettet, dieser Weg hier«, sagte Emile in einem Tonfall, der etwas heiterer klang, als er sich in Wirklichkeit fühlte, »in letzter Zeit meistens uns Cataphiles oder die Sprayer, die von hier aus die Pariser Metrowaggons bunt und schön machen. Eigentlich war er als Schutzweg geplant, falls die Nazis mit Bomben über Paris hergefallen wären, doch dann sind sie einfach einmarschiert, und da wurden das hier die Wege der Résistance.«

Er öffnete eine weitere Tür, und sie gelangten in einen anderen Gang, dessen Wände aus uralten Ziegelsteinen bestanden. Brit lauschte Emiles Erklärungen und war froh über die Ablenkung. Sie erfuhr, dass dieser Teil des unterirdischen Labyrinths lange vor dem Einmarsch der Nazis erbaut worden war. Hier unten versammelte sich jene Gruppe von Revolutionären, die den Sturm auf die Bastille begannen und dort den Marquis de Sade befreiten. Jahre darauf versteckten sich hier die Gegner Napoleons und planten dessen Sturz. Insgesamt gab es unter der französischen Hauptstadt fünfhundert Kilometer an Gängen, und weniger als ein Zehntel davon war den Behörden bekannt. Der Rest gehörte den Cataphiles, den Aussteigern und Gesetzlosen.

Brit hatte keine Ahnung, wie viel von dem stimmte, was

Emile ihr erzählte, und was davon er nur erfand, um sie zu beruhigen. Aber sie war froh über jedes seiner Worte.

An einer Weggabelung wurden sie von zwei anderen Cataphiles erwartet. Sie hielten ebenfalls Taschenlampen und stellten sich als Marie und Cartouche vor. Beide waren Mitte zwanzig, hatten Piercings und trugen bunte Kleidung. Maries Dreadlocks waren zu einem kleinen Turm hochgesteckt.

Sie wechselten ein paar kurze Worte mit Emile und führten ihn und Brit dann weiter in die Dunkelheit. Einmal musste sie anhalten, weil Brits Fruchtblase platzte und das Wasser an ihren Beinen herunterlief. Marie nahm Brits Gesicht zwischen ihre Hände und schaute sie eindringlich an.

»Not here, not now! You have to go a little bit further, just a little bit! Can you do that?« Marie sagte es mit starkem Akzent, aber mit fester Stimme.

Brit nickte und konzentrierte sich wieder aufs Atmen. Dann gingen sie weiter und gelangten schließlich in eine große unterirdische Halle, wo ein paar Dutzend Leute im trüben Licht von Leuchtstoffröhren saßen. Junge Männer und Frauen, die meisten zwischen zwanzig und dreißig, alle bunt und eigenwillig gekleidet. Sie tranken und rauchten, aus Lautsprechern klang elektronische Musik.

Einige sahen Brit neugierig an, ein paar von ihnen stellten Fragen, die Cartouche nur einsilbig beantwortete. Es musste einer der Orte sein, wo die heimlichen Partys der Cataphiles stattfanden.

Marie und Emile zogen Brit weiter. Nach den drei folgenden Türen hatten sie endlich ihr Ziel erreicht.

Die Frau, die schon auf Brit wartete, war um die fünfzig und hieß Catherine.

Dann ging es los, und Brit hatte das Gefühl, in Stücke gerissen zu werden.

Emile hielt sie von hinten. Sie spürte, wie er schwitzte, und hörte ihn keuchen. Catherine und Marie taten irgendetwas zwischen ihren Beinen. Cartouche kam irgendwann dazu, brachte ein paar Tücher und sagte etwas, das Brit nicht verstand, weil sie selbst so laut schrie. Dann bohrte sich wieder ein Blitz durch ihr Bewusstsein.

Der Blitz wurde zu Schüssen, die um sie herum knallten. Und sie sah auch wieder die Männer. Einer von ihnen fiel, die anderen rannten weiter. Durch den Regen waren sie nass bis auf die Haut.

Sie erreichten die Treppe am Fuß der Grande Arche und flankierten Elias, der in ihrer Mitte lief.

Brit schrie wieder. So laut, dass es die Bilder vor ihren Augen zur Undeutlichkeit verzerrte. Als ihr Schrei abebbte, sprangen Elias und seine Leute in das versteckte Loch im Boden, zogen die rostige Metallklappe hinter sich zu. Sträucher machten den Eingang unsichtbar.

Brit schrie erneut, und in ihr Bewusstsein drangen die Totenschädel aus dem Grab der Familie Bellecourt. Schädel, die grinsten, als wollten sie Brit verhöhnen. Schädel, vor denen jetzt auch Elias stand. Er öffnete den Mund und sagte etwas, doch Brit verstand seine Worte nicht. Und dann gellte noch ein Schrei. Doch diesmal drang er nicht aus ihrem Mund. Er kam von einer dünnen, kleinen Stimme, landete tief in ihrem Inneren und beendete die Schmerzen.

Als Brit den Kopf hob, konnte sie ihn sehen. Seine Haut war rot und schmierig, sein Gesicht verschrumpelt, die Augen geschlossen.

Elias.

Brit hatte noch nie etwas Schöneres gesehen.

Am nächsten Morgen wachte sie auf, als Marie ihr mit den Fingern über die Stirn strich. An ihrer Brust spürte sie ein leichtes Kitzeln, das ihr einen Schauer durch den ganzen Körper jagte.

Sie schaute an sich herunter, sah Elias auf sich liegen und an ihrer linken Brust saugen. Er war in eine helle Decke gewickelt, und seine Finger bewegten sich rhythmisch auf Brits nackter Haut, als suchte er nach etwas, das er greifen konnte.

Brit legte die Hand auf seinen kleinen Rücken und spürte die Wärme seines Körpers durch die Decke hindurch. Das Glück zauberte ein Lächeln auf ihr Gesicht. Dann erst sah sie sich um.

Marie saß neben ihr, Emile stand neben der Tür und schaute sie an. Der Raum, in dem sie sich befand, sah nach einem Bunker aus. Eine Art Ambulanzraum in einem Bunker.

»He is pretty wild and hungry as hell«, sagte Marie sanft. »What's his name?«

»Elias«, antwortete Brit. Ihre Stimme war noch heiser von den Schreien der Geburt.

»My mother will come and look after you, every afternoon«, sagte Marie, und als sie den fragenden Blick Brits sah, setzte sie hinzu: »Catherine, the midwife, she's my mother.«

Emile und Marie verbrachten noch eine Weile an Brits Seite, dann ließen sie sie allein.

Elias war auf Brits Brust eingeschlafen. Brit fühlte sich unglaublich erschöpft, aber sie war nicht mehr müde. Noch während Emile und Marie den Raum verließen, baute sie den Tunnel auf, der sie während der gesamten Schwangerschaft mit ihrem Sohn verbunden hatte. Sie wusste, dass er die Bedeutung ihrer Worte noch nicht verstehen konnte. Aber er würde dennoch etwas von dem, was sie ihm nun erzählte, für immer behalten.

Sie berichtete ihm von seinem Vater Khaled, den sie hatte zurücklassen müssen, weil sie wusste, dass er ihre Pläne niemals gebilligt hätte. Von der Bewegung Earth, die so viel in Brits Leben verändert hatte und die noch mehr in Elias' Leben verändern würde. Von den großen Aufgaben, die auf ihn warteten. Und von der grenzenlosen Schönheit der Welt dort draußen.

Sie spürte, wie sie seine Neugier weckte, auch wenn er noch schlief. Und sie spürte seine Kraft, die so überwältigend war, dass es ihr Mut machte. Der Tunnel schaffte eine Verbindung zwischen ihr und ihrem Sohn, die fester war als alles, was Brit zuvor erlebt hatte. Fest genug, um sie über die Grenzen der Zeit hinweg zu verbinden.

Irgendwann war Brit dann eingeschlafen. Sie wachte erst wieder auf, als die Hebamme Catherine zu ihr kam. Während sie Brit untersuchte, plauderte sie ein wenig in einem Kauderwelsch aus Englisch, Deutsch und Französisch. Sie erzählte, dass sie schon immer eine politisch aktive Frau gewesen war und früher ihre kleine Tochter Marie zu den Demonstrationen gegen Atomkraftwerke und Massentierhaltung mitnahm. Sie gab all das aber irgendwann auf, weil sie zu der Erkenntnis gelangte, dass »die anderen« zu stark seien und ewig gewinnen würden. Doch später dann lernte sie durch ihre Tochter Marie das Leben der Cataphiles hier unten kennen, und das hatte sie letztlich beruhigt. Junge Leute wie die Cataphiles würden niemals beherrschbar sein, egal, welche Regierung »dort oben« ihr Unwesen trieb.

Brit hatte die Geburt gut überstanden, und ihr kleiner Sohn schien gesund zu sein. Sie beobachtete Catherine, während die ältere Frau ihre Sachen wieder zusammenpackte, und sie fragte sich, ob ihre eigene Mutter vielleicht ähnlich gewesen sein mochte. Damals, zu der Zeit, als sie Ben Jafaar traf und die beiden von ihren gemeinsamen Ideen für eine bessere Welt so fasziniert waren, dass sie eine Beziehung eingingen und Brit zeugten.

Es waren Gedanken so voller Klischeehaftigkeit, dass Brit sie sich eigentlich verboten hätte. Aber durch Catherines Erzählungen öffnete sich für Brit ein Fenster in eine Zeit, in der ihre Mutter vielleicht ganz ähnliche Träume gehabt hatte.

Am Abend des Tages stand Brit erstmals auf, um mit Elias auf dem Arm ein wenig umherzugehen. Sie hörte Musik und andere Laute, die ihr verrieten, dass eine Party in der nahe gelegenen Halle stattfand. Sie berührte das kleine Köpfchen ihres Sohnes und versuchte zu spüren, ob ihm die Musik gefiel oder nicht. Als Brit sah, dass seine Augenlider zuckten, und sie spürte, wie sich die Fingerchen zu bewegen begannen, ging sie in die Halle, wo sich an die hundert Leute versammelt hatten und zu den Klängen elektronischer Musik selbstvergessen tanzten.

Brit umschloss Elias' Kopf mit ihrer Hand und drückte ihn gegen ihre Brust, sodass seine kleinen Ohren geschützt waren. Dann begann auch sie zu tanzen. Sie wurde eins mit den Rhythmen, und sie spürte, dass ihrem Sohn diese Welt gefiel, in die er hineingeboren worden war.

27

Vier Tage lang verbrachte Brit bei den Cataphiles und kam rasch wieder zu Kräften. Sie schlenderte mit Emile, Marie und Cartouche durch die unterirdischen Gänge und hörte sich die Geschichten von Revolutionären und Schmugglerbanden an, die jahrhundertelang hier unten ihre Zuflucht gefunden hatten. Sie trafen andere Gruppen, von denen einige hier unten einfach »Party machen« wollten, während andere vorgaben, aus den unterirdischen Grabstätten spirituelle Kraft zu ziehen.

Manche der Cataphiles führten ein unauffälliges Leben an der Oberfläche und tauchten nur in die Schattenwelt ein, um für ein paar Stunden ihrer Sehnsucht nach Freiheit nachzugehen. Doch die meisten hielten die Oberflächenwelt für verlogen und korrupt und waren so gut wie nie dort. Für sie war dies hier unten die wahre Existenz.

Emile war ein Romantiker, der den rebellischen Untergrund einfach nur genoss, Marie eine Kämpferin, die von sich sagte, dass sie hier unten in der Dunkelheit die Wahrheit besser von der Lüge unterscheiden konnte. Cartouche hieß so, weil er ein Dieb war, und die anderen hatten ihm diesen Namen aufgrund des gleichnamigen Belmondo-Films aus den Sechzigerjahren verpasst. An der Oberfläche beklaute er Touristen, aber hier unten war er ehrlich. Brit konnte ihm ansehen, dass er sich in sie verliebt hatte, und als Emile ihm ihre Vermutung ins Französische übersetzte, nickte Cartouche, lächelte und zeigte Brit auf seinem Smartphone ein Foto, das er von ihr und Elias gemacht hatte, während sie schliefen.

»Wann hat er das gemacht?«, fragte Brit alarmiert.

Marie, Emile und Cartouche blickten sie irritiert an.

Brit wandte sich eindringlich an Emile. »Frag ihn, wann er das gemacht hat, Emile!«

»Il y a deux jours«, antwortete Cartouche kleinlaut, denn an Brits Reaktion war deutlich zu erkennen, dass er wohl irgendeinen Fehler begangen hatte.

»Was sagt er?«, drängte Brit. »Was hat er gesagt?«

»Vor zwei Tagen, sagt er.«

»Ist er seither an der Oberfläche gewesen? Hat er sich in irgendein Netz eingeloggt?«

Die Antworten waren schlimmer als befürchtet. Cartouche war bereits zweimal wieder zum Stehlen an der Oberfläche gewesen, und er hatte sein Gerät so eingestellt, dass alle seine Fotos automatisch auf einen Server hochgeladen wurden.

Brit atmete tief durch. Dann erklärte sie den drei Cataphiles, dass sie noch in dieser Nacht fliehen musste.

Khaled trottete durch die Straßen des Bezirks La Chapelle. Den dritten Tag war er nun schon in Paris und ließ sich durch die Straßen treiben. Er wusste, dass es sinnlos war. Nichts von dem, was er gerade tat, ergab Sinn. Aber was hätte er sonst tun können?

Bevor er in Gaza aufgebrochen war, wies er LuCypher an, Kontakt zu Esther und Zodiac aufzunehmen. Khaled wusste, dass sie irgendwo in Paris untergetaucht waren. Und er hoffte, gemeinsam mit ihnen eine Strategie entwickeln zu können, um Brit ausfindig zu machen.

Doch Esther und Zodiac meldeten sich nicht zurück. Khaled fragte erst aus Tel Aviv und dann aus Paris über die sichere Darknet-Verbindung bei LuCypher nach, aber keiner aus dem Umfeld von Earth wusste, was mit den beiden los war.

Also war Khaled auf sich allein gestellt. Und er blieb vorsichtig und ließ sein Smartphone abgeschaltet in einer Metallbox, die ihm garantierte, dass es nicht geortet werden konnte. Den öffentlichen Kameras ging er aus dem Weg, und sobald er sah, dass Touristen in seine Richtung fotografierten, wandte er das Gesicht ab. Er wusste nur zu gut, dass die neuen Erkennungssoftware-Prototypen auch Gesichter analysieren konnten, die im Hintergrund eines Bildes unscharf zu sehen waren. Auch wenn er nur zu gern seinen Namen in jede Kamera geschrien hätte, um Ben Jafaar herzulocken und endlich den Kampf mit ihm aufzunehmen, solange er nicht wusste, ob Brit in Sicherheit war oder nicht, durfte er nichts riskieren.

Seine Füße trugen ihn weiter, sie trugen ihn wie automatisch durch die Straßen. Khaled ging einfach immer weiter, denn er konnte es nicht aushalten, stehen zu bleiben.

Er ernährte sich von Schokoriegeln, trank hier und dort einen Kaffee oder ein Glas Wasser und setzte dann seinen planlosen Weg fort.

Da war eine kleine Hoffnung in ihm, dass Brit seine Anwesenheit in Paris spürte oder das Schicksal sie früher oder später wieder vor ihm stehen ließ. Beides recht kindische Vorstellungen für einen Wissenschaftler wie Khaled.

Am Abend saß er an der Bar des kleinen Touristenhotels in Pigalle, wo er untergekommen war. Nach dem ersten Scotch kam ihm der Gedanke, dass er mithilfe der Hackerarmee von Earth alle Überwachungskameras in Paris nutzen konnte, um Brit aufzuspüren. Doch diese Idee verwarf er wieder. Seine letzte Aktion, der leichtfertige Kampfaufruf im Netzwerk von Rise, hatte Brit schließlich erst in Gefahr gebracht.

Die nächsten beiden Scotch betäubten diese Gedanken wieder, konnten aber nicht verhindern, dass neue Gedanken kamen, und die drehten sich um die Nachrichten aus der angeblichen Zukunft, die wahrscheinlich in Ben Jafaars technischem Monster geboren worden waren. Eine davon hatte Brit hierher nach Paris gelockt. Vermutlich, weil Tantalos hier über bessere Möglichkeiten als in Gaza verfügte, um ihrer habhaft zu werden.

Beim vierten Scotch kam ihm ein interessanter Gedanke, der seine Sichtweise auf Ben Jafaar vielleicht grundlegend verändert hätte, wäre er von Khaled weiterverfolgt worden: Durch die Nachricht von Elias' Tod im Jahr 2045 hatte Ben Jafaar Brit doch auch mitgeteilt, dass ihr Sohn geboren werden würde. Das bedeutete, dass sie zumindest bis zur Geburt überlebte. Aber warum machte er ihr diese Hoffnung, wenn er andererseits zwei Killer am Flughafen Tel Aviv auf sie ansetzte?

Der Scotch hatte diesen Gedanken ohnehin etwas unscharf auftauchen lassen, aber er wurde vollends ausgelöscht, als sich die blonde Holländerin neben Khaled an die Bar setzte und ihm einen weiteren Scotch spendierte. Sie war Mitte dreißig, stellte sich als Maike vor, und ihr Dekolleté zeigte die Ansätze ihrer Brüste.

Sie erzählte von dem Paris-Trip, den sie mit ihren Freundinnen machte, und wies dabei auf zwei ähnlich blonde Frauen, die an einem Tisch saßen und Khaled zuprosteten. Sie sagte, dass sie sich eigentlich hatten vergnügen wollen, aber dass ihre Freundinnen nun beschlossen hätten, nach diesem Drink schlafen zu gehen, was die Frage aufwarf, was Maike mit dem Rest der Nacht anstellen sollte.

Nach einem weiteren Scotch war Khaled bei ihr auf dem

Zimmer, und sie lag nackt auf dem Bett. Er stand schwankend vor ihr, der Alkohol legte sich wie eine Wolke um seinen Kopf. Eigentlich wollte er gar keinen Sex, doch der Scotch ließ seinen Willen porös werden, und Maike hatte ihn einfach hinter sich her in dieses Zimmer gezogen.

Khaled sah sich im Spiegel über dem Bett vor der nackten Holländerin stehen. Der Anblick eines erbärmlichen Mannes, der gerade dabei war, alles kaputt zu machen, woran ihm etwas lag.

Es war ihm egal. Alles war ihm jetzt egal. Er zog sich das Hemd über den Kopf, ohne es aufzuknöpfen, und...

Da fiel sein Blick auf das Smartphone, das, an eine Vase gelehnt, auf der kleinen Kommode stand und dessen Kamera aufs Bett ausgerichtet war.

Schlagartig fiel die Benommenheit von Khaled ab. Er ging zur Kommode und riss das Smartphone an sich.

»Für wen?«, schrie er Maike an. »Für wen ist das?« Mit einem Sprung war er auf dem Bett und legte seine Hand um Maikes Kehle. »Wer hat dich hierhergeschickt? Wer?« Khaled drückte mit der Hand zu und konnte spüren und sehen, wie Maike vergeblich um Luft rang. »Für wen sollst du das aufnehmen?«

Ihre Lippen zitterten, sie wollten offenbar etwas sagen. Khaled lockerte seinen Zugriff.

»Für ... meine Freundinnen«, keuchte Maike und schnappte nach Luft. »Bitte ... lass mich los. Es war eine Wette, und ich sollte ... wollte das als Beweis aufnehmen.«

In ihren Augen stand die nackte Angst, und Khaled erkannte, dass sie um ihr Leben fürchtete. Sie sagte die Wahrheit. Auch das konnte er sehen. Er ließ sie los und sprang vom Bett. Dann zertrümmerte er das Smartphone an der Wand und verließ das Zimmer.

28

»Natürlich ist Tantalos auf solch ein Problem vorbereitet«, sagte Ben Jafaar in die Kamera vor ihm. »In unserem Projekt arbeiten die besten Wissenschaftler und Fachleute aus den Bereichen Computersysteme und Datenauswertung. Dass früher oder später eine solche Unregelmäßigkeit eintreten würde, war abzusehen. Ich kann dennoch all die Fragen und Ihre Verunsicherung aufgrund des aktuellen Hackerangriffs auf die Datenzulieferbetriebe verstehen. Unsere Sicherheitsabteilung hat bereits einen Prüfalgorithmus entwickelt, der die korrumpierten Daten aussortiert und nur noch geprüftes Material in unser System lässt. Tantalos wird morgen wieder seinen Betrieb aufnehmen. Ich danke Ihnen.«

Er nickte noch einmal in die Kamera, dann ging er und ließ das kleine Aufzeichnungsteam im Medienstudio seine Arbeit zu Ende bringen.

Am Morgen hatte sich Ben Jafaar auf Drängen seiner PR-Abteilung dazu bereit erklärt, ein öffentliches Statement abzugeben. Seit die Operation Stinger das Vertrauen in die Genauigkeit der Tantalos-Simulation erschüttert hatte, gab es von überall her Anfragen, und die wildesten Spekulationen wurden laut.

Ben diskutierte in den folgenden Stunden mit Doreen und einem Expertenteam über den Inhalt des Statements. Die Lüge vom Prüfalgorithmus war Doreens Idee, und Ben lehnte sie anfangs komplett ab. Jeder, der sich mit IT auskannte, wusste, dass es solch einen Algorithmus nicht geben konnte. Nicht, wenn die Daten zufällig und willkürlich mit Fehlern durchsetzt waren. Doch letztlich setzte sich Doreen mit dem Argument durch, dass es momentan mehr darauf ankäme, die Öffentlichkeit zu beruhigen und Zeit zu gewinnen.

Ben Jafaar gab seinen Widerstand auf und hielt das Statement vor der Kamera. Die wenigsten Menschen würden ohnehin verstehen, wovon er da gesprochen hatte.

Er ging durch die langen Flure zum Ausgang der Anlage und dachte nach. Es hatte eine Zeit gegeben, da er nicht von Zweifeln gequält wurde. Bevor er Brit zum ersten Mal von Angesicht zu Angesicht gegenübergestanden hatte. Bis dahin schien alles richtig gewesen zu sein, was er tat. Er erfand eine Maschine, die der Menschheit eine bessere Zukunft garantierte. Eine Zukunft, die sich an all den Werten orientierte, an die Ben Jafaar immer geglaubt hatte. Und das System berechnete schon bald alle Kriterien für diese Zukunft, komplexer, als ein menschliches Hirn zu verstehen in der Lage gewesen wäre.

Infolgedessen erkannte die Simulation auch die Feinde der zukünftigen Welt. Es schien geradezu logisch, dass es Feinde sein mussten, die Ben Jafaar ebenbürtig waren. Die Hackerbewegung Earth war seine eigene Schöpfung. Welchen besseren Gegner hätte es also für ihn und die Zukunft, die er schaffen würde, geben können?

Er erinnerte sich noch gut an ein Gespräch, das er vor längerer Zeit mit Immanuel Grundt, dem Wortführer der Vierundzwanzig, über Earth geführt hatte.

»Wir Menschen werden immer unsere Zweifel produzieren, immer unsere Unzufriedenheiten, egal, wie perfekt das System ist, in dem wir leben«, hatte er zu Grundt gesagt. »Egal, wie groß der Wohlstand ist, den wir genießen – Zweifel, Unzufriedenheit, Neid und Missgunst gehören zu unserem genetischen Programm wie der Zellverfall und deren Erneuerung. Das Gesellschaftssystem, das wir anstreben, wird daher einen ablenkenden Fokus brauchen für all diese destruktiven Energien, damit sich diese nicht gegen das System selbst richten. Dieser Fokus wird Earth sein. Ein kluger, anpassungsfähiger Feind, perfekt geschaffen für das Digitalzeitalter, an dessen Anfang wir stehen.«

»Sie wollen mir erzählen, Sie hätten Earth nur ins Leben gerufen, damit es als Feind für ein zukünftiges Gesellschaftssystem dient?«, fragte Grundt zweifelnd.

»Nein. Das konnte ich noch nicht wissen zu dem Zeitpunkt, als ich die Bewegung gegründet habe. Aber aus meiner heutigen Sicht ergibt es alles Sinn.«

»Sinn?«, hakte Grundt nach. »Auch die Attentate auf die Mitglieder der Hackergruppe? Attentate, denen Sie selbst zugestimmt haben?«

»Es ist das Gesetz der Evolution, dass es keine Entwicklung geben kann, ohne sich von Altem zu trennen«, antwortete Ben.

»Durch Mord?«

»In der Systemtheorie würde man sagen: durch einen Anreiz zur Regeneration.«

Das Unternehmen TASC wurde eigens dafür gegründet, um Jagd auf die Earth-Mitglieder zu machen, damit die Bewegung nicht zu stark wurde, um zu einer echten Bedrohung zu werden. TASC verfügte über die besten Agenten und Abwehrspezialisten, die international zu finden waren.

Doch Ben bekam Skrupel, als auch seine Tochter ins Kreuzfeuer des Kampfes zwischen Tantalos und Earth geriet. War das, was er tat, wirklich moralisch vertretbar? Diese Zweifel wichen nicht, sondern wurden mit jedem Tag stärker.

Als er erfuhr, dass sich Brit auf den Weg nach Paris gemacht hatte, versuchte er, beim Kreis der Vierundzwanzig zu intervenieren, die entschlossen waren, Brit auszuschalten. Nicht nur war sie die Mutter von Elias Jafaar, sondern sie war inzwischen zur Ikone gewachsen. Earth wurde durch sie zu stark, war nicht mehr der Feind im Verborgenen, von dem Ben Jafaar gesprochen hatte. Dadurch war Brit zur Gefahr der Gegenwart geworden, so wie ihr Sohn zur Gefahr für die Zukunft werden würde.

Immanuel Grundt hatte Ben jedoch nicht einmal empfangen. Ben Jafaar war der Forscher, der Vater der Maschine, nicht mehr. Die Herrscher waren die anderen.

Ben konnte nichts dagegen tun, dass ein TASC-Agent Brit beinahe in La Défense schnappte oder dass die französische Regierung gezwungen wurde, eine groß angelegte Fahndung nach Brit Kuttner zu starten. Nichts davon hatte Ben verhindern können.

Drei Tage hielten ihn die Ereignisse in Oslo fest. Drei Tage, in denen er nichts tun konnte.

Jetzt wartete vor dem Gebäude eine Limousine auf ihn, die ihn zum Flughafen bringen sollte. Der offizielle Grund für seine Reise war ein Gespräch mit Données Internationale, einem Pariser Statistikunternehmen. In Wahrheit wollte er Esther sehen.

29

In Griechenland stand die Familie über allem. Redete man mit einem Griechen über seine Familie, so erfuhr man von Nichten und Neffen zweiten und dritten Grades, von Patenkindern und Paten, die ihrerseits Nichten, Neffen, Tanten und Onkel hatten, die wiederum die Patenkinder von irgendwem anderen waren. Über ein paar Ecken schien der Großteil des Landes mit jedem anderen Griechen verwandt oder verschwägert zu sein.

Das kam Alexis Afgeris zugute. Er fragte so lange in seiner Familie herum, bis er auf jemanden mit den erhofften Verbindungen stieß: Der Bruder von Alexis' verstorbenem Vater war beim Militär mit einem Offizier befreundet gewesen, dessen Neffe der Pate des Kindes einer jungen Frau aus Thessaloniki war, deren jüngere Schwester wiederum schon von klein auf als hochbegabt galt und im Eliteprogramm der Cholargos-Villa ausgebildet wurde. Sie hieß Helena Andrielou.

Alexis traf sich mit ihr erstmals an einem Samstagvormittag in einem Café am Syntagma-Platz. Sie war sechsundzwanzig, unauffällig gekleidet und nicht geschminkt, was sie bei ihrem auffallend hübschen Gesicht auch nicht brauchte. Der Legende nach, die Alexis sich zurechtgelegt und über die stille Post der Verwandtschaft Helena hatte zukommen lassen, war sein Vater aufgrund der Unfähigkeit der europäischen Politik gestorben – was stimmte –, und seine Mutter ging mit ihrem Krebsleiden nun an der falsch geführten Gesundheitspolitik zugrunde – was er erfunden hatte. Seine Mutter erwartete nun angeblich von Alexis, ihrem einzigen Sohn, ein Politikstudium zu beginnen, um Griechenland vor dem Untergang zu bewahren.

Alexis erzählte Helena an diesem Samstagmorgen in dem kleinen Café, dass er so gänzlich unbewandert in Politik sei und fürchte, an dem Erwartungsdruck seiner Mutter unweigerlich zu scheitern. Deshalb bat er Helena um einen Rat, weil sie innerhalb seiner großen Familie als Expertin in dieser Sache galt.

Helena Andrielou war eine sehr zurückhaltende und vorsichtige junge Frau, aber an jeder ihrer Bemerkungen konnte Alexis ihre außergewöhnliche Intelligenz und ihr Talent für politische Analysen erkennen.

Es brauchte insgesamt drei Treffen an drei unterschiedlichen Tagen, und er musste viel jammern und über den Verfall der griechischen Gesellschaft schimpfen, aber dann hatte er sie so weit. Er erzählte ihr von der Krebstherapie seiner Mutter, einem Verfahren, über das er sich abends zuvor mittels Google-Recherche kundig gemacht hatte. Als ihm eine Träne aus dem linken Auge rollte, legte Helena Andrielou begütigend die Hand auf seinen Arm und meinte, er solle sich keine Sorgen machen, denn es gehe mit der Welt bald wieder bergauf. Und dann folgte ein intensives Gespräch über den Inhalt ihres Studiums, das neben den Veranstaltungen an der Philosophischen Fakultät insbesondere aus Privatvorlesungen in ebenjener Villa in Cholargos bestand.

Helena war außerordentlich bewandert in den Theorien, die der MIT-Professor Alex Pentland über eine computergenerierte Gesellschaftssteuerung entwickelt hatte, eine Methode, die er »Social Physics« nannte. Sie erzählte von einer neuen Politik, die auf dieser Methode der Social Physics gründete.

Eine Politik, mit der sie die Welt der Zukunft errichten sollten. Eine bessere Welt für alle Menschen, die auf drei wesentlichen Säulen ruhte: Führung, Besitz und Abgrenzung.

Helena wollte zuerst nicht weiter ins Detail gehen, und Alexis musste unter dem Tisch ihre Hand greifen, um ihre Redebereitschaft wieder anzufeuern. Dann erfuhr er, was Helena und ihre Kommilitonen tatsächlich lernten: dass nur eine einheitliche Weltregierung die Herausforderungen der Zukunft würde meistern können. Und dass auf dem Weg dorthin das angeborene Besitzdenken des Menschen der bestmögliche Hebel war, um die verschiedenen politischen und kulturellen Ausrichtungen aller Gesellschaften unter einen Hut zu bringen.

Das finale Ziel wäre, den begeisterten Worten Helena Andrielous nach, der Schritt zur brillanten Vollendung der menschlichen Zivilisation: den gesamten Planeten zum globalen Besitzgut zu erklären, von dem jeder einzelne Mensch seinen Teil erhalten würde. Die Welt an sich sollte in kleine Besitzscheine aufgeteilt werden und ins Eigentum ihrer Bewohner übergehen. Jeder würde sich daran erfreuen und sich dafür verantwortlich fühlen.

Nach Helenas Überzeugung war dies ein Gedanke, der linke und rechte politische Kräfte, ökologische und kapitalistische, konservative und kulturell fortschrittliche gleichermaßen vereinen konnte. Es war die große verbindende Idee, nach der die Politikwissenschaft so lange gesucht hatte.

Alexis behielt für sich, was er davon hielt: Diese Leute wollten aus der Welt eine globale Aktiengesellschaft machen. Für ihn klang das wie ein entfesselter Albtraum. Statt das zu sagen, nickte er und strahlte, um ihr weiszumachen, er teile ihre Begeisterung für diese Idee, und hielt sie damit am Reden.

Als er nach der dritten Säule der Theorie fragte, griff er

ihre Hände und streichelte mit den Daumen ihre Finger. Sie erzählte bereitwillig von der notwendigen Ausgrenzung aller Andersdenkenden. Man musste das Gemeinwohl schützen, und das ging nur, indem man all jene aussperrte, die nicht zum produktiven Bestandteil der neuen Weltgemeinschaft werden wollten oder konnten. Dazu war ein großes Lager notwendig, das zweckmäßigerweise in einem Bereich der Welt geschaffen wurde, der für die Versorgung und Produktivität der Menschheit vernachlässigenswert war.

Das alles lernte sie am Institut »Phos«, dessen Name übersetzt »Das Licht« bedeutete.

Helena Andrielou hatte inzwischen volles Vertrauen zu Alexis gefasst und redete in einem fort. Sie merkte gar nicht, dass er ihre Hände längst losgelassen hatte und auf Abstand gegangen war. Nachdem sie ihm auch noch begeistert davon erzählte, dass in allen Hauptstädten der Welt solche Institute wie das ihre entstanden waren, als Braincamps für eine neue Politikergeneration, und dass die Studenten regen Kontakt untereinander hielten, bestellte Alexis kurzerhand die Rechnung und zahlte.

Er hatte tags zuvor herausgefunden, dass die Stipendien aller Studenten in der Cholargos-Villa über »Diametrima« liefen und demzufolge aus Oslo finanziert wurden. Wie er jetzt wusste, unterzog man die Studenten unter dem Deckmantel der elitären Ausbildung einer politischen Gehirnwäsche und unterwarf sie fragwürdigen Machtinteressen.

Alexis stand auf und gab Helena den ernsten Rat, beruflich noch einmal umzudenken. Dann ging er.

30

Brit hatte einen alten Hoodie von Marie bekommen, dazu eine weite Jeans von Cartouche, der einen ganzen Stapel davon in der Woche zuvor aus einem Pariser Outlet-Store geklaut hatte. Emile verstaute in einem kleinen Rucksack das Nötigste, das Brit bauchen würde, um Elias zu versorgen: Windeln, etwas Kleidung und sogar Milchpulver und ein Babyfläschchen, falls Brits Milchproduktion ins Stocken kommen sollte.

Die drei Cataphiles schleusten Brit durch die engen Gänge, Schächte und Katakomben der Pariser Unterwelt. Ihr Ziel war ein Ausgang am Gare du Nord.

Brit hatte Elias in eine Decke gehüllt und hielt ihn eng an sich gedrückt. Er blieb ruhig. Die schnelle Flucht und die vielen Bewegungen schienen ihm zu gefallen.

Brit erzählte den drei Cataphiles nur wenig. Gerade mal so viel, dass sie Leute kannte, die auf Regierungsgeheimnisse gestoßen waren und deshalb verfolgt wurden. Earth wollte sie nicht erwähnen, um die drei nicht weiter in die Sache hineinzuziehen, doch Emile brachte die Bewegung zur Sprache, und obwohl Brit daraufhin behauptete, nichts mit Earth zu tun zu haben, hatte sie doch das Gefühl, dass er die Wahrheit ahnte.

Grundsätzlich kannten sich die Cataphiles mit dem Netz nicht aus. Sie vertraten eine nostalgische Haltung, die auf dem Wert menschlicher Begegnungen beruhte. Sie trafen sich, tobten sich aus, lebten ihre Gegenkultur. Keiner von ihnen erkannte in Brit bislang die Ikone des Rise-Netzwerks; nur bei Emile war Brit sich da nicht ganz sicher. Mitunter ließ er den Blick seiner dunklen Augen auf ihr ruhen und schien mehr zu sehen als die anderen. Aber er blieb immer zurückhaltend und vermittelte ihr das Gefühl, dass ihr Geheimnis bei ihm sicher war.

Sie erreichten einen Metrotunnel und gingen gut hundert Meter über Gleise, um dann auf der anderen Seite des Tunnels durch eine Stahltür erneut in die Unterwelt einzutauchen. Emile, Marie und Cartouche bewegten sich völlig sicher. Manchmal benutzten sie ihre Taschenlampen, aber meist wurde der Weg im Abstand von etwa zwanzig Metern von kleinen Leuchten erhellt, deren Stromzufuhr die Cataphiles irgendwo aus dem öffentlichen Netz abzweigten.

Sie durchquerten eine leere Halle, die ein stillgelegter Werkstattbereich aus der Zeit sein musste, als man in dieser Gegend die Tunnel für die Metro errichtet und die Gleise verlegt hatte. Leere Flaschen und Musikboxen zeugten von einer Party, die in der letzten Nacht hier stattgefunden haben musste.

Sie wollten die Halle gerade durch eine Metalltür verlassen, da wurden sie von einer jungen Frau eingeholt. Sie war Mitte zwanzig, und ihre blau gefärbten Haare fielen zur Seite, sodass ihre kahl geschorene Kopfhälfte freilag und man ein paar Dutzend Piercingringe in ihrem Ohr sehen konnte. Sie hieß Croc und redete auf Französisch auf die drei Cataphiles ein.

Brit konnte die Anspannung bei ihren Begleitern sofort spüren.

»Was sagt sie?«, wandte sie sich an Emile.

»Ein Kerl folgt uns! Er hat eine Waffe! Eine Pistole!«

»He is after you«, ergänzte Marie, »and he threatens our guys to kill them, if they don't tell where you are!«

»Ein paar haben ihm gesagt, wohin wir unterwegs sind«, fuhr Emile fort, »und jetzt ist er uns dicht auf den Fersen!«

Cartouche wechselte ein paar schnelle Sätze mit Croc, dann sagte er etwas zu Marie und Emile. Marie nickte und zog Brit weiter.

»Was ist? Was macht er?«, fragte Brit.

»He will stop this guy. Come on, we have to hurry!«

Brit ließ sich von Marie und Emile weiter durch immer neue Gänge führen. All ihre Gedanken galten nun der Sicherheit ihres Babys. Zehn Minuten später erreichten sie über eine Treppe eine Tür, durch die sie auf einen abgelegenen Schienenstrang des Gare du Nord gelangten.

Brit trat seit Tagen erstmals wieder ans Tageslicht. Sie drückte ihren Sohn an sich. Er schlief noch immer und spürte nichts von der Aufregung und Gefahr um ihn herum.

»Danke. Thank you, I mean it«, sagte Brit zu Marie und Emile.

»Take care of yourself. And of your son. It was great to join his birth. Tell him, that under the streets of Paris there are people who know how to make good parties.«

Brit küsste Marie zum Abschied. Dann umarmte sie Emile.

»Lass dich nicht schnappen, Brit.«

Er nannte ihren Namen, obwohl sie ihm den nie verraten hatte; er wusste, wer sie war.

Brit nickte ihm zu, und er nickte zurück, dann lief sie los. Emile und Marie schauten ihr hinterher.

Cartouche hatte ihnen die nötige Zeit zur Flucht verschafft und war zu diesem Zeitpunkt bereits tot.

31

Zodiac strich mit dem Finger sanft über Esthers Stirn. Sie sah ihn ernst an. Die Entschlossenheit war in ihren Blick zurückgekehrt. Die letzten paar Tage Ruhe hatten ihr gutgetan, ihr Körper konnte sich etwas erholen. Dennoch verbrachte sie die meiste Zeit des Tages im Bett.

Zodiac stellte ein Tablett mit frischen Croissants und einer Tasse Milchkaffee neben ihr aufs Bett. Er glaubte jedoch nicht, dass sie etwas davon anrühren würde. Nicht an diesem Tag, am Tag ihres Wiedersehens mit Ben Jafaar.

Alles andere hatte Zodiac von Esther ferngehalten. Er wollte nicht riskieren, dass ihre Genesung durch zu viel Aufregung behindert wurde. Besonders die Kontaktversuche von Khaled verheimlichte er vor ihr.

Vor drei Tagen hatte er eine Nachricht von LuCypher erhalten und erfahren, dass Khaled auf dem Weg nach Paris war und Zodiac und Esther treffen wollte. Zodiac ignorierte diese Nachricht. Auch die nächsten, die LuCypher schickte. Er wollte Khaled jetzt nicht sehen. Und vor allem wollte er nicht, dass Esther ihn sah. Nicht jetzt, da der Kontakt zu Ben Jafaar hergestellt war.

Seit Zodiac Esthers kryptische Nachricht über ihr bevorstehendes Ende auf Rise gepostet hatte, saß er fast ununterbrochen vor dem Rechner und hielt den Thread im Blick. Anfangs gab es etwas Traffic von ein paar Usern, die sich über die Unverständlichkeit der Sätze aufregten, doch dann hörten die Reaktionen auf sein Posting auf. Bis gestern Nachmittag. Da hatte ein anonymer Besucher einen Satz gepostet: »Mittwoch um 17 Uhr, dort, wo wir getanzt haben.«

Es war Mittwoch. Und der Ort, den Ben Jafaar meinte, war der Square Nadar. Esther hatte damals das rote Kleid getragen. Sie war betrunken gewesen vom Champagner und vom Verliebtsein. Ben Jafaar führte sie in den kleinen Park nahe Sacré-Cœur und hielt sie fest im Arm, während er den alten Song »Diamonds and Rust« von Joan Baez in ihr Ohr summte und langsam mit ihr tanzte.

Als Esther gestern Abend Zodiac davon erzählt hatte, konnte sie nicht verhindern, dass ihre Stimme brüchig wurde, und das verriet ihm, wie nahe ihr die Gedanken an Ben noch immer gingen. Ein Teil in Zodiac war darüber empört gewesen und hätte sie gern angeschrien, dass sie Ben endlich vergessen solle. Aber der andere Teil in ihm war stärker und hatte ihn schweigen lassen. Denn seit langer Zeit hoffte er insgeheim, dass Ben endlich wieder Kontakt zu ihm aufnehmen würde. Alles, was er war, hatte er diesem Mann zu verdanken. Ben Jafaar hatte sich immer auf Zodiac verlassen können. Und das sollte auch in Zukunft nicht anders sein.

»Ich habe nie aufgehört, an dich zu glauben.«

Zodiac sagte das mit leiser, ehrlicher Stimme, als er Ben Jafaar im Park gegenübertrat.

Der trug einen dunklen Mantel und darunter einen dünnen schwarzen Pullover. Es erschien Zodiac wie der perfekte Rahmen für diesen brillanten Geist. Ben wirkte auf Zodiac noch größer als früher.

Er hatte sich diese Begegnung tausendfach vorgestellt und stets gehofft, dann seinem alten Mentor endlich ebenbürtig zu sein. Doch nun, da sie sich wieder gegenüberstanden, fühlte er sich wieder als der Schüler, der sehnsüchtig auf die Anerkennung seines Meisters wartete.

Ben fasste Zodiac bei der Schulter und schaute ihn für einen langen Moment an. In seinem Kopf regten sich Gedanken und Erinnerungen, die lange brachgelegen hatten. Er schätzte Zodiacs Treue sehr. Er erinnerte sich gut an all ihre Diskussionen. Über die Werte, die es zu bewahren galt. Und über den Kampf, dem man sich stellen musste, wenn man diese Welt nicht den Wölfen überlassen wollte.

Zodiac war einer der Besten, mit denen Ben je zusammengearbeitet hatte. Der perfekte Soldat im Kampf um eine gerechtere Welt. Ben würde ihn brauchen. Als Anführer von Earth. Damit Earth weiterexistieren und zum ideologischen Feind aller Menschen in der Zukunft werden konnte.

Ein Feind, stark genug, um bis ins Jahr 2045 bestehen zu können. Doch zu schwach, um je eine Chance auf den Sieg zu erlangen.

32

LuCypher lag seit Tagen auf der Lauer. Ein einziges Mal nur verließ er seine Gartenlaube, um einzukaufen. Er schob dazu das alte Fahrrad, das im kleinen Schuppen neben der Laube stand und schon lange keinen Sattel mehr hatte, zum nächsten Supermarkt, behängte es mit Stoffbeuteln, in denen sich Chips, Erdnüsse, Fertiggerichte und Softdrinks befanden, und schob es wieder zurück. Ansonsten blieb er in der Laube und harrte vor dem Rechner aus.

Er war fest davon überzeugt, dass Brit früher oder später ins Netz gehen würde, um mit Earth Kontakt aufzunehmen. Und dann musste LuCypher schneller sein als die Jäger von Tantalos.

Dazu hatte er »Quicky« gebaut. Der etwas schlichte Name bezeichnete einen Face-Detector, dessen Vorzüge darin lagen, dass er schlanker und smarter war als die komplexen Algorithmen zur Gesichtserkennung, mit denen Google, Apple und Facebook momentan arbeiteten. Letztere waren darauf ausgerichtet, Gesichter auch unter schwierigsten Bedingungen zu erkennen. Unterschiedliche Frisuren mussten ebenso berücksichtigt werden wie verschiedene Kopfhaltungen, schlechte Lichtverhältnisse und Bewegungsunschärfen. Das machte die aktuellen Algorithmen der Erkennungssoftware schwerfällig und langsam.

Da genau lag der Ansatz, den LuCypher für Quicky gewählt hatte. Dessen Arbeitsgenauigkeit musste längst nicht so hoch sein. Er sollte schließlich nur nach einem einzigen Gesicht suchen, das früher oder später vor einer Webcam auftauchte. Dafür waren nur überschaubare Parameter nötig. LuCypher griff auf ein frühes Modul aus dem Jahr 2014 zurück, das die Hacker damals aus einem Entwicklungslabor von Google gefischt hatten. Er passte es den neuen Systemen an, modifizierte es für seine Zwecke und koppelte es an die großen Suchmaschinen, die gängigen E-Mail-Server und an Rise. LuCyphers Anforderung an Quicky war, schneller zu sein als die anderen, denn das konnte über Brits Leben entscheiden.

Sobald Brits Gesicht auf irgendeiner Webcam in Paris auftauchte, würde Quicky das Gesicht für andere Erkennungssoftware durch Morphing unkenntlich machen und augenblicklich einen diskreten Kanal im Darknet zu LuCypher herstellen.

So jedenfalls war der Plan …

Dass LuCypher Brit dann aber tatsächlich aufstöberte, war pures Glück.

Nach ihrer Flucht aus dem Pariser Untergrund am Gare du Nord ging sie in das Internetcafé im Hinterzimmer eines algerischen Lebensmittelladens in Goutte d'Or. In einem Kauderwelsch aus Englisch und Französisch fragte sie nach einem Rechner ohne Kamera. Sie wollte sichergehen, dass man sie nicht aufstöberte. Der Inhaber wies ihr einen alten PC ohne Webcam zu, und Brit entspannte sich.

Doch aufgrund der schlechten Erfahrungen des Ladenbesitzers mit den Jungs der Straßenbanden hatte er ein verstecktes CCTV-System installieren lassen, sodass jedem Computernutzer ein Bild zugeordnet werden konnte, das die CCTV-Kamera von ihm machte.

Als Brit sich in Rise einloggte und versuchte, Neuigkeiten über Esther und Zodiac herauszufinden, meldete Quicky ihr Bild augenblicklich bei LuCypher. Für alle Algorithmen anderer Erkennungssoftware wurde ihr Gesicht bis zur Unkenntlichkeit verzerrt.

LuCypher ließ eine kleine Tafel auf dem Rechner aufspringen, vor dem Brit saß. Darauf stand die Anweisung, den Kopfhörer aufzusetzen, sofern es einen gab, gefolgt vom Symbol eines lachenden Teufels. In LuCyphers Einschätzung brachte ein durch Stimmverzerrung bearbeitetes Gespräch immer noch Vorteile gegenüber geschriebenen Mitteilungen, was deren Erkennbarkeit anging.

Tatsächlich gab es ein Headset, und Brit setzte es auf.

»Hallo. Bist du in Sicherheit?«, fragte LuCypher.

»Wir«, antwortete Brit, »wir sind in Sicherheit.«

»Echt jetzt? Ist nicht dein Ernst, oder?«

»Doch. Er ist gesund und wunderbar. Wird Zeit, dass er dich und die anderen kennenlernt.«

»Ich kann es kaum erwarten.«

»Kannst du einen Kontakt zu Esther und Zodiac herstellen? Ich brauche eine Anlaufstelle hier in Paris.«

»Sollte ich auch schon für Khaled versuchen.«

»Khaled? Ist er hier in Paris?« Brit wusste im selben Moment, wie naiv die Frage war.

»Natürlich. Auf der Suche nach dir. Was glaubst du denn? Ich hab mehrfach versucht, für ihn Kontakt zu Zodiac herzustellen. Aber da kam nichts zurück. Keine Ahnung, was mit den beiden los ist.«

Brit dachte einen Moment lang nach. Dann fasste sie einen Entschluss.

»Ich brauch deine Hilfe«, sagte sie. »Aber Khaled darf unter keinen Umständen davon erfahren. Kannst du mir das versprechen?«

»Wieso darf er denn nicht…?«

»Kannst du es mir versprechen?«, wiederholte sie drängend.

»Ja. Klar doch.«

»Danke. Ich werde dir später alles erklären. Aber jetzt ist wichtig, dass du mir glaubst.«

Sie machte eine kurze Pause und strich sanft über den Kopf ihres Sohnes. Er war wach und sah sie an. Aufmerksam, als würde er ihren Worten lauschen, auch wenn er deren Sinn nicht verstand.

Dennoch hatte Brit Skrupel, das, was sie nun erzählen wollte, so offen in seiner Anwesenheit zu tun.

»Weißt du, wie Elias im Jahr 2045 sterben wird?«, fragte sie LuCypher schließlich.

Er zögerte. »Nur das, was in dieser Nachricht stand«, antwortete er schließlich. »Bei einem Polizeieinsatz. In La Défense in Paris.«

»Ich war da«, sagte Brit. »Ich habe es gesehen. Nicht wirklich, ich sah es plötzlich in meinem Kopf, und ich bin sicher, dass es echt war.«

»Du willst jetzt nicht sagen, dass du in die Zukunft sehen kannst.«

»Doch, irgendwie schon. Es ist wichtig, dass du mir jetzt zuhörst.«

»Brit…«

»Es ist wichtig! Ich habe gesehen, wie er gerannt ist, umringt von ein paar anderen. Dann wollte er eine Treppe runter. Aber da gab es kein Weiterkommen, da war ein Gitter. Sie saßen in der Falle, und er wurde erschossen.«

»Das stand so nicht in der Nachricht, Brit.«

»Ja, ich weiß. Aber so war es. So wird es sein! Wenn wir nichts dagegen unternehmen, wird es so geschehen!«

»Wie sollen wir etwas, das in der Zukunft passiert, aufhalten?«

»Es gibt einen Fluchtweg. Ich hab ihn selbst gesehen. Ein versteckter Tunneleingang. Meine Idee klingt sicher verrückt, aber es wäre eine Chance.«

Und dann erzählte sie LuCypher von dem alten Grab der Familie Bellecourt und dem Rechtsstreit um den stillgelegten Versorgungsgang. Sie erzählte von den unterirdischen Fluchtwegen, durch die Emile sie geführt hatte. Sie war überzeugt, dass diese Fluchtwege die Rettung für Elias sein könnten, für den Elias in der Zukunft des Jahres 2045, wenn er von den Polizeikräften in die Enge getrieben wurde.

»Ich weiß, es klingt absurd«, schloss sie. »Aber sollte es diese Zukunft wirklich geben, dann müssen wir es versuchen!«

»Brit, wir haben es mit einer Computersimulation zu tun, nicht mit der echten Zukunft.«

»Ich habe keine Computersimulation gesehen«, widersprach sie, »sondern das, was Elias 2045 zustoßen wird!«

»Das ist doch verrückt«, meinte er. »Kein Mensch kann in die Zukunft sehen!« Er schwieg einen Moment, dann sprach er mit ruhigerer Stimme weiter. »Wenn da ein Fluchtweg ist, kann man ihn sicher finden. Aber die Polizeitruppen, die hinter Elias her sind, könnten das auch.«

»Nicht, wenn die offiziellen Stellen nichts davon wissen. Wenn alle Informationen über diesen Eingang verschwunden sind.«

»Ich verstehe nicht, was du mir da sagen willst.«

»Wenn wir aus allen offiziellen Datenbanken jeden Hinweis um den stillgelegten Versorgungstrakt und das Familiengrab der Bellecourts löschen, wird die Polizei der Zukunft nichts von der Existenz des Eingangs wissen.«

»Ja, vermutlich nicht.«

»Es sei denn, wir sorgen dafür, dass das Wissen um diesen stillgelegten Gang nur einer kleinen Gruppe zugänglich bleibt. Und diese Gruppe wird ihr Wissen nur innerhalb eines eingeweihten Kreises weiterreichen. Nur innerhalb von Earth.«

»So etwas funktioniert nicht, Brit.«

»Ganze Religionen sind so entstanden. Du hast versprochen, dass du mir hilfst. Was haben wir zu verlieren?«

An dieser Stelle musste LuCypher ihr recht geben. Sie hatten nichts zu verlieren.

33

Sie fanden Cartouche in einem der Katakombengänge unterhalb des Gare du Nord. Ein paar Cataphiles gingen daraufhin entgegen ihrer sonstigen Gewohnheit zur Gendarmerie, um den Mord an dem Freund zu melden. Cartouche war den Beamten als Dieb und Cataphile bekannt.

Sein bürgerlicher Name war Jacob Bidal, aufgewachsen im achten Arrondissement als Kind zweier Grundschullehrer. Er selbst brach die Schule ab, riss mehrfach von zu Hause aus und konnte keine Ausbildung zu Ende bringen. Erst in der eingeschworenen Gemeinschaft der Cataphiles nahm sein Leben eine gewisse Beständigkeit an.

Jetzt lag Cartouche tot auf dem Seziertisch der Pariser Rechtsmedizin. Jürgen Erdmann in Berlin, der alles anforderte, was sich zurzeit in Paris ereignete, hatte das entsprechende Untersuchungsergebnis bereits vor sich auf dem Computerbildschirm. Aus nächster Nähe erschossen, hieß es darin.

Die Durchschlagskraft der Kugel war extrem hoch gewesen, sie drang mühelos durch den Körper und zerfetzte dabei die Aorta. Die Spurensicherer hatten die Kugel in der Wand hinter Cartouche und zudem die dazugehörige Hülse am Tatort gefunden. Laut Ballistik handelte es sich um ein 9 × 21-mm-Gyurza-Projektil, hergestellt von der russischen Firma TsNIITochMash.

Mit so einer Kugel war auch Lisa getötet worden!

Die Ballistiker mussten jetzt feststellen, ob beide Kugeln aus ein und derselben Waffe stammten.

Steckten etwa die Russen hinter beiden Morden? Laut Auskunft der Ballistik verwendete die russische Pistole Serdjukow SPS diesen Munitionstyp, und sie gehörte zum Standardarsenal der russischen Geheimdienste. Erdmann kannte die SPS aus der russischen Serdjukow-Waffenschmiede, die in Insiderkreisen einen exzellenten Ruf genoss. Die SPS war als Antwort auf die mafiösen Bandenstrukturen in Moskau entwickelt worden, deren paramilitärische Mitglieder nach dem Ende der Sowjetunion als besser bewaffnet und geschützt galten als die damaligen Polizeikräfte. Die SPS sollte das ändern: mit einer Durchschlagskraft, die problemlos Kevlarwesten und Autotüren durchdringen konnte. Im Jahr 2012 stellte das Werk dann eine modifizierte Version vor, die über eine noch höhere Treffsicherheit und außerdem eine Vorrichtung für einen Schalldämpfer verfügte.

Hierauf fußte Erdmanns Spekulation. Ohne Schalldämpfer wäre der Schalldruck der Waffe in den engen Katakombengängen so hoch gewesen, dass es dem Schützen augenblicklich die Trommelfelle zerrissen hätte. Also musste Cartouche mit der neueren Version der Waffe erschossen worden sein. Doch auf die hatten nur die russischen Geheimdienste und Putins Leibgarde FSO Zugriff. Einheiten, in die niemand eintreten konnte, der keine russische Staatsbürgerschaft besaß.

Eigentlich war es recht ungewöhnlich, dass ein Geheimagent seine eigene Waffe auf eine Auslandsmission mitnahm. Schon allein sie an Bord eines Flugzeugs oder durch den Zoll zu bringen, barg Risiken, und wenn man ihn bei der Ausführung seines Auftrags erwischte, verriet so eine Waffe, für wen er sehr wahrscheinlich arbeitete. Darum versorgten sich

Agenten im Ausland vor Ort mit Waffen, über Kontaktpersonen oder bei ansässigen illegalen Waffenhändlern, denen es egal war, was mit ihren Mordwerkzeugen angestellt wurde. Und ein Profi mordete für gewöhnlich auch niemals zweimal mit ein und derselben Waffe, um keine Verbindung zwischen seinen Taten erkennen zu lassen. Das wäre, als würde er am Tatort seine Visitenkarte hinterlassen.

Aber Erdmann hatte in all seinen Dienstjahren gelernt, dass die meisten Menschen nicht logisch, sondern emotional handelten, selbst die abgebrühtesten Profis, und dass auch Dienstvorschriften allzu häufig umgangen wurden. Offenbar war Kaczynski, der Pole, in die russische SPS geradezu verliebt.

Wenn Pjotr Kaczynski Cartouche ermordet hatte – und davon ging Erdmann aus –, bedeutete es, dass er als Pole noch vor dem Zerfall des Warschauer Pakts nach Russland übergesiedelt sein musste, um dort die Staatsangehörigkeit zu erhalten. Danach war der Weg in die russischen Geheimdienste für einen Polen versperrt worden.

Erdmann war sich sicher, dass ihm hier ein weiterer Baustein zur Identität des »Polen« vorlag.

Da er auch an diesem Tag seine Ernährungsroutinen vernachlässigt hatte, machte er sich wieder auf den Weg ins Untergeschoss, um dort am Automaten eine Tüte Erdnüsse zu ziehen.

Von der Kantine her schlenderte Beate Wolf auf ihn zu. Erdmann hatte gerade die Auswahltaste gedrückt und wartete ungeduldig darauf, dass die endlos langsame Mechanik die Tüte zur Ausgabeklappe des Automaten schob. Er ahnte, dass er nicht mehr rechtzeitig davonkommen würde, und zog den Kopf etwas tiefer zwischen die Schultern, als die Wolf ihn erreichte.

»SWR?«, fragte sie leise und trat dabei dicht an ihn heran.

Es war klar, dass sie damit keine öffentliche Rundfunkanstalt meinte, was ihre nächste Frage auch bestätigte. »Der russische Auslandsgeheimdienst? Was denken Sie?«

Erdmann sah sie verblüfft an.

»Ich habe ein rudimentäres Bewegungsprofil von ihm«, fuhr sie fort. »Sein Wagen ist in den letzten Wochen dreimal in eine Blitzfalle geraten, zweimal wurde er wegen Falschparkens aufgeschrieben. Vielleicht sollen wir unsere Recherchen koordinieren, was halten Sie davon?«

Erdmann war ernsthaft beeindruckt.

Sie trafen eine Verabredung für den nächsten Abend bei Beate Wolf zu Hause.

Zodiac stellte seiner Vermieterin Ben Jafaar als Arzt vor, der nach Esther sehen wollte. Die alte Dame hatte sich nach Esthers Rückkehr aus der Klinik rührend besorgt gezeigt und wollte immerzu Tee oder selbst gemachtes Gebäck vorbeibringen. Zodiac konnte sie oft nur mit Mühe an der Tür abwimmeln. Um es einfach zu halten, machte er in seinen Erzählungen aus Esthers Leiden einen Hirntumor, der für weniger Gesprächsstoff in der Nachbarschaft sorgen würde als Esthers exotische Insomnia-Krankheit.

Auf dem Weg zur Wohnung versuchte Zodiac mehrfach, ein Gespräch mit Ben anzufangen. Doch Ben Jafaar antwortete immer nur ausweichend. Er war offenbar nicht bereit, Zodiac etwas über die vier letzten Jahre seines Lebens zu verraten.

Als Zodiac dann die Tür zur kleinen Wohnung in Montmartre öffnete, wurde die Stimmung noch angespannter. Zodiac spürte augenblicklich, dass Ben ihn nicht in der Nähe haben wollte.

»Dort?«, fragte Ben mit Blick auf die halb offene Tür zum Schlafzimmer.

Zodiac nickte. Ben sah ihn auffordernd an.

»Ich geh runter und trink Tee mit der Vermieterin«, erklärte Zodiac rasch. »Dann kommt sie nicht auf die Idee, hier vor der Tür herumzuschnüffeln.«

Er sah, wie Ben zu Esther ins Zimmer ging. Dann verließ Zodiac die Wohnung, wobei er die Tür etwas lauter als nötig hinter sich zuzog.

Esther hob den Blick und sah Ben Jafaar an, als er in der Tür auftauchte. Sie trug einen Morgenmantel aus grüner Seide, auf dem das Licht schimmerte, das durchs Fenster fiel, und lag auf dem Bett.

»Du lebst also«, sagte sie.

»Ich hoffe, du auch noch lange«, erwiderte Ben und setzte sich neben sie. »Wie geht es dir?«

»Ich hab mal gelesen, mit Sehnsucht kann man sich sicherer umbringen als mit Rattengift.«

»Es tut mir leid, Liebes.« Er wollte ihr übers Haar streichen, aber sie zog den Kopf weg.

»So durftest du mich nennen, als ich noch bereit war, für dich zu sterben«, hauchte sie.

»Glaub mir«, sagte er sanft, »das wusste ich immer zu schätzen. Bis heute.«

»Heute sterbe ich lieber für mich selbst.«

»Sag so etwas nicht. Nicht mit dieser Ironie.«

»Wie konntest du das tun, Ben? Mich glauben lassen, du wärst tot?«

»Hätte ich einen anderen Weg gesehen, hätte ich ihn gewählt. Aber es gab keine andere Möglichkeit.«

Esther starrte ihn durchdringend an. Sie hatte immer geglaubt, in ihm Lüge und Wahrheit erkennen zu können. Jetzt war sie sich dessen nicht mehr sicher.

»Ich habe dich vermisst«, sagte Ben. »Das, was uns verbunden hat, hat mir sehr gefehlt. Wir haben gemeinsam so viel geschafft, so vieles geschaffen ...«

»Das du jetzt bekämpfst«, unterbrach sie ihn. »Für das du jetzt mordest.«

»Ich will dir das erklären. Deswegen bin ich hier.« Sie schüttelte den Kopf, zog die Schlaufe ihres Morgenmantels auf und schlug ihn auseinander. Darunter war sie nackt. Sie sah Ben an und hielt ihm die ausgestreckten Arme entgegen.

Ben zog seinen Mantel aus, warf ihn über die Lehne eines Stuhls, ließ sich zu ihr sinken und küsste sie. Es war für ihn wie das Zurückkehren an einen vertrauten Ort.

Als er schließlich in sie eindrang, umklammerte sie mit den Beinen sein Gesäß und drückte ihn noch tiefer in sich hinein.

Es waren ruhige Bewegungen, die sie miteinander teilten, ohne jede Hast. So hatte Esther es sich vorgenommen.

Dann griff sie unter das Kopfkissen, zog das Küchenmesser hervor, das dort deponiert lag, und stach es Ben in den Rücken!

Ben Jafaar schrie laut auf und stürzte von Esther herunter.

Esther sah ihn an, erschrocken über das, was sie getan hatte. Sie hatte gedacht, dass es leichter sein würde. Aber der weiche und dennoch zähe Widerstand des menschlichen Fleisches, das sich dem Fremdkörper widersetzte, ließ augenblicklich ihre Kräfte erlahmen.

Sie hatte die Klinge tief in ihn hineinstoßen wollen, damit es endlich zu Ende war. All das, was er ihr und der Welt angetan hatte. Doch der Mut, den sie in all den Stunden der Planung gehabt hatte, verflog in dem Moment, als das Messer seinen Körper berührte.

Die Klinge drang nicht tief ein, doch Ben lag schreiend vor Wut und Schmerz neben ihr, sein Blick traf sie und war wie Feuer. Er griff hinter sich, doch das Messer steckte nicht mehr im Rücken.

Als Zodiac Sekunden später in die kleine Wohnung und dann ins Schlafzimmer stürzte, zog Ben seine Hose bereits wieder an. Blut rann ihm über den nackten Rücken.

»W-was?«, stammelte Zodiac und konnte nicht fassen, was er da sah.

Esther lag noch immer auf dem Bett, schien zu weinen, wenngleich ihre Augen dabei trocken blieben. Ben zerrte sich den Pullover über und ignorierte die Schmerzen, die ihm das bereitete. In seinem Blick tobte der Hass eines Mannes, der für einen kurzen Moment seines Lebens bereit gewesen war, sich komplett infrage zu stellen, sich zu öffnen und seine Fehler einzugestehen – und der in diesem einen Moment der Schwäche zutiefst gedemütigt wurde.

Er ging auf Zodiac zu, blieb vor ihm stehen und sah ihm für einen langen Moment in die Augen.

»Ihr seid es nicht wert«, sagte er schließlich und verließ den Raum.

Zodiac starrte auf die Tür, hinter der jener Mann verschwunden war, in den er so viele Hoffnungen und Erwartungen gesetzt hatte. Dann richtete er den Blick auf Esther, die immer noch nackt in dem blutbesudelten Bett lag.

»Was hast du getan?«, fragte er tonlos.

Esther drehte sich zur Seite und vergrub ihr Gesicht in den Kissen.

34

LuCypher glaubte nicht an das, was Brit ihm über ihre Vision erzählte. So etwas gab es nicht, das hatte sie sich bloß eingebildet. Aber er respektierte sie. Er war bereit, für sie auch Dinge zu tun, die er für ausgemachten Unsinn hielt. Es sprach letztlich nichts dagegen, solange es keinen größeren Schaden anrichtete. Und falls es doch Schaden anrichtete, würde es vielleicht sogar Spaß machen.

Er tat sich zusammen mit Lincoln und Shitstorm, zwei nordamerikanischen Hackern, die sich auf das Filtern von Daten aus komplexen Systemen spezialisiert hatten. Beide arbeiteten viele Jahre bei Palantir, dem milliardenschweren Herrscher unter den Datenanalysefirmen, dessen Software mit hocheffizienten Algorithmen das Netz durchkämmte und nach Familienverbindungen, Freundschaften und Gewohnheiten von Zielpersonen suchte, um im Auftrag seiner Kunden Persönlichkeitsprofile zu erstellen. Zu den größten Kunden von Palantir zählte die United States Intelligence Community, kurz IC, die Nachrichtendienstgemeinschaft der Vereinigten Staaten. Palantir war an der Suche nach Osama Bin Laden beteiligt gewesen, aber auch in den großen Skandal der Mitarbeiterüberwachung von JPMorgan Chase & Co. verstrickt, der größten Bank der USA. Als man dann im Auftrag von Cambridge Analytica die Profile von siebenundachtzig Millionen Facebook-Usern analysierte, offenbar zur Einflussnahme auf die amerikanische Präsidentschaftswahl, waren Lincoln und Shitstorm ausgestiegen und schlossen sich Earth an. Seither mischten beide an vorderster Front mit, wenn es um kollektive Angriffe auf größere Anlagen ging.

Innerhalb von zwei Tagen spürten sie zusammen mit LuCypher sämtliche Daten zur Grabstätte der Bellecourts auf, ebenso alle Daten, die sie zum Rechtsstreit über den stillgelegten Versorgungstrakt finden konnten. Größtenteils löschten sie das Material einfach. Nur in Systemen, wo die Daten in größere Zusammenhänge eingebunden und verlinkt waren, ersetzten sie diese durch Fakes, die für Informatiker ähnlich aussahen, aber bei der Auswertung zu abwegigen Ergebnissen führten.

Am Ende ihrer gemeinsamen Arbeit war LuCypher überzeugt, dass sie die Existenz der Bellecourt-Grabstätte und des Versorgungstunnels aus der digitalen Welt hatten tilgen können. Er bat Lincoln und Shitstorm, sich noch ein paar weitere Tage auf die Lauer zu legen, um zu überwachen, ob es irgendwelchen Traffic um die geänderten Eintragungen gab. Aber eigentlich glaubte er nicht daran. Es waren keine Daten, die irgendjemand regelmäßig abgerufen hätte. Sämtliche Datensätze um die Grabstätte und den Versorgungsgang waren durch Maintenance-Routinen auf Speicherplätze geschaufelt worden, wo all das lag, was lange nicht mehr benutzt worden war.

LuCypher wandte sich der zweiten Aufgabe zu, die Brit ihm gestellt hatte. Sie war seiner Meinung nach noch absurder als die erste. Er fertigte eine verschlossene Datei an, die den Fluchtweg von Elias in La Défense in allen Details beschrieb, und legte sie im Darknet ab. Nach Brits Wunsch sollte diese Datei fortan zum geheimen Wissen von Earth gehören und unter den Mitgliedern von Generation zu Generation weitergereicht werden. LuCypher nannte die Datei

»Prophecy« und war etwas stolz auf den mythischen Klang dieses Namens. Den Schlüssel zu ihr verteilte LuCypher auf eine Blockchain und machte sie somit einbruchsicher. Anschließend informierte er über eine sichere Leitung den inneren Kreis der Earth-Mitglieder über deren Existenz.

Das alles bekam Brit nicht mit. Sie schlug sich mit Elias durch die Straßen von Paris, ihren Hoodie tief ins Gesicht gezogen.

Die erste Nacht verbrachte sie frierend unter einer Seine-Brücke. Sie hatte von Marie zweihundert Euro bekommen, wollte das Geld aber so lange wie möglich strecken. Ihr kleiner Vorrat an Windeln war schon am zweiten Tag aufgebraucht, und sie kaufte in einem algerischen Minimarkt neue, die fast ihren gesamten Rucksack ausfüllten.

Sie hoffte noch immer darauf, Kontakt zu Esther und Zodiac zu bekommen. Hierzu hatte sie mit LuCypher ein eigenes Signal ausgemacht. Sie sollte in einem Internetcafé »wrongwrittendevil« in die Suchmaske von Google eingeben, und LuCypher würde antworten, wenn er etwas über Esther und Zodiac hatte in Erfahrung bringen können. Brit versuchte es dreimal in verschiedenen Internetcafés, aber erhielt nie eine Antwort auf ihre Google-Eingabe. Das bedeutete, es gab noch nichts Neues.

Die folgenden zwei Nächte verbrachte sie mit Elias in einer Bahnhofsmission. Sie erzählte der ältlichen Missionshelferin, dass sie beim Trampen kurz vor Paris ihren Freund aus den Augen verloren hätte, und sie kam ganz gut durch damit. Glücklicherweise war Elias total pflegeleicht. Brit machte sich anfangs große Sorgen, ob sie mit ihrer Rolle als Mutter klarkommen würde, aber schon nach einem Tag hatte sich alles eingespielt. Dennoch wusste sie, dass es so nicht weitergehen konnte. Bis auf Esther und Zodiac kannte sie niemanden in Paris. Außerdem beherrschte sie die Sprache nicht.

Am Ende des dritten Tages kaufte sie eine Bahnfahrkarte nach Köln und setzte sich mit Elias in den Thalys. Deutschland schien ihr die bessere Wahl zu sein, um sich versteckt und Kontakt zu Earth zu halten.

Als der Zug losfuhr, streunte Khaled auf der Suche nach ihr keine hundert Meter von Brit entfernt am Bahnhof vorbei. Aber davon ahnte sie nichts.

35

Chilly und Magellan waren in der Tarnung eines Systemwartungs-Algorithmus hinter die Firewall von Tantalos geschlüpft und legten sich dort auf die Lauer. Als das System wieder aktiviert wurde, legten sie los. Es war eine endoskopische Untersuchung in den Innereien des Simulationsrechners. Ihre Spezialität war es, Daten in kleinen Mengen aus einem laufenden System zu schaufeln, ohne dass dies bemerkt werden konnte. Für die Auswertung dieser Daten holten sie sich Unterstützung durch den chinesischen Programmierer Ping, der das Verkaufsportal Alibaba vor drei Jahren gehackt und so manipuliert hatte, dass es kleine gelbe Plastikenten an zwanzig Millionen Chinesen versandte.

Ping erwies sich als unglaublich schnell und präzise im Umgang mit den Daten, es war eine perfekte Zusammenarbeit. Chilly und Magellan fischten die Daten, Ping wertete sie aus. Am Ende des zweiten Tages wussten sie, dass die Simulationsmaschine für das Jahr 2045 eine Welt entworfen hatte, die von einer einzigen Regierung gelenkt wurde. Die Bürger waren durch eine Art Besitzbeteiligung gefügig gemacht worden. Diejenigen, die nicht kooperierten und sich nicht eingliedern lassen wollten, waren in einem riesigen Lager untergebracht, das sich fast über den gesamten afrikanischen Kontinent erstreckte.

Das simulierte System lief auf der Basis von Datenauswertung und Extrapolation. Grob gesagt, funktionierte es wie eine Wettervorhersage. Die maximale Menge an Daten wurde über einen möglichst langen Zeitraum gesammelt und ausgewertet, infolgedessen erkannte das System sich ähnelnde Abläufe von Ursache und Wirkung und konnte sie für die folgenden Tage mit großer Wahrscheinlichkeit zu Voraussagen weiterentwickeln.

Bei einer Wettervorhersage bedeutete das: Die Zusammenballung von Wolken führte unter bestimmten thermischen Bedingungen zu Regen, während das Fehlen von Wolken mit hoher Wahrscheinlichkeit das Ausbleiben von Regen mit sich brachte.

Genauso funktionierte Tantalos. Nur millionenfach komplexer.

Die drei Hacker waren schnell, jedoch vorsichtig bei ihrer Arbeit. Chilly und Magellan wussten, dass sie nichts riskieren durften. Sie jagten flink durch die Filecluster von Tantalos und holten sich Daten aus den oberen Hierarchien, die ihnen wie das Inhaltsregister einer Bibliothek einen Überblick über Themen und Inhalte gewährte.

Schließlich stießen sie auf einen größeren Filecluster mit ungewöhnlich hoher Aktivität, dessen Inhalt mit »Elektronen-Reversibilität« bezeichnet war.

Doch nichts von dem, was sich darin fand, konnte Ping auswerten, also ließen Chilly und Magellan die Finger davon und jagten weiter.

Dann stießen sie auf ein riesiges Datenareal, gefüllt mit Protokollen über die Earth-Bewegung des Jahres 2045. Die Daten, die Chilly und Magellan aus diesem Areal fischten, wertete Ping aus. Offensichtlich galt Earth im Jahr 2045 als zentrale terroristische Gefahr und wurde von der Weltregierung mit aller Macht bekämpft.

Weiter kamen die drei Hacker nicht, denn in diesem Moment begann in diesem Daten-Areal überraschend hohe Aktivität. Es sah aus, als würde ein gesamter Bereich der Earth-Daten plötzlich neu berechnet. Nach wenigen Sekunden fanden Chilly und Magellan einen komplett neuen Filecluster, und Ping erklärte ihnen, dass er Aufzeichnungen über einen neuen Terroranschlag der Earth-Aktivisten enthielt. Ein Anschlag, der soeben erst im Tantalos-System eingetragen worden war. Soviel Ping verstand, hatte Earth für eine gesamte Stunde das DWS, das Digital World System, den Nachfolger des WWW, lahmgelegt. Das ganze DWS brach offenbar zusammen und ließ in jedem erdenklichen Datenstrom nur noch eine einzige Zeichenfolge zu.

Ping übersetzte diese Zeichenfolge in gängigen HTML-Code und erhielt folgenden Satz:

»LEAVE THE SYSTEM! NOW!«

Magellan blieb in seine Arbeit vertieft, aber Chilly wurde unruhig. Sie warf einen Detector ins Netz, den sie vor einiger Zeit gebaut hatte, eine Matrix, ein grobes Sieb, durchlässig für normale Datenströme, aber Aktivitäten von aggressiven Schutzprogrammen wurden davon erkannt und lösten eine Meldung aus.

Der Detector schlug augenblicklich Alarm. Man hatte die Hacker im Tantalos-System entdeckt, und eine Armee von intelligenten Jagdalgorithmen war ausgeschwärmt, um sie aufzuspüren.

Chilly und Magellan verließen augenblicklich das System und schalteten ihre Rechner ab.

Das junge portugiesische Hackerpaar war irritiert: Das Netz des simulierten Jahres 2045 hatte einen terroristischen Anschlag von Earth verzeichnet. Doch dieser Anschlag war nicht mehr als die Infiltration des Netzes mit einem Satz gewesen, der sie beide aufforderte, das Tantalos-System zu verlassen, bevor sie aufgespürt werden würden.

Wie war das zu erklären? Gab es gegenläufige Prozesse, die innerhalb des Systems unterschiedliche Interessen vertraten? Die einen jagten sie, die anderen warnten sie? Oder war es jemand ganz anderes, der diese Warnung geschickt hatte?

Khaled streunte Stunde um Stunde durch die Straßen von Paris. Natürlich machte er sich keinerlei Hoffnung, Brit auf diese Art finden zu können. Dennoch kam Aufgeben für ihn nicht infrage. Er fühlte sich schuldig an dem, was geschehen war, und dachte viel darüber nach, warum diese Schuld in seinem Kopf einen größeren Raum einnahm als die Liebe zu Brit. Dabei wusste er doch, dass er sie liebte. Zweifellos.

Er hatte sich zu leichtfertig zu den Aktionen mit S*L*M hinreißen lassen. Im Rückblick war es, als hätte ihn ein Jagdtrieb gepackt, der ihn den Kampf mit Tantalos suchen ließ. Aber sein Plan war nicht gut durchdacht gewesen. Nicht gut genug jedenfalls. Tantalos war inzwischen wieder in Betrieb. Die öffentliche Erklärung Ben Jafaars zum Umgang mit den fehlerhaften Eingabedaten hatte die Welt augenblicklich wieder beruhigt. Es war eine uralte Regel: Die Meldungen von Katastrophen beschäftigten die Menschen nie sehr lange, sie sehnten sich nach Lösungen und fielen meist schon auf die erste heilende Lüge herein.

Die Erklärung Ben Jafaars verschaffte Tantalos jedenfalls die nötige Zeit, um auf Stinger zu reagieren und einen neuen Datenfilter zu bauen. Damit wäre Tantalos geschützt vor den Angriffen von Earth auf die Datenlieferanten.

Khaled ging an den Straßenmalern oberhalb der Seine vorbei. Keiner von ihnen verfiel in eine Hast, keiner wollte mit einem einzigen Pinselstrich ein Kunstwerk schaffen. Sie vertrauten auf ihr Talent und stellten jeden kleinen Farbaufstrich in den Dienst des Gesamtbildes. Es war das Bild, das den Pinselstrich bestimmte, nicht umgekehrt.

Diesen Weg musste Khaled auch für sich finden. Nur so würde es ihm gelingen, die Gefahr von Brit abzuwenden. Und damit auch von Elias, seinem Sohn, der inzwischen geboren sein musste.

Er hatte sämtliche Kliniken und Geburtshäuser in den letzten Tagen überprüft, aber nicht wirklich geglaubt, Brit dort zu finden. Sie war zu klug und zu vorsichtig, um sich in die Hände einer Klinikorganisation zu begeben, wo man unweigerlich ihre Daten registrieren würde. Zu leicht hätte Tantalos sie dort ausfindig machen können. Nein, aller Wahrscheinlichkeit nach hatte sie das Kind bei einer privaten Hebamme entbunden. Das war schon in Gaza ihr Plan gewesen, und mit etwas Bestechung und ein paar guten Worten konnte sie sicher auch hier in Paris einer Hebamme das Versprechen abringen, nichts über die Geburt verlauten zu lassen.

Aber wo Brit jetzt war, blieb Khaled ein Rätsel.

Um Gefahr von ihr abzuwenden, gab es nur noch eine Möglichkeit: Er musste anfangen zu denken wie Ben Jafaar, um herauszufinden, was dessen Pläne und wo dessen Schwachstellen waren.

Am selben Tag noch fuhr er ins dunkle Herz von Paris, nach Barbès, dem Araberviertel. Über einem tunesischen Fahrradhändler namens Al-Ghanouchi mietete er sich ein Zimmer und gab seine letzten zwei Hunderteuroscheine für die ersten zwei Wochen her.

Er brauchte einen Rechner und einen schnellen Netzzugang, aber dazu reichte das bisschen Bargeld, das er noch besaß, nicht mehr. Für Notfälle hatte er Zugriff auf eine kleine Anzahl von Bitcoins, die durch einen Rechnerpool innerhalb von Earth generiert worden waren. Das Mining von Bitcoins hatte sich im letzten Jahrzehnt zu einem wahren Volkssport von Netznerds und technisch bewanderten Glücksrittern entwickelt, doch inzwischen war das Generieren der komplexen Hashs für normale Rechner kaum noch zu bewältigen. Aber für Earth und deren verkoppelte Computerkapazitäten war es immer noch die effizienteste Möglichkeit, ihre Kriegskasse zu füllen.

Der nächste Schritt für Khaled würde sein, die virtuellen Bitcoins in echte Euros umzuwandeln. Earth hatte ihm eine Anlaufstelle dafür genannt. Es war ein junger Finanzmakler namens Frederic Lasalle.

36

Brit saß mit Elias in einem Großraumabteil am Fenster und ließ die Landschaft an sich vorbeirasen. Ihr kleiner Sohn war eingeschlafen, und sie streichelte sein winziges Köpfchen.

Sie sah hinaus durchs Fenster und versuchte dabei, sich seine Gesichtszüge vorzustellen. Die Wimpern, die Augen, die kleine Nase, die helle rosige Haut und alles andere, was sein Gesicht und damit seine Persönlichkeit ausmachte. Die ganze Zeit schon übte sie das. Sie wollte in der Lage sein, das Gesicht ihres Sohnes vor sich zu sehen, wann immer sie an ihn dachte. Sie versuchte auch, jeder Stelle seines Gesichts ein Gefühl zuzuordnen. Das, was für andere Mütter so selbstverständlich war, bedurfte bei ihr eines kräftezehrenden Trainings.

Sie verfluchte ihre psychische Störung, sie verfluchte all die Ärzte, bei denen sie in ihrem Leben schon gewesen war wegen ihrer Dissoziation und die ihr nicht hatten helfen können. Und sie verfluchte sich selbst, weil sie irgendwann vor vielen Jahren es einfach aufgegeben hatte, von dieser Krankheit geheilt zu werden, weil sie glaubte, sie könne durchaus damit leben.

Aber damals hatte sie noch nicht daran gedacht, dass sie jemals ein Kind haben würde, das von ihr Liebe erwartete. Jetzt konnte sie diesem Kind nur dieses mühsam eintrainierte Konstrukt aus Gesten und Mimik geben, das bestenfalls wie Liebe aussah.

Als der Thalys in den Kölner Hauptbahnhof einfuhr, wachte Elias auf. Seine kleinen Finger streckten sich und schlossen sich um Brits Daumen, und er reckte sich in Brits Arm und gähnte. Dann erst öffnete er die Augen und sah hoch zu ihr.

Sein Blick kitzelte eine Stelle in ihrem Inneren, irgendwo in der Nähe ihres Solarplexus. Brit kannte das schon. Es fühlte sich an wie das sanfte Streicheln einer Feder gegen die Innenseite ihrer Rippen. Sie wusste, dass sie jetzt hätte lächeln sollen, und tat es. Das hatte sie trainiert. Auf ihr Lächeln antwortete ihr Sohn ebenfalls mit einem Lächeln, anschließend schmatzte er und strampelte mit den Beinen.

Wieder kitzelte die Feder an der Innenseite von Brits Rippen. Sie dachte nach. Wie es wohl sein mochte für Frauen, für die das Fühlen von Liebe so unkompliziert war wie das Empfinden von Hunger oder Durst?

Als der Zug quietschend zum Stehen kam, griff Brit ihren Rucksack. Ihren Sohn hielt sie fest an sich gedrückt unter dem Kapuzenpulli, dessen Reißverschluss sie über ihm zugezogen hatte. So nah bei ihr fühlte er sich am wohlsten. Brit zog die Kapuze über den Kopf und drängte mit den anderen Fahrgästen aus dem Zug.

Auf dem Bahnsteig sah sie sich um. Genau wie im Zug waren hier Kameras, denen sie aus dem Weg gehen musste. Drei konnte sie auf Anhieb ausmachen. Sie steuerte auf die Treppe zu, die zur Bahnhofshalle führte.

Und dort sah sie die beiden.

Das Haar des Mannes war kurz geschoren, er trug eine Brille und ein schwarzes Sakko, darunter eine Jeans. Die Frau hatte ebenfalls eine Jeans an und darüber eine lange braune Lederjacke. Sie war blond und hatte ein kaltes Gesicht. Beide fixierten Brit auffällig, während sie geradewegs auf sie zukamen.

Noch waren sie rund zwanzig Meter entfernt. Brit überlegte keine Sekunde länger, sondern wirbelte herum und lief los. Auf der anderen Seite des Bahnsteigs gab es eine zweite Treppe, die zum Nebenausgang führte. Hastig überlegte sie, was falschgelaufen sein mochte. Sie hatte genau darauf geachtet, ihr Gesicht von allen Überwachungskameras wegzudrehen. Andere Daten, die sie hätten verraten können, hatte sie auch nirgends hinterlassen. Wie konnte es sein, dass diese Typen wussten, wohin sie gefahren war? Wie konnte es sein, dass man sie in Köln erwartete?

Noch im Laufen formte sie ihre These: Wahrscheinlich lag es an ihrem Gesamtprofil. Die wussten inzwischen, dass sie Mutter geworden war und ihr Baby bei sich trug. Sie wussten, dass sie sich bei den Cataphiles aufgehalten und vermutlich auf deren Kleidung zurückgegriffen hatte. Sie wussten, dass sie jedes Mal beim Passieren einer Überwachungskamera das Gesicht wegdrehte. Und sie wussten, dass sie versuchen würde, aus Paris wegzukommen. Eine Stadt in Deutschland war ein wahrscheinliches Ziel, jedenfalls für eine Deutsche. Damit kamen eine Menge brauchbarer Parameter für einen Suchalgorithmus zusammen. Vielleicht hatte der sie bereits beim Ticketkauf in Paris aufgespürt, vielleicht auch erst durch eine der Kameras im Thalys.

»Die Dreckstypen da sind vom Jugendamt und wollen mir mein Kind wegnehmen!«

Brit klammerte sich an die Arme der beleibten, gut gelaunten Frau, die das gleiche T-Shirt trug wie ihre fünf Freundinnen. Darauf war »Ein letztes Mal noch…« gedruckt, und die sechs Frauen wollten offensichtlich einen Junggesellinnen-Abschied in der Kölner Altstadt feiern.

»He, Liebchen, langsam«, sagte die Frau mit alkoholverklebter Stimme und wollte Brit umarmen.

»Bitte, helfen Sie mir!«

Brit hielt die Frau auf Abstand und rannte weiter. Als sie die zweite Treppe erreichte, wagte sie kurz, sich umzudrehen, und konnte sehen, dass die Junggesellinnen in ein handgreifliches Gerangel mit Brits Verfolgern geraten waren. Dann rannte Brit die Treppe nach unten.

Als sie am Nebenausgang des Bahnhofs ins Freie gelangte, lief sie atemlos weiter, an der Bahnhofsseite entlang, die zum Rhein führte. Dann tauchte sie in das unübersichtliche System aus Tunneln und Brücken ein und versteckte sich in einer dunklen Ecke hinter einem gewaltigen Betonpfeiler.

Ihr Atem rasselte vor Anstrengung und Panik. Elias hatte angefangen, laut zu weinen, und sie schaukelte ihn hastig hin und her. Die Tauben über ihr in dem stählernen Tragwerk gurrten verärgert über Brits Eindringen in ihr Reich.

Gedanken schossen wie Blitze durch Brits Kopf, hektisch suchte sie nach einer Lösung. Aber da war keine. Wenn dieser vermeintliche Suchalgorithmus sie hatte aufspüren können, bedeutete dies, dass sie versteckt bleiben musste und nicht mehr zusammen mit Elias gesehen werden durfte.

37

Zu dieser Zeit befand sich Ben Jafaar bereits wieder auf dem Weg nach Oslo. Er hatte die Stichwunde von einem Pariser Arzt versorgen lassen, der für seine Diskretion ein kleines Vermögen verlangte. Die Klinge, die Esther in seinen Rücken gestochen hatte, war zwar nicht tief eingedrungen, die Wunde musste aber dennoch genäht werden und verursachte bei jeder Bewegung Schmerzen.

Doch die waren nichts gegen die Wut, die in Ben kochte. Dass er von der Frau verraten worden war, die er einst geliebt hatte, hätte er niemals gedacht. Er war in Paris auf der Suche nach einem verlorenen Gefühl gewesen. Jetzt hatte er es gefunden: Hass!

Seine ehemaligen Weggefährten von Earth waren die Feinde seiner zukünftigen Welt, so wie die Simulation es vorhergesagt hatte. So, wie er selbst es geplant hatte. Jede Gesellschaft brauchte einen Feind, um ihren Zusammenhalt zu finden. Und jede Gesellschaft wurde stärker durch diesen gemeinsamen Feind. Das galt für die Gegenwart ebenso wie für die Welt der Zukunft.

Earth musste auf ewig der Feind der menschlichen Gesellschaft sein. Dafür würde Ben Jafaar sorgen. Damit er sie auf ewig bekämpfen konnte.

LuCypher war verzweifelt. Er konnte weder Kontakt zu Khaled noch zu Brit und auch nicht zu Zodiac und Esther herstellen. Er war immer ein begeisterter Streiter für Earth gewesen, aber nie ein Anführer. Die anderen machten die Pläne, und er stürzte sich voller Vergnügen in den Kampf.

Aber jetzt saß er schon viel zu lange in der Gartenlaube fest und wusste nicht, wohin dieser Kampf führen sollte. Klar, er hatte getan, was Brit von ihm verlangte. Und natürlich versuchte er immer noch, Verbindung zu Zodiac und Esther aufzunehmen. Dennoch musste er sich eingestehen, dass er keinen blassen Schimmer hatte, wie es weitergehen sollte.

Mahmut Aksun alias LuCypher, der noch nie eine Schule oder eine Ausbildung zu Ende bringen konnte, musste zum ersten Mal in seinem Leben einen Plan entwickeln. Damit tat er sich verdammt schwer.

Als Erstes betrachtete er die Ergebnisse seiner letzten Handlungen. Die verschlossene Datei mit den geheimen Anweisungen für Elias' Flucht war inzwischen dreiundneunzigmal aus dem Darknet abgerufen worden. LuCypher wusste nicht, ob diese dreiundneunzig Abrufer den kläglichen Rest der Earth-Mitglieder ausmachten oder ob es weit mehr Aktivisten in der Bewegung gab, von denen die Datei bislang ignoriert wurde. Niemand wusste, wie viele Mitglieder Earth tatsächlich hatte. Es war eine Grundregel, dass jedes Mitglied nur eine begrenzte Anzahl der anderen kannte. Nur der sogenannte Innere Kreis, der aus kleinen Zellen in den Hauptstädten vieler Länder bestand, verfügte über einen größeren Überblick. Es war ein kollektives und dezentrales System, so war die grundlegende Philosophie der Bewegung.

Zodiac nannte es immer die Schwarmtheorie. Die Summe aller Mitglieder dieser Bewegung verfügte seiner Meinung nach über mehr Potenzial, als es in einer Hierarchie mit einer auf wenige Personen begrenzten Führungsschicht möglich gewesen wäre. Daher wusste keiner aus der Bewegung alles, aber jeder hatte ein kollektives Gefühl dafür, was in allen anderen vor sich ging.

Zurzeit konnte LuCypher in der Earth-Kommunikation ebenso wie in vielen Threads von Rise eine wachsende Unsicherheit ausmachen. Manche Mitglieder von Earth schienen sich gänzlich zurückzuziehen. Viele schrieben von Drohungen, die in Chatrooms oder anderen Threads kursierten. Spezielle Drohungen. Sie richteten sich gegen die Nachkommen der Earth-Aktivisten. Im Jahr 2045 sollten angeblich alle verfolgt und inhaftiert werden, die von aktiven Earth-Mitgliedern des Jahres 2020 abstammten.

LuCypher besprach seine Beobachtung mit Lincoln und Shitstorm. Die beiden kannten ähnliche Vorgänge aus ihrer Zeit bei Palantir. Vor ein paar Jahren hatte das amerikanische Datenanalyseunternehmen einen Auftrag angenommen, die Chatrooms von Nichtregierungsorganisationen und linken Gruppierungen mit Bots zu infiltrieren. Die kleinen Programme waren dafür designt, Eigenschaften von Usern in sich hineinzufressen und in Fake-Identitäten dieser User umzuwandeln. Anschließend sorgten sie durch aggressive Diskussionsbeiträge für Unruhe und Chaos in den Chatrooms. Es gab kaum eine bessere Möglichkeit, das kollektive Empfinden einer großen Gruppierung zu beeinflussen.

Angesichts eines solchen gewaltigen Gegners und der schwindenden Kräfte von Earth wuchs LuCyphers Mutlosigkeit noch an, sodass er schließlich seinen Rechner abschaltete und die Gartenlaube verließ. Er dachte an seinen Vater, der ein einfacher Arbeiter bei der Bahn gewesen und eines Tages zwischen zwei Waggons geraten war, zwischen die Puffer, die seinen Unterkörper zerquetscht hatten. Es dauerte sieben Minuten, bis man ihn befreien konnte. Noch drei Tage lang hielten ihn die Maschinen auf der Intensivstation am Leben, und kurz vor seinem Tod hatte man seinen neunjährigen Sohn noch einmal zu ihm gelassen. Das, was sein Vater ihm damals mit brüchiger Stimme sagte, sollte LuCypher niemals vergessen.

»Sie haben mich nicht zerquetscht, Mahmut. Ich habe sie ausgehalten. Sieben Minuten lang.«

Was auch immer Tantalos gegen ihn in die Schlacht werfen würde, LuCypher würde es auch aushalten.

Sie trafen sich im Café des Museum De La Défense. Frederic Lasalle hatte zwar die Bar des Hilton vorgeschlagen, aber Khaled lehnte das ab, weil er auf dem Weg zur Bar im obersten Stockwerk zu viele Kameras hätte passieren müssen. Im Café des Museums konnte er mit abgewandtem Gesicht die Überwachungssysteme passieren, ohne dabei allzu viel Aufsehen zu erregen.

Lasalle war etwas kleiner als Khaled, besaß ein hageres, fein geschnittenes Gesicht mit flinken Augen, die sich unablässig bewegten. Sein Anzug war maßgeschneidert und teuer. Khaled hatte sich in einem Touristenladen ein T-Shirt mit Eiffelturm-Aufdruck und eine Basecap gekauft, die er tief ins Gesicht zog.

Lasalle streckte die Hand zur Begrüßung aus, und Khaled ergriff sie.

»Parlez-vous français?«, fragte Lasalle.

»Un petit peu«, antwortete Khaled.

»Dann schlage ich vor, wir führen unsere Unterhaltung auf Deutsch«, sagte Lasalle fast akzentfrei. »Wenn man wie ich im Geldgeschäft tätig ist, sollte man Englisch und Deutsch sprechen. In ein bis zwei Jahren kommt sicher noch Chinesisch hinzu. Daran arbeite ich bereits.«

»Gut. Ich bin hier, um Geld zu tauschen.«

»Das weiß ich. Daran verdiene ich gut, Mr Messali«, sagte

Lasalle und fügte wie nebenbei hinzu: »Ich nehme nicht an, dass das Ihr richtiger Name ist?«

Khaled hatte sich ihm bei seiner Kontaktaufnahme als Ahmed Messali vorgestellt. Er antwortete nicht auf Lasalles Frage, sondern sah ihn prüfend an.

»Mir ist jeder Name recht, Mr Messali. Wenn man Geld verdienen will, sollte man nicht allzu viele Fragen stellen. Sie wollen Bitcoins tauschen, deren Wert momentan bei rund fünfzehntausend Euro liegt. Ich biete Ihnen fünftausend. Aber wie kann ich wissen, ob ich Ihnen trauen kann?«

»Ich traue Ihnen auch nicht, Lasalle«, entgegnete Khaled. »Ich halte Sie für einen geldgierigen Betrüger. Aber das macht Sie zumindest einschätzbar.«

Er hatte das mit regloser Miene gesagt und meinte es auch so. Lasalle erwiderte den Blick für eine lange Sekunde, dann lächelte er.

»Ich mag Sie, Mr Messali«, behauptete er. »Bitte, ich möchte Sie zu einem kleinen Snack einladen. Die Küche hier ist zwar nicht berühmt, aber sie haben hier ein *couscous de crevettes,* das ein kleines Erlebnis ist. Wir sind in Paris, und gute Geschäfte sollte man nicht ohne gutes Essen machen.«

Mit diesen Worten winkte Lasalle den Kellner heran.

Sobald er die Bestellung aufgegeben hatte, entschuldigte er sich und ging zur Toilette. Als er zurückkam, war die kleine Herrenhandtasche, die er bei sich trug, auf das doppelte Volumen angewachsen. Khaled vermutete, dass Lasalle das Geld aus Vorsicht am Körper getragen und jetzt in die kleine Ledertasche umgeladen hatte.

»Sie sind kein Mann des Geldes, Mr Messali, oder?«, fragte Lasalle, nachdem er wieder Platz genommen hatte.

»Nein, bin ich nicht.«

»Man hört sogar eine gewisse Verachtung in Ihrem Tonfall.«

»Wenn Sie das meinen.«

»Ich halte das für falsch.« Lasalle nahm einen großen Schluck von dem Mineralwasser, das der Kellner inzwischen gebracht hatte. »Geld ist die ehrlichste Form menschlicher Kommunikation. Geld schert sich nicht darum, ob ich es mag oder nicht. Sein Wert ist immer gleich und bemisst sich nicht nach Sympathie oder politischer Gesinnung.«

»Eine etwas einfache Philosophie, die Sie da haben.«

»Worauf fußt Ihre Philosophie, Mr Messali?«

»Freiheit, eigener Wille, menschliche Würde. Nichts, was man mit Geld kaufen könnte.«

Lasalle beugte sich vor und lächelte. »Selbstverständlich kann man das.«

Khaled spürte, wie er wütend wurde. »Vielleicht könnten wir jetzt das Geschäft über die Bühne bringen?«

»Natürlich«, sagte Lasalle, immer noch lächelnd, und schob die Herrenhandtasche in die Mitte des Tisches. Dann tippte er auf sein Smartphone. »Meine Kontonummer haben Sie? Oder darf ich sie Ihnen noch einmal zukommen lassen?«

Er zog einen kleinen Zettel aus der Brusttasche seines Jacketts und legte ihn vor Khaled auf den Tisch. Darauf stand ein Zahlencode.

»Ich habe grundsätzlich große Sympathien für Ihre Bewegung«, fügte er hinzu.

»Was wollen Sie damit sagen?« Khaled wurde augenblicklich misstrauisch.

Der Kontakt zu Lasalle war ihm bei seiner Abreise aus Gaza von Moon vermittelt worden, was bedeutete, dass er auf einen Mann treffen würde, der schon mehrfach für Mitglieder von Earth Geld aktiviert hatte und insofern einiges über die Bewegung wusste. Dennoch machte ihn Lasalles letzte Bemerkung stutzig.

»Ich liebe Romantiker, Mr Messali«, sagte Lasalle. »Im

Grunde bin ich selbst einer. Nur leider bin ich zu sehr mit Geldverdienen beschäftigt, um irgendeinem Ideal nachgehen zu können. Aber im Herzen bin ich Teil Ihrer Bewegung.«

Wortlos warf Khaled einen Blick in die Tasche und sah das Bündel Hunderteuroscheine. Dann rief er auf seinem Smartphone das Blockchainformular auf, tippte den Zahlencode ein, den Lasalle ihm gegeben hatte, und sendete die Bitcoins an dessen Adresse.

Lasalle prüfte den Eingang und bestätigte ihn mit einem Nicken. Daraufhin zog Khaled das Bündel Euroscheine aus Lasalles Tasche und steckte es ein.

»Wann immer Sie mich brauchen, können Sie auf mich zählen«, sagte Lasalle freundlich. »Sie haben meine Hilfe erworben. Durch den Verdienst, den ich an Ihnen gemacht habe. Jeder aus Ihrer Bewegung. Das ist ja das Gute an Geld, Mr Messali. Man bekommt etwas dafür.«

Khaled stand auf, gerade als der Kellner mit den Krevetten auf Couscous kam.

»Die beiden anderen Deutschen haben meist eine ähnliche Hast«, bemerkte Lasalle. »Sie sogar noch etwas mehr als er.«

Khaled hielt inne. »Von wem reden Sie?«

»Sie nennen sich Schmidt. Aber was bedeuten schon Namen?«

Khaled setzte sich wieder und ließ den Kellner das Gericht servieren. Er war überzeugt, dass Lasalle von Zodiac und Esther sprach.

»Wie treten die mit Ihnen in Kontakt?«, fragte er.

»Die beiden sind etwas nostalgisch. Dies haben sie mir gegeben.« Lasalle zog ein altes Klapphandy aus der Tasche. »Soll ich sie für Sie anrufen?«

Khaled nickte.

Lasalle drückte eine der Kurzwahltasten und wartete auf die Verbindung, die nach wenigen Sekunden zustande kam.

»Entschuldigen Sie die Störung«, sagte er ins Telefon, »aber hier ist ein Herr, der mit Ihnen reden möchte.« Dann reichte er das Nokia Khaled, der es ans Ohr hielt.

»Ja? Mit wem spreche ich?«, hörte er Zodiacs Stimme.

38

Beate Wolf hatte die Flasche Châteauneuf-du-Pape entkorkt und goss ihr Glas voll.

»Sie sind sicher, dass Sie bei Weißbier bleiben?«, fragte sie Erdmann.

»Ja, danke.« Erdmann nahm einen kräftigen Schluck.

Die Wohnung von Beate Wolf war mit etwa siebzig Quadratmetern überschaubar groß, aber liebevoll eingerichtet. Überall sah er Blumen, Deckchen, Kissen. Hier wohnte eine Frau, die gern Zeit in ihrem Zuhause verbrachte.

Sie hatte Erdmann für neunzehn Uhr eingeladen. Das rustikale Gericht aus Kohlrouladen war bereits fertig gewesen, als er eintraf.

»Ich bin in Thüringen aufgewachsen, da liebt man solche Speisen, auch wenn sie heute etwas aus der Mode gekommen sind«, sagte sie hinsichtlich des Essens. »Also wagen Sie es ja nicht, irgendwelche Kritik daran zu äußern.« Sie lachte dabei und bat ihn mit einer Geste, sich an den Tisch zu setzen.

Erdmann kam der Aufforderung nach, wenn auch mit einem etwas mulmigen Gefühl. Er war Gesellschaft nicht gewohnt, und die burschikose Art der Wolf schüchterte ihn tatsächlich ein.

Als sie mit dem Essen begannen, achtete er sehr darauf, dass die schwere Soße nicht von den großen Kohlblättern spritzte und ihn oder die Tischdecke bekleckerte. Als er merkte, wie ihm ein Tropfen am Kinn herabrann, entschuldigte er sich mehrmals und wischte sich mit der Serviette großflächig über Kinn und Hals. Beate Wolf lachte und goss sich Wein nach.

Dann erzählte sie, dass der Touareg des Polen beim Verlassen der A4 in Köln von einer Polizeikontrolle angehalten worden war, weil der Fahrer den Blinker beim Spurwechsel nicht gesetzt hatte.

Schlagartig weckte sie damit Erdmanns Aufmerksamkeit. Die Anspannung des Essens fiel von ihm ab, er legte das Besteck beiseite und hörte konzentriert zu.

Der Fahrer wies sich mit einem russischen Pass als Viktor Abramow aus, und die Ordnungswidrigkeit würde ihn vierzig Euro kosten. Beate Wolf mutmaßte, dass der Pole seine Identität gewechselt hatte, um seine Spuren zu verwischen, und Erdmann stimmte ihr zu.

Er trank in großen Schlucken sein Weißbier aus und stieg dann in die Diskussion über die möglichen Absichten des Polen ein. Sie beide vermuteten, er folgte Brit Kuttners Spur. Was wiederum bedeutete, dass die junge Frau wahrscheinlich inzwischen in Köln war.

Gerade als sich Erdmann ein neues Weißbier eingoss, summte das Smartphone von Beate Wolf. Sie warf einen Blick aufs Display. »Ein Viktor Abramow hat im Dom-Hotel in der Nähe vom Bahnhof eingecheckt.«

»Wer teilt Ihnen das mit?«, fragte Erdmann.

»Ein Freund. Ein paar davon gibt es. Selbst bei uns in der Behörde.« Sie sah Erdmann dabei an und bemerkte das Misstrauen in seinem Blick. »Keine Sorge. Ich würde niemanden einweihen, für den ich nicht die Hand ins Feuer lege.«

Erdmann nickte und versuchte, ihr zu vertrauen.

»Sie sind eher ein Einzelkämpfer, was?«, sagte die Wolf und nippte an ihrem Wein.

»Immer schon gewesen«, antwortete Erdmann und versteckte sich hinter seinem Weißbier, während er trank.

»Ich bin ganz gut im Team«, sagte sie. »Versuchen Sie's auch mal. Wir kämpfen gegen eine Armee.«

Erdmann nickte erneut und wischte sich hastig Bierschaum von der Oberlippe. Die Frau machte ihn nervös. Er stellte das Glas ab und bemühte sich um Sachlichkeit.

»Können wir ihn festsetzen?«, fragte er.

»Das wäre nicht klug. Dann wissen die, dass wir ihnen auf der Spur sind.«

»Die?«

»Wer immer hinter dem Polen steckt.«

»Wir könnten es unter einem Vorwand machen. Suche nach einem gestohlenen Wagen. Könnten wir über ein Amtshilfeersuchen anschieben.«

»Wir wissen nicht, wem wir in unserer Behörde trauen können. Es wäre nicht gut, wenn man die Spuren zu uns zurückverfolgen kann.«

»Okay, was dann?«

In diesem Moment summte das Smartphone der Wolf erneut, und wieder warf sie einen kurzen Blick darauf. Dann drehte sie es um und zeigte Erdmann den Bildschirm. Er zeigte das Foto eines Mannes, der an einer Hotelrezeption stand und eincheckte. Er war von einer hohen Kameraposition erfasst worden, aber dennoch gut zu erkennen. Dunkles Haar, scharfe Nase, hageres Gesicht.

»Abramow. Kaczynski. Der Pole.« Beate Wolf sagte es mit fester Überzeugung und sah Erdmann an.

Er nickte. Dieser Mann war ihr Ziel.

39

»Was machst du denn hier, Kleines?«

Die Frau, die das zu Brit sagte, war um die sechzig Jahre alt und schob einen Einkaufswagen, gefüllt mit ein paar Dutzend Plastiktüten, offenbar ihr gesamtes Hab und Gut. Die Sohlen ihrer alten Lederschuhe klafften vorn und hinten ein Stück weit auf, und ihre Kleidung, die sie in mehreren Schichten übereinander trug, war zerschlissen. Wann sie sich das letzte Mal gewaschen hatte, war eine interessante Frage, die reflexartig physischen Abstand einforderte. Doch die Frau hatte einen warmen und freundlichen Ausdruck im Gesicht, und ihre Augen funkelten neugierig.

Brit hockte mit Elias noch immer in der dunklen Ecke hinter der Betonsäule und antwortete: »Ich bin etwas in Schwierigkeiten.«

»Was du nicht sagst, Kleines«, brummelte die Frau und kam näher. »Jeder, den ich hier in diesen Ecken auflese, steckt in Schwierigkeiten. Ich bin Mimi.«

Sie streckte die Hand aus, um Brit zu begrüßen. Doch Brit drehte sich instinktiv mit Elias weg. Da erst sah Mimi das Baby in Brits Arm.

»Holla, was haben wir denn da?«, fragte sie und war nun nicht mehr davon abzuhalten, die Nähe von Brit zu suchen.

Elias riss die Augen weit auf und strahlte die alte Frau offenherzig an. Brit zögerte kurz, aber dann entschloss sie sich, dem Instinkt ihres Sohnes zu folgen. Sie rutschte zur Seite und machte Platz, sodass Mimi sich neben sie setzen konnte.

Bis zu ihrem fünfzigsten Lebensjahr war Mimi Verkäuferin in einem Kaufhaus und mit einem Maurer verheiratet gewesen. Doch das Baugewerbe lief nicht so gut. Billige Arbeiter aus Osteuropa überschwemmten den Markt, und Mimis Mann blieb immer häufiger zu Hause, wo er vergeblich auf den Anruf einer neuen Baustelle wartete, in der man seine Arbeit brauchen könnte. Anfangs nahm er es mit Humor und genoss die viele Freizeit, doch dann hatte er zu trinken angefangen. Und mit dem Trinken war die Wut gekommen, die er immer häufiger an Mimi ausließ. So manches Mal endete die Wut mit blauroten Hämatomen in Mimis Gesicht, und sie schämte sich, damit zur Arbeit zu gehen.

Nach einem halben Jahr kam die Kündigung vom Kaufhaus, nach einem weiteren halben Jahr gerieten sie und ihr Mann in Rückstand mit der Wohnungsmiete. Als der Hausverwalter schließlich kam, um das Geld einzufordern, prügelte ihn Mimis Mann die Treppe hinunter. Danach wurde er von der Polizei abgeführt, und Mimi erhielt vom Vermieter die Kündigung mit einer Frist von drei Monaten. Wochenlang bemühte sie sich um eine neue Wohnung, dann kam der Tag des Auszugs, und Mimi hatte noch immer nichts Neues gefunden. Es war Sommer, und sie beschloss, vorerst auf einer Bank im Park zu schlafen. Nur für ein paar Nächte, dachte sie. Ihr wichtigstes Hab und Gut hatte sie in vier Koffern verpackt und in der Garage einer ehemaligen Arbeitskollegin untergestellt.

Doch aus den paar Nächten waren Wochen und Monate geworden. Mimi holte ihre Koffer nie aus der Garage ab. Im ersten Winter versuchte sie es mit Schnaps gegen die Kälte. Doch sie fühlte sich schäbig, wenn sie dann die Blicke der

Passanten auf sich spürte. Also fror sie lieber und rührte keinen Tropfen Alkohol mehr an. Die Blicke der Passanten spürte sie immer noch, aber sie fühlte sich nicht mehr schäbig dabei.

»Gib ihn mir mal, den Kleinen«, sagte sie zu Brit und streckte die Arme aus.

Einen Moment lang zögerte Brit. Mimi dünstete einen strengen Geruch aus. Aber Elias begann mit den Beinen zu strampeln, was Brit als Sympathiebekundung interpretierte. Sie reichte ihren Sohn der alten Frau, und erstmals seit zwei Tagen trug sie ihn nicht mehr nah an ihrem Körper.

Es war ein merkwürdiges Gefühl. Sie spürte, wie etwas fehlte. Doch andererseits entkrampften ihre Arme spürbar, und Brit konnte wieder durchatmen.

»Puh«, sagte Mimi und verzog das Gesicht. »Hast du noch Windeln?«

Brit hatte nur noch zwei. Außerdem hatte sie weder zu essen noch zu trinken. All ihre Vorräte waren aufgebraucht.

Sie schaute die Alte an und beschloss, ihr zu trauen. Brit musste dringend neue Windeln kaufen, auch etwas Babycreme und Puder. Beim letzten Wickeln hat sie gesehen, dass Elias bereits wund war.

Sie verabredete mit Mimi, in den Drogeriemarkt im Bahnhof zu laufen und ein paar Dinge zu besorgen. Mimi bot an, Elias so lange zu halten. Es sollte nicht länger als zehn Minuten dauern.

Brit lief los. Sie benutzte zuerst die Toiletten im Bahnhof, um sich etwas zu säubern, und wollte dann in den Drogeriemarkt. Doch sie kam zu spät, der Markt hatte seit zweiundzwanzig Uhr geschlossen. Eine Passantin erzählte ihr von einem türkischen Kiosk, keine hundert Meter vom Bahnhof entfernt, wo sie Windeln und ein paar Babyartikel bekommen könnte.

Brit lief weiter. Sie ahnte, dass sie bereits mehrfach von den Kameras in der Bahnhofshalle erwischt worden war, doch sie hoffte, dass man sie auf den Aufnahmen nicht würde erkennen können.

Doch den Suchalgorithmus, dessen Existenz sie befürchtet hatte, gab es tatsächlich, und der erkannte sie an ihrem Bewegungsprofil. Er schickte eine Meldung, wo sich die gesuchte Brit Kuttner befand, direkt ans Smartphone des Mannes, der momentan über den Domplatz ging.

Es war der Mann, den Jürgen Erdmann und Beate Wolf unter den Namen Kaczynski und Abramow kannten: der Pole.

Als Brit von ihrem Einkauf im türkischen Kiosk zurückkam und wieder die Bahnhofshalle durchquerte, verfolgte der Pole das bereits auf dem Bildschirm seines Smartphones. Und als sie die Halle durch den Nebenausgang verließ, bewegte er sich bereits in ihre Richtung.

Aus der Entfernung des höher liegenden Platzes konnte er sehen, wie Brit zu einer alten Stadtstreicherin ging, die offenbar auf ihr Kind aufgepasst hatte. Die beiden redeten kurz miteinander, und Brit holte ein paar Dinge aus ihrem Rucksack und gab sie der Frau. Dann ging Brit wieder, anscheinend wollte sie noch weitere Dinge besorgen.

Der Pole lief los. Er musste zur Treppe, die zur Straßenebene führte, und verlor dabei Brit aus den Augen.

Als er an dem großen Betonpfeiler ankam, war Brit bereits verschwunden. Ein Einkaufswagen mit vielen Plastiktüten stand vor einer dunklen Ecke, in der der Pole die Alte ausmachte, die noch immer das Baby im Arm hielt. Er sah sich kurz um, um sicher zu sein, dass es keine Zeugen gab, dann ging er auf die Alte zu, zog die SPS mit dem Schalldämpfer unter der Jacke hervor und schoss zweimal.

Der erste Schuss traf das Baby, der zweite Mimis Stirn. Die Frau kippte zur Seite, ohne einen Laut von sich gegeben zu haben.

Der Mann ging zu ihr und vergewisserte sich, dass sie tot war. Dann schlug er die Decke zurück. Und er sah die Spielzeugpuppe, die die Alte noch immer im Arm hielt.

40

Zodiac und Khaled hatten ihr Treffen für den späten Abend am Ufer der Seine vereinbart, die in einer engen Schleife nah an La Défense vorbeifloss. Khaled hockte am Ufer unterhalb der Pont de Neuilly und blickte auf die kleine Insel, die die Seine an dieser Stelle teilte. Er spürte, dass sich ihm jemand näherte, und drehte sich um.

Zodiac trug ein schwarzes Jackett und – trotz der Dunkelheit – eine Sonnenbrille. Aufgrund der absichtlich langsamen Schritte, mit denen er sich näherte, ahnte Khaled, dass es auf einen Machtkampf hinauslaufen sollte. Er hatte sich vorgenommen, den nach Möglichkeit zu verhindern.

»Ich hab mehrfach über LuCypher versucht, Kontakt zu Esther und dir aufzunehmen«, sagte Khaled und streckte die Hand zum Gruß aus.

Zodiac ignorierte die Hand, ging an Khaled vorbei bis dicht ans Wasser und richtete den Blick auf die Insel.

»Was willst du?«, fragte er.

»Brit finden. Ich brauche eure Hilfe.«

»Nachdem du eigenmächtig zum Kampf aufgerufen hast? Eigenmächtig alle von uns wieder in Gefahr gebracht? Da brauchst du jetzt unsere Hilfe? Warum machst du nicht eigenmächtig weiter?«

»Zodiac, bitte. Brit wird inzwischen das Baby bekommen haben und allein nicht klarkommen. Kann sie gar nicht.«

»Gut, dann warten wir, bis sich Brit bei uns meldet.«

»Vielleicht kann sie das aber nicht!«, entgegnete Khaled mit anschwellender Wut. »Und vielleicht hat Tantalos längst ihre Spur! Wenn du nicht helfen willst, dann lass mich zu Esther!«

»Esther wird sterben«, sagte Zodiac, ohne dass sich dabei sein Tonfall veränderte.

»Was?«

Zodiac erzählte Khaled von der Insomnia-Krankheit, der Esther nicht entkommen konnte. Er erzählte von Ben Jafaars Besuch und von Esthers Mordversuch.

»Er war bei euch? Ben?«, rief Khaled fassungslos. »Und sie wollte ihn umbringen?«

Zodiac schaute Khaled eindringlich an und genoss es zu sehen, wie seine Worte auf ihn wirkten. Und er genoss es, wie gierig Khaled an seinen Lippen hing, um noch mehr zu erfahren. All die überhebliche Selbstsicherheit, die Khaled in Zodiacs Augen immer an den Tag gelegt hatte, war wie weggeblasen.

»Wie ist es ausgegangen? «

»Er war verletzt, aber nicht sonderlich schwer.«

»Und dann? Was hat er getan?«

»Ich hatte gehofft, noch mit ihm reden zu können«, antwortete Zodiac. »Ich wollte ihn von dem unsinnigen Kampf abbringen, den du ausgelöst hast. Aber in seinem Gesicht stand nur Wut und Hass. So ist er gegangen.«

Khaled ließ Zodiacs Worte in seinem Kopf nachklingen. Seine Gedanken jagten dort wild durcheinander.

»Wenn er gekommen ist, hieß das vielleicht, dass er verhandeln wollte«, sagte er schließlich.

»Vielleicht. Vielleicht auch nicht.« Zodiacs Tonfall blieb kalt. »Falls es da ein Tor gegeben haben sollte, ist es nun endgültig geschlossen.«

Er ging ein Stück zur Seite, nahm einen Stein auf und warf ihn ins Wasser der dunklen Seine. Er schaute den Wellen zu, die sich um den Stein herum ausbreiteten, aber rasch von der Strömung des Flusses geschluckt wurden.

Khaled ging zu ihm und trat nah an ihn heran. »Ich will, dass ihr mir helft, Brit wiederzufinden.«

»Natürlich, das tun wir«, sagte Zodiac augenblicklich. »Ganz klar, was denn sonst!« Er machte einen Schritt auf Khaled zu, der ohnehin schon dicht vor ihm stand und sich zwingen musste, nicht reflexartig zurückzuweichen. »Vorausgesetzt natürlich, du bringst uns alle nicht weiter in Gefahr und bleibst bei dem, was du kannst.«

»Was ich kann?«

»Du bist Wissenschaftler, nicht Anführer einer Bewegung, schon gar nicht von Earth.«

»Und?«

»Earth braucht klare Gedanken. Klare Führung. Es reicht nicht mehr, die Bewegung sich selbst zu überlassen. Dazu ist die Gefahr zu groß.«

»Hör zu, Zodiac, ich werde dir deine Position nicht streitig machen. Alles, was ich will, ist eure Hilfe, um Brit zu finden.«

»Unsere Hilfe gegen deine Hilfe.«

Khaled ging auf Abstand. In der Zeit, als er auf Zodiac wartete, war er in seiner Erinnerung noch einmal zu seiner ersten Begegnung mit ihm zurückgegangen. Schon damals hatte er die Rivalität gespürt, die Zodiac ihm entgegenbrachte. Der erfahrene Hacker hatte seine gesamte Existenz darauf aufgebaut, der engste Vertraute des brillanten Earth-Gründers Ben Jafaar zu sein. Und dann tauchte plötzlich Khaled auf, angeblich Bens Sohn. Dass Zodiac in ihm eine Bedrohung sah, war durchaus verständlich.

»Zwei unserer Hacker haben in Tantalos eine Menge

Daten gefischt«, erzählte Zodiac. »Daten, die einfach zu lesen, aber schwer zu deuten sind. Sie haben einen chinesischen Hacker zu Hilfe geholt, der sich mit solchen Datenanalysen auskennt.«

Zodiac erzählte, dass er in den letzten Wochen zwar nicht mehr aktiv an den Handlungen von Earth teilgenommen hatte, aber die gesamte interne Kommunikation der Bewegung beobachtete. Er erzählte auch von Chilly und Magellan, die gemeinsam mit Ping die Daten über das Wirkungsprinzip der Tantalos-Simulation auswerteten.

»Die Simulation hat für das Jahr 2045 ein einheitliches Gesellschaftssystem für die ganze Welt errechnet. Es beruht auf der Idee, dass jeder Bürger einen anteiligen Besitzschein an der Welt als sein persönliches Eigentum hat.«

»Einen Besitzschein?«

»Ping hat es so erklärt, dass die simulierte Welt eine Art Aktiensystem ist. Jeder Bewohner erhält bei seiner Geburt eine Aktie, die ihn als Besitzer eines Teils der Welt definiert. Er kann den Wert dieser Aktie vermehren, sie weitervererben oder ihren Wert durch sein Fehlverhalten mindern.«

»Hört sich an wie die Spielregeln eines Computergames.«

»Er kann die Aktie auch komplett verlieren. In dem Fall verliert er die Berechtigung, Teil der Weltgemeinschaft zu sein, und wird in ein Lager auf dem afrikanischen Kontinent deportiert. Genau wie die Systemgegner dieser Zukunftssimulation – die Aktivisten von Earth. Wir haben ja bei unserem letzten Eindringen in Tantalos schon Hinweise auf die Existenz eines solchen Lagers gefunden.«

»Die Welt als globales Aktiensystem«, sagte Khaled. »Eine absurde Vorstellung.«

»Es scheint der zentrale Gedanke der Zukunftssimulation von Ben Jafaar zu sein. Ein Gedanke, der wenig mit der aktuellen Welt zu tun hat. Allerdings hat ein griechischer

Informatiker Kontakt zu uns aufgenommen und von ein paar verblüffenden Beobachtungen berichtet.«

Zodiac erzählte von Alexis Afgeris und seinen Informationen über Braincamps, die in Hauptstädten der ganzen Welt errichtet worden waren und von Oslo aus finanziert wurden. Er erzählte von den Elitestudenten, aus denen sich die Politikerkaste der nächsten Jahrzehnte zusammensetzen sollte. Und er erzählte von dem Drei-Säulen-Modell – Führung, Besitz und Abgrenzung –, auf dem das politische System der Zukunft beruhen würde. In Verbindung mit dem, was Chilly und Magellan an Datenmaterial aus Tantalos gefischt hatten, ergab alles plötzlich Sinn.

»Sie fangen an, die Welt nach den Vorgaben der Tantalos-Simulation umzubauen«, erkannte Khaled.

Zodiac nickte nur. Das war auch seine These.

»Was kann ich tun?« Khaled meinte es ehrlich.

»Du bist Wissenschaftler«, antwortete Zodiac, »spezialisiert auf die interdisziplinäre Verbindung von Informatik, Ethik und Systemforschung. Damit denkst du sehr ähnlich wie Ben Jafaar. Obendrein bist du über viele Jahre deines Lebens bei ihm aufgewachsen. Kaum einer kann Bens Gedanken näher kommen als du.«

Khaled gab ihm recht, wusste aber noch nicht, worauf Zodiac hinauswollte.

»Mit etwas Glück können wir zwar aus den Daten herauslesen, was in Tantalos errechnet und welche Art von Welt dort simuliert wird«, führte dieser aus. »Was wir aber nicht können, ist, sie zu beurteilen.«

»Du meinst, ob sie möglich wäre?«

»Ich meine, dass wir wissen müssen, wie perfekt das Gesellschaftssystem dieser Welt erdacht ist. Nur dann verstehen wir, wie entschlossen Ben ist, dafür weiter zu morden. Und nur dann können wir ihm künftig einen Schritt voraus sein.«

Khaled verstand. Er würde tief in die Simulation von Tantalos eintauchen, tief in die Gedankenwelt von Ben Jafaar hineinkriechen müssen. Nur dann konnte er die wahre Gefahr für Earth erkennen und einschätzen. Die Gefahr für Brit und seinen Sohn Elias.

Er willigte ein, in all diesen Punkten mit Zodiac zu kooperieren.

Jetzt war es Zodiac, der ihm die Hand hinhielt. Und Khaled ergriff sie.

Zwei Männer schlossen am Ufer der dunklen Seine einen Pakt. Sie wollten ihren Kampf von nun an Seite an Seite führen. Ihr wesentlicher Unterschied lag nur darin, dass der eine von ihnen Ben Jafaar noch immer verehrte, während sich der andere für die Jahre schämte, in denen er geglaubt hatte, dessen Sohn zu sein.

41

Doreen Venjakob betrachtete Bens Wunde. Sein erster Weg in Oslo hatte ihn in Doreens Büro geführt, und sie sah sofort, dass mit ihm etwas nicht in Ordnung war. Vermutlich wollte Ben, dass sie es merkte. Vermutlich musste er mit jemandem reden. Doreen bestand darauf, dass er ihr die bereits verarztete Stichwunde zeigte. Sie zog das weiße Ambulanzpflaster ein Stück weit ab und sah sich die Naht an.

»Wie ist sie an deinen Rücken gekommen?«, fragte Doreen.

»Ich lag nackt auf ihr, und sie hatte das Messer unter dem Kopfkissen versteckt«, antwortete Ben und war gespannt, wie Doreen auf diese Eröffnung reagierte.

»Das war dumm von ihr«, sagte sie in einem Tonfall, der auf keine Emotionen schließen ließ. »Schlechter Hebel für den Stoß, wenig Kraft. Sie hätte warten sollen, bis du vor ihr kniest.«

»Du hättest es sicher besser gemacht.«

»Ich hätte es überhaupt nicht gemacht, Ben. Ich gehe mit dir ins Bett, weil ich dich schätze. Das verträgt sich nicht mit dem Gedanken, dich umbringen zu wollen.«

»Esther hat das anders gesehen.«

»Sie ist offenbar eine andere Frau als ich. Beruhigend daran ist aber, dass dich all deine Intelligenz offenbar nicht davor schützt, einer Frau in die Falle zu gehen.«

Ben zog seinen Pulli wieder über die Wunde. »Sie wird bald sterben, und ich wollte sie vorher noch mal sehen.«

»Offenbar wolltest du sie nicht nur ein letztes Mal *sehen*.«

Bens Kopf fuhr herum, und er starrte Doreen erzürnt an, doch sie hielt seinem Blick stand. Ihr Gesicht war reglos, und ihre Gedanken blieben gut verborgen.

Ben atmete einmal tief durch, um seine Gefühle unter Kontrolle zu bekommen. »Sämtliche Einbrüche in unser System gehen von nun an als Informationen an TASC«, sagte er. »Sämtliche Spuren, alles, was wir über die Eindringlinge haben.«

»Dann wird es noch mehr Morde geben«, schlussfolgerte Doreen. »Wolltest du das nicht verhindern?«

»Was ich verhindern werde, ist, dass unser Lebenswerk vernichtet wird.«

»Und dieses Mädchen? Brit Kuttner? Wenn wir nicht eingreifen, wird TASC ihr Baby umbringen.«

Ben ließ Doreens Worte in sich nachhallen, bevor er antwortete: »Die Simulation hat errechnet, dass er erst im Jahr 2045 sterben wird. Wir werden also sehen, wie gut unsere Maschine mit ihren Voraussagen ist.«

»Aber unsere Daten über die Elektronen-Reversibilität lassen darauf schließen, dass diese Nachricht nicht von unserer Simulation gesendet wird, sondern ...« Weiter kam sie nicht, denn sie wurde von ihm barsch unterbrochen.

»Es ist völlig ausgeschlossen, dass diese Nachrichten aus der Zukunft stammen! Ich bin es, der die Entscheidungen trifft! Hier vor dir als Mensch und in der Simulation als Datenkopie meines Charakters. Etwas anderes gibt es nicht!«

In Bens Augen loderte der Zorn. Er war wütend. Auf sich selbst. Weil er wusste, dass er nicht an das glaubte, was er sagte.

Ping wurde 1987 in Hongkong als Sohn eines chinesischen Bankers und einer englischen Lehrerin geboren. Sein richtiger Name war Billy Lipeng, aber er hielt ihn für die hybride Verfälschung zweier Kulturen und ließ sich grundsätzlich nur mit Lipeng anreden. Er wuchs in Tsim Sha Tsui auf, das schon unter der britischen Kolonialzeit eines der bessergestellten Viertel gewesen war. Nach der offiziellen Übergabe Hongkongs an China erlebte das Viertel noch einmal einen Aufschwung.

Es war der autoritäre Wunsch seines Vaters, dass Ping in Oxford Wirtschaft und Finanzen studierte, und er hatte es nicht gewagt, sich dem zu widersetzen. Erst als sein Vater einen Schlaganfall erlitt, der ihn zum Pflegefall machte, brach Ping sein Studium ab und kehrte nach Hongkong zurück, um seiner Mutter bei der Pflege zu helfen. Der Schlaganfall hatte dem Vater die Stimme geraubt, aber an seinen Augen konnte Ping sehen, wie sehr er es missbilligte, dass sein Sohn seine berufliche Karriere wegwarf, um einen alten Mann im Bett zu wenden und zu waschen.

Ping tat es trotzdem. Und nebenher setzte er das fort, was er seine gesamte Jugend hindurch getan hatte. Er studierte die Systeme von Rechnern. Zum Leidwesen seines Vaters war er bald schon umgeben von anderen jungen Männern, die Nacht für Nacht in die verschlungenen Pfade der Computersysteme abtauchten. Keiner von ihnen beabsichtigte, eine Ausbildung als Programmierer zu beginnen, der im Dienste des chinesischen Volkes und seiner Partei die Produktivität des Staates steigerte. Sie alle suchten stattdessen ihren eigenen Weg.

Sie umgingen die offizielle Internetsperre, indem sie die Router ausländischer Geschäftsleute hackten, sodass sie über deren Sonderleitungen ins weltweite Netz gelangen konnten. Anfangs waren es nur junge Männer, die sich in der weiten Welt des Netzes austobten und damit die Mädchen beeindruckten. Doch bald stießen auch junge Frauen zu ihnen und machten sich einen Spaß daraus, ihrerseits die Männer zu beeindrucken. Ping ging nie mit einer von ihnen ins Bett, auch wenn es nicht an Gelegenheiten und mehr oder weniger eindeutigen Einladungen dazu mangelte. Seine sexuelle Abenteuerlust war weit schwächer ausgeprägt als bei den anderen. Ansonsten jedoch ließ er kein Vergnügen aus.

Sie hackten das Netz, feierten ausgelassene Partys und fühlten sich, als gehörten sie zur internationalen Welt dazu.

Bei den Verhaftungswellen 2011 erwischte es fast die Hälfte von ihnen. Ping konnte all seine Spuren im Netz verwischen und leugnete, jemals mit den anderen Hackern zu tun gehabt zu haben. Für diese Feigheit schämte er sich in Grund und Boden. Er war vierundzwanzig und beschloss, sein Leben zu ändern.

Als Erstes musste er vom Geld seines Vaters unabhängig werden. Er nahm eine Stelle in einer Fabrik an, in der amerikanische Computer zusammengeschraubt wurden, und kam in einem sogenannten »Cage House« unter.

»Cage People« nannte man in Hongkong jene Menschen, die sich keine eigene Wohnung leisten konnten und in »Cage Houses« lebten, häufig ein Dutzend oder mehr Personen in einem Raum, der nur durch abschließbare, teils übereinandergestapelte Käfige oder Holzboxen unterteilt wurde. Diese »Wohnkäfige«, in denen manchmal ganze Familien hausten, waren gerade einmal zwei Kubikmeter groß, es gab keine Privatsphäre, die hygienischen Bedingungen waren katastrophal, aber Ping konnte sein Hab und Gut zumindest tagsüber in seinem »Cage« einschließen, darunter zwei Laptops.

Er nutzte jede freie Minute, um im Hacken von Computersystemen besser zu werden. Er war achtundzwanzig, als er im Kowloon-Park das erste Mal die zwei Jahre jüngere Su Wang traf. Sie spielte Cello und besaß das anmutigste Gesicht, das er je gesehen hatte. Er hörte drei Stunden lang ihren bezaubernden Klängen zu und wusste damals noch nicht, dass es die Sonate Nr. 1 von Brahms war, die sie einübte. Ping hatte an diesem Tag das Gefühl, dass er in ihrem Spiel die Unendlichkeit spürte.

Als Su Wang ihr Spiel beendete und ihr Cello wieder verpackte, wagte er, zu ihr zu gehen. Er verbeugte sich vor ihr und brachte sie damit zum Lachen. Dann sagte er, dass er bisher vom Leben nicht viel mehr verstanden habe als die Vorgänge im Inneren eines Computersystems. Doch darin sei er einer der Besten von ganz China. Von diesem Tag an wolle er sein gesamtes Können in den Dienst der Unendlichkeit stellen, die er soeben in Su Wangs Cellospiel gehört habe.

Zwei Monate später bezogen sie gemeinsam eine winzige Wohnung in Fo Tan, unweit der Universität, wo Su Wang ihr Geld damit verdiente, die Streichinstrumente der Musikstudenten zu pflegen. Ihr Antrag auf ein eigenes Studium war abgelehnt worden, weil ihr Vater als Regimekritiker galt und sie selbst sich als Teenager einem ökologischen Arbeitskreis angeschlossen hatte. Aber das stachelte den Mut und den Ehrgeiz von Su Wang nur noch weiter an. Sie übte mehr und ausdauernder am Cello als die Studenten der musikalischen Fakultät, und sie engagierte sich noch stärker in der politischen Arbeit der Umweltgruppen als zu ihrer Teenagerzeit.

Sie sagte Ping, dass es für ihn gefährlich werden könne, mit der Tochter eines Regimekritikers zusammenzuziehen, und er antwortete, dass er sich auf das Leben mit dieser Gefahr freue.

Su Wang war es auch, die Ping zeigte, was er fortan mit seinem Talent anfangen sollte. Sie sorgte dafür, dass er als Programmierer für einige kritische Nichtregierungsorganisationen arbeitete, und machte ihn mit den Ideen und Philosophien von Earth bekannt.

Seither hatten sie als Team viele Dinge bewegt. Su Wang mit den wunderbaren Melodien ihres Cellos und ihrer endlosen Inspiration. Ping mit seinem rebellischen Geist und seinem brillanten Talent als Programmierer.

Als Ping von Chilly und Magellan auf der Flucht vor den Abfangjägern aus dem System von Tantalos geschleust wurde, hörte er im Nebenraum seine Freundin Cello üben. Sie spielte wieder die Sonate Nr. 1 von Brahms, die sie schon bei ihrer ersten Begegnung im Kowloon-Park gespielt hatte. Sie übte das Stück schon über viele Jahre, und mit jedem Mal drang sie damit weiter in die Unendlichkeit vor. So schien es jedenfalls in Pings Wahrnehmung, und sie wurde damit zu seinem Vorbild für seinen eigenen Weg durchs Leben.

Er ließ sich deshalb beim Rückzug aus dem Tantalos-System ein winziges Tor offen. Am nächsten Tag baute er einen Trojaner, den er »Delivery« nannte. Sein Algorithmus war demjenigen ähnlich, den Ping bereits bei dem Alibaba-Hack verwendet hatte, nur ging es diesmal nicht um den automatischen Versand von gelben Plastikenten, sondern den von Informationen aus dem Innersten von Tantalos. Und Delivery nahm sofort seine Arbeit auf.

Su Wang küsste Ping für das, was er getan hatte, und sie schwor ihm, dass er ihre Seele damit genauso erreichte wie sie die seine mit der Sonate von Brahms. Ohne müde zu werden, lauschte sie seinen Worten, als er das Material auswertete, das Delivery beständig auf seinen Rechner schaufelte.

In den frühen Morgenstunden des neuen Tages fand sich darunter die Nachricht, dass Elias Jafaar und eine Gruppe seiner »Earth-Terroristen« am 23. Juli 2045 im Pariser Distrikt La Défense der Eliteeinheit der Friedenspolizei entkommen konnte und überlebt hatte.

In Köln regnete es in Strömen, als Eve, Torben und Tim loszogen, um beim Containern ihre Vorräte aufzufrischen. Es hatte einen kleinen Streit gegeben in der WG, weil die Jungs in den letzten Tagen nicht zu bewegen gewesen waren, die Wohnung zu verlassen. Eve wies mehrfach darauf hin, dass der Kühlschrank und das Vorratsregal leer waren und sie dringend Nachschub brauchten. Aber die vier Jungs waren per LAN-Party in ein spannendes Onlinespiel vertieft gewesen, wo sie einen seltenen Kristall vor dem Angriff von Trollen hatten schützen müssen. Sie schickten Eve immer wieder mit dem Argument weg, dass die Onlinewelt gerade Kämpfer brauchte und keine Rücksicht darauf nahm, ob ein Kühlschrank leer war oder nicht.

Eve merkte zu spät, dass die vier ein geheimes Depot an Schokoriegeln besaßen, das in einem Papierkorb versteckt war und wovon sie sich schon die letzten zwei Tage ernährten. Als sie es schließlich doch herausfand, fühlte sie sich betrogen und bekam einen heftigen Heulanfall. Sofort unterbrachen Tim, Torben, Olli und Benni ihr Spiel und beschimpften sich gegenseitig für den Schokoriegelbetrug. Abwechselnd nahmen sie Eve in den Arm und gelobten Besserung. Olli und Benni versprachen ihr sogar eine komplette Wohnungsgrundreinigung, und Torben und Tim zogen auf der Stelle mit ihr los, um in den Containern der Supermärkte nach allem zu suchen, was ihren Haushalt wieder aufbessern und Eve glücklich machen konnte. Und das, obwohl Torben und Tim kaum etwas mehr hassten als Regen.

Eine Regel beim Containern lautete: Je größer der Supermarkt, umso brauchbarer die Dinge, die weggeworfen wurden. Es gab zwar einen kleinen türkischen Minimarkt gleich in ihrer Nähe an der Venloer Straße, aber die zwei kleinen Container auf dem Hinterhof waren selten ergiebig. Die Wegwerfkultur schien bei den türkischen Marktbesitzern noch nicht wirklich angekommen zu sein, dachte Eve, als sie nur verfaultes Obst und aufgeplatzte Joghurtbecher im Müll fand.

Der Regen machte ihre Suche nicht einfacher. Die drei hatten zwar schwarze Abfallbeutel zum Schutz über die Schultern gestülpt, doch das Wasser rann trotzdem vom Hals her an ihren Körpern hinunter.

Eve blickte Torben und Tim auffordernd an und gab ihnen zu verstehen, dass sie ihren Weg durch den Regen bis zum nächsten Rewe-Markt fortsetzen mussten. Die beiden Jungs quälten sich ein Lächeln ab und nickten. Eve wusste, dass sie am liebsten umgedreht hätten, um in die trockene Wohnung zurückzukehren, aber sie zogen es mit ihr durch, und dafür liebte Eve ihre Jungs.

Sie hakte sich bei den beiden unter und lief mit ihnen weiter. Am S-Bahnhof Ehrenfeld bogen sie in die dunkle Seitengasse, um die Abkürzung zur Rückseite des Rewe-Markts zu nehmen.

»Wartet mal«, sagte Torben, als sie einen übervollen Glascontainer passiert hatten. Er ging noch mal ein Stück zurück und blieb dann dort stehen.

»Was denn?«, fragte Eve ungeduldig, weil sie wusste, dass bei Torben besonders weggeworfene Fahrradteile diese Reaktionen hervorrufen konnten und sich solche bereits in seinem Zimmer stapelten.

»Kommt mal her«, sagte Torben nur und stand weiterhin wie angewurzelt da.

Als Eve mit Tim neben ihn trat, sah auch sie es. In der dunklen Ecke hinter dem Glascontainer hockte eine junge Frau und hatte ein Baby im Arm.

»He, du, alles in Ordnung?«, fragte Eve und trat auf Brit zu.

Brit zitterte wie verrückt und öffnete die Augen. Elias schlief ruhig und war durch Brits Kapuzenpulli vor dem Regen geschützt.

»Scheiße, wir holen Hilfe«, sagte Torben und zückte sein Handy.

»Bitte nicht«, stammelte Brit. »Niemand darf wissen, dass wir hier sind.«

Eve wechselte einen kurzen Blick mit den Jungs, dann sagte sie zu Brit: »Alles cool. Wir nehmen euch zwei erst mal mit zu uns.«

42

»Hi«, sagte Esther, als sie Khaled in der Tür stehen sah. Sie lag in ihrem Bett, zwei Kissen unter dem Kopf, sodass sie zur Tür blicken konnte, ohne den Oberkörper aufrichten zu müssen.

»Hi«, antwortete Khaled.

Zodiac hielt sich hinter ihm. Doch anders als beim Besuch von Ben würde er Esther nicht mehr den Gefallen tun, die Wohnung zu verlassen.

Khaleds Blick fiel auf den Rollstuhl, der neben dem Bett stand.

»Zodiac hat ihn heute früh besorgt«, erklärte Esther. »Ich soll damit etwas trainieren, damit ich bald in irgend so eine Rolli-Sportmannschaft kann.«

»Wie geht es dir?«, fragte Khaled und trat näher, während Zodiac in der Tür stehen blieb.

»In meinem Kopf ist noch alles okay. Das ist die gute Nachricht.«

»Kann man irgendwas gegen die Krankheit tun?«

»Es ist keine Krankheit. Man hört nur auf zu schlafen. Dummerweise braucht der menschliche Körper Schlaf.«

Khaled setzte sich zu ihr aufs Bett. Der leicht säuerliche Geruch von Schweiß verriet ihm, welche Anstrengungen Esthers Organismus momentan durchmachte.

»Wie geht's weiter mit dir?«

»Wie wohl? Ich werde kämpfen, was sonst?« Esther hob den Arm und strich mit den Fingerspitzen sanft über Khaleds Wange. »Bist du wieder bei uns?«

»Ja«, sagte Khaled, fasste ihre Hand und drückte sie gegen seine Wange.

»Er hat ein Zimmer in Barbès«, erklärte Zodiac und trat nun neben das Bett. »Ich halte es für sinnvoll, dass er vorerst dort bleibt, um zu arbeiten. Das ist am unauffälligsten.«

»Hast du ihm erzählt, was der Grieche herausgefunden hat?«

»Ja«, antwortete Zodiac, »alles.«

»Du musst Bens Denksystem für uns übersetzen, Khaled. Wir müssen verstehen, wie er seine Simulation aufgebaut hat. Sie ist der Schlüssel zu allem. Darin liegt der Grund für die Morde an unseren Mitgliedern.« Obwohl Esthers Körper schwach wirkte, war ihre Stimme voller Kraft. Ebenso wie ihr Blick. »Du darfst keine Zeit verlieren, Khaled. Ich hab nicht mehr viel davon.«

»Macht mal die Tür zu meinem Zimmer auf.« Das war das Erste, was Eve sagte, als sie in die WG zurückkamen.

Olli und Benni reagierten spontan beleidigt. Sie hatten zwei Stunden lang die Wohnung aufgeräumt und erwarteten etwas Lob. Zumindest einen spöttischen Spruch von Eve darüber, dass sie wieder einmal irgendeine verdreckte Ecke bei ihrer Putzaktion übersehen hatten. Aber gar keinen Kommentar abzugeben war ihrer Meinung nach nicht in Ordnung. Gar nicht in Ordnung.

Sie wollten schon mit einem patzigen Spruch antworten. Doch dann sahen sie das Baby in Eves Arm, und gleich darauf sahen sie die junge Frau, die, auf Torben und Tim gestützt, in die Wohnung gebracht wurde, und augenblicklich stürmten beide zugleich los, um die Tür zu Eves Zimmer zu öffnen.

Torben und Tim legten Brit auf Eves Bett, während ihre Mitbewohnerin unentwegt Elias auf dem Arm schaukelte. Er war inzwischen wach geworden und gab erste Laute von sich, die darauf hindeuteten, dass ihm irgendetwas nicht passte.

Brit rollte sich auf dem Bett zusammen und zitterte. Torben zog ihr die Schuhe aus und legte die Decke über sie.

»Nicht so«, fuhr Eve ihn an. »Sie ist klatschnass und muss die Klamotten ausziehen. Ich mach das.«

Sie drückte Elias in Bennis Arm, der augenblicklich erstarrte. Er hatte noch nie ein Baby auf dem Arm gehalten, und es versetzte ihn in eine Art katatonischen Schockzustand. Aber gleich darauf geschah noch etwas: Er spürte eine Kraft in sich, die er nie zuvor gekannt hatte. Es war die Kraft, die erst in einem Menschen wach wird, wenn es ein anderes Leben zu schützen gilt.

Sein Bruder Olli stand derweil neben ihm und starrte Brit an.

»Das ist sie«, sagte er schließlich.

»Macht mal, dass ihr rauskommt, Jungs«, befahl Eve.

»Das ist sie«, wiederholte Olli im selben Tonfall wie zuvor.

»Was? Wovon redest du?« Eve hatte begonnen, Brits Hose zu öffnen, und wollte, dass die Jungs verschwanden.

»Die aus Rise«, sagte Olli. »Das ist Brit.«

Sein Blick haftete auf Brit, und er wusste, dass von nun an nichts mehr in seinem Leben sein würde wie vorher.

43

Khaled war in seinem Zimmer in Barbès. Mithilfe von Zodiac hatte er sich einen schnellen Rechner besorgt und ihn an einen mobilen LTE-Router gekoppelt. Die Übertragungsgeschwindigkeit ins Netz war ganz brauchbar, zumal das meiste, was Khaled nun tun musste, ohnehin in seinem Kopf stattfand.

Er setzte sich an den Arbeitsplatz vor dem Fenster und blickte hinaus auf die Straßen des Araberviertels. Es herrschte rege Betriebsamkeit. Die dunklen Wolken kündigten eine Regenfront von Osten her an, und so mancher Straßenhändler wollte seinen Handkarren noch vor dem Einsetzen des Regens in Sicherheit bringen. Erste Windböen wirbelten Plastiktüten durch die Luft, manch eine bis hoch zum zweiten Stockwerk, wo Khaleds Fenster war.

Khaled sah den tanzenden Plastiktüten zu und ließ seine Gedanken treiben. Ein großer Simulationsrechner wie Tantalos war erst durch die relativ junge Methode des »Deep Learning« möglich. So nannte man das eigenständige Lernen von Computern, die ihre Aufgaben und Konzepte in Hierarchien ordneten und Erfahrungen benutzten, um Wichtiges von Unwichtigem zu unterscheiden. Jede komplexe Struktur definierte sich durch ihre Beziehung zu den nächsteinfacheren Strukturen, die in der Hierarchie des Systems vertikal übereinandergeschichtet waren.

Der Begriff Deep Learning bezog sich auf das Lernen in tiefer liegenden Schichten mit weniger komplizierten Strukturen. Khaled verglich die Methode mit einem Baum, dessen Wissen tief unten an den Wurzeln gesammelt wurde und durch die komplexen Leitungen des Stammes wanderte, bis es dann in Ästen und Blättern ausgewertet wurde. Die Komplexität der Baumkrone war auf die gute Struktur des Wurzelwerks zurückzuführen, bis hin zur kompliziertesten Blüte; was die Wurzelfaser »lernte«, spiegelte sich in der Blüte wider.

Das war der entscheidende Gedanke beim Aufbau eines intelligenten Systems wie Tantalos. Darin lag auch die erfinderische Qualität von Ben Jafaar als dessen Schöpfer. Es war Pionierarbeit. Man musste an den Erfolg seiner Schöpfung glauben, um überhaupt den ersten Schritt dazu machen zu können.

Entgegen den allgemeinen Annahmen waren Physiker wie Ben Jafaar immer Gläubige. Egal, wie kompliziert ihre Rechenoperationen waren, am Anfang stand immer ihr Glaube an die Berechenbarkeit der Welt.

Khaled ging eine Vielzahl an Denksystemen von Mathematik und Physik durch. Es waren ermüdende Stunden des Denkens und Zweifelns. Immer, wenn er glaubte, dem Gedankensystem Ben Jafaars auf die Spur gekommen zu sein, fiel ihm ein Fehler auf, der seine Überlegungen zunichtemachte.

Am zweiten Tag begann Khaled damit, das Netz nach Ben Jafaar zu durchstöbern. Auf YouTube stieß er auf ein sechs Jahre altes Interview, das von einem Wissenschaftsmagazin mit Ben gemacht worden war, gut ein Jahr bevor der als brillant geltende Physiker, der seine wissenschaftliche Karriere abgebrochen hatte, um die Welt zu retten und die Bewegung Earth zu gründen, seinen eigenen Tod vortäuschte.

Beim ersten Mal sah sich Khaled das Interview ohne Ton

an. Er beobachtete Ben Jafaar, wie seine Gedanken in seiner Mimik sichtbar wurden, wie beim Reden neue Ideen durch seinen Kopf jagten und ihn förmlich entflammten, wie seine Augen während des Interviews nicht die Kamera oder den Interviewer wahrnahmen, sondern in der unsichtbaren Welt der physikalischen Gesetze herumstocherten.

Khaled ertappte sich dabei, Ben Jafaars Mimik und Gestik mit jeder Sekunde mehr zu genießen. Im selben Moment verbot er sich das und schaltete den Ton dazu.

»Wir Menschen sind nie unabhängig von dem, was wir uns wünschen«, sagte Ben Jafaar in diesem Moment des Interviews. »Mehr als die Vernunft steuert schon immer das Wünschen das Wesen der Wissenschaft. Blaise Pascal prägte dafür den Begriff der Erwartung. Er hat es so ausgedrückt, dass es immer eine bessere Wahl sei, an Gott zu glauben, als nicht an ihn zu glauben. Er argumentierte, dass beim Glauben an Gott die Erwartung des persönlichen Gewinns befriedigender sei als die Erwartung des Gewinns für den, der auf die Nichtexistenz Gottes wettet. Verstehen Sie? Wir Menschen tun etwas, weil wir uns Belohnung erhoffen. Und wir Wissenschaftler forschen in die Richtung, wo uns diese Belohnung am verlockendsten erscheint …«

Ben Jafaar redete über die sogenannte »pascalsche Wette«. Khaled kannte diesen Denkansatz des jung gestorbenen Physikers aus dem 17. Jahrhundert gut. Auffällig war, wie sehr Ben Jafaar von diesem in die Jahre gekommenen Gedanken schwärmte. Khaled erinnerte sich an seine eigene Beschäftigung mit Pascal, damals während seines Studiums. Er hatte sich einen Satz von Blaise Pascal in sein Notizbuch geschrieben, und dieser Satz begleitete ihn durch alle Semester:

»Setze aufs Glauben, wenn du gewinnst, gewinnst du alles, wenn du verlierst, verlierst du nichts. Glaube also, so gut du kannst.«

Khaled hielt inne. Merkwürdig, dass er in diesem alten YouTube-Interview ausgerechnet auf eine Aussage Ben Jafaars zu einem fast vergessenen Physiker stieß, aus dessen Gedankengut ein Satz ihn selbst durchs ganze Studium begleitet hatte. Wie ähnlich Ben und er gedanklich wohl sein mochten?

Als Khaled merkte, wie sehr ihn diese Spekulationen abschweifen ließen, verbot er sie sich und schaltete das Interview wieder ein.

»... es geht um die Qualität des Denkens, verstehen Sie? In allen Wissenschaften geht es zuallererst immer um die Qualität des Denkens. Die Frage ist: Inwieweit sind wir in der Lage, das Nichtmögliche zu denken, und inwieweit wird es genau durch die Tatsache, dass wir es denken, zum Möglichen? Mein Lieblingsbeispiel hierzu ist das kleine Denkspiel von Schrödingers Katze: Eine Katze ist in einer hermetisch geschlossenen Höllenmaschine gefangen, in der eine radioaktive Substanz möglicherweise zerfällt, möglicherweise aber auch nicht. Falls sie aber zerfällt, setzt sie ein Gift frei, das die Katze tötet. Da wir von außen aber nicht sehen können, ob der radioaktive Zerfall schon stattgefunden hat, ist der Tod der Katze für uns als Zustand ebenso möglich wie ihr Lebendigsein. Sie ist für uns gleichsam tot und lebend. Eine groteske Vorstellung und für uns kaum denkbar, weil wir uns in einer Welt aufhalten, in der nur das eine oder das andere möglich scheint. Aber stellen wir uns zwei Welten vor: In der einen gilt die Katze als tot, in der anderen als lebendig, und beide Welten existieren unabhängig voneinander. Und dabei rede ich nur von zwei Welten. Die neue und höchst komplexe Weltordnung mit ihren rasanten Änderungsparametern verlangt aber das Denken von vielen Welten gleichzeitig als dringend nötige Menschheitsphilosophie.«

Das Beispiel von Schrödingers Katze war eine beliebte

Anekdote unter Physikstudenten, und Khaled hatte sie oft bei seinen Kommilitonen gehört, meist in Verbindung mit einer beachtlichen Menge von Alkohol. Aber die Verbindung zur sogenannten Viele-Welten-Theorie war ein ungewöhnlicher Ansatz.

Khaled stoppte den Film und sah sich das Standbild eine Weile an. Bens Augen waren jetzt genau auf die Kamera gerichtet und auf eigentümliche Weise von einem Leuchten erfüllt. Zum Teil mochte es die Reflexion des Lichts in seiner Pupille sein, zum Teil beruhte es aber auch auf der ungeheuren Energie, die förmlich aus ihm herauszuspringen schien. Khaled ließ das Interview weiterlaufen.

»... unsere Welt ist instabil geworden – politisch, ökonomisch und ökologisch. In jedem Augenblick menschlichen Daseins ist daher jede Weichenstellung möglich und somit auch jede Entwicklung denkbar. In jeder einzelnen Handlung jedes einzelnen Menschen liegt als mögliche Folge eine gesunde oder zerstörte Welt, eine gerechte oder eine tyrannische, eine friedliche oder zerstrittene. Trilliarden von möglichen Welten liegen nebeneinander in jedem Augenblick. So lautet das herrschende Gesetz unserer Existenz, und die Menschheit hat die moralische Pflicht, die beste der möglichen Welten zu wählen.«

Daraufhin stellte der Interviewer eine Frage hinsichtlich Ben Jafaars Karriere, und Khaled schaltete ab.

Ausgerechnet die Viele-Welten-Theorie schien das Zentrum von Bens Denken zu sein oder war es zumindest vor sechs Jahren gewesen. Darin könnte der Ansatz für Tantalos liegen. Eine Methode, die weder deterministisch noch linear war. Es konnte sein, dass Ben Jafaar seine Algorithmen die beste denkbare Welt errechnen ließ, gleichzeitig aber die Möglichkeit aller anderen Welten in jeden Rechenschritt eingebaut hatte. Ein weit gefächertes System parallel laufender

Möglichkeiten, die permanent interagierten, aber letztlich auf einen einzigen Favoriten abzielten.

Es war bei diesem Ansatz zwangsläufig, dass sich gewisse Ungenauigkeiten ergaben und die Ergebnisse vage blieben. Doch mehr und mehr kam Khaled zu der Überzeugung, dass Ben Jafaar genau das in Kauf genommen hatte. Die Ungenauigkeit der Tantalos-Simulation musste für Ben akzeptabel gewesen sein. Vielleicht war sie für ihn durch den Glaubensfaktor der pascalschen Wette ausreichend legitimiert. Der Glaube an ein Ergebnis stand demnach über der wissenschaftlichen Genauigkeit. Und das bedeutete: Ben Jafaars Erwartung bestimmte das Tantalos-System, nicht dessen wissenschaftliche Überprüfbarkeit.

Ein weiterer Tag verging. Khaled hatte sein Zimmer seit Beginn seiner Überlegungen nicht verlassen. Er machte sich einen Tee mit dem uralten Wasserkocher, den er seinem Vermieter abschwatzte. Dann öffnete er das Fenster und schaute hinaus, während er an dem heißen Tee nippte.

Unten auf der Straße liefen ein paar arabischstämmige Teenagermädchen hinter ein paar Jungs her und beschimpften sie kreischend. Alles sah danach aus, als wollten die Mädchen die Jungs vertreiben. Aber als die Jungs ihnen aus dem Weg gehen wollten, versperrten die Mädchen ihnen diesen und fingen an, sie aufreizend zu necken.

Das Wesen des Menschen war nicht auf Logik gebaut, dachte Khaled.

Ben Jafaar war zweifellos ein brillanter Wissenschaftler. Und als solcher wusste er ganz sicher um die Grenzen seiner Methode. Sein Wünschen musste ihn mehr angetrieben haben als seine Überzeugung, im Besitz einer wissenschaftlich sicheren Methode zu sein. Hinsichtlich seiner Forschung und Arbeit konnte sich Ben möglicherweise noch auf den wissenschaftlichen Glauben berufen, aber die Morde ließen sich so nicht legitimieren. Jedenfalls nicht für einen moralisch intakten Menschen, und als solchen hatte Khaled ihn immer und zweifelsfrei gesehen.

Was war also passiert? Wieso die Mordbefehle? Ben Jafaar hätte sie niemals auf Basis einer errechneten Zukunft gegeben, deren Glaubwürdigkeit er aufgrund seines eigenen Denkmusters immer infrage stellen würde. Wodurch konnte Ben Jafaar dennoch bewegt worden sein, an die bedingungslose Notwendigkeit zu glauben, dass seine Zukunftswelt vor Earth nur durch Mord geschützt werden konnte? In Khaleds Denken ergab das nur Sinn, wenn sich Ben Jafaar der untrüglichen Realität der Zukunftswelt gewiss sein konnte. Aber diese Gewissheit würde es für einen Wissenschaftler nur geben, wenn er die Existenz dieser Zukunftswelt bewiesen sah. Das wiederum war innerhalb des wissenschaftlichen Denkens unmöglich, ein Widerspruch in sich. Khaled ahnte, dass Ben Jafaar die Mordbefehle aus dem Bewusstsein heraus gegeben hatte, selbst diese Zukunft erlebt oder gar in ihr gewesen zu sein.

Und das wiederum bedeutete: Ben Jafaar war wahnsinnig geworden!

44

Brit lag zitternd in Eves Bett. Sie hatte hohes Fieber, und ihr wurde abwechselnd heiß und kalt. Seit geraumer Zeit schon war sie in ihrem Tunnel gefangen und fand aus eigener Kraft auch nicht mehr heraus.

Ihr Blick lag auf einem Stück des niedrigen Tisches neben ihrem Bett, dessen alte braune Holzplatte von Zigaretten verbrannt und von Resten abgerissener Aufkleber übersät war. Mit einem Messer hatte jemand dort vier Worte in die Tischplatte geritzt:

WARUM WIR? – BLÖDE FRAGE

Der Tunnel bewirkte, dass alle anderen Gedanken aus Brits Kopf fernblieben. Zu ihr drang nur, was zwischen ihr und dem braunen Holztisch geschah.

Manchmal wurde ihr Blickfeld von einem der Leute gekreuzt, in deren Wohnung sie sich befand. Sie konnte sehen, dass es vier junge Männer waren und eine Frau.

Irgendeiner von ihnen brachte ihr Tee, und ein anderer hob ihren Kopf an, sodass sie trinken konnte. Sie redeten dabei, aber Brit verstand die Worte nicht. Manchmal trug einer von ihnen das Kind auf dem Arm, das ihr so viel bedeutete. Sie spürte, wie ihr Herz dann schneller schlug.

Aber nichts von alldem konnte den Tunnel verdrängen, der

sich so hartnäckig zwischen dem braunen Tisch und ihrem Bewusstsein hielt. Er löste sich nur auf, wenn sie wieder in ihren fiebrigen Schlaf fiel. Sobald sie aber wach wurde, war der Tunnel wieder da. Sie versuchte, zu den Seiten zu schauen, um seine Wände zu durchbrechen. Aber dort gab es nur unscharfe Wellen von Eindrücken, die beständig hin und her schaukelten.

Sie hatte immer geglaubt, der Tunnel wollte sie schützen. Vor etwas, das zu schmerzhaft war, als dass es in ihr Bewusstsein gelassen werden durfte. Aber hier schien es anders zu sein: Ein alter, brauner Tisch war in der Mitte von allem. Dunkles Holz, das die Geschichten vieler Menschen erlebt haben mochte. Menschen, die gelacht und an diesem Tisch getrunken und gegessen hatten.

Einmal lag das Kind auf diesem Tisch, ein weißes Tuch unter ihm. Es war nackt, strampelte und lachte in ihren Tunnel hinein. Elias, jetzt wusste sie den Namen wieder.

Die junge Frau trat vor sie und wischte ihr mit einem Lappen den Schweiß aus dem Gesicht.

Elias, was für ein schöner Name.

Die Frau sagte etwas, was Brit nicht verstehen konnte. Weit hinter der Frau drückten sich am Ende des Tunnels die jungen Männer herum. Wie verlorene Wesen in einer Welt, zu der Brit nicht mehr gehörte. Alle waren sie verloren. Nur das Lachen von Elias war in ihrem Tunnel geblieben.

Mit diesem Lachen fiel Brit wieder in den Schlaf.

Sie träumte von ihrer Kindheit. Von einer Zeit, als Lisa ihr Geschichten vorgelesen hatte. Sie erinnerte sich an das Lachen des Jungen, das in dem Buch aufgemalt war, aus dem Lisa vorlas. Er hieß Peter Pan. Sein Zuhause war eine Insel, auf der die verlorenen Kinder wohnten. Lisa hatte immer gesagt, das seien die besten, die es gab, diese verlorenen Kinder. Denn sie verbrachten ihre Tage ohne Argwohn, ohne etwas Böses im Sinn. Auf sie konnte man sich immer verlassen. Auf ihrem Weg durchs Leben sollte Brit nach ihnen Ausschau halten. Sie würde in niemandem bessere Freunde finden. Brit spürte noch den zarten Kuss, den ihr Lisa nach jedem Vorlesen auf ihre Stirn drückte. Dann war Lisa aus dem Zimmer gegangen, aber die verlorenen Kinder blieben noch lange in Brits Kopf.

Auch jetzt waren sie bei ihr, und sie vermischten sich mit den Bildern der jungen Männer und der Frau, die so oft zu ihr ins Zimmer kamen. Brit fühlte sich wohl mit diesen Besuchen in ihrem Traum. Die verlorenen Kinder vertrieben ihr Fieber allmählich.

»Hey, du bist ja wach«, sagte Eve.

Brit blickte die junge Frau vor sich an. Soweit Brit es deuten konnte, war ihr Blick freundlich.

»Wo ist mein Kind?« Das war das Erste, was Brit sagte.

»Kommt mal her, Jungs!«, rief Eve daraufhin in die Wohnung. »Sie ist wach, und sie will den Kleinen sehen!«

Einer nach dem anderen tauchten Torben, Tim und Olli in der Tür auf. Zuletzt kam Benni und hielt Elias im Arm.

Brit war zwei Tage lang in ihrem Fieber gefangen gewesen, und in der gesamten Zeit hatte Benni auf Elias aufgepasst. Nach einer ersten kleinen Überwindung bestand er auch darauf, die Windeln des Kleinen zu wechseln.

Jetzt brachte er Elias zu Brit und übergab ihn ihr. Feierlich wie ein Geschenk. Brit drückte ihren Sohn an sich, und der Kleine quiekte vor Glück.

»Wir haben dich im Regen aufgelesen«, erzählte ihr Eve. »Hast ziemlich krasses Fieber gehabt. Letzte Nacht war es am schlimmsten. Wir waren kurz davor, einen Arzt zu rufen.«

»Danke«, sagte Brit. »Wie lange bin ich schon hier?«

»Wir haben dich nachts gefunden. Heute ist dein zweiter Morgen bei uns.«

»Und ihr habt die ganze Zeit auf mein Kind aufgepasst?«

»Die Jungs haben ihre Rechner nicht mehr angeschaltet, seit der Kleine da ist. Da läuft irgend so ein Männerding zwischen denen.« Eve lächelte. »Das da sind Torben, Tim, Olli und Benni, dessen Arme jetzt leider verkrampft sind, weil er deinen Kleinen nicht mehr abgelegt hat. Wie heißt er übrigens?«

»Elias«, sagte Brit und bemerkte, wie schön sich der Name anhörte, wenn sie ihn Fremden gegenüber aussprach. Elias griff nach Brits Nase und umfasste sie. Er quiekte wieder vergnügt.

»Das Beste an unserer WG ist übrigens das Frühstück. Ist Legende. In zehn Minuten wartet in der Küche ein endgeiler Kaffee auf dich.« Eve stand auf und gab den Jungs ein Zeichen, das Zimmer zu verlassen.

»Danke«, sagte Brit noch einmal. »Ich bin Brit.«

»Wissen wir«, sagte Eve und ging ebenfalls aus dem Zimmer.

Eve hatte nicht übertrieben. Das Frühstück war hervorragend. Ein dampfender, langsam gepresster Kaffee stand in der Mitte des Tisches. Um ihn herum gruppierten sich verschiedene Käsesorten, aufgeschnittenes Obst und südländisches Gemüse, kleine Schälchen mit Kräutern und mehrere Sorten Brot. Das Containern in der letzten Nacht war sehr ergiebig gewesen.

Die vier Jungs und Eve saßen bereits, als Brit mit Elias dazukam. Sie trug einen verwaschenen Frotteebademantel, den Eve ihr ins Zimmer gelegt hatte. Ihr Haar war noch verklebt vom Schweiß der letzten zwei Tage, aber sie musste dringend etwas essen, bevor sie zu einem längeren Badezimmeraufenthalt in der Lage sein würde. Alle Blicke waren auf sie gerichtet.

»Danke, dass ihr das für uns tut«, sagte Brit und setzte sich.

»Kein Ding«, meinte Benni und wollte ihr damit seine Bereitschaft signalisieren, Elias auch während des Frühstücks zu halten.

»Hab ich irgendwas geredet im Fieber?«, fragte Brit. »Ich meine, woher wisst ihr meinen Namen?«

»Du bist eine ziemlich krasse Celebrity in Rise«, sagte Olli. »Ist echt schwer, dich nicht zu kennen.« Er sah Brit abwartend an.

»Die Jungs sind so gespannt darauf, deine Geschichte zu hören«, warf Eve ein. »Du kannst vielleicht ein paar intime Details auslassen, aber irgendwas musst du erzählen, sonst kollabieren die vier gleich.«

Die Jungs sahen etwas peinlich berührt weg. Auch wenn es stimmte, was Eve da sagte, war ihnen das vor Brit ziemlich unangenehm.

»Wieso warst du da im Regen?«, fragte Torben. »Was ist passiert?«

»Wir haben zwei Tage lang in Rise gestöbert«, sagte Eve, »aber es war nichts über dich herauszufinden. Nichts, was erklärt, warum du hier bist.«

»Was machst du hier, ich meine ...?«, fragte Tim, aber er war zu aufgeregt, seinen Satz zu Ende zu bringen.

»Je weniger ihr wisst, umso sicherer ist es für euch«, äußerte Brit, und danach sagte für einen langen Moment keiner etwas.

Brit überlegte, wie viel sie ihnen erzählen durfte. Ob sie von ihnen Geheimhaltung erwarten konnte. Sie hatte keine Ahnung, was mittlerweile alles über sie in Rise stand, und es war möglich, dass die WG-Mitglieder leichtsinnigerweise schon etwas über ihren Aufenthalt hier im Netz gepostet hatten. Sie konnten ja nicht ahnen, in welcher Gefahr Brit und Elias schwebten. Und jede Information, die Brit ihnen gab, könnte diese Gefahr noch vergrößern.

»Du musst dir keine Sorgen machen«, brach Olli das Schweigen. »Von uns wird niemand etwas erfahren. Weder über dich noch über deinen Sohn.«

Eve und die anderen drei sahen Olli an. Er war normalerweise der Zweifler, der Nörgler, der Kindskopf, der sich am liebsten vor den WG-Pflichten drückte. Aber die Stimme, mit der er soeben zu Brit gesprochen hatte, war die Stimme eines Mannes.

»Das ist gut«, sagte Brit. »Wenn ihr mich aus Rise kennt, dann wisst ihr, dass ich zur Earth-Bewegung gehöre.«

»Das ist wohl mal klar«, bestätigte Benni ihre Worte.

»Wir werden gejagt«, fuhr sie fort, »ich weiß nicht genau, von wem, aber sie haben einige von uns schon umgebracht. Und offiziell gelten wir jetzt als Terroristen.«

»Wir passen auf euch auf«, sagte Olli. Und dann fingen alle an zu essen.

Der Tag verlief friedlich und entspannt. Brit verbrachte eine Ewigkeit im Bad. Sie duschte ausgiebig, gönnte ihrer Haut endlich wieder etwas Creme und arbeitete dann eine ganze Weile daran, aus ihren Haaren wieder eine Frisur zu machen.

Danach lag sie ein paar Stunden mit Elias auf dem Sofa herum. Sie hatte angeboten, bei der Zimmerreinigung und dem Waschen der Bettlaken zu helfen. Aber das lehnten alle ab und ließen ihr etwas Ruhe.

Der Tag verstrich und driftete in den Abend hinein. Die ersten Bierflaschen wurden geöffnet, und Eve stellte frischen Käse auf den Tisch. Sie plauderten. Über die Philosophie der WG, übers Containern und den Tauschhandel an sich, über die These, dass Köln-Ehrenfeld der kulturelle Mittelpunkt der Welt war, und darüber, welche Worte Elias wohl als erste lernen würde.

Weder Eve noch einer der Jungs fragte Brit während des Abends noch mal nach Earth. Sie waren die verlorenen Kinder, von denen Lisa immer vorgelesen hatte. Brit wusste, dass sie niemand Besseren finden würde für das, was sie zu tun beabsichtigte.

Sie nahm einen Schluck Bier, dann ging sie zu Olli, der lachend zusah, wie Benni, Tim und Torben mit Elias auf dem Teppich spielten.

»Könntet ihr vielleicht eine Weile auf Elias aufpassen?«, fragte sie ihn.

»Klar.« In seiner Stimme lag wieder der für ihn ungewöhnliche Ernst. »Bis wann?«

»Bis er fünfzehn ist.«

Alle im Raum waren mit einem Mal still und starrten sie an. Nur Elias quiekte weiterhin vergnügt auf dem Teppich.

45

LuCypher konnte es anfangs nicht glauben, als er von Ping hörte, was der aus Tantalos gefischt hatte: eine neue Datei mit einer Nachricht, wonach Elias Jafaar überlebt haben sollte. Er ließ sich alles detailgenau erklären.

Ping hatte die Datei aus einem Filecluster herausgeholt, in dem erst unmittelbar zuvor ein größerer Datenumbau stattfand. Die Dateninformation im Inneren der Datei war ähnlich aufgebaut wie die Nachricht von Elias' Tod, die Brit auf Yasmins Rechner in Gaza erhalten hatte. Sogar die Formulierung der Sätze und ihr Wortlaut waren ähnlich. Demnach wurde Elias Jafaar im Pariser Stadtteil La Défense mit einigen seiner Leute von Polizeikräften gestellt und in die Enge getrieben. Alles hatte bereits danach ausgesehen, dass die Earth-Rebellen bei dem Polizeizugriff überwältigt werden würden. Der Schießbefehl war schon erteilt. Doch dann gelang Elias Jafaar und etwa einem Dutzend seiner Mitstreiter eine überraschende Flucht durch einen unterirdischen Tunnel, dessen Existenz den Behörden nicht bekannt gewesen war.

LuCypher beendete das Gespräch, das er mit Ping übers Darknet geführt hatte. Er war sehr verstört. Konnte es sein, dass die Löschung aller Daten über die Existenz des Versorgungstunnels in La Défense und das Sichern des Wissens über den Fluchtweg als Geheimnis von Earth solche Auswirkungen hatte?

Er schaltete den Rechner ab, verließ die kleine Gartenlaube und lief durch das Areal der Gartenanlage. Es war stockfinster, und nur hier und dort erhellten Laternen ein Stück des Weges. Er lief kreuz und quer, vier Stunden lang, und dachte über die Logik dieser neuen Nachricht nach. Egal, wie er es auch drehte und wendete, es ergab keinen Sinn. Die Tantalos-Simulation war ein Computersystem, das mit Daten von außen gefüttert wurde. Darauf konnte es reagieren. Wenn keine relevanten Daten ins System kamen, gab es auch keine Änderung.

Da LuCypher mit Lincoln und Shitstorm jedoch sämtliche Daten über die Existenz des Versorgungstunnels gelöscht hatte, wurde diese Änderung im System von Tantalos realisiert und konnte die Ergebnisse beeinflussen. So weit okay, fand LuCypher. Demnach konnte das System so reagieren, dass es die Existenz des Tunnels als nicht bekannt voraussetzte. Aber wieso wusste es von der Flucht von Elias? Wie sollte das Wissen um den Versorgungstunnel und das Bellecourt-Grab in die Tantalos-Simulation gekommen sein, wo es doch nur den internen Mitgliedern von Earth bekannt war? Es gab keine Verbindung von ihnen zu Tantalos. Wie hatte der Simulationsrechner also die Nachricht über diesen Fluchtweg ermitteln können?

LuCypher hockte sich auf den feuchten Boden unter eine der alten Laternen. Er sah ein paar Schnecken zu, die ihre schlierigen Bahnen über den Kiesweg zogen und dabei mit ihren Fühlern wachsam in alle Richtungen tasteten. Er legte seinen Finger auf den Rücken einer Schnecke und spürte, wie sie sich augenblicklich zusammenzog zu einer Form, die sie für weniger angreifbar hielt. LuCypher rollte die Schnecke ein Stück zur Seite, ließ sie dann wieder in Ruhe. Es dauerte etwas, bis sie sich wieder ausstreckte und weiterkroch. Ihre Richtung war jetzt eine andere. Ihr System war durcheinandergebracht worden.

LuCypher kam zu dem Schluss, dass es nur zwei denkbare Lösungen für sein Problem gab. Die erste: dass es unter den Earth-Mitgliedern einen Spion gab, der interne Informationen an Tantalos weiterreichte. Die zweite: dass die Tantalos-Simulation tatsächlich Zugriff auf die Zukunft hatte und dass Brits Plan aufging. Die Existenz des Fluchttunnels war als geheimes Wissen unter den Earth-Mitgliedern weitergereicht worden, Jahr für Jahr, bis es schließlich Elias Jafaar erreichte, der es dann im Jahr 2045 für seine Flucht hatte nutzen können.

LuCypher entschied, dass ihm beide Thesen nicht gefielen.

Er ging zurück in die Laube und fuhr den Rechner wieder hoch. Dann holte er sich das Bild, mit dem alles angefangen hatte, auf den Monitor: das Foto von Khaled und Brit mit ihrem Baby. Das Bild, das laut Tantalos unmittelbar vor dem Tod der beiden aufgenommen worden sein sollte.

LuCypher sah sich jede Stelle des Bildes an und fing an zu recherchieren. Warum auch immer es gelungen war, innerhalb des Tantalos-Systems den vorhergesagten Tod von Elias Jafaar zu verhindern, vielleicht würde es ja auch gelingen, den Tod von Khaled und Brit abzuwenden.

Erdmann saß in dieser Nacht lange am Fenster seiner kleinen Wohnung. Er konnte nicht schlafen. So etwas war ihm seit Ewigkeiten nicht mehr passiert. Für gewöhnlich arbeitete er so hart und diszipliniert, dass er in einen tiefen, traumlosen Schlaf fiel, aus den ihn erst das schrille Piepen seines Weckers wieder herausreißen konnte. Aber jetzt lag nebenan auf seinem Bett Beate Wolf. Sie schlief nackt, und er wagte nicht einmal, sie richtig zuzudecken.

Zwei Tage lang hatten sie gemeinsam gearbeitet, sowohl innerhalb des BKA als auch anschließend nach Dienstschluss. In einigen Punkten waren sie weitergekommen. Der Mann und die Frau, die Brit Kuttner am Kölner Hauptbahnhof erwartet hatten, konnte man deutlich auf den Aufnahmen der Überwachungskameras auf dem Bahnsteig erkennen. Beate Wolf gelang es, sie mit einer internen Datenbankrecherche schnell zu identifizieren. Ingrid Schultz und Dirk Hartmann, beide ehemalige BND-Mitarbeiter, beide vor vier Jahren auf eigenen Wunsch aus dem Dienst ausgeschieden. Seitdem gab es keinerlei behördliche Eintragungen mehr über sie.

In ihrer Zeit beim BND galten beide als »operativ einsetzbar«, was bedeutete, dass sie eine geheime Eliteausbildung absolviert hatten. Außerdem waren ihre Akten mit dem diskreten Vermerk auf »gesonderte juristische Behandlung« versehen, was Eingeweihten sagte, dass im Falle eines juristischen Problems unmittelbar die Bundesanwaltschaft eingeschaltet werden sollte. Übersetzt hieß das: Vater Staat hielt seine schützende Hand über die beiden, wenn sie Mist bauten, denn sie taten es in seinem Auftrag. Bis vor vier Jahren.

Weiter waren Beate Wolf und Jürgen Erdmann mit ihren Recherchen beim BKA nicht gekommen, doch sie arbeiteten anschließend in ihrer Wohnung weiter. Diesmal gab es Biergulasch, und Erdmann hatte so viel davon gegessen, dass er anschließend nicht mehr klar denken konnte. Die Wolf war bei ihrem Châteauneuf-du-Pape geblieben und Erdmann beim Weißbier. Nach dem dritten davon wollte er nach Hause gehen. Aber sie hatte darauf bestanden, mit zu ihm zu kommen. Erdmann reagierte mit Misstrauen, aber sie lachte ihn aus und sagte, dass sie nur mit ihm vögeln wolle.

Während des gemeinsamen Weges stand Erdmann unter Stress, denn er fragte sich, ob er sich auf seine Erektion verlassen konnte oder ob ihr Ausbleiben ihm einen peinlichen Abend bereiten würde. Es war rund zehn Jahre her, dass er die letzte physische Begegnung mit einer Frau gehabt hatte, und damals war es eine Professionelle gewesen. Seither kannte sein Schwanz nur noch seine rechte Hand, deren Bewegung durch das Anschauen der YouPorn-Seiten motiviert wurde.

Aber als sie dann in seine Wohnung kamen, hatte die Wolf direkt seine Hose geöffnet und es zu keiner Peinlichkeit kommen lassen. Über kleinere Hürden hatte dann geschickt ihr Mund hinweggeholfen. Sie waren in dem Alter, wo so etwas nicht viel Erklärung brauchte. »Humani nihil a me alienum puto.« Der etwas abgedroschene Satz des Dichters Terenz war Erdmann durch den Kopf geschossen, als er auf die ebenso routinierte wie leidenschaftliche Beschäftigung der Wolf geblickt hatte. »Nichts Menschliches ist mir fremd.«

Jetzt saß er am Fenster, in seinen Gedanken wirbelten Bilder von der Verfolgung Brits und dem körperlichen Erlebnis, das er soeben genossen hatte, durcheinander. Er bemühte sich, seinen Fokus wiederzufinden, stand auf und zog die Tür zum Schlafzimmer leise zu. Dann schaltete er seinen Rechner an und konzentrierte sich auf die Arbeit.

Es gab eine entscheidende Frage. Sie war Erdmann durch den Kopf geschossen, als ihm die lockigen Haare der Wolf im Gesicht hingen: Warum hatte der Pole auf seinem Weg nach Köln seine Identität in Viktor Abramow geändert?

Erdmanns erste These war, dass er etwas plante, das ihm nur mit einem russischen Pass möglich wäre. Allerdings zeigte der Pole bei der Jagd auf Brit die gleichen Handlungsmuster wie bei seinen anderen Auftritten. Die Kugeln, die im Kopf und der Spielzeugpuppe der ermordeten Stadtstreicherin Michaela »Mimi« Krause gefunden worden waren, stammten aus seiner Waffe, wie die Ballistiker bestätigt hatten. Die Tat deutete auf das rücksichtslose Handeln eines Killers hin, der bei der Jagd nach seinem Zielobjekt jeden Kollateralschaden in Kauf nahm. Hier fand Erdmann keinen plausiblen Grund für den Polen, seine Identität von Kaczynski auf Abramow zu wechseln. Aber warum dann?

Er machte sich auf die Suche nach dem Namen Viktor Abramow in all den Datenbanken, auf die er Zugriff besaß, benutzte auch die englische Schreibweise »Abramov« mit V und die russische in kyrillischen Buchstaben, Абрамов, die er im Netz fand. Er wurde in einer Interpol-Kartei fündig, die einen Viktor Abramov der russischen Hackerszene zugeordnet hatte. Sein mutmaßlicher Tarnname war сумбур, was in etwa mit »Wirrnis« übersetzt werden konnte. Er galt in Moskau als aggressiver Gegner des freien Unternehmertums und hatte in den milliardenschweren Firmen der Oligarchen mit ihren mafiösen Strukturen schon manchen Schaden angerichtet. Interpol ging davon aus, dass er für Earth aktiv war.

Plötzlich fügte sich in Erdmanns Augen alles zusammen. Der Pole sollte Brit ermorden und es als Tat eines Earth-Aktivisten aussehen lassen. Die Medien würden dahinter zwangsläufig einen Krieg innerhalb der Rebellenbewegung vermuten. Ein guter Schachzug, um Earth weiter zu demontieren. Ein großer, gut durchdachter Plan.

Erdmann lehnte sich zurück, zufrieden mit seiner Arbeit. Dann erst bemerkte er, dass die Wolf hinter ihm in der Tür stand und ihm offenbar schon eine Weile zugesehen hatte. Ihre Haare waren zerzaust, und sie hatte sich ein Laken umgeschlungen. Sie war sicher keine perfekte Schönheit, aber das Beste, was ihm je in den Wänden dieser Wohnung passiert war.

Er ging mit ihr ins Schlafzimmer, und sie vögelten erneut.

Brit musste tausend Fragen beantworten. Warum wollte sie Elias zurücklassen? Wann würde sie ihn besuchen? Wohin wollte sie überhaupt? Und wie würde man sie erreichen können?

Brit hatte auf alles immer nur die gleiche Antwort. Solange Elias in ihrer Nähe war, wäre sein Leben nicht sicher. Er dürfe niemals mit ihr in Verbindung gebracht werden. Nicht mit ihr und nicht mit ihrem Namen. Um das Leben ihres Kindes zu schützen, würde Brit auf Elias verzichten müssen.

Das war die schmerzende Wahrheit, der sie sich stellen musste. Sie hatte die WG-Mitglieder lange genug beobachtet, um sicher zu sein, dass Elias bei ihnen in guten Händen war. Sie nahm ihnen das Versprechen ab, dass ihr Sohn bis zu seinem fünfzehnten Lebensjahr nicht erfahren dürfe, wer seine Mutter und sein Vater waren.

Eve rannen die Tränen übers Gesicht, als sie zusammen mit den anderen dieses Versprechen gab. Die Stimmung innerhalb der WG war, während Brit redete, immer bedrückter geworden und hatte zum Schluss einen feierlichen Ernst erreicht. Die vier Jungs spürten, dass die Jahre der Online-Games mit ihren Kämpfen gegen Trolle und Zauberer an diesem Abend zu Ende gingen, und allein das war schon Grund genug für etwas Wehmut.

Eve spürte darüber hinaus, welche Verantwortung fortan auf ihr lasten würde. Viele der Dinge, die ein Kind verlangte, würden von ihr erledigt werden müssen. Für die nächsten fünfzehn Jahre würde sie in ihrem öffentlichen Auftreten als Mutter wahrgenommen werden.

Sie hatte in ihrem Bekanntenkreis schon ein paar junge Mütter, deren romantische Vorstellungen durch die tagtäglichen Kämpfe mit den Kleinigkeiten des Erziehungsalltags zurechtgestutzt worden waren. Sie alle waren erwachsener und nüchterner geworden. Aber das war nichts, was Eve Angst machte. Mit all dem, was diese Welt an Schwierigkeiten für sie bereithielt, würde Eve klarkommen. Sie würde die Dinge einfach der Reihe nach angehen. Auf irgendeinem

Amt würde sie angeben müssen, dass sie in den letzten Wochen ein Baby bekommen hatte. Sie sah da kein Problem. Jeder würde einer jungen Frau, die aussah und auftrat wie Eve, glauben, dass sie eine Hausgeburt einem Klinikaufenthalt vorgezogen hatte.

Nichts von alledem machte ihr Kopfzerbrechen. Nur eine Sache gab es, die ihr zu schaffen machte. Sie hatte sich immer vorgestellt, dass sie einmal Mutter werden würde. Nicht in diesem und nicht im folgenden Jahr, aber irgendwann eben. Diese Vorstellung nahm nun durch den Plan mit Elias einigen Schaden. Das war der wahre Grund für ihre Tränen.

Aber Eve kannte sich. Die Tränen würden trocknen, sie würde noch zweimal schniefen, und dann würde sie diese Sache durchziehen.

»Ich könnte mir niemand Besseren als euch vorstellen«, sagte Brit zum Abschluss und strich dabei zärtlich über das Köpfchen des schlafenden Elias.

Die vier Jungs reckten sich und standen gerade wie Soldaten, die einen bedeutenden Auftrag erhalten hatten, eine Mission, die wichtiger war als das eigene Leben.

»Welchen Namen soll er kriegen?«, fragte Olli.

»Lasst es bei Elias«, sagte Brit, »und dann den Nachnamen der Mutter.« Damit meinte sie nicht sich selbst, wie ihr Blick bewies, der sich bei ihren letzten Worten auf Eve richtete.

Auch die Jungs sahen Eve an, die unwillkürlich die Stirn runzelte, als sie das erste Mal als »Mutter« bezeichnet wurde.

»Vandangen«, sagte Olli.

»Elias Vandangen«, ergänzte Benni.

»Passt auf ihn auf«, sagte Brit, dann gab sie den schlafenden Elias in die Arme von Benni. »Haltet ihn von allem Ärger fern. Euch selbst natürlich auch. Schließt euch niemals Earth an, und am besten bleibt ihr auch raus aus Rise. Die Typen, die uns jagen, kennen keine Skrupel und schrecken auch vor Mord nicht zurück.«

»Klar. Haben wir selbst gesehen«, sagte Eve.

»Was habt ihr gesehen?«, fragte Brit erstaunt nach.

Eve erzählte von dem Mord an dem Radfahrer, dessen Zeugen sie geworden waren. Die Zeitungen hatten erst am dritten Tag nach der Tat darüber berichtet. Inzwischen wussten sie aber, dass der Tote Kevin Kossack hieß und der Earth-Szene zugerechnet wurde. Eve erzählte, dass sie beobachtet hatten, wie der Fahrer des SUV neben Kevin Kossack gekniet und dessen Kopf verdreht hatte. Als sie dazugekommen waren, war der Täter geflüchtet. Sie wussten, dass sie einen Mord beobachtet hatten, und sie hatten sich geschworen, es niemandem zu erzählen, um sich selbst nicht in Schwierigkeiten zu bringen und weil sie dem Toten dadurch ohnehin nicht mehr helfen konnten.

Brit wusste von Viruzz' Tod aus dem, was sie in Gaza auf Yasmins Computer recherchiert hatte. Weder Khaled noch Peaches und Moon hatten ihr solche Dinge erzählt, vermutlich um sie nicht zu beunruhigen.

»Als wir bei ihm waren«, fuhr Eve fort, »hab ich seine Hand gehalten. Aber da war er schon tot. Als ich die Hand losließ, fiel etwas aus seinem Handschuh.«

Sie holte den USB-Stick, den Viruzz damals bei sich gehabt hatte.

»Ich denke mal, ihr bei Earth könnt mehr damit anfangen«, fuhr Eve fort. »Mit meinem Computer konnte ich darauf nur wirres Zeug erkennen.«

Sie drückte Brit den Stick in die Hand und umarmte sie. Brit spürte, wie heftig Eves Herz dabei pochte, und sie wünschte sich, sie wäre auch in der Lage gewesen, solche Gefühle zu empfinden.

Schließlich nahm Brit ihren Rucksack und wollte los. Einmal noch ließ sie den Blick durch die WG und über deren Bewohner schweifen. Sie erkannte an ihren Augen, dass sie gute Menschen waren. Menschen, denen man trauen konnte. Eve war an diesem Tag Mutter geworden. Aus vollster Überzeugung. Brit konnte es ihr ansehen. Mit jedem Atemzug festigte sich Eves Bewusstsein, ihr Leben von nun an in den Dienst dieses Kindes zu stellen, das in den nächsten fünfzehn Jahren ihr eigenes sein würde. Die vier Jungs standen noch immer da wie ehrfürchtige Krieger. Entschlossen, von nun an das Wohl des Kindes mit ihrem Leben zu verteidigen. Und ebenso entschlossen, diesem Kind all die Wärme und Liebe zu geben, die es brauchen würde. Sie würden die Armee sein, die das Schicksal zum Schutz von Elias vorgesehen hatte.

Brit wusste, dass sie alles richtig gemacht hatte, und ging.

46

Die wesentliche Spur fand LuCypher auf dem Foto genau zwischen den Köpfen von Khaled und Brit. Diesem Stück Hintergrund hatte bislang offenbar niemand Beachtung geschenkt. Die modernen Gebäude dort deuteten auf keinen Ort hin, den LuCypher kannte. Es schien sich um Büro- und Industriekomplexe zu handeln, aber mehr ließ sich darüber kaum sagen.

LuCypher war zwar kein Grafiker, aber ein paar grundlegende Dinge mit einfachen Programmen beherrschte er dennoch. Er separierte den Hintergrund des Fotos, indem er Köpfe und Körper von Khaled und Brit digital ausschnitt. Dann bemühte er sich, die unvollständigen Gebäude durch digitale Ergänzungen zu komplettieren. Nach drei Stunden hatte er die rekonstruierte Kulisse des Fotohintergrunds. Er sah sich das Ergebnis an. So etwa musste der Ort aussehen, an dem Khaled und Brit mit dem Baby fotografiert worden waren.

Er lud das Bild in Google hoch und schickte es dann auf eine Ähnlichkeitssuche. Nach ein paar Sekunden hatte er das Ergebnis.

Ein Industrieblock im Kopenhagener Hafen, die Umrisse und Fassaden der Häuser waren beinahe identisch mit dem, was LuCypher an grafischer Rekonstruktion gelungen war. Lediglich das zentrale Hochhaus mit schwarzer Marmorfassade hatte hinter den Köpfen von Brit und Khaled eine mit Bäumen begrünte Dachfläche, während auf allen aktuellen Bildern, die er per Google finden konnte, ein Dach aus Beton im Rohzustand zu sehen war.

LuCypher spürte seine Erschöpfung, während draußen der Morgen dämmerte. Der Westwind hatte die Wolken vertrieben, und die Vögel zwitscherten bereits. Er entfernte die Pappe von den kleinen Laubenfenstern, in der Hoffnung, das Tageslicht könne seine Müdigkeit verscheuchen. Dann machte er weiter.

Er fand ein Bild des Hafens, wie er vor zehn Monaten ausgesehen hatte, also zu dem Zeitpunkt, als das Foto erstmals bei Earth aufgetaucht war. Damals war das Hochhaus noch ein Rohbau gewesen und reichte gerade einmal bis zur dritten Etage. Auf dem Foto hingegen sah man hinter den Köpfen von Khaled und Brit deutlich, dass es bereits seine finale Höhe von neun Stockwerken erreicht hatte.

Für LuCypher ließ das nur den Schluss zu, dass das Foto eine Fälschung sein musste. Davon war man bei Earth sowieso ausgegangen. Aber LuCypher fand dennoch keine Ruhe. Er wusste einfach, dass er auf eine entscheidende Spur gestoßen war, die er nur noch nicht richtig gelesen hatte.

Nach einem aufgebrühten Kaffee, den er sich unter Verwendung von bereits gebrauchtem Kaffeepulver machte, rief er um 9:30 Uhr schließlich das Kopenhagener Architekturbüro Monrad an, das seiner Recherche nach für diesen Bau zuständig war. Er ließ sich durchstellen bis zur Assistentin des CEO, einer Miss oder Mrs Lauritzen, die der Stimme nach kaum älter als dreißig sein konnte. Bei ihr stellte er sich als »Mr Lukas« von der Berliner Zweigstelle der Werbeagentur Scholz & Friends vor. Er wäre auf der Suche nach einer Location für einen Werbedreh mit Brad Pitt am 6. August und dabei auf jenes Hochhaus mit schwarzer Fassade gestoßen, das vom Architekturbüro Monrad im Kopenhagener Hafen gebaut worden war. Er hätte aber nur ein einziges Foto gesehen, das die Dachetage dieses Hauses voller Bäume zeigte, während sämtliche übrigen Bilder bei Google auf eine nackte Betonplatte als Dach hindeuteten. Die Sache wäre nun aber so, dass sich Brad Pitt ausgerechnet in die Bäume auf dem Dach verliebt hätte, sagte LuCypher mit einer Spur Respekt vor den Allüren des Filmstars.

Miss Lauritzen entschuldigte sich mit samtweicher Stimme vielmals und bedauerte sehr, nicht helfen zu können. Ihrer Auskunft nach hatte das Monrad-Hochhaus im Kopenhagener Hafen leider keine Dachbegrünung und käme daher nicht für den Werbedreh infrage. LuCypher konnte hören, wie schwer ihr diese Antwort fiel. Ihr war damit wohl die einzige Chance geraubt worden, in ihrem Leben jemals in die Nähe von Brad Pitt zu gelangen.

Er bedankte sich als Mr Lukas, drückte die Verbindung weg und legte sich flach auf den Boden, um seinen pochenden Herzschlag zu beruhigen. Er war Hacker, klar, und hatte es schon mit allen Gegnern der Welt aufgenommen. Doch das Telefonat in der Rolle eines erfundenen Werbemannes brachte ihn bis an seine Grenzen.

Als sich sein Herzschlag wieder normalisiert hatte, trank er noch etwas lauwarmen Kaffee und postete dann im Darknet in einer Earth-Blockchain, dass das Foto von Khaled, Brit und dem Baby eine Fälschung war. Es stammte angeblich vom 6.8.2020, das war in sieben Tagen, doch den Hintergrund des Fotos würde es nachweislich bis dahin nicht in der Realität geben können.

LuCypher fuhr seinen Rechner herunter. Zum ersten Mal seit zweiundsiebzig Stunden. Er stand auf, klatschte in die Hände und fing an zu tanzen. Die Musik in seinem Kopf stammte von seinem türkischen Großvater aus der Zeit, als der noch keinen Krückstock benötigt hatte, sondern zu gegebenen Anlässen auf dem Tisch tanzte.

LuCypher hatte das Gefühl, dass er soeben den vorhergesagten Tod von Khaled und Brit abgewehrt hatte. Er tanzte, bis ihm sein Hemd nass vor Schweiß am Körper klebte.

Gegen elf klingelte sein Telefon. LuCypher schreckte hoch und brauchte einen Moment, um zu verstehen, woher das Klingeln kam. Er war nach dem Tanzen im Sessel eingeschlafen.

»Ja?«, nuschelte er ins Handy, nachdem er die Verbindung gedrückt hatte.

»Sorry, here is Miss Lauritzen again«, hörte er die samtweiche Stimme der Dame vom Architekturbüro Monrad am Ohr. »Something changed and I thought that I might better inform you, because there might be still a chance for the shooting of the commercial with Brad…«

Und dann sagte Miss Lauritzen ihm im Vertrauen, dass soeben ein reicher Saudi namens Ibrahim bin Kudh den Zuschlag für die obersten drei Stockwerke des Monrad-Hauses bekommen und das Architekturbüro beauftragt hatte, noch in dieser Woche mit der Begrünung der Dachplattform mit Eukalyptusbäumen zu beginnen. Bis zum sechsten August werde die Bepflanzung abgeschlossen sein, dann wollte der neue Eigentümer für ein paar Tage dort Geschäfte erledigen, aber schon in der Woche darauf sollte das Büro Monrad eine Routinepflege für die Dachetage organisieren. Daher sah Miss Lauritzen sehr gute Chancen, die Location für Brad Pitt zu bekommen.

Als LuCypher auflegte, dröhnte ihm der Kopf. Hatte Tantalos von seinem Post in der Earth-Blockchain erfahren und sich dagegen gewehrt? Oder bedeutete es, dass das Foto doch echt war? Dass es doch aus der Zukunft stammte?

Im gleichen Moment erreichte ihn eine Nachricht von Brit. Sie saß in einem Internetcafé und sagte, dass sie den USB-Stick hatte, den Viruzz bei seinem Tod bei sich trug. LuCypher wusste sofort, wovon sie sprach. Jeder aus dem inneren Kreis von Earth hätte es gewusst. Es ging um das, was Viruzz kurz vor der Flucht aus seiner Wohnung noch mit S*L*M besprochen hatte. Das, was er unbedingt in Sicherheit bringen wollte. Das, was die meisten bei Earth inzwischen für eine Legende hielten.

Um die eigenartige Datei, die Viruzz aus dem System von Tantalos hatte fischen können: den Schlüssel zur Zukunft!

47

Khaled schob Esther in ihrem Rollstuhl am Ufer der Seine entlang. Der Wind jagte die Wolken über den Himmel und vetrieb die Hitze der letzten Woche aus Paris.

Esther fühlte sich an diesem Tag etwas besser und genoss es, mit Khaled zusammen zu sein. Sie hatte es in der Nacht erstmals wieder geschafft zu schlafen, ganze drei Stunden ohne Unterbrechung. Es war der Hass, der sie krank gemacht hatte, und der Hass war seit dem Stich in Bens Rücken verschwunden. Sie wusste, dass ihre Krankheit dadurch nicht geheilt werden konnte, aber sie spürte zum ersten Mal seit vielen Tagen wieder Kraft in ihrem Körper.

»Er hat seinen Weg verloren«, sagte Khaled, »sowohl in wissenschaftlicher als auch in ethischer Hinsicht.«

Er erzählte ihr von seinen Überlegungen, die er über das Gedankengebäude Ben Jafaars angestellt hatte. Sie hörte geduldig zu, stellte ab und zu eine Frage, wenn Khaleds Ausführungen wissenschaftliche Bereiche streiften, die ihr nichts sagten. Sie verstand nicht viel von den mathematischen Grundlagen, von denen Khaled berichtete, aber letztlich begriff sie, dass Khaled das Denken und Handeln Ben Jafaars grundsätzlich infrage stellte.

»Er hat den Weg seiner eigenen Überprüfbarkeit verlassen und sich eine fragwürdige Rechtfertigung für sein Wunschdenken geschaffen«, sagte er.

»Aber was, wenn die Welt, die dabei herausgekommen ist, dennoch gut ist?«, gab sie zu bedenken. »Vielleicht herrscht dort mehr Gerechtigkeit. Letztendlich kennen wir nicht genug davon, um das zu beurteilen.«

»Wir wissen, dass es ein Lager gibt, das sich über den gesamten afrikanischen Kontinent erstreckt. Ein Lager für Andersdenkende. Für Leute wie uns.«

»Aber über die Beschaffenheit des Lagers wissen wir nichts«, wandte Esther ein. »Vielleicht ist es sinnvoll, einen Ort zu haben für die, vor denen sich eine Gesellschaft schützen muss.«

»Einen ganzen Kontinent?«

»Gefängnisse haben wir auch heute. Vielleicht sind sie die schlechtere Wahl.«

»Esther ...«

»Ich versuche doch nur, unser Handeln zu überprüfen. Und ich kann mir einfach nicht vorstellen, dass das, was Ben da geschaffen hat, durch und durch schlecht sein soll.«

»Das sagst du, nachdem du ihm ein Messer in den Rücken gestoßen hast?«

»Ich sage es, *weil* ich das getan habe. Weil ich weiß, was aus blindem Hass entstehen kann.«

»Meine Überlegungen basieren nicht auf Hass.«

»Ich weiß. So sollte es sich nicht anhören.« Sie legte ihre Hand auf Khaleds, die den Griff des Rollstuhls umfasst hielt. »Was ist mit der Aufteilung der Welt in Besitzscheine? Angesichts der Probleme, vor denen die Menschheit heute steht, ist das vielleicht ein Weg, um den Keim von Verantwortlichkeit in den Kopf jedes Einzelnen zu pflanzen. Überbevölkerung, Ernährungsproblem, Umweltzerstörung ... Vielleicht interessieren sich die Menschen endlich dafür, wenn es um ihr Eigentum geht.«

»Durch ein Aktiensystem? Damit die Welt noch mehr auf Besitzdenken aufbaut, als sie es ohnehin schon tut?«

»Wir wissen zu wenig über das System, das die Tantalos-Simulation errechnet hat«, wandte sie erneut ein.

»Aber wir wissen, dass sie vor zehn Monaten mit den Morden angefangen haben, Esther! Sie haben meine Frau Milena umgebracht!«

»Ich weiß, es tut mir leid ...«

»In die Berechnungen von Ben Jafaar sind persönlicher Wunsch und Glaube eingeflossen. Seine gesamte Methode ist dadurch falsch.«

»Und selbst wenn ...«

»Ein einzelner Mensch darf die Welt nicht nach seinen subjektiven Vorstellungen formen. Daraus folgt Tyrannei. Zwangsläufig. So war es in der Geschichte der Menschheit immer. Nur Regierungssysteme, die ihre Macht auf viele Schultern und Institutionen verteilen, bringen Gerechtigkeit hervor. Einzelne Menschen machen Fehler. Das liegt in unserer Natur. Wenn nur solch ein winziger Fehler aus Ben Jafaars Gedanken Einzug in Tantalos gehalten hat, pflanzt er sich dort in der Matrix des Systems fort, weiter und weiter. Und was, wenn auch nur jedem tausendsten Menschen durch diesen Fehler Unrecht widerfährt? Haben wir dann nicht die Pflicht, dieses Unrecht zu verhindern? Müssen wir nicht verhindern, dass ein Mensch die Planung einer ganzen Welt in seiner Hand hat?«

»Was können wir tun, Khaled? Ich habe bereits versucht, ihn zu töten, und bin gescheitert.«

Khaled rollte Esther zu einer Bank und setzte sich, um mit ihr auf Augenhöhe zu sein. Sie redeten lange. Sehr lange. Khaled bemerkte, wie seine eigenen Gedanken mit jedem Satz klarer wurden. Allmählich formte sich in seinem Kopf etwas, das eine Lösung sein konnte. Esthers kluge, oft zweifelnde

Fragen trieben ihn über zwei Stunden lang immer wieder in die Enge. Letztendlich zwangen sie ihn, alle emotionalen Impulse zu verdrängen und seine Analyse dadurch zu schärfen.

»Es wäre keine Lösung, Ben zu töten«, sagte er. »Nach dem, was wir bislang über Tantalos wissen, ist es ein autarkes intelligentes System, das auch ohne ihn weiterarbeiten könnte. Seine Ideen stecken darin und würden dort die Rechenprozesse weiterhin steuern. Auch dann, wenn man Ben durch einen anderen ersetzte.«

»Was können wir sonst tun? Tantalos weiterhin hacken und versuchen, das System lahmzulegen?«

»Vielleicht. Aber wichtiger wird sein, seine Wurzeln zu finden und sie zu kappen.«

Esther sah ihn fragend an.

»Die Unterstützer, Geldgeber, Drahtzieher. Diejenigen, die Ben in die Lage versetzt haben, Tantalos zu erschaffen.«

Esther richtete den Blick auf das ruhig fließende Wasser der Seine, und sie kämpfte gegen die Erschöpfung an, die sich allmählich in ihr breitmachte. »Immanuel Grundt«, sagte sie mit leiser Stimme.

»Ja«, sagt Khaled. »Doch das ist nur einer der Geldgeber und Unterstützer.«

»Wir kennen vier«, sagte sie. »Vier, von denen wir mit einiger Sicherheit sagen können, dass von ihren Konten Milliarden an Tantalos geflossen sind.«

»Es müssen mehr sein als vier«, sagte Khaled, »weit mehr. Allein schon deshalb, um die Unterstützung eines derart angreifbaren Projekts so breit wie möglich aufzustellen. Vermutlich ist es ein Netzwerk, das sich über die ganze Welt erstreckt.«

»Wir haben bei Earth ein paar gute Leute«, sagte Esther. »Die sollen sich daranmachen herauszufinden, wer die übrigen sind.«

»Das hätten wir schon längst tun sollen.«

Esther seufzte laut. »Ja, das hätten wir.«

Dann nahm sie ihr Prepaidhandy und rief Zodiac an.

Der Anruf erreichte Zodiac, als er vor seinem Rechner saß, an dem er die kleine, unscheinbare E-Mail getippt hatte. Er rang lange mit sich, ob er das tun sollte.

Als Zodiac Ben am Square Nadar traf, um ihn zu Esther zu bringen, gab es zwischen den beiden ein kurzes Gespräch, von dem Zodiac niemandem erzählt hatte.

»Was hast du von mir gelernt?«, hatte Ben gefragt.

»Alles, was ich weiß«, antwortete Zodiac ehrlich.

»Wir haben vieles gemeinsam geschaffen. Wie oft habe ich dich dabei enttäuscht?«

»Nie«, antwortete Zodiac. Auch das war ehrlich.

»Ich bitte dich, mich zu kontaktieren, falls dein Gewissen dir sagt, dass du es tun solltest.«

Mit diesen Worten hatte Ben ihm einen Zettel mit einer Mailadresse gegeben. Zodiac steckte sie in seine Tasche und bewahrte sie sorgsam auf. Anfangs hatte er noch gedacht, diese Adresse niemals zu benutzen. Doch als Esther dann Ben das Messer in den Rücken stieß, schwand diese Gewissheit. An diesem Nachmittag hatte sich ihm die Aufforderung Bens erneut aufgedrängt.

Khaled war gekommen, um Esther abzuholen und mit ihr über die Ergebnisse seiner Überlegungen zu sprechen. Sie baten Zodiac, in der Wohnung zurückzubleiben. Als wäre er ihrer beider Handlanger, den sie nach Belieben irgendwo abstellen konnten. Er setzte sich daraufhin vor seinen Rechner und schrieb die Mail an jene Adresse, die Ben auf dem Zettel notiert hatte. In der Mail stand nur:

»Khaled ist hier.«

Danach saß Zodiac lange vor dem Rechner und zögerte,

die E-Mail abzuschicken. Doch als Esther ihn jetzt anrief und sagte, dass sie mit Khaled die weitere Strategie von Earth geplant und beschlossen hätte, drückte Zodiac auf den kleinen Button für Senden.

48

Über einen VPN-Tunnel holte sich LuCypher am Folgetag den Inhalt des USB-Sticks auf seinen Rechner. Brit saß in einem Kölner Internetcafé, das er sorgfältig für sie ausgesucht hatte, da dessen Überwachungskameras nicht mit dem Netz verbunden waren, und Brit dockte den Stick an einen PC an.

LuCypher sprach nur das Nötigste mit ihr. Er war zwar überzeugt, dass die Kommunikationsstrecke, die er zu Brit aufgebaut hatte, sicher war, aber er wusste nicht, welche Gefahren innerhalb des Internetcafés lauerten. Er richtete gemeinsam mit ihr ein Smartphone entsprechend ein, das sie gebraucht bei dem türkischen Inhaber des Internetcafés erstanden hatte. LuCypher zog während der Installation einen »Protection Shield« über dessen System. Ein indischer Aktivist mit Decknamen »Maya« hatte diese Tarnung entwickelt, die Empfangs- und Sendefunktionen des Smartphones wie unter einer Glocke unsichtbar werden ließ. Außerdem konnte LuCypher den Shield über ein gezieltes Kommando wieder öffnen, um Kontakt zu Brit aufzunehmen.

Nun arbeitete LuCypher daran, den Inhalt des USB-Sticks zu aktivieren. Es handelte sich um einen hochkomplexen Programmcode. Er lud ihn in das Terminalfenster seines Rechners und sah, wie sich das Programm selbstständig entfaltete. Es knüpfte eigenständig Verbindungen, als würde sich hier vor seinen Augen in ungeheurem Tempo ein lebendiges Nervensystem aufbauen, dessen Synapsen nach passenden Stellen suchten, wo sie andocken konnten. Es war ein Phänomen, das auf der Systemebene von LuCyphers Rechner begann, sich aber dann rasend schnell im Netz fortsetzte.

Zuerst dachte LuCypher, er hätte es mit einem neuartigen Virus zu tun. Doch das war es nicht. Eher Datenbahnen, die geknüpft wurden. Verbindungen. Sie schienen sich in sämtliche Richtungen auszubreiten, wo sie Kommunikationswege lesen konnten, über die LuCypher mit anderen Rechnern in Kontakt stand. Danach beobachtete er, wie Datenpakete in einer Geschwindigkeit, wie er es noch nie erlebt hatte, über die Schnittstellen seines Rechners geschickt wurden.

LuCypher war nicht unbedingt erfahren in den Grundlagen der IT-Theorie, aber er verstand dennoch, dass dieser extrem hohe Datendurchsatz physikalisch eigentlich nicht möglich sein konnte. Er setzte verschiedene Benchmark-Tools ein, um die Geschwindigkeit zu messen, mit der der Vorgang vonstattenging, aber jedes der gebräuchlichen Werkzeuge versagte. Das, was es hier zu messen galt, lag außerhalb aller Parameter, auf die seine Tools ausgerichtet waren. Er hatte es hier mit etwas grundlegend Neuem zu tun.

Er überlegte, seinen Rechner vom Netz zu nehmen, um nicht eine unbekannte Gefahr auf alle loszulassen, mit denen er in Verbindung stand. Doch er vertraute letztlich auf die schützende Verschlüsselung des Darknets und ließ seinen Rechner online. Was auch immer dieser USB-Stick enthielt, es musste so bedeutend sein, dass Viruzz dafür ermordet worden war.

Viruzz hatte es S*L*M gegenüber den »Schlüssel zur Zukunft« genannt. Das bedeutete, dass es ihm gelungen sein musste, die Daten des Sticks so weit zu entschlüsseln, dass sie ihm etwas sagten. Allein deswegen ließ LuCypher schon nicht locker und beobachtete das Phänomen weiter.

Eine Sache war auffällig. Innerhalb des Phänomens

herrschte ein schier unübersichtliches Datengewitter, dennoch konnte LuCypher nach einiger Zeit beobachten, dass sich bestimmte Vorgänge rhythmisch wiederholten. Genau genommen war es ein einzelnes Datenpaket, das immer wieder eine Schnittstelle passierte, um dann in einer Sackgasse stecken zu bleiben und sich aufzulösen. Die Sackgasse befand sich exakt an jener Weiche, wo LuCypher den Zugang zu Brits Smartphone durch den Protection Shield blockierte. Es sah alles danach aus, als versuche etwas auf dem USB-Stick beharrlich, ein Datenpaket zu Brit zu schicken.

Es dauerte weitere zwei Stunden, bis LuCypher zumindest einen Teil dieses Datenpakets einfangen und sichtbar machen konnte. Die oberste Ebene davon war in einem Code geschrieben, der sich leicht in HTML übersetzen ließ.

Als LuCypher dann lesen konnte, was er da vor sich hatte, verschlug es ihm den Atem.

Brit strich noch drei Tage lang durch die Stadt. Sie hatte den Abschied von ihrem Sohn einigermaßen überstanden, aber konnte sich noch nicht völlig aus seiner Nähe lösen.

Sie schlief unter Brücken und erbettelte sich etwas Geld. Schließlich war genug zusammengekommen für den ICE nach Berlin. Nun stand für sie ein weiterer Abschied an. Der von Lisa.

Brit fand ihr Grab auf dem innerstädtischen Friedhof der Heilig-Kreuz-Gemeinde in Berlin. Es war ein Familiengrab, in dem auch schon Lisas Mutter und Vater lagen. Als Brit noch ein kleines Mädchen gewesen war, kam sie mit Lisa des Öfteren hierher, um frische Blumen auf das Grab zu pflanzen.

Lisa hatte ansonsten keine lebenden Angehörigen mehr gehabt, und da Brit sich nicht vorstellen konnte, dass sie diesbezüglich ein Testament gemacht hatte, war es vermutlich ein gewisser Automatismus, dass sie an diesem Ort landen würde.

Der Grabstein mit dem Namen Elisabeth Kuttner stand neben dem ihrer Eltern. Das Grab selbst sah gepflegt aus und war mit vielen Blumen bepflanzt, was auf die Routinen einer Friedhofsgärtnerei schließen ließ. Vermutlich hatten Lisas Kollegen zusammengeworfen und das finanziert.

Brit stand lange vor dem Grab, die Kapuze dabei tief ins Gesicht gezogen. Ihr Rucksack stand neben ihr. Da waren so viele gemeinsame Erinnerungen. Fast ihr ganzes Leben lang war Lisa Teil von ihr gewesen. Immer da, ohne dass Brit es jemals infrage gestellt hätte. Doch nun war sie weg. Dort unter den Blumen, wo sie nicht mehr mit Brit reden konnte. Brit wünschte sich sehr, sie hätte einfach heulen können wie jeder normale Mensch. Stattdessen stand sie vor Lisas Grab und dachte darüber nach, ob ihr trockener Mund ein körperliches Anzeichen von Trauer war.

LuCypher trat von hinten an sie heran, und sie erschrak, als er die Hand auf ihre Schulter legte.

»Sorry«, sagte er, »aber ich dachte mir, dass du hierherkommst.«

Sie drehte sich zu ihm um und nahm ihn in den Arm. Ihr Mund wurde dabei noch trockener. Eine ganze Weile standen sie so zusammen, dann löste sich LuCypher zaghaft aus der Umarmung.

»Eine echt komische Sache geht da gerade ab«, sagte er. »Ein Datenpaket versucht beharrlich, zu deinem Phone durchzukommen.«

Brit sah ihn fragend an. Sie verstand nicht, was er ihr sagen wollte.

»Das Krasse ist, wer da als Absender auf dem Datenpaket steht«, sagte LuCypher und machte eine bedeutungsschwere Pause, bevor er weitersprach. »Elias Jafaar, dein Sohn.«

49

Ben Jafaar trug den AR-Helm und saß zurückgelehnt in dem ledernen Pilotensessel in seinem weitläufigen Büro. Er hatte sich in den letzten Tagen etwas Ruhe gegönnt, weil er merkte, dass ihm die Stichwunde am Rücken doch mehr zu schaffen machte als gedacht. Er hatte sich mehrfach am Tag für Stunden unter den Helm zurückgezogen, wo ihm die »Augmented Reality« das Gefühl zurückbringen sollte, mit Tantalos etwas Großes und Bedeutsames geschaffen zu haben.

Ursprünglich war dieser Teil der Simulation nur zur Präsentation für die Geldgeber und für Öffentlichkeitsarbeit gedacht gewesen. An verschiedenen Knotenpunkten der Simulation errechnete Bens Team eine Visualisierung. Sie hatten dafür schon früh einige der talentiertesten Programmierer von Computergames aus anderen Firmen abgeworben und in die Mannschaft geholt. Mit schnellen Game-Engines wurden innerhalb von Tantalos die 3-D-Welten einiger Metropolen des Jahres 2045 visuell dargestellt, ebenso wie einige beeindruckende Naturlandschaften Nordamerikas und Ostasiens; selbst einen Teil des afrikanischen Lagers konnte man »durchfliegen«.

Das grundsätzlich Neue an dieser 3-D-Präsentation war, dass sie sich jeder Berechnung des Simulationssystems anpasste und sich daher ständig änderte. Selbst für Ben, der das System gut kannte, war es immer wieder beeindruckend, in die Augmented Reality seiner Simulation einzutauchen.

Die Aufgabe für sein Team bestand damals darin, keine realistischen Darstellungen zu erzeugen, sondern etwas, das besser wirken sollte: Die Gebäude wurden mit einem Glow-Effekt zum Leuchten gebracht, und die Menschen wirkten durch künstliche Unschärfen abstrakt und geheimnisvoll. Ziel war es, die simulierte Welt wie ein beeindruckendes impressionistisches Gemälde erscheinen zu lassen, sodass die Prozesse und Abläufe bedeutender wirkten. Bei den Vorführungen hatte sich diese Methode bewährt. Wer unter den AR-Helmen wieder auftauchte, war begeistert vom Zauber der Zukunft, ohne dass er sie konkret genug erlebt hätte, um Kritik daran üben zu können.

Für viele der Wissenschaftler in Tantalos war das nicht mehr als ein Showeffekt. Doch Ben liebte diese Präsentation seiner Welt. Und es gab für ihn kaum etwas Besseres zum Entspannen, als diese Präsentation auf sich wirken zu lassen.

Seit drei Tagen gab es allerdings eine Veränderung innerhalb der AR-Präsentation. Die Tantalos-Anlage war plötzlich in einer erstaunlich exakten Darstellung zu sehen. Ben konnte durch die Gänge »fliegen« und die Serveranlagen besichtigen, die ihm in beeindruckender Detailgenauigkeit präsentiert wurden. Er konnte sich allerdings nicht erinnern, seinem Team die Aufgabe gestellt zu haben, die Tantalos-Anlage zu den übrigen AR-Präsentationen hinzuzufügen. Auffällig war auch, dass die Gebäudestrukturen ohne den verschönernden Glow-Effekt und die Menschen in den Gängen ohne die abstrakten Unschärfen dargestellt wurden.

Ben Jafaar wollte später seine Mannschaft für diese Fehler zur Rechenschaft ziehen, doch vorher trieb ihn seine Neugier in das AR-Umfeld seines eigenen Büros des Jahres 2045. Und dort sah er dann sich selbst. Den greisen Ben Jafaar der Zukunft.

Er erschrak, riss sich den AR-Helm herunter und glaubte an eine Überreizung seiner Sinne. Doch am nächsten Tag tauchte er wieder in die virtuelle Welt ein. Er hatte eine Nacht lang darüber gegrübelt und eine These entwickelt: Der visualisierte AR-Bereich war eine eigenmächtige Schöpfung der Simulation.

Ben kehrte in sein eigenes Büro der Zukunft zurück und konnte sich selbst zusehen als Greis im Jahr 2045 ...

Er merkte nicht, dass Doreen schon eine ganze Weile in seinem Büro stand und ihn beobachtete. Sie erkannte, wie tief Ben unter dem Helm in seine eigene Welt eingetaucht war. Seine Finger bewegten sich manchmal, auch drehte er seinen Kopf leicht hin und her, um zu sehen, was die »Screens« innerhalb des Helmes rund um ihn herum visualisierten.

Sie machte sich Sorgen um ihn. Große Sorgen. Als ein Ton auf seinem Bürorechner das Eintreffen einer Mail signalisierte, ging sie dorthin. Auf dem Monitor war eine Nachricht von Zodiac. Sie bestand nur aus dem einen Satz: »Khaled ist hier.«

Doreen stand ein paar Sekunden lang reglos da und überlegte. Dann löschte sie die Nachricht und eliminierte auch alle Spuren davon. Sie tat es, um Ben zu schützen, damit er nicht auf diese Nachricht reagierte. Anschließend ging sie in ihr eigenes Büro zurück und speiste in die Parameter des Simulationsrechners die Information ein, dass Zodiac ein Spion war, der für Tantalos arbeitete.

50

Brit betrat die kleine Wohnung in der Kopernikusstraße, in der sie vor zehn Monaten erstmals einige Zeit zusammen mit Khaled verbracht hatte. Sie galt immer noch als Zufluchtsort für Earth-Mitglieder.

LuCypher besaß einen Schlüssel und hatte Brit bis zur Tür begleitet. Brit hatte ihm nur das Nötigste erzählt. Ein paar Details von ihrer Flucht in Paris, von den Cataphiles, die ihr geholfen hatten. Von Elias erzählte sie nichts, und als LuCypher einmal vorsichtig nachfragte, antwortete sie nur, dass das ihr Geheimnis bleiben müsse.

LuCypher gab sich damit zufrieden und fragte nicht weiter nach. Er respektierte Brit sehr und war sich sicher, dass sie wusste, was sie tat. Auch als sie ihn bat, den Protection Shield ihres Smartphones aufzuheben, widersprach er nicht.

Er fand sogar, dass Brits Reaktion eine gewisse Zwangsläufigkeit hatte. Ein Datenpaket, das vorgab, von ihrem Sohn aus der Zukunft zu stammen, war auf dem Weg zu ihr. Wie hätte Brit das ignorieren können?

In der Wohnung durchschritt Brit die Räume, in denen noch die Erinnerungen von ihren Tagen mit Khaled schwebten. Als Letztes ging sie in die kleine Küche, setzte sich an den Tisch und packte das Knäckebrot und den eingeschweißten Käse aus, den LuCypher für sie am Kiosk gekauft hatte. Sie aß etwas davon und wartete.

Nach einer knappen Stunde kam eine kurze Nachricht von LuCypher, der Protection Shield sei jetzt aufgelöst. Dann wartete sie erneut, aber es geschah nichts.

Sechs Stunden saß Brit in der Küche und wartete …

Ihr Handy meldete sich mit einem Ton, als Brit bereits auf der Matratze in Khaleds altem Zimmer eingeschlafen war. Sie rollte sich herum und griff nach dem Mobiltelefon.

Ein Messenger-Dienst, den sie nicht kannte, hatte ein Fenster auf dem Display des Smartphones aufspringen lassen. Darin stand:

»Hallo, Mutter.«

Brit saß eine ganze Weile reglos da und starrte auf das Display des Smartphones. Es war kurz nach Mitternacht, und sie hatte kaum mehr als zwei Stunden geschlafen. Ihr Herz schlug rasch, aber ihr Kopf war noch schwer und benommen vom Schlaf. Träumte sie? Aber mit jeder Sekunde wurde ihr klarer, dass sie wach war und das Smartphone tatsächlich in ihrer Hand hielt.

»Elias?«, tippte sie in das Fenster des Messenger.

»Ja.« Die Antwort erschien umgehend.

Brit starrte auf das Display. Ihr Herz klopfte noch immer wie wild und beruhigte sich nicht. Das, was da geschah, machte ihr Angst.

Einen Moment lang dachte sie daran, das Smartphone einfach auszuschalten, doch das konnte sie nicht.

»Wo bist du jetzt?«, tippte sie.

»In Sicherheit. Wir sind auf dem Weg nach Marseille. Da gibt es noch viele, die uns unterstützen.«

»In welcher Zeit bist du?«

»Im Jahr 2045. Wir konnten gerade aus La Défense fliehen. Dank deiner Hilfe.«

»Meiner Hilfe?«

»In den Chroniken von Earth heißt es, dass du die Fluchttunnel in La Défense zum geheimen Wissen der Bewegung gemacht hat.«

»Ihr konntet durch die Tunnel vor der Polizei fliehen?«

»Sie nennt sich Polizei. Aber sie sind skrupellose Menschenjäger. Darf ich dich etwas fragen?«

»Natürlich«, tippte Brit.

»Bist du noch mit meinem Vater zusammen?«

Brit zögerte mit der Antwort. Seine Frage ging ihr näher, als sie gedacht hätte. Die Wahrheit war, dass sie die Antwort nicht genau wusste. Sie musste sich von Khaled in Gaza trennen, weil sie spürte, dass seine Gedanken nicht mehr bei ihr waren. Inzwischen gingen sie getrennte Wege.

»Warum willst du das wissen?«, tippte sie.

»In den Chroniken steht, dass er lange Zeit nicht wusste, wo ich bin.«

»Ja, das ist wahr.«

Brit wollte fragen, ob Khaled in der Zukunft des Jahres 2045 noch lebte. Und ob es sie selbst noch gab. Aber sie verbot sich diese Fragen. Die Antworten hätten vielleicht ihr weiteres Leben ruiniert.

»Wie ist es dort bei euch?«, tippte sie stattdessen. »Wie ist eure Welt?«

»Es ist eine schöne Welt. Viele Krankheiten sind besiegt. Fast überall herrscht Frieden. Armut gibt es nicht mehr. Der Welt geht es gut. Aber die Menschen haben dafür mit ihrer Freiheit bezahlt.«

»Was meinst du damit?«

Für ein paar lange Sekunden tat sich nichts auf dem Display. Brit starrte darauf und spürte, wie ihre Verzweiflung wuchs. Sie wollte mehr. Sie wollte mehr über Elias wissen. Und sich ihm nahe fühlen.

»Elias?«, tippte sie schließlich.

»Ja?«

»Wie geht es dir?«

»Mach dir keine Sorgen. Der Kampf, den ihr begonnen habt, wird von uns weitergeführt. Wir haben viele Unterstützer. Fast überall.«

»Wie kämpft ihr? Was macht ihr? Wie viele seid ihr?«

»Ich darf dir das nicht verraten. Es brächte dich nur in Gefahr. Und vielleicht uns auch. Ich muss jetzt Schluss machen.«

»Nein, warte!«

»Ich bin sehr froh, dein Sohn zu sein.«

Dann verschwand das Fenster des unbekannten Messenger-Dienstes, ohne irgendeine Spur zu hinterlassen.

Brit suchte im System des Smartphones, aber sie konnte weder die Messenger-App finden, die gerade noch auf dem Display gewesen war, noch fand sie irgendeine Spur der Kommunikation mit Elias im Speicher des Geräts.

LuCypher hatte sie gewarnt, dass diese Datei, die auf dem Weg zu ihr war, ein »Bot« sein könnte, ein lernfähiges Miniprogramm, das sich der Kommunikation mit ihr intelligent anpassen konnte. Möglicherweise sei es eine Falle.

Aber das glaubte Brit nicht. Sie war überzeugt davon, dass sie soeben mit Elias gesprochen hatte. Mit ihrem Sohn.

51

Khaled stürmte in die kleine Wohnung von Zodiac und Esther. Zodiac hatte ihm geöffnet, Esther saß in ihrem Rollstuhl vor dem Rechner, der jetzt auf dem Tisch vor dem Fenster stand.

»Wo ist sie?«, rief Khaled, noch bevor er zum Stehen kam.

»In Berlin«, sagte Esther.

»Woher wisst ihr das? Hat sie sich bei euch gemeldet?«

»Nein.« Zodiac schloss die Wohnungstür und zog auch die des Zimmers hinter sich zu, damit ihre Gespräche nicht nach draußen drangen. »Wir konnten anfangs nur sehen, dass ein Protection Shield über einer unserer Blockchains aktiviert war.«

»Was ist das, ein Protection Shield?«, fragte Khaled ungeduldig.

»Eine Methode, die einer aus unseren Reihen entwickelt hat, um Mobilphones unsichtbar zu machen«, antwortete ihm Esther. »Das Zertifikat dafür wird auf eine Blockchain verteilt, sodass jeder von uns es prüfen kann. Dadurch bin ich darauf gestoßen.«

»Wir glauben, dass LuCypher das gemacht hat«, sagte Zodiac, »aber durch die Verschlüsselung der Blockchain ist die Spur nicht zurückzuverfolgen.«

»Und jetzt?«, fragte Khaled. »Ist das Handy wieder sichtbar? Wieso seid ihr sicher, dass es das von Brit sein muss?«

»Weil der Ort, wo wir es jetzt aufgespürt haben, eine unserer Wohnungen ist«, erklärte Zodiac. »Und zwar die, in der du damals gemeinsam mit ihr untergebracht warst.«

»Können wir sie anrufen?«

»Nicht ohne sie in Gefahr zu bringen.«

»Gut. Ich mach mich sofort auf den Weg.« Khaled wollte bereits an Zodiac vorbei zur Tür.

»Da ist noch was«, warf Esther ein und stoppte damit Khaled.

Nach ihrem Gespräch mit Khaled an der Seine hatte sie sich sofort an die Arbeit gemacht. Sie holte sich Hilfe von »Rbll« und »Dawn«, zwei Hackern, die nach dem letzten großen Angriff auf Tantalos verhaftet worden waren. Beide hatten zwei Monate Verhöre überstanden, ohne irgendetwas über die geheime Struktur von Earth preiszugeben. Schließlich musste man einsehen, dass ihnen wirklich nichts nachzuweisen war, und sie freilassen. Eine Zeit lang hielten sie sich anschließend bedeckt. Aber seit vier Wochen waren sie wieder aktiv. Und wütender als je zuvor.

Sie hackten das Osloer Finanzamt und stürzten sich dort auf Chauffeur- und Limousinendienste, die Fahrten vom Flughafen zu Tantalos abgerechnet hatten. Die These der Hacker war, dass sich ein Geldgeber das Objekt, für das er zahlt, auch hin und wieder vor Ort ansehen will. Und weil es sich bei diesen Geldgebern um Milliardäre handelte, war vermutlich zusammen mit dem Fahrdienst auch ein Osloer Sicherheitsdienst zu deren Schutz engagiert und ebenfalls ordentlich abgerechnet worden. Der Abgleich der unterschiedlichen Einträge im Rechner des Finanzamts ergab schließlich elf Treffer, milliardenschwere Unternehmer, die offenbar zu den Finanzgebern von Tantalos gehörten.

Das alles hatten Rbll und Dawn für Esther herausgefunden. Es wurde ergänzt durch eine Information, die ein junger

Hacker mit dem Tarnnamen »Kong« lieferte. Kong war erst letztes Jahr aus der berüchtigten Lazarus-Gruppe zu Earth übergelaufen. Er fand heraus, dass es ein Treffen geben sollte, an dem außer diesen elf Milliardären noch dreizehn weitere teilnehmen würden.

Und genau das erzählte Esther nun Khaled.

»Wo?«, fragte Khaled.

»Kopenhagen. Ein neues Gebäude im Hafen.«

»Und es sind vierundzwanzig?«

»Davon gehen wir aus. Einer von denen hat eigens dafür die obersten drei Stockwerke eines Hochhauses gekauft. Ein Saudi.«

»Wann genau soll dieses Treffen stattfinden?«

»Am 6. August.« Esther beobachtete seine Reaktion.

»Am 6. August?« Khaled wiederholte die Worte, um ihren Klang durch seine eigene Stimme zu hören.

»An dem Tag, an dem das Foto aufgenommen wurde, das dich mit Brit und dem Baby zeigt«, sagte Zodiac.

»An dem Tag, an dem wir angeblich sterben«, führte Khaled den Gedanken zu Ende.

Er spürte, wie die Blicke von Esther und Zodiac förmlich auf ihm brannten.

»Wenn wir Tantalos vernichten wollen«, sagte Khaled entschieden, »müssen wir den Geldzufluss kappen. Das Geld dieser Vierundzwanzig darf nicht weiter nach Tantalos fließen.«

»Wie stellst du dir das vor?«, fragte Zodiac.

»Sie müssen das Vertrauen in Ben Jafaars Simulation verlieren«, antwortete Khaled. Dann machte er sich auf den Weg nach Berlin.

LuCypher überwachte während der gesamten Zeit den Datenverkehr von Brits Smartphone. Er setzte einen kleinen Detector auf das Datenpaket an, um den genauen Transfer und dessen Zielort herauszufinden. Das Datenpaket hatte augenblicklich eine direkte Verbindung von Brits Smartphone zum Tantalos-Server eröffnet. Das bestärkte nur noch LuCyphers Theorie, dass ein Bot auf Brit losgelassen worden war. Aber warum? LuCypher konnte sich keinen Reim darauf machen.

Sein Detector meldete ihm, dass riesige Datenmengen in einer extrem hohen Geschwindigkeit über diese Datenstrecke geschaufelt wurden. Das war merkwürdig. Denn LuCypher konnte an der Schnittstelle von Brits Smartphone nur ein kleines aktives Messenger-Programm mit einem sehr niedrigen Datenaufkommen entdecken. Woher kam dann die große Menge an anderen Daten?

Er stellte die Parameter des Detectors präziser ein und machte sich auf die Suche. Sie blieb weitgehend ergebnislos. Mit seinen technischen Möglichkeiten konnte er nicht ermitteln, woher diese Datenmengen stammten. Sie schienen sich innerhalb der Leitung sprichwörtlich aus dem Nichts zu materialisieren und jagten dann mit hoher Geschwindigkeit in Richtung Tantalos, um sich kurz hinter dessen Firewalls wieder in nichts aufzulösen.

In einem ersten Erklärungsversuch dachte LuCypher an einen porösen Schlauch, der durch seine offenen Poren auf seiner gesamten Länge die Daten ansaugte und sie hinter der Firewall von Tantalos in einen Abfluss leitete, wo sie dann verschwanden. Zugegeben, es war ein sehr vereinfachtes Bild. Aber mehr hatte er nicht.

Am späten Nachmittag wurde er durch eine Nachricht von Esther aus seiner Arbeit gerissen, das erste Mal seit Wochen, dass er wieder von ihr hörte. Earth rief alle Hacker zum Kampf auf. Diejenigen, die in der Bewegung aktiv waren, genauso wie diejenigen, die nur mit ihr sympathisierten. Jeder wurde gebraucht. Jedes Talent, jedes Wissen, jede rebellische

Kraft. Ein Angriff sollte gestartet werden, durch den die Welt begreifen sollte, über welche Macht Earth verfügte.

Das Ziel des Angriffs war es, innerhalb von Tantalos den »Byzantinischen Fehler« zu installieren. Die Methode mischte in willkürlicher Folge falsche Daten unter die richtigen, sodass ein völlig unkalkulierbares Ergebnis errechnet wurde. Damit wollte man jegliches Vertrauen in das Tantalos-System zerstören. Den Hackern von Earth war es bereits einmal gelungen, ins Innerste von Tantalos einzudringen, und sie würden es bestimmt erneut schaffen.

Ben verbrachte auch an diesem Tag viele Stunden unter seinem AR-Helm. Er befand sich wieder in der virtuellen Umgebung seines eigenen Büros im Jahr 2045. Anfangs verwehrte ihm die Augmented Reality das freie Manövrieren innerhalb der hyperrealistisch gestalteten Räume. Insbesondere kam er nicht an die lebensechte Projektion der greisenhaften Version von ihm selbst heran. Immer, wenn er versuchte, eine gewisse Distanz zu unterschreiten, reagierte die Technik darauf mit Bildaussetzern und Verpixelungen. Es war wie der abstoßende Effekt zweier Magneten, deren gleiche Polung keine Nähe zulassen wollte.

Doch Ben gab nicht auf und übte die Annäherung beharrlich. Und das System schien zu lernen, ähnlich wie er selbst. Die Verpixelungen wurden schwächer, und am zweiten Tag seiner Bemühungen gelang es ihm schließlich, seinem virtuellen Alter Ego so nahe zu kommen, dass er ihm bei der Arbeit an dessen Computerterminal über die Schulter blicken konnte.

Er sah, wie der greise Ben Jafaar in die Steuerung des Tantalos-Systems eingriff. Er sah, welche komplexen Befehle zu neuen Ergebnissen führten. Aber vor allem sah er, zu welcher Perfektion das System im Jahre 2045 gereift war.

Als er nach einer Weile spürte, dass Doreen neben ihm stand und seine Hand hielt, schüttelte er sie ab und schlug nach ihr. Es war seine Forschung, ausschließlich seine, und er wollte sie mit niemandem teilen. Er sah unmittelbar vor sich die unendliche Schönheit eines vollkommenen Programms. Sein Bewusstsein nahm teil an einer Welt, die es erst in fünfundzwanzig Jahren geben würde. Seine Augen verfolgten die Programmierung auf dem Terminal jener Zukunft, die er selbst erschaffen hatte, und er staunte über die Klugheit und Zielgenauigkeit dieser Programmierung.

Je mehr er davon sah, umso sicherer wurde er sich: Das Gesellschaftssystem der Tantalos-Simulation hatte es im Jahr 2045 zu größerer Perfektion gebracht als jedes Menschheitssystem zuvor. Die Prozesse und Algorithmen, die diese Welt steuerten, waren effizienter als jede Regierung, die es zuvor in der Geschichte der Menschheit gegeben hatte, durch sie konnte die Zukunft gerecht und gut werden.

Und als die Maschine ihm sagte, dass Brit und Khaled geopfert werden mussten, um der Schlange des Terrors den Kopf abzuschlagen, wusste er, dass sie recht hatte.

Er sah zu, wie der greise Ben Jafaar in fünfundzwanzig Jahren diesen Befehl erteilte und auf die Reise schickte. Ebenjenen Befehl, der zehn Monate zuvor erstmals im Tantalos-System aufgetaucht war.

52

Khaled saß im Zug nach Berlin. Er dachte über seine Familie nach, über seine leiblichen Eltern in Gaza und die Familie, die er mit Anna und Ben in Berlin gehabt hatte. Von Gaza wusste er kaum noch etwas, da waren nur noch ein paar verschwommene Eindrücke. Bilder von hellem Staub, in dem seine Finger wühlten. Er schob sie in den Bereich seiner frühen Kindheit in Gaza.

Seine ersten konkreten Erinnerungen kreisten um ein buntes Holzpferd, das er durch ein großes Zimmer schob. Das Pferd hatte gelbe Wollfäden als Mähne, und Khaled entsann sich, dass er seine Finger so gerne in diesen Fäden vergrub. Ein schönes Gefühl, warm und weich. Manchmal lag er dabei auf dem Rücken des Pferdes und wurde gezogen. Er wusste nicht mehr, ob von Anna oder von Ben.

Khaled fragte sich, ob sein Kind, sein Sohn, ähnliche Eindrücke mit ins Erwachsenendasein nehmen würde. Das Kind, das hoffentlich bei Brit auf ihn wartete. Eine Antwort wusste er darauf nicht. Die Vorstellungen vom Zusammenleben mit einem Kind waren für ihn sehr abstrakt. Er konnte keine klaren Bilder davon entwickeln. Sie blieben blass und leblos. Fragile Fantasien, errechnet von den Algorithmen seiner Gedanken.

Er fragte sich, ob Ben ähnlich empfunden hatte. Ob der Gedanke an Familie auch für ihn derart abstrakt gewesen und später auch geblieben war. Und ob Bens Frau Anna darunter gelitten haben mochte. War das der Grund, warum Milena nicht stärker darauf gedrängt hatte, mit ihm, Khaled, ein Kind zu bekommen? Spürte sie, dass es vielleicht nicht in ihm steckte, eine Familie zu gründen?

Er schob diese Gedanken beiseite und bemühte sich, ein Bild von Brit in seinen Kopf zu bekommen. Er sah sie auf dem Dach ihrer Hütte in Gaza. Sie saß neben ihm, die Knie angewinkelt, und blickte hinauf in die Sterne. Endlos lang konnte sie das tun, ohne dabei ein Wort zu sagen. Manchmal beobachtete Khaled sie dabei und verlor sich in diesem Anblick. Irgendwann spürte er dann Brits Hand auf seiner Haut und wusste, dass sie ihren Blick wieder vom Himmel abgewandt hatte. Sie sog jeden einzelnen Stern in sich auf und ließ keinen mehr am Nachthimmel übrig. Die Reste, die dort noch leuchteten, waren nur verglimmende Schimmer der gestohlenen Sterne. In Brits Augen waren sie alle gefangen, Milliarden von ihnen, und ihre Helligkeit erschreckte Khaled oft. Mit dieser Frau war alles möglich, hatte er in solchen Momenten gewusst. Sie konnte die Mutter sein, die seinem Kind all das geben würde, was ihm selbst fehlte.

»Ich hab Fragen«, war das Erste, was Brit schrieb, nachdem auf dem Display ihres Smartphones endlich wieder »Hallo, Mutter« erschienen war. Seit ihrem letzten Kontakt mit Elias hatte sie das Display nicht mehr aus den Augen gelassen. Irgendwann in der Nacht war sie vor Erschöpfung eingeschlafen. Doch bereits beim ersten Morgengrauen schlug Brit die Augen wieder auf und behielt ihr Smartphone erneut im Blick.

LuCypher hatte ihr gesagt, dass er die Kontrolle über das Gerät behalten würde und dass er die Sende- und Empfangsfunktion nur aktivierte, sobald es einen Kontaktversuch gab. Ansonsten blieb ihr Smartphone digital unsichtbar. Brit machte sich keine weiteren Gedanken darüber.

In der gesamten Zeit kreiste ihr Denken um Elias. Im Jahr 2045 würde er fünfundzwanzig Jahre alt sein. Ein Jahr jünger, als sie selbst gewesen war, als sie ihn zusammen mit Khaled gezeugt hatte. Wie mochte er aussehen? Wie ähnlich war er seinem Vater? Wie sehr ähnelte er ihr? Für Brit war der Elias der Zukunft inzwischen real. Ein lebender Mensch, nur durch die Zeit von ihr getrennt. Wenn sie an ihn dachte, gab es ihn jetzt schon. Nur selten kamen ihr noch die Zweifel. Dann dachte sie daran, dass ihr Gespräch mit ihm durchaus auch das Produkt eines Algorithmus sein konnte. Sie wusste um die Möglichkeiten, die Bots inzwischen hatten.

Doch solche Gedanken verdrängte sie rasch. Sie wollte, dass jener Elias in der Zukunft des Jahres 2045 lebte und mit ihr Kontakt aufnahm. Sie wollte es derart stark, dass ihr alles andere egal war.

Als dann endlich das Display aufleuchtete und sie erneut »Hallo, Mutter« las, pochte ihr Herz wieder wie verrückt.

»Welche Fragen hast du?«, erschien auf dem Display.

»Wie hast du die Verbindung zu mir hergestellt?«, tippte sie ein.

»Es gibt eine Brücke über die Zeit. Die Forscher von Tantalos haben daran gearbeitet«, antwortete Elias. »Vor ein paar Jahren entdeckte die Wissenschaft, dass sich Elektronen mit Informationen aufladen lassen und unter bestimmten Bedingungen reversibel sind. Man kann sie in der Zeit zurückschicken.«

»Wer hat daran gearbeitet? Tantalos?«, tippte Brit.

»Ja. Aber wir haben sie gehackt und ihr Verfahren für uns nutzbar gemacht.«

Sie hielt das Smartphone mit beiden Händen fest, als hätte

sie Angst, dass ihr der Kontakt zu Elias wieder entgleiten könnte. Sie dachte auch darüber nach, was er da schrieb. Es steckte ein Fehler darin. Wenn Tantalos im Besitz eines solchen Verfahrens war, warum nutzten dessen Wissenschaftler es dann nicht? Warum ließen sie zu, dass die Rebellen es nutzten? Warum griffen sie nicht ein?

»Du hast Zweifel?«, fragte Elias.

»Wie hast du mich aufgespürt?«, fragte Brit dagegen.

»In den Chroniken steht, dass jemand von Earth die Brücke kopiert hat und sie von mir benutzt wurde, um mit dir Kontakt aufzunehmen. In meiner Zeit ist all das bereits geschehen, und wir verfügen über das Wissen darüber.«

Elias sprach von einem Zeitparadoxon. Wenn man es aus der Zukunft heraus schaffte, Kontakt zur Vergangenheit herzustellen, wusste man in ebenjener Zukunft bereits von dieser Kontaktaufnahme, weil sie ja aus der zukünftigen Perspektive gesehen zur eigenen Vergangenheit gehörte.

»Erzähl mir von dir. Wie war deine Kindheit?«, wollte Brit wissen.

»Du hast mir gefehlt.«

»Erzähl mir mehr. Hab ich dich besucht? Oder nicht? Hast du mich jemals gesehen? Wie bist du aufgewachsen? Wer hat dir das Sprechen beigebracht? Wer das Laufen?«

»Ich verstehe deine Fragen, Mutter. Aber es ist nicht gut für dich, das zu wissen.«

»Wieso soll es nicht gut sein zu wissen, was aus dir geworden ist?«

»Wir Menschen sollten nicht wissen, was auf uns zukommt. Wir müssten uns sonst mit dem Unvermeidlichen abfinden.«

»Dann erzähl mir, wie du jetzt lebst. Wen liebst du?«

Es dauerte, bis er darauf antwortete. Die Fragen, die Brit stellte, entsprangen einer brennenden Neugier, zum Teil wollte sie sich aber auch Sicherheit verschaffen, dass dieser Elias der Zukunft tatsächlich existierte.

»Sie heißt Chora«, erschien auf dem Display.

»Chora? Ein schöner Name«, tippte Brit. »Wer ist sie?«

»Sie ist eine Kämpferin. Vermutlich ist sie wie du. Oder so, wie ich mir dich vorstelle.«

»Lebt ihr zusammen?«

»Nein. Sie ist auf der Flucht.«

»Kannst du ihr nicht helfen?«, tippte Brit.

»Ich kann nicht mehr über sie erzählen, ohne sie in Gefahr zu bringen«, antwortete Elias.

»Warum das? Kann irgendwer unser Gespräch mitverfolgen?«

Sie wartete auf seine Antwort, die aber nicht kam. Dabei brannte ihr diese letzte Frage regelrecht unter den Nägeln. Was mochte Elias damit meinen, dass ihr Gespräch eine Gefahr für jemanden in der Zukunft bedeuten könnte? Zweifel stiegen in Brit auf. Zweifel, die sie nicht wollte.

»Erzähl mir etwas anderes«, tippte sie schließlich. »Wie viele seid ihr?«

»Bei Earth?«

»Ja. Lebt ihr im Untergrund? Sind viele von euch gefangen?«

»Viele.«

»Kann ich euch helfen? Kann ich hier in meiner Zeit irgendetwas tun, das euch hilft?«

»Du musst verhindern, dass Tantalos zerstört wird«, antwortete Elias.

Die Antwort verunsicherte Brit. Der Hauch von Zweifel, dass sie wirklich mit dem Elias der Zukunft kommunizierte, bekam mit diesem letzten Satz neue Nahrung.

»Warum das?«, fragte Brit.

»Wir brauchen die Brücke zu eurer Zeit. Um von dort Daten für unseren Widerstand zu sammeln. Die Brücke gibt es nur, solange Tantalos existiert.«

Brit sah einen langen Moment auf das Display, bevor sie wieder tippte. »Gib mir einen Beweis, dass du in der Zukunft wirklich existierst. Schreib mir etwas, das noch geschehen wird und das nur du wissen kannst.«

»An diesem Tag in deiner Zeit wirst du meinen Vater wiedersehen«, antwortete Elias.

Der Satz traf Brit zielsicher und beherrschte sekundenlang ihre Gedanken.

»Tu das Richtige, Mutter.«

Das war das Letzte, das auf Brits Smartphone erschien. Danach verschwand die Messenger-App wieder, ohne irgendwelche Spuren zu hinterlassen.

Im selben Moment ertönte die Türglocke.

53

Erdmann war müde. Er war lange und disziplinierte Tage gewöhnt. Aber neuerdings wurde seine Disziplin ausgehebelt von den Abenden mit Weißbier, schwerem Essen und Sex.

Natürlich genoss er diese regelmäßigen Treffen mit der Wolf, vor allem den Sex, auf den er viele Jahre seines Lebens verzichtet hatte. Aber sie brachten auch Unordnung in seinen Biorhythmus. Es fiel ihm morgens ungewöhnlich schwer, aus dem Bett zu kommen. Und es verblüffte ihn jedes Mal, dass die Wolf schon vor ihm wach war und mit ihrer provokanten Energie das Badezimmer für sich beanspruchte.

Jetzt saß er an seinem Schreibtisch, und die Müdigkeit steckte ihm noch immer in allen Knochen. Sie machte seine Gedanken schwer, und er konnte sich nur mit etwas einfacher Arbeitsroutine befassen.

Momentan war er mit der Auswertung eines digitalen Bewegungsbildes einer Berliner Bande beschäftigt, die sich auf das Knacken von ATM-Automaten spezialisiert hatte.

Ohne zu klopfen, trat die Wolf ein.

»Ich bin an ihm dran«, sagte sie und schloss die Tür hinter sich.

Erdmann fiel auf, dass die Wolf inzwischen häufig in sein Büro kam. Sie benahm sich, als wäre es ihr eigenes. Keine Begrüßung, keine Nachfrage, ob ihr Besuch gerade passend oder unpassend war. Außerdem dachte er, dass sie in den letzten Tagen ausgesprochen gut aussah. Er wagte nicht, diese Beobachtung mit dem regelmäßigen Sex in Verbindung zu bringen, den sie mal in ihrer, mal in seiner Wohnung hatten.

»Etwas ausführlicher bitte«, sagte er. »An wem genau bist du dran?«

Sie setzte sich neben ihn, zog seine Tastatur zu sich und loggte sich darüber in ihre eigene Partition des Servers ein. Eine Datei sprang auf, die eine Karte von Berlin mit einem aktiven Bewegungsprofil zeigte.

»Was ist das?«, fragte Erdmann.

»Er«, antwortete sie. »Der Pole.«

Dann erklärte sie ihm, dass sie in den letzten drei Tagen damit beschäftigt gewesen war, eine Kreditkarte zu verfolgen, mit welcher der Pole in Paris einen Strafzettel bezahlt hatte. Die Karte stammte von einem Konto bei der Osloer Nordea-Bank. Beate Wolf hatte versucht, über Interpol darauf Zugriff zu bekommen, doch der wurde ihr verweigert, was bei der zurzeit wütenden Datenschutzhysterie nicht erstaunlich gewesen wäre. Doch die Zugriffsverweigerung kam weder von der Bank noch von Interpol. Sie kam mit dem Hinweis »klassifiziert« von ihrer eigenen Dienststelle, dem BKA. Es gab offenbar eine offizielle Anordnung, dieses Osloer Konto nicht nachzuverfolgen.

Beate Wolf ließ sich davon nicht abschrecken und wählte eine andere Strategie. Sie kontaktierte auf eigene Faust jeden einzelnen der großen europäischen Mobilfunk-Provider und erzählte dabei immer dieselbe Geschichte: Ihr Bruder, Pjotr Kaczynski, wäre jüngst verstorben, und seither benutzte sie sein Mobilphone. Dessen Vertrag würde aber immer noch von seiner Kreditkarte abgebucht werden. Ein Umstand, den sie gern ändern wolle. Daraufhin hatte sie die Kreditkartennummer genannt, den Namen und das eingetragene Geburtsdatum von Pjotr Kaczynski.

Die meisten Mobilfunk-Provider hatten ihr nicht weiterhelfen können. Aber nach vielen ergebnislosen Anrufen landete sie schließlich einen Treffer. Eine junge Sachbearbeiterin, der der menschliche Faktor wichtiger war als der Datenschutz, fand in ihrer Datenbank den Namen und erklärte sich bereit, ein Antragsformular zur Kontoänderung an Beate Wolf zu mailen. Gestern war es angekommen. Ganz oben auf diesem Formular stand die aktuelle Mobilfunknummer des Polen.

Beate Wolf hatte umgehend eine vorläufige Handyortung veranlasst. In ihrer Begründung hatte sie »Verdacht auf Vorbereitung einer terroristischen Aktion im Umfeld der Hackergruppe Earth« angegeben. Sie fand, dass das zumindest nicht komplett gelogen war.

»Du hast mir nichts davon erzählt«, sagte Erdmann, darum bemüht, seinen Tonfall nicht beleidigt klingen zu lassen.

»Ich erzähle es dir jetzt«, antwortete sie und legte ihm die Hand auf den Oberschenkel.

»Wir hätten das absprechen können«, sagte er. »Ich meine, wir sind doch ganz gut als Team bislang.«

»Hättest du es denn anders gemacht?« Sie sah ihn an, die Augenbrauen fragend hochgezogen.

»Nein, natürlich nicht.«

»Ich mag dich, Erdmann«, sagte sie lächelnd. »Wir hatten guten Sex letzte Nacht.«

Das genau war es, was ihn störte. Diese Vermischung von Privatem und Dienstlichem. Er zog es vor, diese beiden Dinge getrennt zu halten.

»Entspann dich und sieh dir das an«, sagte sie und konzentrierte sich auf das Bewegungsprofil vor ihnen auf dem Monitor. »Der Übersicht halber in unterschiedlichen Farben gekennzeichnet. Hier, vor drei Tagen ist er in Berlin aufgetaucht, grüne Schraffur.« Sie fuhr mit dem Zeigefinger über den Bildschirm. »Uneindeutige Bewegungen im gesamten Stadtgebiet. Und jetzt hier, vor zwei Tagen, blaue Schraffur. Das Bewegungsprofil verlagert sich nach Osten, Großbereich Friedrichshain ...«

Erdmann sah sie an. Ihre Präzision und Effizienz waren Eigenschaften, die er immer schon an Menschen schätzte.

Sie tätschelte ihm mit der Hand den Oberschenkel, um seine Konzentration zum Bildschirm zurückzulenken. »Rote Schraffur, gestern, wenige Bewegungen, sämtlich in einem engen Bereich von Friedrichshain. Er scheint seinem Ziel näher zu kommen.«

Erdmann nickte, dann stand er auf.

»Ja?«, fragte die Wolf etwas irritiert.

»Schick mir die Datei rüber. Ich muss mich krankmelden. Ich mach zu Hause weiter.«

Sie zog die Augenbrauen wieder hoch. »Ich dachte, wir sind ein Team?«

»Sind wir«, sagte er knapp. »Komm vorbei, sobald du kannst. Dann gibt's auch wieder guten Sex.«

Er lernte von ihr. Als er sein Büro verließ, hatte er ein zartes Lächeln in den Mundwinkeln.

»Hallo«, sagte Khaled leise.

Brit öffnete die Tür, ohne zuvor durch den Spion geschaut zu haben. Sie wusste, dass er es war. Sie hatte es gewusst, weil Elias es gewusst hatte.

Khaled sah müde aus, fand sie. Sein Gesicht hagerer, als sie es in Erinnerung hatte, und mit dunklen Rändern unter den Augen. Aber sein Blick war ihr immer noch vertraut. Sie sah, wie seine Augen nach etwas suchten.

»Hallo«, sagte auch sie.

Khaleds Blick fuhr an ihr vorbei in die Wohnung. An dem Zucken seiner Augen und seinem schnellen Atem erkannte sie, dass sein Organismus auf Hochtouren arbeitete. Sie übersetzte es dahingehend, dass er sich Sorgen machte. Es war kein angenehmes Gefühl, das wusste sie.

Sie trat nah an ihn heran und umarmte ihn. Dann zog sie ihn mit ihrer Umarmung in die Wohnung und schloss die Tür hinter ihm.

Sein Atem wurde schneller, aber die Spannung in seinem Körper ließ nach. Seine Hände schoben sich an ihrem Rücken hinauf und drückten sie fest an sich. Dann suchten seine Lippen ihren Mund, und er küsste sie. Lange und gierig. Sein Atem ging geräuschvoll durch seine Nase.

Schließlich schob er sie sanft von sich und fragte: »Wo ist er?«

In Khaleds Gesicht zuckte es, als Brit ihm erzählte, dass sie seinen Sohn geboren und kurz darauf weggegeben hatte. Sein unruhiger Blick suchte in ihrem Gesicht nach den Antworten, die er aus ihren Worten nicht heraushören konnte. Er stellte immer wieder dieselben Fragen, immer beinhalteten sie dasselbe »Warum?«.

Brit wiederholte ihre Ausführungen mehrfach, berichtete ausführlich von den Cataphiles, von der Hebamme Catherine und von ihrer Flucht aus den Katakomben. Doch von dem, was danach geschehen war, erzählte sie nichts, sondern sagte ihm, dass er niemals den Aufenthaltsort von Elias wissen dürfe.

Khaled bettelte und schrie, tigerte aufgebracht durch die Wohnung und schlug in seiner Verzweiflung gegen die Wände. Dann hockte er sich auf die Matratze in ihrem Zimmer, zog die Beine an und legte den Kopf auf die Knie.

Sie setzte sich neben ihn und nahm ihn in den Arm.

»Wir hätten das absprechen müssen«, sagte er leise.

»Nein«, antwortete sie. »Du hättest es niemals akzeptiert.«

»Wir hätten das absprechen müssen«, wiederholte er sich.

»Er wäre nicht sicher bei uns. Niemals. Allein dadurch, dass es uns gibt, wäre sein Leben immer in Gefahr.«

»Wir hätten aus allem aussteigen können! Das können wir immer noch!« Er hob den Kopf und sah sie flehend an. »Wir gehen irgendwohin, wo sie uns nicht finden! Wo sie *ihn* nicht finden! Wir hören auf mit allem, was uns mit Earth verbindet, und dann holen wir ihn und fangen ganz von vorn an!«

Brit schüttelte den Kopf und drückte Khaled wieder an sich.

»Wir sind klug, wir beide, besser als die«, sagte Khaled mit belegter Stimme. »Die kriegen uns nicht, und die kriegen auch Elias nicht …«

Sie spürte, wie ein Zittern in ihrem Brustkorb begann und sich bis in ihre Arme und Beine ausbreitete. Es war eine Unruhe, die sie nicht mehr kontrollieren konnte und die jetzt ihr Handeln bestimmte.

Brit fing an, ihn zu küssen, und zog ihn auf die Matratze. Sie dachte nicht darüber nach, ihr Körper machte es eigenständig. Ihre Gedanken hatten nicht mehr die Kraft, ihr Handeln zu lenken.

»Es ist nicht fair«, sagte Khaled. »Es ist nicht fair. Er ist mein Sohn …«

»Er muss leben, Khaled. Er *wird* leben. Das müssen wir uns schwören.«

Sie rollte sich auf ihn und küsste ihn weiter.

»Ich bin so froh, dass du hier bist«, sagte sie und zog ihr Shirt aus.

»Brit …«, begann Khaled, aber sie legte ihm die Finger ihrer rechten Hand auf den Mund, dann machte sie sich daran, ihn auszuziehen. Sein Körper reagierte augenblicklich auf ihre Berührungen.

Gierig und sehnsüchtig zugleich. Als er in sie eindrang,

hatte sie das Gefühl grenzenloser Vertrautheit. Sie umschloss ihn, so fest sie konnte, und bewegte sich auf ihm. Wie in elektrischen Stromschlägen breitete sich dieses Gefühl der Vereinigung in ihr aus. Wellen der Lust wechselten sich mit Schauern von Überreizung ab, die ihren Körper zum Beben brachten.

Mitten in ihrem Orgasmus schoss Brit der beißende Schmerz von Tränen in die Augen. Sie schrie auf, so weh tat es plötzlich. Ihr ganzer Körper wurde von einem Weinkrampf geschüttelt, und die Tränen rannen ihr unaufhaltsam übers Gesicht. Sie schrie und schrie und konnte es nicht stoppen. Noch nie zuvor hatte Brit derartige Schmerzen erlebt, noch nie zuvor Tränen gehabt.

Khaled zog sie eng an sich und hielt sie fest. Und dann weinte er auch.

54

Erdmann breitete die selbst gefertigte Straßenkarte in seinem gesamten Zimmer aus. Sie bestand aus einer Vielzahl zusammengeklebter Fotokopien mit handschriftlichen Notizen, bei denen es sich um die akribisch genaue Kennzeichnung sämtlicher Kameras handelte, die auf den Straßen Berlins installiert waren. In den Monaten nach Lisas Tod war er Straßenzug für Straßenzug durchgegangen und hatte dort die Kamerasysteme erfasst. Jetzt kniete er inmitten der Fotokopien und verglich sie mit den Computerausdrucken, die das Bewegungsmuster des Polen verzeichneten.

»Hier, an diesen Stellen ist er mehrfach gewesen«, sagte er.

Beate Wolf stand neben ihm. Sie hatte es sich nicht nehmen lassen, Erdmann hierher zu folgen, und dafür ihren Arbeitstag vorzeitig beendet.

»Immer wieder, aber scheinbar ziellos«, sagte Erdmann. »Als wäre er herumgestreunt und hätte darauf gewartet, dass etwas geschieht.« Er fuhr nachdenklich mit dem Finger über seine Straßenkarte. »Hier hört das schnelle Bewegungsmuster auf. Vielleicht hat er das Auto abgestellt und ist zu Fuß weiter?«

»Welche Kamera ist da in der Nähe?«, übernahm die Wolf seinen Gedanken.

»Sparkasse Warschauer Straße. Zeitraum vorgestern Abend zwischen sechs und sieben.«

Die Wolf ging zu seinem Rechner und gab die Daten der Kamera ein, sodass sie über den BKA-Zugang auf deren Aufzeichnungen Zugriff hatte. Nach wenigen Sekunden konnte sie das Kameramaterial des gestrigen Tages einsehen. Sie scrollte zu dem genannten Zeitraum und sah sich das Bildmaterial an.

»Nichts«, sagte sie nach einer Weile, »jedenfalls nichts Auffälliges.«

»Gut, dann die Kamera Tramhaltestelle Warschauer Straße Ecke Grünberger Straße, gestern zwischen fünfzehn und sechzehn Uhr.«

Wieder tippte die Wolf auf der Tastatur Befehle ein. Dann scrollte sie durch das Material der Kamera.

»Hier, da ist er!«

Erdmann sprang auf, trat neben sie. Deutlich war auf dem Kamerabild zu sehen, wie der dunkle Touareg am Straßenrand geparkt wurde und der Pole ausstieg.

»Wenn wir davon ausgehen, dass er weiterhin Brit jagt, heißt das, er hat nur einen groben Anhaltspunkt, dass sie irgendwo dort in der Nähe ist«, meinte Erdmann.

»Merkwürdig«, fand die Wolf. »Wieso weiß er es nur ungefähr, wieso nicht genau? Welche Informationen könnte er haben, und welche könnten ihm fehlen?«

Erdmann betrachtete nachdenklich das Bewegungsprofil des Polen. Es hatte das Gefühl, als ließe sich darin etwas erkennen, das ihm zuvor entgangen war.

»Schau mal, auffällig ist, dass er in zwei großen Schüben seinen Wirkungskreis einengt.« Er zeigte der Wolf, was er meinte, und sie sah es auch.

»Als ob er zu diesen zwei Zeitpunkten neue Informationen bekommen hat, wodurch er sein Suchfeld präzisieren konnte«, sagte sie.

»Mal angenommen, seine Suche basiert auf Handyortung,

genau wie unsere«, überlegte Erdmann laut. »Und Brits Handy war nur zu diesen Zeitpunkten aktiv, sodass es geortet werden konnte.«

»Einverstanden«, sagte die Wolf, »das könnte die Etappen erklären. Aber sobald es aktiv war, hätte es geortet werden können, und zwar nach aktueller Technik auf zwei Meter genau.«

»Nicht unbedingt«, widersprach Erdmann. »Die Ortung basiert auf dem Funkzugriff des Handys auf mehrere Sendemasten, innerhalb derer dann seine Position bestimmt werden kann. Wenn aber ein Mobilphone so manipuliert wurde, dass es jeweils nur auf einen einzigen Masten zugreift …«

»… ist dessen Position nur ungenau zu bestimmen«, vollendete die Wolf seinen Gedanken. »Im letzten Jahr wurde ein nordkoreanischer Agent in Berlin gefasst, dessen Mobilphone auf diese Art getarnt war. Man vermutet die Lazarus-Gruppe dahinter, eine aggressive koreanische Hackervereinigung, die solch eine Tarnung entwickelt haben könnte.«

»Könnte stimmen. Passt auch zu dem Bewegungsmuster. Deshalb muss unser Pole herumstreunen«, folgerte Erdmann, »weil er nicht exakt weiß, wo Brit ist.«

Beate Wolf nickte. Plötzlich ergab alles Sinn.

»Wie schnell kannst du die Ortung seines Handys veranlassen?«

»Wenn wir einen Einsatz hätten, innerhalb von zehn Minuten«, antwortete die Wolf.

»Den haben wir«, sagte Erdmann. Er ging zum Schreibtisch und holte seine Dienstwaffe aus der Schublade. »Ich schätze, wir müssen unseren Sex verschieben«, meinte er, während er die Waffe checkte.

»Ungern«, antwortete sie und machte sich an die Arbeit.

Khaled hatte mit Brit eine ganze Zeit lang reglos auf der Matratze gelegen. Als ihr Weinkrampf vorüber war, erzählte sie ihm schließlich doch von Elias. Manches war unzusammenhängend, und immer wieder unterbrachen Tränen ihren Bericht. Aber Khaled erfuhr von dem Datenpaket, das immer wieder versucht hatte, die von LuCypher installierten Sicherheitsbarrieren zu durchbrechen. Ein Datenpaket, dessen Absender angeblich Elias Jafaar war.

Er erfuhr, dass sie LuCypher am Grab ihrer Mutter wiedergetroffen und gebeten hatte, die Sicherheitsbarriere ihres Smartphones zu öffnen, sodass das Paket zu ihr durchdringen konnte. Und dann erfuhr Khaled von den »Gesprächen« zwischen Brit und Elias über die Messenger-App.

Khaled hörte ruhig den oftmals unzusammenhängenden Erklärungen Brits zu. Er konnte letztlich nicht verbergen, dass er nicht daran glaubte, dass es diesen Elias aus der Zukunft wirklich gab. Brit war eine junge Mutter, die ihr Neugeborenes weggegeben hatte und deren Unterbewusstsein einen Ersatz für den Verlust schaffte.

Als Khaled diese Gedanken Brit gegenüber erwähnte, fing sie wieder an zu zittern, und ihrem Blick war anzumerken, in welch tiefe Verzweiflung diese Vorstellung sie trieb. Sie klagte über entsetzliche Kopfschmerzen und bat Khaled, ihr ein Mittel zu holen. Ob sie ihn nur wegschickte, weil sie allein sein wollte, oder ob die Kopfschmerzen echt waren, wusste er nicht.

Aber als er den Weg zur Apotheke antrat, spürte er, wie gut ihm die kühle Nachtluft tat, um wieder zu sich selbst zu finden.

Die aktuelle Handyortung des Polen traf jeweils mit einer Verzögerung von zwanzig Sekunden auf dem Rechner von Jürgen Erdmann ein, wo sie von der Wolf aufmerksam verfolgt wurde. Momentan bewegte sich das Signal die Warschauer Straße entlang. Es änderte seine Position nur langsam, was darauf hindeutete, dass der Pole zu Fuß unterwegs war.

In der Höhe der Gubener Straße verharrte das Signal. Beate Wolf schaute auf Erdmanns Plan nach nahe liegenden Überwachungskameras, entschied sich für eine an der Tramhaltestelle Revaler Straße und steuerte sie an. Auf dem aktuellen Bild konnte sie nur wenige Menschen sehen, die zu dieser späten Zeit noch unterwegs waren. Ein paar Leute standen an der Haltestelle. Alle schienen ihr unauffällig zu sein.

Dann wurde sie auf einen Mann auf der anderen Straßenseite aufmerksam. Er stand in der Nähe einer beleuchteten Apotheke und trug ein Basecap. Beate Wolf war sich sicher, dass er einen anderen Mann beobachtete, der am Notschalter der Apotheke etwas kaufte. Danach ging der andere Mann über die Warschauer Straße nach Norden. Der Mann mit der Basecap wartete noch einen Moment, dann blickte er sich um und ging ebenfalls über die Warschauer Straße nach Norden.

Beate Wolf stoppte das Bild und holte den Moment zurück, als sich der Mann mit der Basecap umschaute. Sie zoomte das Bild näher und erkannte ihn daraufhin genau. Es war derselbe Mann, der im Dom-Hotel in Köln beim Einchecken von der Überwachungskamera aufgezeichnet worden war: der Pole!

Sie griff zu ihrem Handy und rief Erdmann an. »Ich hab ihn. Er geht über die Warschauer Straße Richtung Norden und folgt jemandem, den ich nicht erkennen konnte. Wie weit bist du noch entfernt?«

»In sechs bis acht Minuten kann ich dort sein«, sagte Erdmann.

»Ich geb dir laufend die Ortung durch«, erwiderte die Wolf und spürte dabei, dass sie sich Sorgen machte.

Khaled kam in die Wohnung zurück und ging direkt in Brits Zimmer. Sie lag zusammengerollt auf der Matratze und starrte reglos auf das Display ihres Smartphones, von dem ihr Gesicht in bleiches Licht getaucht wurde.

»Ich hab dir etwas geholt«, sagte Khaled.

»Danke«, antwortete sie, ohne sich zu rühren.

»Willst du es direkt? Ich hol dir ein Glas Wasser, okay?«

Brit erwiderte nichts darauf. Sie lag nur da und starrte auf das Display. Khaled sah sie ein paar Sekunden an, dann ging er in die Küche, um das Wasser zu holen.

Da klingelte es an der Tür.

Khaled kehrte hastig ins Brits Zimmer zurück und sah sie fragend an. Ihr Blick verriet ihm, dass sie ebenfalls ratlos war, wer da mitten in der Nacht klingelte.

Khaled ging zur Wohnungstür und blickte vorsichtig durch den Spion. Er sah einen Mann, den er nicht kannte. Er trug ein blaues Basecap, und sein Gesicht war ausdruckslos, ohne Emotion, kalt.

Khaled wusste schlagartig, dass sie in der Falle saßen.

Der Mann klingelte erneut. Khaled überlegte fieberhaft. Seine Gedanken jagten sich, suchten nach einem Ausweg, während er vorsichtig durch den Spion starrte.

Hinter dem Mann mit der Basecap tauchte ein zweiter auf, ohne dass der ihn bemerkte – und schlang einen Gürtel um den Hals des ersten. Khaled fuhr vom Türspion zurück. Es gab einen lauten Kampf hinter der Tür.

Brit stürzte aus ihrem Zimmer. Sie und Khaled sahen sich an, unsicher, was sie tun sollten.

Die Geräusche hinter der Tür brachen ab, und es wurde still. Khaled und Brit wagten nicht zu atmen.

Dann klopfte es an der Tür, und durch das Holz hörten sie die Stimme eines Mannes. »Mein Name ist Jürgen Erdmann. Ich war ein enger Mitarbeiter von Lisa Kuttner. Es wäre vermutlich in unser aller Interesse, wenn Sie mich hereinließen.«

55

LuCypher beobachtete über einen Nachrichtenkanal im Internet, wie die Eukalyptusbäume mit Helikoptern aufs Dach des Monrad-Gebäudes transportiert wurden. Er dachte daran, welche Mühen seine Nachbarn hier in der Kleingartenanlage hatten, wenn es darum ging, einen einzelnen Apfelbaum zum Leben zu erwecken. Es ging dabei immer darum, den Wurzeln den richtigen Grund zu verschaffen, damit sie sich gut ausbreiten konnten und dem Baum einige Jahrzehnte Leben garantierten. Ibrahim Bin Kudh schien demgegenüber ein eher theoretisches Verhältnis zu Pflanzen zu haben.

LuCypher hatte sich in den letzten Tagen viele Gedanken über den Saudi gemacht. Der Mann ließ erahnen, welch enormes Kapital hinter Tantalos steckte.

Inzwischen stand LuCypher auch wieder in Kontakt zu Esther und Zodiac. Sie hatten mehrfach über die bevorstehenden Aufgaben diskutiert. LuCypher, der seit seinem Teenageralter Hacker war, machte sich erstmals Gedanken über die großen Zusammenhänge, in denen man die Arbeit von Earth sehen konnte.

Insgesamt war Earth zurzeit in einem desolaten Zustand. Über viele Jahre fungierte die Berliner Zelle als leitender Kopf der Bewegung, auch wenn das ihrem eigentlichen Selbstverständnis widersprach. Aber allzu oft waren die wichtigen Impulse und Anregungen aus Berlin gekommen, und nach einer Weile hatte sich die Bewegung daran gewöhnt. Seit die Zelle vor zehn Monaten aufgelöst wurde, zerfaserten viele Prozesse. Die Aktivität der Bewegung ging spürbar zurück.

Nach Zodiacs Schätzung musste sie etwa dreihundert bis vierhundert Mitglieder haben, doch ganz genau wusste das niemand. Inzwischen waren nur noch wenige dieser Mitglieder aktiv. Viele der Aktivisten und Hacker zogen sich zurück, zum Teil aus Angst, zum Teil, weil sie ihren Fokus verloren hatten. Das Netzwerk Rise, das zum Schutz von Earth aufgebaut worden war, beschleunigte paradoxerweise den Zersetzungsprozess. Zwar konnte sich der harte Kern der Aktivisten darin verbergen, weil eine große, diffuse Menge von Sympathisanten um sie herum entstanden war, aber das Bewusstsein dieser Sympathisanten wurde täglich unkritischer. Das neue und ungewöhnliche Social Network, das sich anfangs durch eine beachtliche Schwarmintelligenz ausgezeichnet hatte, verkam in erschreckendem Tempo zu einem belanglosen Entertainment-Werkzeug. Die Auflösung der Ernsthaftigkeit begann. Sicher trugen die Bots, die nach LuCyphers Meinung das Netzwerk infiltrierten, ihren Teil dazu bei.

Eine Zeit lang konnte dieser Prozess noch durch ein paar eifrige User eingedämmt werden, die nicht müde wurden, die ikonografischen Bilder und Zeichnungen ihrer Heldin Brit durch Rise zu schicken und sie dadurch zu einer Jeanne d'Arc des Widerstands hochzustilisieren. Doch die Threads zeigten, dass dies ausschließlich auf die Gruppe der jüngeren Spaßhacker eine spürbare Wirkung hatte. Die wiederum waren für die wirkliche Arbeit von Earth eher unbedeutend.

Alles in allem schien die ausgeklügelte PR-Strategie von Tantalos aufzugehen. Earth begann, sich selbst zu zersetzen. Vielleicht war das auch nur der ganz normale Verfall, dem jede bedeutende Bewegung früher oder später zum Opfer fiel.

Aber es gab auch eine andere Tendenz, die allerdings weit unauffälliger vonstattenging. Einzelne Mitglieder anderer Hackergruppen – wie Lazarus, Sofacy oder AnonCoders – machten sich mehr und mehr die Ziele von Earth zu eigen und signalisierten ihre Bereitschaft, in den Kampf gegen Tantalos einzusteigen.

Es gab eine aufgebrachte Diskussion darüber zwischen Esther, Zodiac und LuCypher. Besonders Zodiac war der Meinung, dass man die Reihen von Earth von kriminellen Hackern frei halten müsse. Aber letztlich überstimmten ihn Esther und LuCypher, die das Argument vorbrachten, dass die bevorstehende Schlacht zu wichtig und Earth daher auf jede Waffe angewiesen sei, die sich anbot.

Seit den frühen Morgenstunden liefen im Darknet die Vorbereitungen für den Kampf, und immer mehr Mitstreiter strömten in die Reihen von Earth. Von überall her krochen sie aus ihren Löchern, aus jedem Winkel der Welt. Keiner von ihnen kannte die Identität des anderen, doch jeder Einzelne von ihnen war ein gefährlicher und zerstörerischer Hacker. Gemeinsam wurden sie zur größten Armee, die sich je in den dunklen Tiefen des Netzes versammelt hatte. Eine Armee, die für Earth kämpfen wollte und bereit war loszuschlagen.

LuCypher hatte mit Zodiac und Esther alles besprochen. Um zwölf Uhr mittags startete der Angriff. Das Tor zur Invasion war die Datenstrecke, die Brits Smartphone mit dem Tantalos-System verband.

LuCypher hatte das Notwendige vorbereitet. Er war überzeugt davon, dass der Kontakt zwischen Brit und Elias auf einen Bot zurückging. Also erstellte er eine Art Avatar davon, der auf ein ähnliches Datenprotokoll zurückgriff, wie er es bei den Kontakten zwischen Brit und Elias aufgezeichnet und analysiert hatte. Mit diesem Avatar simulierte er den Datenweg zu Tantalos und öffnete das Tor, über das die Hacker einfallen konnten.

Geradezu euphorisch beobachtete LuCypher, wie sie daraufhin in das System strömten. Den Daten nach zu urteilen, mussten es Tausende sein. Und alle mit demselben Ziel: Sie wollten das System so lange mit Fehlern infiltrieren, bis es zusammenbrach.

Zeitgleich wurde ein symbolisches Bild des Angriffs durch die Nachrichtenkanäle des Internets gejagt. Es war ein Bild von Esther, die mit Kapuze und Sonnenbrille in ihrem Rollstuhl hoch oben auf dem Dach der Grande Arche saß, auf ihrem Schoß ein Rechner, über einen 4G-Router mit dem Netz gekoppelt. Ein Bild, von einer Drohne aufgenommen, die hoch über ihr kreiste, während Esther eine Hand mit dem Victory-Zeichen in die Luft streckte.

Als Titel erschien darüber:

GLORY TO FIGHT, GLORY TO WIN, GLORY TO EARTH

Zodiac, Esther und LuCypher hatten der Attacke den Namen »Glory« gegeben. Sie wussten um die Wirkung solcher Begriffe, die voller naivem Pathos die Community der Hacker immer zielsicher erreichten.

Eine Eliteeinheit der Pariser Polizei stürmte kurz darauf das Dach der Grande Arche, das seit 2010 nicht mehr öffentlich zugänglich war. Natürlich war es leer. Esther und Zodiac hatten die Aufnahme tags zuvor gemacht und waren längst in Sicherheit.

56

»Ben!«

Doreens Stimme war laut und scharf. Sie wollte sichergehen, dass sie zu Ben durchdrang, der sich wieder einmal unter seinem AR-Helm vom Rest der Welt abgekapselt hatte.

»Ben!«, schrie sie erneut, diesmal noch lauter.

Ben Jafaar setzte langsam den Helm ab und drehte sich zu ihr um. Seit seiner Verletzung durch Esther war sein Gesicht kälter und härter geworden, fand Doreen.

»Was?«, fragte er mit lahmer Stimme.

»Ein Hackerangriff!«, sagte Doreen. »Er ist gewaltig!«

»Wie sind sie reingekommen?«, wollte Ben wissen.

»Wissen wir noch nicht. Wir haben es gerade erst bemerkt, durch eine Änderung in der Simulation. Eine beträchtliche Änderung.«

»Präziser bitte«, sagte Ben, dessen Tonfall erstaunlich ruhig blieb.

Doreen berichtete ihm, dass das Team der Historiker zuerst darauf aufmerksam geworden war. Die hatten sie vor zehn Minuten kontaktiert und gemeldet, dass in der Simulation ein auffälliger Umbau vor sich ging. Die Prozessoren und Server liefen heiß, die Kühlpumpen arbeiteten auf höchster Betriebsstufe.

Für die simulierte Welt des Jahres 2045 wurde momentan ein steiler Machtanstieg der Earth-Rebellen berechnet, was das gesamte globale System beeinflusste. Eine erste Analyse der Historiker hatte ergeben, dass Elias Jafaar nun über weit mehr Rückhalt in der Bevölkerung verfügte als je zuvor. Eine rhetorisch grandiose Freiheitsrede, die er gehalten hatte, motivierte große Teile der Bevölkerung zum Widerstand.

Ben hörte alldem schweigend zu. Dann lächelte er.

»Unser System reagiert sensibel«, sagte er.

»Ben, es ist ernst«, insistierte Doreen.

»Es findet gerade ein Angriff statt, und das System muss ihn in seine Berechnungen einbeziehen«, sagte er langsam, als wollte er ihr etwas Grundlegendes erklären. »Ist es ein großer Angriff, muss das System daraus notwendigerweise folgern, dass er die zukünftige Welt beeinflusst und die Position der Rebellen im Jahr 2045 stärkt. Schlagen wir diesen Angriff jetzt nieder, wird das System die Beeinflussung wieder zurückrechnen, und das Jahr 2045 wird davon unbeeinflusst bleiben.«

»Ben, ich weiß, wie Tantalos funktioniert«, erinnerte ihn Doreen aufgebracht. »Wir haben den Angriff *nicht* zurückgeschlagen! Wie auch immer, die Hacker sind in unser System eingedrungen! Sie sind uns überlegen!«

»Denkst du das wirklich?«, fragte Ben in seinem bedächtigen Tonfall und drehte dabei den AR-Helm in seinen Händen. »Von meinen letzten Ausflügen in unsere Simulation habe ich ein paar interessante Erkenntnisse mitgebracht.«

»Wovon redest du?« Doreens Stimme ließ ihre Zweifel erkennen, ob Ben Jafaar dem Ernst dieser Situation gewachsen war.

»Die Simulation entwickelt ihre eigenen Gesetze«, erklärte er. »Sie entwickelt eigene Methoden, um sich zu schützen. Und ihren besten Schutz lässt sie in der Vergangenheit wirksam werden, in unserer Gegenwart. Je mehr Hacker in unser System eindringen, umso besser ist es.«

»Ben, wovon redest du?«

»Von einer Fangschaltung.«

Er erklärte ihr daraufhin den Aufbau eines Programmcodes, der wie eine Fangschaltung funktionierte und jeden Eindringling bis zu seiner IP-Adresse zurückverfolgen konnte. Jeder Hacker, der in Tantalos einfiel, würde dadurch identifiziert werden. Und mehr noch, das System konnte durch diese Parameter den zukünftigen Werdegang eines Eindringlings und selbst den seiner genetischen Nachkommen errechnen. Somit würde das schädliche Gedankengut selbst in den nächsten Generationen identifiziert und eliminiert werden.

Ben bezeichnete seine Fangschaltung als »Rye-Catcher«, so benannt nach dem berühmten Roman »Der Fänger im Roggen« von J. D. Salinger, der Generationen von naiven und fanatischen Jugendlichen in seinen Bann geschlagen hatte, jedenfalls nach Bens Meinung.

»Sie sind einfach zu fangen, wenn sie von einer Sache begeistert sind«, sagte er. »Wir kriegen sie alle auf einen Schlag. Sie und ihre Nachfahren.«

Er gab Doreen den Code für den Rye-Catcher, damit sie ihn durch das Team der IT-Abteilung aktivieren lassen konnte. Dass er diesen Code bei seinem Ausflug in die AR-Welt auf dem Rechner des greisen Ben Jafaars gefunden hatte, sagte er ihr wohlweislich nicht. Die Skepsis in ihrem Blick war ihm nicht entgangen.

Als Doreen sein Büro verließ, war sie voller Sorge, dass Ben die Belange der realen Welt und die der 2045-Simulation inzwischen durcheinanderwarf.

57

Zu diesem Zeitpunkt saßen Khaled, Brit und Erdmann bereits in dessen altem Volvo auf dem Weg nach Kopenhagen. Es war der 6. August 2020, und der große Angriff von Earth auf Tantalos war in den frühen Morgenstunden gestartet. Zweck ihrer Expedition nach Kopenhagen war es, die vierundzwanzig Finanzgeber über die Verwundbarkeit des Systems aufzuklären.

Khaled wollte ihnen berichten, wie der subjektive Faktor, den Ben Jafaar in die Berechnungen eingebracht hatte, das gesamte System ungenau werden ließ und infrage stellte. Brit begleitete ihn, weil sie zur Galionsfigur der Bewegung geworden war und dadurch Gewicht in seine Argumentation bringen konnte.

Das sollten zumindest alle glauben. Ihre wahre Absicht war eine ganz andere.

Als sie Jürgen Erdmann in die Wohnung gelassen hatten, lag der Pole reglos vor der Tür, Erdmanns Gürtel um den Hals, aber er lebte noch. Erdmann stellte sich Khaled und Brit vor und entschuldigte sich für seinen »unzivilisierten Auftritt«. In groben Zügen erklärte er seine Beziehung zu Lisa und berichtete von den Recherchen, die er nach ihrem Tod begonnen hatte. Die Überwältigung des Polen war für ihn der abenteuerliche Höhepunkt nach zehn Monaten mühsamer Schreibtischarbeit gewesen.

Brit hatte Erdmann früher bei ihren Besuchen beim BKA hin und wieder gesehen und fasste auf Anhieb Vertrauen zu ihm. Khaled brauchte dafür etwas länger. Er stellte viele Fragen, und Erdmann beantwortete jede davon, so gut er konnte. Letztlich war es die ungewöhnliche Ernsthaftigkeit Erdmanns, die Khaled von dessen Glaubwürdigkeit überzeugte.

Er hatte daraufhin dabei geholfen, den Polen mit Tape zu fesseln und ihn in den Kofferraum von Erdmanns Volvo zu verfrachten. Dort lag er noch immer, als sie gegen 14:00 Uhr in den Kopenhagener Hafen einfuhren. Esther hatte herausgefunden, dass die Konferenz der vierundzwanzig Finanzgeber um 15:00 Uhr beginnen sollte.

Um 14:30 Uhr betraten Brit und Khaled das Monrad-Gebäude, das durch eine elektronische Schleuse und eine Sicherheitskontrolle doppelt abgesichert war. Eine gläserne Auskunftslounge war mit einem Security-Mann besetzt. Brit trug in ihrem Arm eine Puppe, eingeschlagen in eine Decke, was den Eindruck vermittelte, es handle sich um ein Baby.

»My name ist Khaled Jafaar«, sagte Khaled zu dem Security-Mann. »Please announce me to the meeting of the Tantalos-Group.«

»We don't have a meeting here today, Sir«, antwortete der Security-Mann.

»Of course you have«, insistierte Khaled. »It's the meeting of the twentyfour financiers of the Tantalos project.«

»I'm sorry. I would ask you to go, Sir«, sagte der Sicherheitsmann.

»Tell them, that Khaled Jafaar is here! I want to speak with them! I want to tell them, that their system is faulty!« Khaleds Stimme war lauter geworden.

»You should go now!«, sagte der Security-Mann und drückte einen Knopf auf seinem Pult. In der Halle hinter den Sicherheitsschleusen setzten sich zwei weitere Security-Leute in Bewegung.

»Why don't you call someone responsible?«, sagte Khaled mit scheinbar wachsender Wut.

»Komm, lass uns gehen.« Brit wollte ihn mit sich ziehen.

Doch Khaled widersetzte sich ihr und schrie den Security-Mann in seiner Lounge an: »Tell them, that I am here together with my son, Elias Jafaar! The boy they want to kill!«

Die Security-Leute aus der Halle beschleunigten ihre Schritte und liefen auf Khaled und Brit zu.

»Khaled, los, weg hier!«, schrie ihn Brit jetzt an.

»Their system is wrong!« Khaled ließ sich nicht wegziehen. »It is based on a false premise! Ben Jafaar has created it intentionally wrong!«

Die Security-Leute hatten fast die Sicherheitsschleuse erreicht. Khaled warf einen raschen Blick zu den Überwachungskameras, um sicherzugehen, dass die sie erfassten. Erst dann lief er mit Brit los.

Sie rannten durch den Ausgang nach draußen, bogen nach links in die Hafenstraße ein und liefen weiter am schmalen Seitenarm des Hafenbeckens entlang.

Im Hintergrund sahen sie das spektakuläre Gebäude der Königlichen Oper. Khaled blickte sich um. Die Security-Leute waren ebenfalls aus dem Gebäude gerannt und sprachen in ihre Headsets. Hinter ihnen tauchte eine dunkle Limousine auf und beschleunigte.

Khaled zog Brit um die nächste Ecke, wo ein kleinerer Seitenarm das Hafenbecken weiter zerteilte. Er hatte sich diesen Weg hundertfach auf Google Maps angeschaut und kannte jeden Meter davon. Brit und er passierten ein Gatter, das den folgenden Fußweg für Autos unpassierbar machte.

»Hier!«, keuchte er, und beide blickten sie zeitgleich zur

Häuserfront links von ihnen. Sie sahen die kleine Kamera über dem Portal mit dem Schriftzug »Institut Visuelt Forskning«. Das Objektiv der Kamera gehörte zur neuesten Generation, und der Chip verarbeitete zwei Bilder pro Sekunde mit je fünf Gigapixeln Auflösung. Es war ein Prototyp aus dem Forschungsinstitut und für den Einsatz in Satelliten gebaut.

Das Bild, das soeben aufgezeichnet wurde, zeigte Brit und Khaled auf der Flucht, in Brits Arm die Puppe, sodass es auf der Aufnahme aussehen musste, als trüge sie ein Baby. Im Hintergrund war die Hafenkulisse mit dem Monrad-Gebäude zwischen ihren beiden Köpfen zu sehen.

Sie liefen langsamer. Als sie um die nächste Ecke bogen, verfielen sie in einen schnellen Schritt. Vor ihnen lag der breite, offene Kai einer Industrieanlage.

Brit ergriff Khaleds Hand und lächelte ihn an. Er lächelte zurück. Eine Strähne, feucht vom Schweiß, klebte ihr quer auf der Stirn. Er griff dorthin und wollte sie wegstreichen.

In diesem Moment bellten zwei Schüsse, dicht hintereinander.

Khaled und Brit brachen in sich zusammen, erst er, mit dem zweiten Schuss dann sie. Sie sanken zu Boden, und im Fallen noch suchten sich ihre Blicke.

Als sie auf dem harten Beton lagen, waren ihre Gesichter einander zugewandt. Sie sahen sich an, während ihr beider Atem flacher wurde und sich auf ihren Körpern rote Blutflecke ausbreiteten.

Brits Augen begannen, unruhig zu flattern. Sie drückte die Puppe noch fester an sich und stellte sich vor, es wäre Elias.

58

In der schmalen Schlucht zwischen den beiden angrenzenden Industriegebäuden stand der Pole. Er lehnte an Erdmanns altem Volvo. Seine Beine und Hände waren mit Tape gefesselt. Auch über seinem Mund klebte ein Streifen Klebeband.

Erdmann trat an ihn heran und drückte ihm die SPS in die zusammengeklebten Hände. Er trug dabei Plastikhandschuhe, um keine Fingerabdrücke zu hinterlassen.

»Ich hab dich Dreckskerl bei einem heimtückischen Mord erwischt«, sagte er.

Der Pole sah seine Chance, jetzt, da er die Waffe hatte. Er richtete sie auf Erdmann und drückte ab. Einmal, zweimal. Die Abzugsvorrichtung klickte nur.

»Du hast die Waffe dann auch auf mich gerichtet, aber das Magazin war leer«, sprach Erdmann weiter, bückte sich, riss das Tape ab, das die Beine des Polen bisher zusammenhielt. »Alter Agententrick, hast du in der russischen Ausbildung sicher gelernt: Nimm nie mehr Kugeln mit, als du brauchst. Falls du geschnappt wirst, soll dein Feind nicht deine Kugeln kriegen.« Er riss auch das Tape ab, das die Hände des Polen fixierte. »Den Mund lass ich dir verklebt, damit ich nicht dein Scheißgejammer hören muss. Und jetzt lauf! *Dawai!*«

Der Pole lief los. Zögernd, ein paar Schritte weit, dann stoppte er und drehte sich noch mal zu Erdmann um, weil er spürte, dass etwas nicht stimmte. Er sah, dass Erdmann seine Dienstwaffe gezogen hatte, auf ihn zielte und schoss.

Die Kugel durchschlug seine Brust und zerriss seine rechte Herzkammer. Er war tot, noch bevor er auf dem Boden auftraf.

Als Erdmann die blutigen Körper von Khaled und Brit erreichte, tauchten gerade ein paar Büroangestellte aus den benachbarten Häusern auf. Sie waren ebenso neugierig wie ängstlich, weil sie die Schüsse gehört hatten, und näherten sich nur zögerlich.

Erdmann zog seinen BKA-Ausweis. »Federal Police Germany!«, rief er den Leuten zu. »Step back!«

Dann ging er neben Brit und Khaled auf ein Knie nieder und legte die Fingerspitzen auf ihre Halsschlagadern. Erst bei Brit, dann bei Khaled.

Er stand auf und wandte sich an den Mann, der sich am weitesten vorgewagt hatte.

»Call the local authorities«, rief er ihm zu, »and do it fast!«

Der Mann zog eingeschüchtert sein Mobilphone hervor und wählte.

Im gleichen Moment kam der Ambulanzwagen um die Ecke.

59

Der Kreis der Vierundzwanzig war um 15:00 Uhr zusammengekommen. Zodiac betrat um 15:20 Uhr den gläsernen Konferenzraum in der Dachetage des Monrad-Gebäudes. Die breiten Schiebetüren zur Terrasse standen offen, und der kleine Park aus Eukalyptusbäumen draußen sah aus, als hätte es ihn immer schon gegeben.

In der Mitte des Konferenzraums stand ein großer runder Tisch, daran saßen sie und sahen Zodiac neugierig an. Es waren die reichsten Männer dieses Planeten, und Zodiac wunderte sich, wie normal sie wirkten. Bis auf einen Araber in einem weißen Thawb trugen sie alle dunkle Anzüge, ein paar der Männer sogar T-Shirts unter ihren Jacketts. Zodiac erkannte in ihnen die Inhaber der großen Social Networks und weltbeherrschenden Verkaufsplattformen des Internets. Frauen befanden sich keine am Tisch. Es gab ein paar unter den Übersetzern, die mit ihren Headsets und Notizblöcken weit hinten an der Wand saßen.

Ein sehr alter Mann richtete schließlich das Wort an ihn. Aufgrund seiner Recherchen vermutete Zodiac, dass es sich um Immanuel Grundt handelte.

»Alexander Herzog«, sagte Grundt mit seiner rasselnden Stimme, »in Hackerkreisen bekannt als Zodiac.«

»Ja«, sagte Zodiac, mehr nicht.

»Sie haben darum gebeten, sich hier erklären zu dürfen«,

sprach Grundt weiter. »Unsere Erkundigungen über Sie bestätigen, dass Sie gegenüber Tantalos bereits einmal auskunftswillig waren. So ist es jedenfalls in unserem System vermerkt.«

Zodiac verstand sofort, dass damit seine Kontaktaufnahme zu Ben gemeint sein musste. Sein Plan war aufgegangen.

Die Übersetzer an der hinteren Wand sprachen leise und schnell in ihre Headsets, sodass jeder aus dem Kreis der Vierundzwanzig verstand, worüber hier geredet und was gesagt wurde.

»Wissen Sie, was der Byzantinische Fehler ist?«, fragte Zodiac in die Runde.

»Nein«, antwortete Immanuel Grundt.

»Der Byzantinische Fehler ist der Grund, warum Sie mich hier heute zu Ihnen sprechen lassen«, erklärte Zodiac. »Es ist die Methode, mit der wir gerade Ihr Tantalos-System zerfetzen.«

Zodiac erzählte daraufhin von der Belagerung von Byzanz 1453, während der die osmanischen Generäle aus Neid und Konkurrenzkampf einander viele Boten mit falschen Botschaften schickten. Ihr Sultan konnte schließlich nicht mehr unterscheiden, welche Nachricht richtig und welche falsch war, und dadurch brach sein gesamtes Kommunikationssystem zusammen.

Das Gleiche passiere gerade mit Tantalos, erklärte Zodiac. Eine Armee von Hackern spickte das gesamte System willkürlich mit Falschinformationen. Sobald die Menge dieser Fehler eine kritische Grenze erreichte, würde sich das System durch die unaufhörliche Fehlerberechnung selbst vernichten.

»Sie drohen damit, unser Computersystem zu zerstören«, sagte Grundt daraufhin, »aber das haben Sie und Ihre Hackerfreunde schon einmal getan, und wir haben es wieder repariert.«

»Es hat Sie Monate gekostet, und ich verspreche Ihnen, diesmal werden Sie doppelt so viel Zeit brauchen. Außerdem wird es etwas geben, das Sie beim Neuaufbau behindern wird.«

»Was?«, fragte Grundt knapp.

»Eine Anklage wegen Doppelmords.« Zodiac zog sein Smartphone hervor und holte das Portal eines Online-Nachrichtenkanals aufs Display. Ein Foto von Khaled und Brit erschien. Sie lagen blutend auf dem Betonboden eines Hafenkais und wurden von Sanitätern versorgt.

»Khaled Jafaar und Brit Kuttner«, fuhr Zodiac fort. »Ich muss Ihnen nicht erklären, um wen es sich dabei handelt, oder? Sie sind beide soeben auf dem Weg ins Krankenhaus verstorben. Sie wurden ermordet, von Pjotr Kaczynski, einem polnischen Agenten, der auf der Gehaltsliste von TASC steht und seine Anweisungen aus diesem Kreis hier bekam.«

Ein aufgeregtes Gemurmel setzte im Kreis der vierundzwanzig Männer ein. Manche blickten auf ihre Smartphones und versuchten, den Wahrheitsgehalt von Zodiacs Behauptungen zu prüfen.

»Wir haben Beweise für alles, was ich hier sage. Nachvollziehbare Verbindungen zwischen Ihnen, Tantalos und diesem Mörderverein TASC. Alles wurde von uns über Wochen gehackt, analysiert und zusammengestellt. Beweise, die zu jedem Einzelnen von Ihnen führen.«

Zodiac bluffte ein wenig mit dem, was er sagte. Tatsächlich hatte Earth nicht mehr als Informationen über Geldbewegungen auf einer Luxemburger Bank und eine Menge Spekulationen, die darauf gründeten.

»Das Kind hat übrigens überlebt, falls Sie das interessiert«, sprach er weiter. »Es befindet sich in der Obhut eines anonymen Vertrauten der Polizei und erhält eine neue Identität. Es wird unseren Kampf in der Zukunft anführen.«

Das war es, was er sagen sollte. Nun schwieg er und sah den Gesichtern der vierundzwanzig Männer an, dass seine Ansprache ihre Wirkung nicht verfehlt hatte.

»Was wollen Sie?«, fragte Immanuel Grundt schließlich.

»Einfluss auf Tantalos«, antwortete Zodiac. »Wir glauben, dass die Verantwortung für Tantalos nicht in den Händen eines einzelnen Mannes liegen darf. Wir wollen, dass die Leitung der Rechneranlage auf viele Personen verteilt wird. Wir wollen den Aufbau eines Parlaments für die Führung von Tantalos. Ein Parlament von fachkundigen Spezialisten aus unterschiedlichen Bereichen. Aus der Wirtschaft genauso wie aus oppositionellen NGOs. Und wir wollen, dass auch Earth dort eine Vertretung hat.«

Erstmals war es völlig still im Konferenzraum. Keiner der Vierundzwanzig sagte ein Wort. Keiner der Übersetzer wagte es, einen Ton von sich zu geben. Zodiac stand schweigend da und blickte in die Runde. Dies hatte er schon vor langer Zeit geplant. Heute war er an seinem Ziel angelangt.

Immanuel Grundt ergriff als Erster wieder das Wort. »Würden Sie uns bitte allein lassen, damit wir uns beraten können?«

Khaled und Brit stiegen am Valby-Park aus dem Ambulanzwagen. Sie hatten jeder einen Beutel mit künstlichem Blut am Körper getragen, den sie zum Platzen brachten, sobald sie die Schüsse hörten. So war die Absprache mit Erdmann.

Die dänischen Sanitäter, die den Ambulanzwagen fuhren, waren von LuCypher aus der Sympathisantenszene von Rise rekrutiert worden. Sie wussten nicht mehr als nötig, aber LuCypher hatte sie gründlich gecheckt und hielt sie für vertrauenswürdig. Sie brachten Shirts und Kapuzenpullis, sodass Brit und Khaled die Kleidung wechseln konnten.

Khaled und Brit liefen in den kleinen Park, der so gepflegt

war wie alles in Dänemark. Auf der anderen Seite wartete ein Wagen einer Autovermietung auf sie. Der Schlüssel steckte.

Als sie hineinsprangen und Khaled den Wagen startete, legte Brit ihre Hand auf seine und blickte ihn an. In ihren Augen konnte man wieder die Sterne sehen, die Khaled so liebte.

Er drehte noch einmal den Zündschlüssel und stellte den Motor damit wieder ab. Dann beugte er sich zu Brit und küsste sie. Lange und zärtlich.

»Ich hab dich vermisst«, hörte er ihre Stimme an seinem Ohr.

»Ich war immer bei dir«, sagte er leise.

»Wird es gehen mit uns?« Brits Stimme klang ängstlich, als sie fortfuhr: »Auch ohne ihn?«

»Ich weiß nicht«, antwortete Khaled nach einer Pause. »Wir müssen es versuchen.«

Ihre Lippen suchten noch einmal die seinen, und sie drückte sich erneut fest an ihn. Für einen langen Moment verharrten sie so. Dann startete Khaled den Wagen, und sie fuhren los.

Erdmann hatte ihnen eine neue Identität versprochen. Zwar reichte die Macht von Tantalos bis in die BKA-Führung, aber er erzählte ihnen beiden von der patenten Kollegin in seiner Behörde, die sich mit Datenfahndung innerhalb von Familienstrukturen beschäftigte. Sie würde an ihren Vorgesetzten vorbei ein diskretes Zeugenschutzprogramm basteln, das für Khaled und Brit neben einer neuen Identität auch einen nagelneuen Familienstammbaum beinhaltete.

Den Namen von Beate Wolf hatte Erdmann nicht erwähnt, aber Brit und Khaled konnten ihm ansehen, dass er von einem Menschen sprach, dem er bedingungslos vertraute.

Khaled bog auf die Autobahn nach Süden, um über Fehmarn nach Deutschland zu gelangen.

Zu diesem Zeitpunkt hatten die Aktivisten von Earth die Bilder von Khaleds und Brits Tod bereits mit einem Begleittext an sämtliche relevanten Nachrichtenkanäle geschickt. Der Wortlaut der Meldung besagte, dass die beiden auf dem Weg ins Hospital verstorben waren und ihre Leichen zur Rechtsmedizin nach Berlin überführt wurden. Ihr Baby würde über die deutsche Polizei schnellstmöglich an eine Pflegefamilie vermittelt werden.

LuCypher ließ es sich nicht nehmen, höchstpersönlich zu prüfen, dass diese Meldung auch im Rechnersystem von Tantalos ankam. Zusammen mit dem hochauflösenden Foto des »Institut Visuelt Forskning«, das Khaled und Brit mit dem Baby auf der Flucht zeigte, würde der Tod der beiden nun seinen Weg in die Zukunft antreten.

Esther las diese Meldungen den ganzen Tag über mit großer Zufriedenheit. Inzwischen war es Abend, und sie saß in ihrem Rollstuhl am Ufer der Seine und goss rot schimmernden Cabernet Sauvignon in das dünnwandige Glas, das sie mitgebracht hatte. Während sie trank, blickte sie hinauf in den Nachthimmel und dachte daran, dass sie an etwas teilgehabt hatte, das entscheidend für die Zukunft der ganzen Welt war. Nicht viele Menschen konnten das von sich behaupten.

Sie schwenkte den Wein in ihrem Glas und lächelte dabei in sich hinein. Es war alles gut so, fand sie.

Sie trank das Glas aus, stellte es auf dem Boden ab und schaute sich um, um sicherzugehen, dass niemand in der Nähe war. Dann rollte sie ihren Rollstuhl bis zur Uferbefestigung und – mit einer kleinen Kraftanstrengung – darüber hinaus.

Das Platschen, mit dem Esther und der Rollstuhl ins Wasser fielen, war nur leise. Sie hatte sich eine gute Stelle ausgesucht. Während sie im dunklen Wasser in die Tiefe sank und von der Strömung erfasst wurde, dachte sie, dass es gar nicht so schwer war. Besser als das langsame Dahinsiechen durch die tückische Krankheit allemal.

Sie öffnete die Augen und sah Ben vor sich. Sie tanzte wieder mit ihm am Square Nadar und trug ihr rotes Kleid. Er drückte sie fest an sich und summte ihr die Melodie von »Diamonds and Rust« ins Ohr.

Dann starb sie.

60

Ben Jafaar hatte ebenfalls sämtliche Nachrichten über den angeblichen Tod von Khaled und Brit verfolgt. Er glaubte nichts davon. Es musste eine Strategie der beiden sein, um erneut unterzutauchen, dessen war er sich sicher.

Er löschte die Einträge über den Tod von Brit und Khaled wieder aus der Simulation, aber das System stellte sie eigenständig wieder her. Er löschte sie abermals, aber er erlebte das gleiche Phänomen erneut. So ging es noch mehrmals, und Ben vermutete einen Trick der Hacker dahinter.

Doch gegen fünf Uhr am Nachmittag hörte dann deren Angriff überraschend auf, ohne dass ein Grund dafür ersichtlich war. Die Abwehrmaßnahmen von Tantalos hatten anfangs nicht gewirkt, und sie taten es noch immer nicht. Warum also zogen sich die Hacker freiwillig zurück? Ben verstand es nicht.

Umso verblüffender, dass sein System auch nach dem Ende des Angriffs nicht auf seine Korrekturen reagierte. Es beharrte darauf, dass Khaled und Brit tot waren.

Er zog daraufhin den Helm auf und tauchte wieder ein in die visualisierte Welt der Simulation. Er wollte dort nach Spuren suchen, die ihm einen Hinweis darauf geben konnten, was geschehen war. Doch als er versuchte, in sein Büro des Jahres 2045 zu gelangen, stand er vor einer verschlossenen Tür. Das war ihm bei all seinen Besuchen zuvor noch nie passiert.

Er flog durch die virtuelle Simulation der gesamten Tantalos-Anlage, in der Hoffnung, dort irgendwo die greise Version seiner selbst zu finden. Doch seine Suche blieb erfolglos. All die Mitarbeiter von Tantalos schwebten wie Geister an ihm vorbei, ohne ihn zu bemerken. Er dachte daran, dass er sein Entwicklerteam anweisen musste, das zu korrigieren. Die Augmented Reality würde ihr Potenzial noch weit besser entfalten können, wenn sie auf deren Besucher reagierte.

Plötzlich tönte aus den Lautsprechern in den Gängen der simulierten Welt eine Stimme. Auch wenn er sie noch nie zuvor gehört hatte, wusste Ben sofort, wessen Stimme es war. Elias Jafaar.

»An einem Tag, an dem niemand aus den Reihen der Menschheit mehr hungern muss. An dem keines ihrer Kinder mehr ausgebeutet wird …«

Die Mitarbeiter blieben auf den Gängen stehen, um der Stimme zuzuhören. Sie blickten hinauf zu den Lautsprechern, um andächtig zu lauschen.

Es war Elias Jafaars berühmte Rede. Die Rede, die den Wendepunkt der Zukunft einläuten sollte. Die Rede, die Ben um jeden Preis hatte verhindern wollen.

»An einem Tag, als endlich die Grenzen zwischen den Kulturen gefallen sind, die Grenzen der Herkunft, der Religion oder Hautfarbe, die Grenzen zwischen Mann und Frau. An einem Tag, an dem die große Schlacht geschlagen und die Trauer um die Toten noch frisch ist …«

Ben Jafaar verließ Tantalos und nutzte die digitale Weiche, um mit seinem AR-Helm zu den anderen Präsentationsorten zu gelangen. Berlin, Paris und Tokio waren seine ersten Stationen. Er tauchte in jede einzelne Präsentation ein. Und überall erlebte er das gleiche Phänomen. Die Stimme von Elias

Jafaar dröhnte durch jede Straße, über jeden Platz, in jeden Winkel.

»An dem es wieder Wälder gibt und die Tiere die Würde des Daseins zurückerlangt haben. An dem jeder einzelne Mensch begriffen haben wird, dass die Natur selbst das Maß aller Dinge ist …«

Die Menschen in den Städten blieben stehen und lauschten. Überall. Und immer mit der gleichen Andacht.

»An einem Tag, an dem die Sprache wieder genutzt wird, um Verständnis zu schaffen und nicht Zwist. Und an dem die Erinnerung an den Wert der Freiheit noch wach ist und das Gewissen der Menschheit prägen kann …«

Es war noch immer die Welt, die Ben Jafaar hatte programmieren lassen, aber völlig verändert. Die Menschen in ihr hatten ihre Abstraktion verloren. Ben konnte ihre Gesichter sehen, und darin stand Begeisterung. Eine Änderung, die so nicht abgesprochen war. Sein Team hätte Ben darüber informieren müssen.

»An diesem Tag wird ihr Zorn umso größer sein. Ihr wütender Ruf wird über die Ebenen der Kontinente hallen, und er wird lauten: Warum erst jetzt, Ben Jafaar?«

Die Stimme war ihm immer näher gekommen. Sie erreichte ihn und fuhr ihm durch Mark und Bein.

Er riss sich den AR-Helm vom Kopf und schrie laut auf vor Wut, weil er wusste, dass Elias Jafaar gewonnen hatte. Er und die Rebellenarmee von Earth.

Da erst sah er, dass Doreen im Raum stand. Neben ihr zwei Security-Männer. Und zwei IT-Leute in den weißen Kitteln, die Ben noch nie leiden konnte, weil sie darin so banal wie Hausärzte aussahen.

»Wir werden dich vom System abkoppeln, Ben«, sagte Doreen nüchtern.

»Was sagst du da?« Ben reagierte fassungslos.

Die bekittelten IT-Hausärzte begannen, die Kabel und Verbindungsstecker von seinen Rechnern abzuziehen.

»Sie sollen ihre Finger da wegnehmen! Doreen!«

»Wir werden dich auch vom Internet abkoppeln sowie von jeglicher anderer Verbindung nach draußen.«

»Verlasst augenblicklich mein Büro!«, schrie Ben. »Ich bin der Leiter dieser Anlage!«

»Nicht mehr, Ben«, sagte Doreen, und sie sprach mit nüchterner, emotionsloser Stimme. »Es gab eine Änderung in der Führungsebene.«

»Eine Änderung? Ich weiß nichts von einer Änderung.«

»Wir müssen unser System schützen«, sagte Doreen. »Es ist zu wichtig.«

»Ja«, sagte Ben rasch, »wir müssen es schützen. Nur *ich* kann es schützen. Der Rye-Catcher kann sie alle fangen. Alle, die eingedrungen sind. Habt ihr ihn ins System gesetzt?«

»Wir haben seinen Programmcode geprüft, Ben«, sagte sie, und ihr Blick war voller Traurigkeit, als sie fortfuhr: »Er führt zu einem selbstreferenziellen Programm, das seine Prozesse in einer hermetischen Umgebung ausführt. Ein Computergame.« Sie trat nah an ihn heran und strich ihm übers Haar. »Du hast uns den Code für ein Computerspiel gegeben, Ben.«

Mit diesem Satz lächelte sie ihn an, so weich und verständnisvoll, wie man ein kleines Kind anlächelt, und dann ging sie hinaus.

Ben Jafaar starrte ihr fassungslos hinterher.

61

Khaled arbeitete im Garten, wie immer um diese Zeit am frühen Nachmittag, und pflanzte neue Sträucher, Johannisbeeren. Die Gärtnerin hatte gesagt, die Sträucher würden erst im zweiten Jahr richtig Früchte tragen, dann allerdings würde er fünf Eimer voller Beeren pflücken können.

Khaled strich sich mit dem Hemdsärmel den Schweiß von der Stirn. Er war die körperliche Arbeit noch nicht wirklich gewohnt, und er spürte jeden Abend seine schmerzenden Muskeln. Aber das war es ihm wert.

Er sah auf, weil er merkte, dass sie ihn beobachtete. Er merkte immer, wenn sie das tat. Brit stand am offenen Küchenfenster und sah ihm zu. Als sich ihre Blicke trafen, lächelten beide.

Die Sonne fiel in Streifen durch die Baumwipfel auf die Fassade des kleinen Einfamilienhauses aus den Siebzigerjahren. Eine Idylle, wie sie klischeehafter nicht sein konnte. Aber das war Khaled egal, er dachte nicht mehr in solchen Kategorien. Das Einzige, was für ihn zählte, waren Ruhe und Sicherheit in ihrem Leben.

Ihr kleines Haus lag am Stadtrand Berlins in der Nähe des Müggelsees und hatte einen großen Garten mit altem Baumbestand. Vor einigen Wochen waren sie hier als Mehdi und Britta Chadou eingezogen, er Schriftsteller mit tunesischen Wurzeln, sie seine deutsche Frau, die an ihrer Doktorarbeit in BWL arbeitete. Ein eigenes Haus in der Nähe eines Sees wäre immer schon ihr beider Traum gewesen.

Ihre Nachbarn waren gänzlich anders als sie. Menschen, die sich Sorgen um ihre Altersvorsorge machten und den nächsten Urlaub planten. Khaled und Brit wurden freundlich gegrüßt, und man plauderte hin und wieder auf der Straße mit ihnen. Häufig drehten sich die Gespräche darum, dass das Geld knapper wurde und die Regierung Schuld an allem trug. Häufig stellte man auch Fragen nach Khaleds angeblicher tunesischer Heimat, und oft schwang unterschwellig die Angst darin mit, dass der vermeintliche Mehdi Chadou noch mehr seiner Landsleute in diese weitgehend unbefleckte Gegend am Müggelsee locken könnte.

Khaled und Brit gingen den Nachbarn aus dem Weg, so gut sie konnten, ohne dabei unhöflich zu wirken oder als hätten sie etwas zu verbergen. Anfangs hatten sie engeren Kontakt mit der Familie Johnen, denen das Haus gegenüber gehörte. Er war Angestellter der örtlichen Sparkassenfiliale, die Ende des Jahres schließen würde, sie Angestellte bei einem Pflegedienst auf Zwanzigstundenbasis. Die beiden Kinder im Grundschulalter zeigten ein auffälliges Sozialverhalten: Beim ersten gemeinsamen Grillabend beschimpften sie Khaled als »Türke«. Der Vater bemühte sich um Beschwichtigung und erklärte, dass sie als Familie eine durchaus liberale Gesinnung hätten und die Äußerungen der Kinder nur Ausdruck einer allgemeinen und sehr verständlichen Verunsicherung wären.

Seither mieden Khaled und Brit den Kontakt zu den Johnens und blieben für sich.

Sie gaben sich das gegenseitige Versprechen, sich von Computern und Internet fernzuhalten. Brit war es wichtig, wieder zu sich selbst zu finden, und Khaled wollte ihr jene Beständigkeit geben, die er ihr in Gaza versprochen hatte.

Die Vorbesitzer hatten das Spitzdach des Hauses zu einem kleinen Zimmer ausgebaut, und Khaled renovierte und schmückte es liebevoll, sodass es für Brit und ihn zu einem gemütlichen Nest wurde. Manche Nacht verbrachten sie dort oben unter offen stehenden Dachfenstern. Sie lagen dann nackt unter dem Sternenhimmel inmitten von Kissen, mit denen der ganze Boden bedeckt war, und wenn ein sanfter Wind durch die Fenster wehte, konnte Khaled sehen, wie Brit am ganzen Körper eine Gänsehaut bekam. Er strich dann mit den Fingern darüber, zart und liebevoll. Sie war mit ihren Gedanken häufig so weit weg, dass sie seine Berührungen gar nicht bemerkte.

Sie dachte dann an Elias, das wusste Khaled. Aber sie hatten sich beide versprochen, nicht mehr über dieses Thema zu reden, denn Brit beharrte weiterhin darauf, dass Elias' Leben nur dann sicher sei, wenn niemand seinen Aufenthaltsort kannte. Das galt auch für Khaled.

Anfangs war er deswegen verletzt gewesen. Er hatte es unfair gefunden und ihr vorgeworfen, kein Vertrauen zu ihm zu haben. Doch sie erklärte ihm jedes Mal, dass seine Sehnsucht nach seinem Sohn immer größer sein würde als seine Vorsicht und dass er früher oder später dessen Nähe suchen würde. Unweigerlich brachte er damit Gefahr in Elias' Leben.

Khaled fand sich irgendwann damit ab, doch er spürte auch, dass dadurch eine Mauer zwischen ihm und Brit gezogen worden war. Eine Mauer, die er nicht wollte. Er konnte sie immer nur beim Sex durchbrechen. Oft fand der unter den offenen Dachfenstern statt, manchmal aber auch mitten im Haus, auf der Treppe oder im Garten unter dem alten Baumbestand. Ihr Sex war wild und hastig, als kämpften sie dabei um ihr Leben.

Immer war der Sex auch begleitet von Tränen, die sie beide vergossen. Tränen über den Verlust, den sie spürten.

Tränen, mit denen sie beide ineinanderflossen und sich wieder nahekamen.

»Werden wir irgendwann wieder ein Kind haben?«, fragte Khaled eines Nachts.

»Niemals«, antwortete Brit leise, und er verbot sich, je wieder eine entsprechende Frage zu stellen.

Danach lagen sie lange schweigend da und ließen es zu, dass sie von ihren Gedanken in unterschiedliche Richtungen getragen wurden.

Brit ging schließlich nach unten ins Schlafzimmer, um sich ins Bett zu legen. Khaled ging in die Garage. Dort war sein Bereich. Ein Bereich, den Brit niemals betrat. Er hatte in dem Gerümpel des Vorbesitzers einen alten Computer gefunden und diesen wieder aufgebaut. Über eine heimliche Funkstrecke zum Router der Familie Johnen kam er ins Netz. Schon vor drei Wochen hatte er mit seiner Recherche begonnen.

Er wusste, dass Brit mit Elias von Paris nach Köln geflüchtet war. Dort war die Stadtstreicherin ermordet worden, die mit der zerschossenen Puppe gefunden wurde. Danach gab es erst wieder in Berlin Spuren von Brit, dort bereits ohne Elias. Khaleds Sohn musste demzufolge in Köln geblieben sein.

Brits Absicht war es sicher, für ihn eine möglichst normale Kindheit zu gewährleisten. Also würde ihn eine falsche Mutter als ihr eigenes Kind anmelden müssen. Vermutlich hatte sie das bereits getan, und zwar unmittelbar nachdem Brit in Köln gewesen war.

Khaled schrieb die einzelnen Meldeämter der Kölner Stadtbezirke an und gab sich als Vater aus, der auf der Suche nach seinem Kind war, was ja auch der Wahrheit entsprach. Da er aber außer dem groben Datum, an dem Elias geboren sein musste, weder den Namen »der neuen Mutter« noch deren Anschrift kannte, blieben all seine Bemühungen erfolglos.

An diesem Abend las er in seinem Mailaccount die letzte ablehnende Antwort einer Kölner Meldestelle. Er schaltete den Rechner ab, setzte sich schweigend vor die Garage und akzeptierte endgültig, dass er seinen Sohn nicht wiederfinden würde. Daraufhin beschloss er, all seine Sehnsucht darauf zu richten, das neue Zusammenleben von ihm und Brit mit Glück zu erfüllen, mit dem verlorenen Sohn als Zentrum dessen, was sie beide auf ewig verbinden sollte.

Khaled stand auf und ging zum Haus zurück. Als er es betreten wollte, fiel ihm auf, dass ein Brief im Briefkasten steckte. Khaled zog ihn heraus. Er hatte weder Anschrift noch Absender. Als Khaled ihn aufriss, fand er darin ein altes, abgegriffenes Foto. Das Foto eines Babys.

Er erkannte sofort, dass es sich bei diesem Baby um Brit handeln musste. Dasselbe Lachen, dieselben Augen.

Er drehte das Foto um. Auf der Rückseite stand in offenbar weiblicher Handschrift: *Sie hat deine Augen.*

Zur gleichen Zeit lag Brit in ihrem gemeinsamen Schlafzimmer, und wie in jeder Nacht jagten ihr die immer gleichen Gedanken durch den Kopf, wie stets, wenn Khaled sie nachts allein ließ. War es richtig gewesen, was sie getan hatte? Hatte Elias es gut, dort, wo er war?

In dieser Nacht wurde sie jedoch zusätzlich von einer merkwürdigen Unruhe erfasst. Von einem Gefühl, das schwer auf ihrer Brust lag und ihr die Luft nahm. Sie wollte schon nach Khaled rufen. Doch dann fiel ihr der fahle Schimmer auf, der aus dem kleinen Bastkörbchen drang, in dem sie ein paar persönliche Dinge aufbewahrte, auch das Smartphone, das LuCypher ihr damals eingerichtet hatte. Sie benutzte es nicht mehr, lud es aber einmal die Woche auf. Khaled wusste nicht einmal, dass sie dieses Smartphone noch besaß.

Sie holte es hastig aus dem Bastkörbchen und starrte aufs Display.

»Mutter?«, war dort zu lesen.

»Ja, ich bin hier«, tippte sie rasch.

»Wie geht es dir, Mutter?«, erschien auf dem Display.

»Du lebst! Sag mir, dass du lebst! Dann geht es mir gut.« Sie tippte hastig, und ihr Herz schlug ihr bis in die Kehle.

»Natürlich lebe ich. Du hast mich doch zur Welt gebracht.«

»Wie ist es bei dir? Gibt es die Rebellen von Earth noch?«

»Der Kampf wird nie aufhören, Mutter.«

»Ich dachte, wir hätten es beendet«, tippte Brit. »Ich dachte, Earth hätte einen Weg gefunden, es zu beenden.«

»Der Kampf fängt gerade erst an. Und er wird andauern, solange es Menschen gibt. So lange wird es die Gier geben, die wir bekämpfen müssen.«

Brit spürte, wie ihr Tränen übers Gesicht rannen, doch sie war froh darüber. Diese Tränen begleiteten das einzig wirkliche Gefühl, das zu empfinden sie in der Lage war: Schmerz.

»Warum hast du dich nicht mehr gemeldet?«, tippte sie. »Was war passiert?«

Es dauerte einen Moment, bis die Antwort erschien.

»Über die Leitung zu dir haben wir viele Daten gesaugt. Daten aus den sozialen Netzwerken deiner Zeit. Daten über das Verhalten junger Menschen. Über deren Unangepasstheit, Schwächen, Selbstverliebtheit, Naivität, ihre provokanten Gedanken.«

»Ich verstehe nicht«, tippte Brit. »Wofür braucht ihr das?«

»Weil sie in meiner Zeit zur Masse der Schweigenden gehören. Zur breiten Masse derer, die stoisch jedes Unrecht über sich ergehen lassen. Die sich damit abfinden, Untertanen einer Diktatur zu sein.«

»Diktatur?«, tippte Brit.

»Die Herrschenden glauben, dass die Welt nicht anders zu retten wäre. Sie haben sich verrannt in diesen Glauben. Wir müssen die Massen wecken, damit sie sich dagegen auflehnen. Dafür haben wir die Daten gesammelt. Durch die Verbindung mit dir. Die Daten, die zu unserer wirksamsten Waffe werden: Wir werden in den Schweigenden den rebellischen Geist ihrer Jugend wieder wachrufen. Wir zeigen ihnen, wie sie einmal waren.«

Brit starrte auf das Display. Der Schmerz war kaum noch auszuhalten. Und er wurde nur von ihrem Wunsch eingedämmt, dieses Gespräch mit Elias weiter und weiter zu führen.

»Ich vermisse dich so sehr«, tippte sie.

»Wir sind uns nah, Mutter«, erschien auf dem Display. »Das werden wir immer sein.«

»Was kann ich tun? Wie kann ich euch helfen?«

»Es gibt einen Mann, der in meiner Zeit den Widerstand finanziert. Er muss geschützt werden. Sein Name ist Frederic Lasalle.«

Im gleichen Moment spürte Brit, dass sie nicht mehr allein im Zimmer war. Sie fuhr herum und sah Khaled in der Tür stehen.

»Du hast mich beobachtet?«, fragte Brit erschrocken. »Was hast du gesehen?«

»Die Frau, die ich liebe«, antwortete er.

Tatsächlich hatte er gesehen, wie Brit die ganze Zeit auf dem dunklen Display ihres Smartphones herumtippte.

Epilog

Olli saß am Rand des Sandkastens und sah zu, wie Elias den Sand mit seinen Händchen zu greifen versuchte. Olli wusste nicht, ob es richtig oder falsch war, ein so kleines Kind auf einen Spielplatz zu bringen und in den Sand zu setzen. Aber er hatte beschlossen, dass er einfach beobachten wollte, ob der Kleine sich wohlfühlte oder nicht. Entsprechend würde sich Olli dann verhalten.

Die gesamte WG war vor vier Wochen in diesen kleinen Ort am Rand der Eifel gezogen. Eve meinte, das sei sicherer für alle. Sie mieteten für einen Spottpreis einen stillgelegten Bauernhof in einer Dreihundertseelengemeinde und organisierten ihr Leben radikal um. Benni und Olli ergatterten einen Sechstagejob als Verkäufer im örtlichen Minimarkt, wobei sie die sechs Tage brüderlich aufteilten, sodass für jeden drei heraussprangen, und Torben hatte eine Stelle als Fahrradmechaniker im Nachbarort gefunden. Tim begann, die Hühnerzucht auf dem stillgelegten Hof wieder in Gang zu bringen, und Eve bekam eine Anstellung als Aushilfslehrerin in der Grundschule des Ortes und ging zum ersten Mal in ihrem Leben frühmorgens gern zur Arbeit. Um Elias kümmerten sie sich alle.

Olli versuchte, Elias beizubringen, dass er mit dem Sand einen Turm bauen konnte. Aber Elias begriff es nicht und wollte sich immer wieder den Sand in den Mund stecken.

Außerdem hatte er noch Schwierigkeiten mit dem Sitzen und fiel dauernd um, woraufhin er sich im Sand rollte und dabei vor Freude quiekte. Olli sah ihm zu, bis ein Hundehecheln ihn aufblicken ließ.

Ein Glatzkopf war mit einer Dose Bier in der Hand und seinem Pitbull auf den Spielplatz gekommen und platzierte sich auf einer der Bänke. Olli kannte ihn vom Sehen und wusste, dass er sich Mike rufen ließ. Er hatte eine Deutschlandfahne im Fenster seines Zimmers über der Bäckerei hängen. Mike nahm einen tiefen Zug an seiner Zigarette und schnippte die Kippe anschließend in den Sandkasten.

Olli stand auf, ging zu ihm und sagte ihm, dass dies hier ein Spielplatz für Kinder sei und er woanders trinken solle. Ohne zu antworten, erhob sich Mike und schlug Olli ins Gesicht, sodass er zu Boden fiel.

Der Pitbull bellte wie verrückt und zerrte an seiner Kette. Olli stand auf, trat erneut vor Mike und bat ihn, den Spielplatz zu verlassen. Diesmal schlug Mike so fest zu, dass es eine Weile dauerte, bis sich Olli wieder erheben und vor ihn treten konnte.

Elias sah vom Sandkasten aus zu und rührte sich nicht. An diesem Tag verstand er erstmals, was Mut war.

Am Morgen des übernächsten Tages wurde Mike in einem verriegelten Müllcontainer gefunden, körperlich unverletzt, aber sehr verstört, und er weigerte sich zu sagen, wer das getan hatte. Sein Pitbull war verschwunden und tauchte nie wieder auf.

An diesem Tag schlenderten Eve, Olli, Benni, Torben und Tim durch den kleinen Ort. Elias saß bei ihnen im Kinderwagen und fühlte sich sichtlich wohl. Die Leute des Örtchens drehten sich nach ihnen um. Manche von ihnen mit Misstrauen, aber die meisten mit Respekt. Sie wären vorbildliche Eltern, alle fünf, so erzählte man sich.

Und dass aus ihrem Kind einmal etwas Bedeutendes werden würde.